자유의 문

이청준 李清俊 (1939~2008)

1939년 전남 장흥에서 태어나, 서울대 독문과를 졸업했다. 1965년 『사상계』에 단편 「퇴원」이 당선되어 문단에 나온 이후 40여 년간 수많은 작품들을 남겼다. 대표작으로 장편소설 『당신들의 천국』『낮은 데로 임하소서』『씌어지지 않은 자서전』『춤추는 사제』『이제 우리들의 잔을』『흰옷』『축제』『신화를 삼킨 섬』『신화의 시대』 등이, 소설집 『별을 보여드립니다』『소문의 벽』『가면의 꿈』『자서전들 쓰십시다』『살아 있는 늪』『비화밀교』『키 작은 자유인』『서편제』『꽃 지고 강물 흘러』『잃어버린 말을 찾아서』『그곳을 다시 잊어야 했다』 등이 있다. 한양대와 순천대 교수를 역임했으며 대한민국예술원 회원을 지냈다.

동인문학상, 대한민국문화예술상, 대한민국문학상, 한국일보 창작문학상, 이상문학상, 이산문학상, 21세기문학상, 대산문학상, 인촌상, 호암상 등을 수상했으며, 사후에 대한민국 금관문화훈장이 추서되었다. 2008년 7월, 지병으로 타계하여 고향 장흥에 안장되었다.

이청준 전집 22 장편소설

자유의 문

초판 1쇄 발행 2016년 11월 25일

지은이 이청준
펴낸이 주일우
펴낸곳 ㈜**문학과지성사**
등록번호 제1993-000098호
주소 04034 서울 마포구 잔다리로7길 18(서교동 377-20)
전화 02)338-7224
팩스 02)323-4180(편집) 02)338-7221(영업)
전자우편 moonji@moonji.com
홈페이지 www.moonji.com

ⓒ 이청준, 2016. Printed in Seoul, Korea

ISBN 978-89-320-2142-3 04810
ISBN 978-89-320-2120-1(세트)

이 도서의 국립중앙도서관 출판예정도서목록(CIP)은 서지정보유통지원시스템 홈페이지(http://seoji.nl.go.kr)와 국가자료공동목록시스템(http://www.nl.go.kr/kolisnet)에서 이용하실 수 있습니다. (CIP제어번호: CIP2016027249)

이청준 전집 22

자유의 문

문학과지성사

일러두기

1. 문학과지성사판 『이청준 전집』에는 장편소설, 중단편소설, 그리고 작가가 연재를 마쳤으나 단행본으로 발간되지 않은 작품과 미완성작 등을 모두 수록했다.

2. 전집의 권별 번호는 개별 작품이 발표된 순서를 따르되, 장편소설의 경우 연재 종료 시점을, 중단편소설의 경우 게재지에 처음 발표된 시점을 기준으로 삼았다. 단, 연재 미완결작의 경우 최초 단행본 출간 시점을 그 기준으로 삼았다. 중단편집에 묶인 작품들 역시 발표된 순서대로 수록하였으며, 각 작품 말미에 발표 연도를 밝혀놓았다.

3. 전집의 본문은 『이청준 문학전집』(열림원) 발간 이후 작가가 새롭게 교정, 보완한 내용을 충실히 반영하여 확정하였다. 특히 미발표작의 경우 작가가 남긴 관련 자료에 근거하여 수록하였음을 밝힌다.

4. 전집의 각 권에는 작품들을 수록하고 새롭게 씌어진 해설을 붙였으며 여기에 각 작품 텍스트의 변모 과정과 이청준 작품들의 상호 관계를 밝히는 글을 실었다. 이 글은 현재의 문학과지성사판 전집의 확정 텍스트에 이르기까지 주요한 특징적 변모를 잘 보여준다.

5. 이 책의 맞춤법은 국립국어연구원의 '한글 맞춤법'에 따르는 것을 원칙으로 하되, 띄어쓰기의 경우 본사의 내부 규정을 따랐다. 단, 작품의 분위기에 영향을 준다고 판단되는 방언이나 구어체 표현·의성어·의태어 등은 작가의 집필 의도를 살려 그대로 두었다(괄호 안: 현행 맞춤법 표기).
   예) ①방언 및 의성어·의태어: 밴밴하다(반반하다) 희멀끄럼하다(희멀겋다) 달겨들다(달려들다) 드키(듯이) 뚤레뚤레(둘레둘레) 뎅강(뎅궁) 까장까장(꼬장꼬장)
   ②작가의 고유한 표현:
   ─그닥(그다지) 범상찮다(범상치 않다) 들춰업다(둘러업다)
   ─입물개 개엾고 아심찮게도 목짓 펀뜻 사양기
   ③기타: 앞엣사람 옆엣녀석 먼젓사람 천릿길 뱃손님 뒷번
   그리고 나서(그러고 나서) 그리고는(그러고는)

6. 이 책의 외래어 표기는 국립국어연구원의 '외래어 표기법'에 따라 바꾸었다. 단, 작품의 제목이나 중요한 어휘로 등장하는 경우에는 원본을 그대로 살렸다.
   예) ①맘모스(매머드) 세느(센) 뎃쌍(데생) ②레지('종업원'으로 순화)

7. 이 책에 쓰인 문장부호의 경우 단편, 논문, 예술 작품(영화, 그림, 음악)은 「 」으로, 단행본 및 잡지, 시리즈 명 등은 『 』으로 표시하였다. 대화나 직접 인용은 큰따옴표(" ")와 줄표(─)로, 강조나 간접 인용의 경우 작은따옴표(' ')로 묶었다.

차례

첫째 마당

산노인과 젊은 방문객

1

　남녘의 영산 지리산의 산역은 경상과 전라 3도에 걸치고, 함양과 산청, 남원, 구례, 하동의 다섯 고을에 뻗친다. 둘레가 700리의 거대한 산해(山海). 표고 1,915미터의 주봉 천왕봉에서 서쪽 구례땅의 노고단에 이르는 주 능선만 하여도 백여 리 먼 길을 헤아리는 거리에, 낙동강과 섬진강의 분수령을 이루며, 일대에는 제석, 반야, 영신, 덕평 등 해발 1천 미터가 넘는 20여 준령들과 연봉들이 일망무제로 운해 위를 달린다. 그러나 지리산은 어느 쪽 어느 고을에서든지 그 산령 안으로 한 번 발을 들여놓고 나면, 고을과 고을의 경계들이 대번 무의미해져버린다. 첩첩이 이어져 나가는 운해와 산세 속에 고을의 경계 따위가 쉬 구분될 수도 없고, 또 굳이 그럴 필요도 없어지기 때문이다.

산봉우리들이 미처 다 제 이름을 점지 받지 못한 곳, 사람들이 때로 그 이름을 지어 붙여도 산들이 스스로 그 이름을 잃어버리고 지리산(!)으로 돌아가버리는 곳, 모든 것이 지리산의 이름 뒤로 숨는 곳, 모든 봉우리와 골짜기의 이름들을 지리산으로 대신하며 그 하나의 이름만으로 온전한 세계를 이루고 있는 곳——

백상도 노인의 은거지가 자리한 곳은 그런 지리산 줄기의 한 서쪽 봉우리 아래다. 이곳은 원래 천왕봉 서쪽 제석봉에서 연하봉으로 내려가는 산줄기의 한 남록(南麓)으로, 관할 군청의 현황판이라도 살펴봄이 없이 현지에선 전혀 일대의 지명이나 위치를 구분해낼 길이 없는 곳이다. 대강의 거리와 방위를 어림잡아 말하면, 여기서 제법 온전한 세상풍물을 접해볼 만한 함양땅 덕전리까지는 30여 리, 벽소령과 반야봉, 노고단을 휘어도는 구례땅(마산면 화엄사 계곡)까지는 서쪽으로, 그보다 서너 배나 더 되는 아득한 거리다.

더 이상은 도대체 자세한 설명조차가 소용없는 곳이다. 그저 지리산 위 첩첩산중의 한 봉우리 아래, 바위와 바위 사이에 통나무를 얽어 세운 노인의 산중 거처는 그러니까 역시 그밖엔 달리 설명이 불가능한 곳에 숨어 있는 것이다.

하지만 그건 아무래도 상관없는 일이다. 이곳에선 더 이상 자세한 방위나 위치의 설명이 소용될 일이 없는 때문이다. 산이나 골짜기에 굳이 이름을 지어 부를 일도 없었다. 노인 한 사람밖엔 이곳을 알고 있는 사람도, 알아야 할 일도 없는 것이다. 깊은 산속에서, 혼자서 잠을 깨고 혼자서 잠이 드는 노인에게도 그건 역시 소용되는 일이 아니었다. 노인에겐 다만 자신이 깃들어 살아갈 산이 있고, 그가 깃들어 하늘과 산과 골짜기를 내다볼 적당한 시야가 마련되어 있으면 그만인 것이다.

노인에게 필요한 만큼의 시야는 충분했다. 바위와 바위 사이에 얽어 세운 통나무 굴집이 산봉우리와 골짜기의 중간쯤에 자리하고 있었다. 노인은 다만 그것으로 충분했다.

노인은 이날도 별다른 생각이 없었다. 아침 요기를 끝내자 그는 물에 불린 옥수수 한 줌과 물자루 하나 그리고 땅벌을 불러들일 석밀(石蜜)과 소금이 조금씩 나눠 담긴 조그만 망태기를 꾸려 메고 여느 때처럼 무심히 굴집을 나섰다.

아직 여름이 한창인데도 산지의 아침은 벌써 바람기가 서늘했다. 노인이 통나무 굴집을 나서자, 멀고 가까운 산봉우리들이 언제나처럼 일제히 자리를 고쳐 앉았다. 노인 앞에선 어느 것 하나도 이름이 없는 봉우리들이었다. 이름도 없고 찾는 이도 없이, 사람들에게 그 존재가 알려지지 않은 산들은 아예 이 세상엔 없는 것 한가지였다. 하지만 그 산들에겐 노인이 있었다. 노인이 있기 때문에 산들도 아직 거기 있었다. 이름이 없어도 산봉우리들은 노인의 존재로 하여 거기 함께 의연히 증거되어 있었다.

노인도 그걸 익히 알고 있었다. 그리고 그에게는 그것으로 충분했다. 굳이 말이 필요한 것도 아니었고, 번거로운 생각들을 지닐 일도 없었다. 말을 하려도 할 사람이 없었다…… 봉두난발에 긴 수염을 가볍게 나부끼며 그는 한동안 묵연한 모습으로 첩첩이 멀어져간 연봉들을 아득히 굽어보고 있었다. 그리고 이날 하루의 산행을 위해 그가 이윽고 그 굴집을 둘러친 낮고 거친 돌각담 밖으로 발길을 천천히 내디뎠을 때, 그때 문득 평온하고 적막스럽기만 하던 이 산골의 한구석에서부터 어떤 예기찮은 작은 조짐이 비춰 들기 시작한다.

조짐의 형태는 물론 노인의 눈에 처음 발견되고 그로부터 어떤 심상찮은 예감의 징후를 띠기 시작한 작은 움직임이었는데, 그것은 실로 노인이 이 땅에서 자신의 육신이 스러져 묻힐 때를 기약하고 몇 달 몇 해고 참고 기다려온 그 절세(絕世)의 침묵과 인고의 세월에 대한 또 한차례 무서운 시련의 시발이 되고 있는 셈이었다.

발길을 막 옮겨 디디려던 노인의 눈길 속에 골짜기 아래쪽으로부터 얼핏 조그만 움직임 같은 것이 스쳐왔다. 그러자 노인은 다시 발길을 멈추고 무엇인가 새로운 예감에 사로잡힌 듯 급히 골짜기 쪽으로 눈길을 꽂아 내렸다. 그간의 침묵과 외로움이 그토록 답답하고 깊었기 때문일까. 그리고 사람의 모습과 사람의 말이 그토록 기려져온 때문일까. 순간, 그러는 노인의 눈길 속엔 어떤 주체할 수 없는 희열의 빛이 불꽃처럼 타올랐다.

골짜기의 움직임은 분명 어떤 사람의 형체였다. 그것도 골짜기를 치올라오고 있는 폼이 약초나 캐러 다니는 여느 산사람이 아닌 게 분명했다. 산중턱께의 그의 은거지를 겨냥하고 있는 행정이 분명했다.

시간이 흐를수록 형체의 움직임은 점점 커지고, 거기 따라 그 움직임의 형체도 완연한 모습을 지어가고 있었다.

그 움직임이 지호지간(指呼之間)의 거리까지 다가와 젊고 건장한 한 사내의 모습을 드러내기 시작했을 때, 노인의 얼굴에선 차츰 그 기쁨과 반가움의 빛이 사라지기 시작했다. 기쁨과 반가움의 빛이 외려 믿을 수 없을 만큼 빠른 속도로 어떤 당혹스러움과 의혹의 빛으로 바뀌어가고 있었다.

─그럴 리가 없을 텐데? 벌써 그럴 리가……

노인의 얼굴엔 이제 그쯤 낭패의 빛이 떠올랐다. 그리고 그때 노인은 실제로 그런 생각을 하고 있었다.

노인으로서도 실상 언젠가는 누군가가 그렇게 산을 찾아 나타나게 될 것을 알고 있었다. 노인은 다만 그것이 그리 쉬울 수 없을뿐더러 그 시기가 언제가 될지를 알지 못했을 뿐이었다. 그것은 무엇보다 그가 아직은 사람을 부르고 싶어 했거나 기다려본 바가 없는 때문이었다. 사람이 나타나는 것은 노인 쪽에서 거의 그 시기를 짐작해온 터였다. 그러나 이번에는 어떤 짐작도 없었거니와 그것을 깊이 바라온 바도 없었다. 보다는 오히려 그런 일이 없기를 바라온 터였다. 한데 사내는 뜻밖이랄 정도로 일찍 서둘러 산을 찾아온 것이다. 여간만 난처하고 귀찮은 일이 아니었다. 위인이 어떻게 그렇게 불쑥 산을 찾아들게 되었는지, 절박스런 의구심부터 앞을 서고 있었다.

하지만 어쨌거나 사내는 이미 산을 들어서고 있었다.

노인은 그가 어떤 위인인지 자세한 신분을 알 수는 없었다. 하지만 그가 자기를 찾아 이 산속을 헤매 들어온 위인일시 분명하다면, 그가 이쪽을 알고 있는 만큼은 이쪽도 그의 절반쯤은 알고 있는 셈이었다. 장담할 수는 없는 일이지만, 노인으로서도 이미 사내의 산행 목적을 짐작할 수 있는 때문이었다.

―부질없는 노릇이지. 그래 봐야 역시 부질없는 노릇이야. 젊은이가 괜한 재앙을 부를 일에 발을 들여놓았어.

사내의 모습이 가까워질수록 노인의 얼굴엔 깊고 무거운 수심 기가 끼어들고 있었다. 하지만 노인은 이제 와서 굳이 사내와의 대면을 회피할 생각은 없었다. 그는 뒤늦게 몸을 비켜 숨기려 하지 않았다. 노인은 이제 거의 체념을 한 표정으로, 그러나 뭔가 끈질기게 자신을 참아내고 있는 얼굴로 사내를 이윽히 기다리고 있었다.

사내도 이제는 그 노인의 기미를 알아차린 것 같았다. 그는 알은체나 부름소리 한마디 없이 노인에게로 곧장 우거진 골짜기의 관목들 사이를 단걸음에 헤쳐 올랐다.

본격적인 등산복 차림에 등덜미에 묵직한 배낭까지 꾸려 짊어진 젊은 사내가 이윽고 노인의 턱밑까지 다가와 걸음을 멈춰 섰다. 그리고 그는 미리 노인의 소재를 알고 온 사람답게 첫마디부터 제법 푸념 조로 나왔다.

"아이구, 길이 이렇게 어려운 줄은 몰랐군요. 웬 거처를 이렇게 높이 지니셨습니까."

푸념과 함께 사내는 땀과 먼지로 뒤범벅이 된 얼굴을 연신 수건으로 훔쳐대며, 자신의 산행이 얼마나 힘든 것이었는지를 확인해보고 싶은 듯, 그가 방금 헤쳐 올라온 골짜기를 다시 한 번 멀리 훑어 내렸다. 하지만 그런 사내의 푸념 속엔 모처럼 사람을 만난 반가움보다 노인에 대한 어떤 언외의 신뢰감 같은 것이 짙게 깔려 있었다.

노인은 그러나 섣불리 그 사내의 기미를 알은척하지는 않는다.

"보아하니…… 산을 무척 타시는 모양인데…… 어뜨케 이런 깊은 곳꺼지…… 험한 길을 잡았소?"

사내의 기미를 부러 모른 척, 노인이 비로소 꽤 어눌스런 말투로 첫마디를 건넸다. 말씨가 그리 어눌스레 들리는 것은 노인이 너무 오랜만에 사람을 만나본 탓인 듯싶었다.

사내는 그제야 다시 노인 쪽으로 몸을 돌리며 새삼스런 얼굴이 되었다.

그리고 역시 새삼스런 목소리로 노인의 말에 응대를 해왔다.

"예, 산을 좀 타기는 하지요. 하지만 아무리 산을 좋아한다구 할 일 없이 이런 험한 산속까지 찾아들 사람이 있겠습니까."

"그렇담…… 무슨 작정이 있어…… 찾아온 길이란 말이오?"

노인의 어조가 약간 조급스러워지고 있었다. 그러자 사내도 자신의 용건에 의외로 정직했다.

"글쎄요. 노인장이 아니시라면 이 산중으로 누굴 찾아오겠습니까."

"날…… 나를 찾아왔단 말이오?"

바람결에 계속 수염을 나부끼고 있던 노인의 얼굴에 새삼 당황스러워하는 빛이 지나갔다. 사내는 다시 골짜기 쪽으로 시선을 흘리며 노인의 추궁 투에 간단히 응대했다.

"예, 그제 아침 황전이라든가 하는 그 화엄사 쪽 동네서 우연히 노인장의 말씀을 듣게 됐지요."

"화엄사 쪽에서? 그쪽으론 내가 발길을 한 지가 한참 되는데…… 그 사람들이 어뜨케 아직 내가 이곳에 살아남아 있을 줄을 알고서……?"

"그 사람들도 대개 그런 말을 하더군요. 노인장께서 산을 내려오신 지가 반년을 훨씬 넘을 거라구요……"

"그래, 이 늙은이한텐 무슨 볼일이?"

노인은 번번이 사내를 경계하는 어조였다. 하지만 사내는 그럴수록 말대꾸에 옹색해하는 데가 없었다.

"예, 지리산까지 온 김에 노인장한테서 석밀이나 좀 구해갈까 하구요. 그 화엄사 쪽 아랫동네서 어르신의 석밀 이야길 들었거든요."

시원시원한 사내의 대꾸에 노인은 그제야 뭔가 좀 안심이 되는 듯, 표정이 한결 부드럽게 풀어졌다.

하지만 노인은 그것으론 아직 다 사내를 안심해버릴 수가 없는 듯싶었다.

"석밀이라…… 돌꿀 이야기를 어떻게 들었길래?"

그는 아직도 미심쩍은 기색을 털어버리지 못한 채 사내를 좀더 뜯어 살피려는 눈치였다. 젊은 방문자가 그런 노인을 안심시키듯 말했다.

"자연 석밀을 모를 리가 있습니까. 석밀의 약효는 전부터 자주

듣고 있었지요. 하지만 제가 예까지 산엘 들어온 것은 그 황전 사
람들에게서 이곳 노인장의 이야길 듣게 된 소이지요. 그 사람들,
어르신을 이만저만 기다리고 있는 게 아니던걸요. 이 한두 해 동
안은 돌청 한 방울 내보낸 일이 없으시다구요. 그 사람들이 그토
록 어르신의 석밀을 기다리는 것을 보고 제가 길을 나선 겁니다."

"돌꿀 좋은 줄은 이 늙은이도 알고 있소. 하지만 내놓은 장사
꾼이 아닌 담에야 그까짓 산꿀 몇 방울 구해 가자고 이 험한 산길
을 찾아든단 말이오?"

"분명히 듣거나 와본 일들이 없어서 사람들이 여기 어르신의
처소를 제대로 일러주질 못했을뿐더러, 저도 첨엔 이쪽 길이 이
렇게까지 깊은 줄을 몰랐으니까요. 남원이나 함양 쪽 같은 북쪽
으로 해서라면 고생이 덜했겠지만, 노인장의 꿀 이야기를 들은
게 그쪽이었거든요. 노인장께서는 길이 더 먼데도 지금까지 늘
그쪽으로만 꿀을 내보내셨다면서요…… 하지만 제가 이토록 고
생을 한 것은 그보다도 노인장께서 너무 오랫동안 산을 내려오지
않으신 탓 아니겠습니까."

아무리 후벼도 사내 쪽엔 긁히는 대목이 없어 보였다. 하지만
노인에겐 그럴수록 미심쩍은 느낌이 더해갔다. 그토록 멀고 확
실치도 않은 길을 그리 한사코 찾아 들어온 길이라면 필시 그 돌
꿀 나부랑일 위해서만은 아닐 듯싶어진 때문이었다.

하지만 노인은 이제 자신의 의혹을 그쯤에서 그만 눌러 참아두
는 수밖에 없었다. 의심이 많으면 되레 이쪽이 더 큰 의심을 사
게 될 수가 있었다. 시기나 경우가 전혀 엇갈리고 있는 걸로 보

아 사내는 어쩌면 정말로 그저 산꿀 나부랑이나 구하러 들어온 등산객에 불과할 수도 있는 일이었다. 아니 그가 혹시 무슨 낌새를 알아차리고 온 사람이라 하더라도 이쪽에서 먼저 의심을 사게 하거나 위인의 경계심을 일깨워놓는 건 바랄 바가 아니었다.

노인은 좀더 마음을 편하게 갖기로 작정했다. 그리고 좀더 기다려보기로 마음을 바꾸었다.

"그야 나도 내려보낼 꿀방울이 모아졌으면 왜 여태까지 내려보내질 않았겠소. 그동안에 거의 따 모은 게 없어서 그리 된 거외다."

한번 더 자신을 가다듬고 난 노인은 모처럼 사내가 물어오지도 않은 말을 제물에 앞장서 털어놓고 있었다. 그리고는 제법 흉허물이 없는 손님이라도 맞아들이듯 자신이 먼저 돌담 안으로 발길을 되돌리며 젊은 사내를 함께 청해 들였다.

"어쨌거나 길을 휘지 않고 용케도 잘 찾아오셨소. 그젯날로 화엄사 쪽에서 길을 나섰다면 연거푸 두 밤이나 노숙을 했을 텐데, 우선 좀 들어와 쉬어가기나 해야지요."

사람을 대하고 보니 입이 금세 익어진 듯 어눌스런 말씨도 차츰 거침이 없어졌다.

"그나마 길을 크게 휘지 않은 건 재수가 좋은 편이었지요. 하지만 아직도 내려보낼 꿀이 없으시다면 이 고생도 모두 허사가 되는 겁니까?"

젊은 사내 역시 기다렸다는 듯이 사양의 기색 없이 곧 노인을 뒤따르며 사람 좋게 지껄여댔다.

두 사람은 이내 두 개의 바위틈에 ㅅ자 지붕을 얹어 이은 통나무 굴집 거처로 들어섰다.

"거처가 이 꼴이니 권하기도 뭣하오만, 그래도 이 산중에 사람이 깃든 곳은 이곳뿐이니 여기서 잠시 쉬어가도록 하구려."

노인이 그 지붕 아래로 싸릿대를 엮어 깔아놓은 돌마루 위로 사내의 짐을 풀게 했다. 사내도 그 노인의 말대로 등덜미의 짐을 풀어놓고 다리를 뻗고 주저앉았다. 그리고는 여기저기 돌담으로 둘러싸인 경내를 살피다 말고 무심결인 듯 노인에게 물었다.

"옥수수를 손수 길러 잡수십니까?"

돌담 양쪽으로 수염을 빼물기 시작한 옥수숫대를 두고 물은 말이었다.

"예, 여기선 곡물을 올려 오기도 어려우니까요. 게다가 불기를 않고 씹을 만한 재배곡은 옥수수가 그중 나은 편이라오."

노인도 처음엔 별 의심 없이 대꾸와 부연을 덧붙여나갔다.

"생식을 하시는가요?"

"이런 데서 매번 불기를 만들기도 번거로운 노릇 아니겠소. 입산 후부터 생것을 씹기 시작한 것이 이젠 그럭저럭 아주 버릇이 되고 말았다오."

"하지만 일기가 차서 재배할 곡종이 많지 않을 텐데요."

"그러니 바람기 적고 햇볕 잘 드는 의지를 찾아 이것저것 심어보곤 하지요. 옥수수나 감자 등속은 그런대로 조금씩 수확을 얻어요. 그것도 모자라니 여름 한철엔 나무 열매나 고사리, 더덕 같은 나물 뿌리도 캐 말리고……"

사내의 물음은 그러나 그 정도에서 금방 그칠 기색이 아니었다. 노인은 그 사내의 바닥 모를 호기심이 아무래도 찜찜하게 마음에 걸려왔다. 아니 그는 처음부터 이 호기심 많고 정체가 아리송한 내방객과 오래 머무를 생각이 없었다.

작자를 좀더 붙들어두고 싶은 생각이 아주 없는 건 아니었다. 시간이 많이 고이지 않아도 욕망은 순식간에 차오를 수 있었다. 기왕에 제 발로 찾아든 위인이니 작자를 붙들어두고 자신의 갈망과 믿음을 한번 더 시험해보고 싶었다. 그 위험한 생사 간의 대결을 사내와 더불어 결말지어버리고 싶어지기도 하였다. 위인의 심상찮은 호기심을 느낄 때마다 그런 충동이 문득문득 가슴을 아프게 두들겨대곤 하였다.

하지만 노인은 참기로 하였다.

— 이 작자로도 어차피 결말을 보기를 바랄 수는 없는 일. 공연히 한번 더 사람만 다칠 텐데……

기왕지사 참기로 작정을 한 바엔 위인과 길게 시간을 허비하고 있을 필요가 없었다. 시간을 끄는 것은 그만큼 힘든 참음과 고통의 연장일 뿐이었다. 작자와 빨리 헤어지는 게 현명했다.

"그럼 잠시 좀 기다려보시겠소?"

사내의 집요한 호기심을 피하여 노인은 이제 그쯤에서 자리를 일어섰다. 그리고는 뭔가 다시 묻고 싶은 것이 있는 듯한 사내의 기미를 무시한 채 그간에 혼자 작심해둔 일을 서둘렀다.

"돌꿀 때문에 예까장 오셨다니 말대접이라도 좀 해드릴 게 남아 있는질 봅시다."

말을 하고 나서 노인은 얼핏 그 동굴 속 같은 껌껌한 거처 안으로 모아둔 물목을 찾아 들어가려 하였다.

"저한테 지금 꿀을 주시려구요?"

노인의 그런 갑작스런 행동에 사내가 왠지 좀 당황스런 표정으로 노인의 호의를 가로막고 나섰다.

"그렇게 급히 서두르실 건 없습니다. 전 이제 막 산을 올라온 참인데 숨이나 좀 돌리고 나야지요."

"서두를 일이 없는 건 노형 쪽이지요. 난 지금 산을 나가봐야 하외다."

노인이 다시 엉거주춤한 자세로 사내를 나무라듯 퉁명스럽게 받았다.

그러는 그는 무언가 아직도 자신을 견디려 애를 쓰고 있는 기미가 역력했다.

하지만 사내 쪽도 예까지 산을 올라왔을 때는 나름대로 생각이 있었을 터였다. 노인의 일방적인 결정과 권유 앞에 그 역시 간단히 물러설 기미가 아니었다.

"그럼 저더러 지금 당장 산을 내려가라는 겁니까?"

"아니, 지금 당장에 내려가시라는 건 아니오. 그나마 여긴 내 집이라 할 수 있는 곳이니 쉬고 싶은 만큼 얼마 동안이라도 쉬어가도록 하시구려. 하지만 난 해가 떨어진 다음에나 돌아오게 될 사정이라 너무 오래 머무는 건 권할 수가 없소이다."

"산중인심이라는 게 원래 이렇지가 않을 텐데요. 하하."

"아마 간밤에 노숙을 하셨다면 아침 요기도 그리 든든치가 못하셨을 텐데, 보다시피 지내는 형편이 워낙 이래 놔서 그런 줄을 알고도 시장기 한 끼 메워드릴 엄두를 못 내고 있는 형편이라오. 게다가 예서 바깥세상까지는 하루 산길이 넘치는 곳이오. 너무 늦게서 길을 나서는 건 그리 현명한 처사가 못 될 거외다. 자, 그러니 내 미안한 인사로다가 남은 꿀이나 좀 나눠드릴 테니……"

노인은 거의 사정 투가 되고 있었다.

하지만 사내는 사내대로 노인의 심중은 아랑곳없이 엉뚱한 농기로 떼를 쓰고 들었다.

"어르신의 배려는 고맙습니다만, 그러나 전 지금 꿀 값을 내놓을 형편도 못 되는걸요. 산사람 행장이 원래 그렇지만 전 실상 길을 나서면서도 노인장을 만나뵐 자신이 많지 않았거든요."

"이 늙은이도 무슨 꿀값 따위를 바라서가 아니오. 산을 내려가지 않으면 무에 어디다 쓸 일도 없으니…… 난 그저 예까장 온 사람 요기 한 끼 시켜드리지 못한 인사로다 그러자는 것뿐이외다."

"등에 지고 온 게 아직 좀 남아 있어서 노인장께 제 끼니 걱정을 끼쳐드릴 염려는 없을 겝니다."

"……"

"어쨌거나 노인장께선 일을 다녀오십시오. 그 대신 저녁때 제가 아직 산을 내려가지 않고 있더라도 나무라지만 말아주시구요."

"그야…… 여기가 네 산도 내 산도 아닌 담에, 누가 눌 내려가라 마라 하겠소만……"

젊은이는 끝내 산을 내려갈 기미가 아니었다.

노인도 더 이상은 어쩔 수가 없는 처지. 그는 못내 꺼림칙한 표정으로, 그러나 바로 그 순간부터 갑자기 가슴으로 밀려드는 어떤 새로운 갈망과 전율스런 충동질 앞에 자신을 간단히 체념해버린다. 그리곤 아직도 농기가 가시지 않고 있는 사내를 버려둔 채 천천히 혼자서 산행을 서두르기 시작했다.

2

백상도 노인은 혼자서 굴집을 나와 해가 하얗게 치솟아 오른 동쪽 봉우리를 바라보며 골짜기를 하나 건너갔다. 굴집을 한참 멀어져가면서도 노인은 한 번도 뒤를 돌아보는 법이 없었다. 그것은 오히려 자신의 거처에 혼자 남겨두고 온 젊은이의 거취가 궁금해지고 있는 자신을 견디려 함이었다.

노인은 능선을 하나 넘고 굴집 쪽의 시야를 완전히 벗어났을 때쯤 해서 가쁜 숨을 몰아쉬며 발길을 멈춰 섰다. 산중턱 저만큼 바위 아래 하얀 도라지꽃이 한 무더기 무리를 이루고 피어 있었다.

노인은 잠시 숨을 돌리고 난 다음, 다시 그 도라지꽃 무더기 쪽으로 천천히 발길을 옮겨갔다. 그리고 그 꽃무더기와 대여섯 발짝쯤 떨어진 곳에다 옆구리에 메고 온 망태기를 내려놓고 그 자리에 털썩 몸을 주저앉혔다.

구름 한 점 없는 화창한 날씨. 따가운 햇볕이 바위산을 말갛게 씻어내리고 있었으나, 시원한 바람기가 넘나드는 산중턱은 거의 더위를 느낄 수가 없었다. 이마의 햇볕을 피하려 하지도 않고 썩어 누운 나무토막 위로 차분히 몸을 주저 앉힌 노인은 한동안 유심히 꽃무더기를 살핀다. 하얀 꽃송이들 사이사이로 땅벌 몇 마리가 바람결에 하늘하늘 꽃대와 함께 흔들리고 있었다. 벌들은 물론 순백의 꽃빛이나 시원스런 바람기를 즐기고 있는 게 아니었다. 놈들은 실상 제 꿀주머니가 차오를 때까지 이 꽃 저 꽃을 옮겨 다니는 탐욕스런 약탈꾼들이었다. 약탈이 끝난 놈들은 아무리 빛깔이 고운 꽃에서도 쓸데없이 길게 머무르지 않았다. 놈들은 곧 꽃을 떠나 어디론지 멀리 허공을 날아가버리곤 하였다.

노인은 그 벌들이 오가는 방향을 유심히 살피고 있었다. 벌들은 한 놈이 꿀집을 발견하고 나면 다른 놈들도 이내 길을 따라 쫓아왔다. 꽃이 많은 곳은 놈들의 노다지판 한가지였다. 소굴이 같은 놈들이니 오가는 길도 대개 같을 수밖에 없었다.

노인은 이윽고 놈들이 오가는 방향을 읽어냈다. 그러자 그도 이제는 자리를 일어섰다. 그는 벗어둔 망태기를 집어 들고 놈들이 날아간 방향으로 능선을 좀더 휘돌아 넘는다. 바야흐로 도라지꽃이 한창인 철이다. 더욱이 이 산에는 도라지가 무리를 이루고 있는 곳이 많았다. 첫번 바위 아래서 한 백 미터쯤 떨어진 곳에 다시 하얀 도라지꽃 몇 송이가 하늘하늘 바람결에 흔들리고 있었다.

노인은 거기서 다시 걸음을 멈춰 섰다. 이번에는 놈들의 왕래를 확인해보지도 않고 망태기 속의 물건들을 끄집어내었다.

그는 햇볕에 쉬 달아오르지 않을 작은 나무 접시에다 유리병에

담아온 생꿀 몇 방울을 떨어뜨리고, 그것에다 다시 자루의 물을 부어 당기를 묽게 희석시켰다. 그리고 그 꿀물접시를 도라지꽃 옆 바윗돌 위로 조심스럽게 올려놓고 자리를 멀찍이 물러나 앉았다.

햇볕 속에 놓인 꿀물접시에서는 한동안 아무런 변화도 일어나지 않는다. 노인은 따가운 이마의 햇살을 견디며 무언가를 끈질기게 기다리고 있었다. 그리고 그 노인의 참을성은 이윽고 서서히 성과를 나타내기 시작했다. 부근에 피어 있는 흰 도라지꽃 덕분이었다. 이따금 노인의 주위를 스쳐 지나가곤 하던 무리 중의 한 마리가 마침내 길을 꺾어 그 꿀물접시로 내려와 앉았다.

하지만 노인은 아직 서두르지 않았다. 첫번 놈이 꿀물을 물어가고 난 다음 두번째 놈이 다시 나타날 때까지도 시간이 거의 비슷하게 먹혔다. 두번째 녀석이 다녀가고 세번째 녀석이 나타날 때부턴 시간 간격이 조금씩 좁혀 들기 시작했다. 그리고 거기서부턴 첫번째 꽃더미를 찾아가던 놈들 중에 낌새를 알아차린 놈들이 눈에 띄게 늘어갔다.

노인은 거기서 다시 자리에서 일어섰다. 그리고 햇볕에 말라가는 꿀물접시를 놓아둔 채 작은 약탈자들이 꿀물을 물고 사라져간 방향으로 백 미터쯤 다시 자리를 옮겨갔다. 이번에는 맞은편 능선과 수평 방향의 골짜기 쪽으로, 역시 도라지꽃 몇 송이가 무리져 피어 있는 곳이었다. 노인은 거기서 다시 다른 나무 접시 하나를 꺼내어 아까와 똑같은 작업을 되풀이했다.

그리고 막 자리를 물러나 바윗돌 위로 몸을 걸쳤을 때—, 등 뒤에서 갑자기 나뭇가지 스적이는 인기척 소리가 들려왔다. 이어 허물없이 지껄여대는 목소리가 뒤따랐다.

"마을로 내려보낼 꿀은 없으시다더니, 애써 따 모으신 걸 이렇게 다시 나눠주고 계셨던 거군요."

물을 것도 없이 거소에 남겨두고 온 젊은 사내였다. 젊은이는 그가 산을 올라올 때 지고 온 배낭을 다시 어깨에 둘러메고 있는 차림. 하지만 그는 산을 내려가고 있는 길이 아니었다. 산을 내려가는 쪽은 이쪽이 아니었다. 할 일 없이 굴집에 앉아 노인을 기다리기보다 산을 함께 따라나서고 싶어진 게 분명했다.

노인이 그것을 모를 리 없었다. 노인은 으레 그가 그렇게 나올 줄 알고 있었기라도 하듯이 놀라거나 못마땅해하는 기색이 그리 없었다.

"그렇다고 그냥 아무렇게 꿀을 뿌리고 다니는 건 아니라오. 이 깊은 산중에서조차도 주는 것이 없이는 얻음도 없는 게 살아가는 법칙이라서요. 이건 실상 놈들을 따라가는 방법이라오."

노인은 마치 오랜 길동무에게라도 일러주듯 대범스런 어조로 젊은이에게 말했다. 그리고는 이 힘든 산길에 배낭은 웬 배낭이냐는 듯 비로소 좀 유심스런 눈길로 사내를 건너보았다.

젊은이도 문득 그 노인의 말 없는 추궁을 알아차린 듯 변명조로 재빨리 양해를 구해왔다.

"노인장께서 언제 돌아오실 줄도 모르는데 무작정 혼자 앉아 있기가 뭣해서요……"

허락 없이 따라나선 걸 이해해달라는 말투였다. 하지만 젊은이는 제물에 자신의 대답이 비끌린 것을 알아차린 듯 다시 말을 고치고 있었다.

"아, 이 배낭 말씀입니까. 글쎄요. 아까 노인장께서도 말씀하셨듯이 전 워낙에 불청객이 되어놔서요…… 제 요깃거린 제가 알아서 져가야지 않겠습니까."

노인은 이제 그런 젊은이를 더 이상 아랑곳하려 들지 않았다. 그가 무엇 때문에 불쑥 산을 찾아 들어와서 산행까지 굳이 동행을 하고 싶어 하는지, 그런 덴 이제부터 상관을 않을 작정인 것 같았다. 아니 젊은이가 그것을 말하든 말하지 않든 간에 모든 것을 이미 알고 있는 사람처럼 표정이 전혀 흔들리질 않았다. 젊은이가 그를 어디까지 따라오든, 그리고 그에게 무슨 말을 해오고, 그에게서 무엇을 알고 싶어 하든 전혀 괘념을 않으려는 눈치였다. 그는 그저 말없이 주저앉아 꿀접시로 날아드는 벌들이나 조용히 지켜보고 있었다. 그리고 녀석들이 약탈을 끝내고 소굴로 돌아가는 허공길만 끈질기게 지키고 있었다.

젊은이도 처음 얼마 동안은 그러는 노인이 오히려 편하게 여겨졌다. 그는 한동안 전혀 말이 없이 노인의 거동새만 한가하게 지켜보고 있었다. 그러나 그는 아직도 노인의 작업을 이해할 수가 없었다. 물어보고 싶은 일이 한두 가지가 아니었다. 하지만, 노인의 침묵이 너무도 길고 깊었다. 그리고 꿀접시와 벌들을 살피는 그의 주의력이 너무 차분하고 가지런하였다. 묻고 싶은 것이 있어도 그 앞에 섣불리 입을 뗄 수가 없었다.

노인은 이제 그 두번째 장소에서도 벌들의 행로를 명확히 읽어 낸 모양이었다. 그가 이윽고 다시 자리를 일어섰다. 그리고 혼자서 스적스적 먼젓번 접시가 놓인 곳으로 되돌아가 햇볕과 벌들로 꿀물이 거의 다해가고 있는 빈 접시를 거둬가지고 돌아왔다. 그는 그 두번째 접시를 그대로 놓아둔 채 그길로 다시 한참 산비탈을 돌아갔다. 이번에도 물론 벌들이 날아가는 허공중의 행로를 뒤쫓아서였다.

젊은이도 이제 그쯤의 눈치는 알아차리고 있었으므로, 두번째 접시를 뒤에 놓아둔 채 세번째 장소로 노인을 따라갔다. 그리고 이젠 더 참을 수가 없어져 모처럼 입을 열어 노인에게 물었다.

"이렇게 줄곧 따라가기만 하면 정말로 벌집을 만나게 됩니까?"

"글쎄요. 만날 때도 있고 못 만날 때도 있고…… 도중에서 놈들의 행로를 놓치면 거기서부턴 또 다른 놈들의 행로를 따라가야 하니까……"

젊은이의 물음에 꿀접시를 나무 그늘 아래로 받쳐놓고 있던 노인이 혼잣말을 하듯 무관심하게 대꾸했다.

"꿀을 찾을 때까진 이런 일을 대개 얼마 동안이나 계속해야 합니까?"

노인이 마음에 들어 하거나 말거나 젊은이는 계속 질문의 꼬리를 이어나갔다. 노인의 특이한 채밀(採蜜) 행각에 젊은이는 어떤 심한 충격과도 같은 기이한 느낌이 스치고 있었기 때문이다.

"글쎄, 그것도 첨부터 결과를 정해두고 하는 일이 아니니……

재수가 좋으면 하루 만에도 찾아내고, 그렇지 못할 땐 사흘이고 닷새고 한정이 없다오."

"그런데 노인장은 언제부터 이런 식으로 꿀을 따오신 겁니까. 이런 방법을 노인장께선 어디서 어떻게 배우셨느냐 말씀입니다."

심상찮이 각별한 젊은이의 관심과 연이은 물음에 노인은 그제서야 천천히 허리를 펴고 일어서며, 그러나 새삼 귀찮은 생각이 들어오는 듯 핀잔 투의 어조로 퉁명스럽게 말했다.

"어디서 어떻게 배운 게 아니라 이건 내가 이 산에서 혼자 깨우친 방법이외다. 그러니 내가 이짓을 해온 것도 혼자서 그걸 깨우치고 익혀온 것만큼 한 세월이 될 거외다……"

그러다 노인은 문득 자신의 내력을 너무 한꺼번에 열어 보인 느낌이 들었던지, 이번에는 그쪽에서 은근히 젊은이 쪽의 정체를 짚고 나섰다.

"헌데 노형은 아까부터 그냥 산꿀을 구하러 온 사람만은 아닌 것 같구랴. 산꿀을 구하러 온 사람치고는 이것저것 호기심이 너무 많아 보인단 말이외다……"

젊은이도 그 소리엔 부지중 자기 내심을 엿보이고 말았다는 듯 표정이 슬며시 굳어졌다.

그는 잠시 말대꾸를 삼간 채 노인의 옆얼굴을 조심스럽게 살폈다. 그런데 짐짓 시선을 산 아래로 흘리고 서 있는 노인의 표정 속엔 뜻밖에 단호하고 완강한 추궁기가 어리고 있었다.

"아, 제가 너무 실없이 귀찮은 소리들을 여쭌 것 같군요."

엉겁결인 듯 젊은이는 이내 사과를 하였다. 그리고는 전혀 자신을 숨길 건덕지나 그럴 필요가 없는 사람처럼, 혹은 그새 무언가 내심의 작정이 내려진 사람처럼 한동안 장황하게 자신의 호기심을 변명하고 나섰다.

"하지만 제 성미가 워낙 호기심이 많은 편이라 봐서요. 호기심이 많은 편이기도 하지만, 그게 종당엔 제 밥벌이하고도 상관이 되고 보니 어쩔 수가 없나 봅니다. 아까 노인장께서도 저더러 그냥 꿀이나 구하러 온 사람 같지가 않다고 하셨지만, 아닌 게 아니라 전 원래 소설 나부랭이나 써 먹고살아온 처지거든요. 그것도 매사에 호기심이라는 게 불가결의 무기처럼 되고 있는 추리소설을 말씀입니다. 어르신께서도 전에 혹 들으신 적이 있으신지 모르겠습니다만, 주영훈이란 이름이 제 필명이지요. 본명은 따로 주영섭으로 불리고 있습니다만…… 그러니 호기심은 제 천성이자 가장 소중한 밥벌이 밑천이 되고 있는 격이지요. 그래 사실은 이렇게 함부로 어르신의 산행을 따라나선 것도 어르신이 이미 말씀하셨듯이 산꿀을 얻자는 욕심보다는 아마 어르신의 이런 채밀 요령을 보고 싶은 쪽이었을 겁니다. 그러니 뭐 제 호기심을 너무 괘념하거나 허물하려 하지는 말아주십시오."

소설이니 뭐니, 산중의 노인에겐 전혀 어울릴 수 없는 어색한 소리들을 섞어가며 젊은이는 느닷없이 그렇듯 자기소개까지 겸하고 넘어갔다. 노인에겐 어딘지 이해에 무리가 따름직한 소갯말이었다. 하지만 그런 젊은이의 말투는 그 점을 미리 계산에 넣어두고 있었던 듯 노인 쪽의 이해를 전혀 돌보는 기미가 없었다.

노인도 과연 젊은이의 말을 모두 알아듣고 있었다. 아니 그냥 알아들은 정도가 아니라 젊은이의 일에 대한 자신의 주견을 조심스럽게 덧붙이기까지 하였다. 젊은이가 자기소개의 말을 늘어놓기 시작했을 때, 노인은 그냥 골짜기 아래쪽으로 눈길을 던져둔 채 한쪽으로 묵연스레 귀를 기울이고 있었다. 그리고 그 추리소설쟁이라는 젊은이의 정체가 자신의 입으로 말해졌을 때 노인은 이맛살이 잠깐 좁혀 들었을 뿐 그 정도는 애초부터 짐작을 하고 있던 사람처럼 시선이 이내 다시 가지런해졌다. 그러다 젊은이의 자기소개가 끝나자 노인은 아깟번과 똑같이 반쯤은 무관심하고 반쯤은 귀찮은 듯한 목소리로 혼잣말처럼 되물어왔다.

"소설을 쓰신다…… 추리소설을…… 그래 이런 채밀 방법도 노형의 그 소설거리가 된다는 말이외까?"

"아닙니다. 모든 호기심이 반드시 소설 때문이라고는 할 수 없으니까요. 소설에 앞서서도 살아가는 과정에서 흥미가 끌리는 일은 흔하지 않겠습니까?"

역시 짐작한 대로라는 듯 젊은이가 서둘러 노인의 물음에 대답을 이었다.

"노인장의 일로는 소설을 쓰게 될 수도 못 쓰게 될 수도 있겠지요. 하지만 전 원래 어떤 일에나 그 일의 시말을 제 자신이 직접 체험해보지 않고는 글을 쓰지 못하는 형편이라서요."

노인과는 갈수록 어울릴 수 없는 화제요 말투들이었다. 하지만 노인 쪽도 거기까지는 미처 의식을 못한 듯 (혹은 이미 그럴 필요가 없어졌는지도 모르지만) 젊은이를 추궁하고 들었다.

"소설을 쓰게 될 수도 있고 안 쓰게 될 수도 있다는 건 이런 일을 가지고도 소설을 쓰게 될 가망이 있다는 말이 되겠구려. 한데 난 알 수가 없는 것 같소. 내 옛날의 어두운 상식으로는 소설이란 머릿속에서 지어내는 이야기로만 알고 있었는데, 그걸 일일이 몸으로 겪고 확인을 해봐야 옳은 겐가 말이외다."

소박한 대로 그 나름의 소견이 분명한 말이었다.

"사람에 따라서는 체험하고 상관없이 머릿속에서 그럴듯한 이야길 꾸며낼 수도 있겠지요. 하지만 전 워낙 머리가 부족해서요. 그리고 실상은 소설이란 게 사람들 살아가는 이야기나 그 방편의 한 가지가 아니겠습니까. 그래서 어떤 사람들은 머릿속 생각보다는 세상일에 직접 뛰어들어 겪어낸 체험을 더욱 소중하게 여기는 경우가 많지요. 직접 체험이나 취재라는 게 바로 그런 것일 텐데, 소설쟁이가 소설을 쓴다는 게 손끝으로 이야길 써내는 경우만을 뜻하는 게 아니라면, 그 역시 소설쟁이가 소설을 쓰는 행위의 일부분일 수 있겠고, 더 나아가 소설쟁이가 그 소설로써 자신의 삶을 살아가는 방법일 수가 있는 거 아니겠습니까."

젊은이는 열심히 설명했다. 엉뚱한 곳에서 엉뚱한 토론이 벌어진 셈이었다. 하지만 두 사람은 이제 으레 그런 이야기가 나올 차례라는 듯, 그리고 그 배후의 말뜻을 빠뜨리지 않고 모두 읽어내려는 듯 어울리지 않는 화제나 말투엔 전혀 신경을 안 쓰고 있었다.

"체험을 하고 나서야 소설을 쓴다, 그리고 그 소설로써 제 삶을 살아낸다……"

노인이 이윽고 그 젊은이의 장황한 설명을 간단히 몇 마디로 요약했다. 그리곤 비로소 뭔가 수긍이 가는 듯 깊이 고개를 끄덕였다.

어느새 다시 벌들이 몇 마리씩 접시로 내려앉아 꿀물을 물고 날아가곤 하였다. 그 벌들이 계속 날아와서 꿀접시 쪽으로 새로운 행로를 만들고 있었다. 젊은이는 한동안 그 벌들이 날아오고 날아가는 길목을 노인과 조용히 가늠해보다가 이윽고 다시 조심스럽게 입을 열었다.

"이렇게 힘들여 놈들을 따라가서도 끝내 꿀집을 만나지 못하면 실망이 여간 크질 않으시겠군요."

조금 전까지와는 반대로 화제의 방향이 다시 노인 쪽으로 돌아가고 있었다.

노인은 이제 다시 자리를 일어섰다. 그리고 젊은이의 물음에 대한 응답을 미룬 채 먼젓번 꿀접시를 앞으로 옮겨갔다.

젊은이는 굳이 그 노인의 응답을 재촉하지 않았다. 그는 노인의 중간작업이 끝날 때까지 참을성 좋게 시간을 기다렸다.

노인도 이야기의 줄기를 잊지 않고 있었다. 그는 한 차례 그 접시를 옮기는 일을 끝내고 나서야 묵묵히 그를 뒤따라와 있는 젊은이에게 금방 물어온 소리를 받듯이 말했다.

"아니, 생각처럼 그렇게 실망이 크지 않다오. 아까도 말했듯이 꿀집은 항용 만나게 되는 수도 있고 못 만나게 되는 수도 있으니 말이외다. 처음부터 그런 생각을 지니고 나서면 실망이 그리 클 일이 없지요."

그러자 이번에는 젊은이가 좀더 대담스러워진 어조로 다시 물었다.

"글쎄요. 어른께서 처음부터 그런 생각을 하고 계셔서 그럴까요? 그보다 전 어쩐지 노인장께서 산꿀 같은 건 아예 염두에도 두고 계시질 않기 때문일 듯싶군요. 어르신의 작업을 곁에서 가만히 지켜보고 있으려니 어쩐지 자꾸만 그런 생각이 들어요. 아까 제가 어른께 여쭌 말씀도 그래 바로 그런 뜻에서였구요."

"허, 그래요? 내가 그런 탐욕스런 사람으로 보이질 않았다니 그것 참 듣던 중 고마운 말이구려. 하기야 이렇게 녀석들을 쫓아다니긴 하면서도 나 역시 노상 녀석들한테 약탈만을 꿈꾸고 있는 것은 아니니…… 허허."

노인은 이제 제법 농기를 섞어가며 어딘지 차츰 이야기의 핵심을 흐려놓고 싶은 말투가 되고 있었다.

하지만 젊은이는 이제 분명한 작정이 서고 있었다. 그는 부러 핵심을 비켜가고 있는 듯한 노인의 그 고의적인 탈선을 정면에서 다시 가로막고 나섰다.

"아닙니다. 어르신의 탐욕에 관한 이야기가 아닙니다. 제 말씀은, 어르신의 이런 작업이 처음부터 산꿀을 얻는 일하고는 큰 상관이 없을 것 같다는 말씀입니다."

"꿀을 얻는 일과는 처음부터 큰 상관이 안 된다?"

노인에게서도 다시 농기가 걷혔다. 하지만 노인은 이내 다시 대수롭지 않은 어조로 가볍게 응대해나갔다.

"하기는 아예 그렇게 보일 수도 있었을 거외다. 잠시 전에도 말을 했지만, 난 놈들의 곳집을 찾아내고 못하고는 처음부터 워낙 괘념을 않으려 해왔으니……"

옹색스런 변명 역시 이야기의 핵심을 피하려는 어조였다. 젊은이의 속을 환히 다 꿰뚫어보고 있는 증거였다. 젊은이는 그럴수록 더 물러설 수가 없었다.

"아닙니다. 단지 그런 정도가 아닙니다. 제 추측이 크게 틀리지 않는다면 노인장은 이런 채밀 산행에서 벌꿀 따위를 얻는 일 말고 뭔가 다른 일을 하고 계실 겁니다. 뭔지는 아직 알 수가 없지만, 전 지금 그것을 말씀드리고 있는 겁니다."

젊은이는 거의 단정적으로 말했다. 하지만 노인 쪽도 그런 정도로는 호락호락 내심을 털어놓을 낌새가 아니었다.

"그거 참 알다가도 모를 일이구려. 이까짓 벌 떼를 쫓아다니는 일에 어째서 그런 엉뚱한 생각이 들고 있을꼬……"

"제 예감 때문일 겁니다. 추리소설쟁이의 예감 말씀입니다. 제 예감은 상당한 기간 훈련을 해와서 신통한 대목이 많았거든요."

"추리소설가의 예감이라니 함부로 무시할 순 없는 거겠지만……"

두 사람 사이엔 한동안 다시 뜻 모를 다툼이 이어져나갔다. 하지만 젊은이가 밀고 들어오는 힘이 워낙 거세었던 탓인지 노인은 거기서 비로소 한 발짝쯤 뒤로 물러서는 기미였다. 그는 잠시 말을 끊고 기다렸다가 이번에는 문득 그 젊은이 쪽으로 다시 추궁의 화살을 돌려댔다.

"그래, 그런 생각이 소설을 쓰는 사람의 예감 때문이라면, 노형은 결국 이 일을 가지고 소설을 쓰겠다는 겐가……? 꿀접시를 가지고 벌 떼를 쫓아다니는 일에 정말로 소설거리가 있어 보이느냔 말이외다."

"소설을 쓰게 될지 어떨지는 저도 아직 장담할 수가 없습니다. 전 우선 제 호기심과 예감을 쫓아가보고 싶은 것뿐이니까요."

"그러다가 막상 소설을 못 쓰게 되면 실망이 여간 크질 않을 텐데?"

"노인장께서 꿀집을 못 찾아내도 실망을 않으시듯 저도 그리 크게 실망을 않을 겁니다. 호기심이나 예감이 제게 늘상 소설을 쓰게 하는 것은 아니니까요. 그러니 제가 실망할 염려는 마시고 어르신의 진심을 말씀해주십시오."

젊은이는 이제 자신의 예감을 어쩔 수 없다는 듯 조금 전의 노인의 말투를 그대로 흉내 내며 단정적으로 육박해 들어갔다. 그건 바로 노인의 정체에 대한 노골적인 추궁의 소리 한가지였다.

노인도 이젠 어쩔 수가 없어진 듯 체념스런 웃음을 흘리고 있었다. 그리고는 다소 짓궂은 어조로 예상보다도 당돌스런 젊은이를 은근히 공박해왔다.

"허허, 이젠 아예 노형 생각대로 단정을 해버린 말투로구만. 그렇다면 내 일도 그 영험스런 예감에게 물어보면 될 일이 아니겠소. 도대체 저 영감쟁이가 꿀을 따러 다니는 일 말고 무슨 일을 하고 다니느냐고 말이오. 그래 노형 생각엔 도대체 이 늙은이가 무슨 짓을 하고 다니리라 여겨지오?"

그것은 이미 노인 쪽에서도 젊은이의 예감을 수긍해주고 있는 소리에 진배없었다. 그리고 이젠 노인 스스로 그걸 확인해줄 우회적인 의향의 표시이기도 하였다.

젊은이가 그걸 못 알아들을 리 없었다. 그는 쓸데없이 노인의 비위를 건드리지 않았다. 이런 때의 말대꾸는 어느 경우나 노인의 실토를 지연시킬 뿐이었다. 그는 그저 말없이 잔잔한 웃음으로 노인의 다음 말을 기다리고 있었다.

3

노인은 다시 꿀접시를 옮기러 자리를 일어섰다. 그리고 그 꿀접시를 옮겨놓고 벌들의 내왕을 기다려 무리의 행로를 가늠해낼 동안 이야기를 띄엄띄엄 이어나갔다.

"꿀을 얻는다기보다 살아가는 지혜를 배운다고 할는지……"

노인의 이야기는 젊은이가 처음 기대했던 것보다 서두가 훨씬 더 직선적이었다. 그는 자신의 채밀 행각에서 진짜로 얻고 싶은 것이 그 꿀보다 사람 살아가는 지혜라도 되는 듯이 이야기의 서두를 무겁게 시작했다. 젊은이가 이미 몇 차례씩 놀라고 궁금해해온 것도 바로 그 노인의 유인성(誘引性) 채밀 행각과 관련한 노회한 지혜에 대해서였다. 한데다 바로 그 노인의 입에서 사람의 지혜 운운의 소리가 나오자 이제는 거의 그 노인에 대해 모종 분명한 확신이 들어오는 것 같았다. 그는 한동안 노인 쪽의 이야기를 방해하지 않으려던 작심에도 불구하고 스스로의 확신을 억제하지 못한 듯 조급스레 한마디 끼어들었다.

"그렇지요. 벌을 유인하여 꿀집을 찾아내는 노인장의 지혜야
말로 몇 숟갈의 꿀보다 훨씬 더 소중하고 유용한 것일 테니까요."

노인은 바로 그 말의 속뜻을 알아들은 모양이었다. 자신도 모
르게 얼핏 젊은이를 돌아보는 노인의 눈길에 순간적으로 어떤 뜨
거운 노기 같은 것이 스치고 지나갔다. 하지만 노인은 그쯤으로
쉽게 마음이 흔들릴 나이가 아니었다. 그는 이내 아무 일도 없었
던 듯 표정이 평상으로 돌아가며 자신이 할 말만 침착하게 이어
갔다.

"사람의 지혜란 원래 이런 식으로 벌집을 찾아내는 법을 깨우
쳐내는 데서부터도 벌써 심상치가 않은 것이겠지만, 진짜 그놈
의 벌꿀집을 찾아내고 보면 사람의 지력이 얼마나 간특하고 무서
운 것인가를 새삼 되새겨보게 되곤 하더이다……"

이상한 일이지만, 듣고 보니 노인 쪽도 그 채밀 행각에서의 유
인술의 지혜를 부정적인 식으로 말해가고 있었다. ……산능선과
골짜기를 며칠씩 헤매다 간신히 벌집을 찾아내고 보면, 그곳엔
으레 여우나 너구리, 오소리 따위의 산짐승들이 주위를 넘나들
고 있기 십상이랬다. 놈들도 그 바위틈이나 고목 속의 벌꿀집 기
미를 알고 몸살들이 나서 그러지만, 목숨을 내놓고 덤비는 벌 떼
의 방벽을 뚫고 꿀을 빼앗아내지는 못한다는 것이었다. 살가죽
이 두꺼운 멧돼지나 곰들이 가끔씩 그 매서운 독침의 공격을 무
릅쓰고 일을 벌이고 가는 수가 있지만, 그 둔하고 무모한 놈들을
제외하고 놈들에게서 꿀을 빼앗아낼 수 있는 것은 녀석들의 그

맹렬한 공격을 사전에 방비하고 나설 줄 아는 두 발 달린 사람의 지혜뿐이라 하였다. 다름 아니라 노인은 그 벌집을 파낼 때 온몸을 방충망으로 둘러싸고 나선다는 것.

"하긴 그걸 무슨 대수로운 지혜라고 할 수는 없지만, 놈들의 그런 결사적인 공격을 이기고 곳집 속 보관물을 빼앗아내고 나면 나름대로 각별한 승리감 같은 걸 맛볼 수도 있는지라……"

노인은 한동안 그런 식으로 이야기의 핵심을 우회하고 있었다. 하지만 젊은이는 굳이 그러는 노인을 간섭하려 들지 않았다. 노인에겐 어차피 하고 싶은 말을 모두 해버리게 하는 것이 좋을 듯싶었기 때문이다.

노인이 아직도 무얼 숨기려 한다면 그쪽에서도 그만한 여유를 가지고 기다려야 하였다. 노인이 스스로 말하고 싶어지기 전에 무리를 해서는 오히려 낭패를 당할 염려가 있었다.

"곳집을 모조리 약탈당해버리고 나면 벌들은 그럼 어떻게 됩니까?"

젊은이는 부러 감동한 빛으로, 그러나 끈질긴 참을성 속에 간간이 노인의 이야기를 거들어나갔다. 그리고 그런 식으로 노인의 이야기는 한참이나 우회를 계속했다.

"꿀을 따내자면 벌집을 모조리 캐내야 하니까 놈들도 다시 집을 옮겨야지요. 집이 못 쓰게 헐리기 시작하면 놈들은 저희 왕벌을 둘러싸고 큰 무리를 이루어 새집을 찾아 떠나갑니다."

하지만 노인은 벌집을 찾아내는 즉시 그걸 헐려고 들지를 않는다 하였다. 벌집을 찾아내고 나면 다시 굴집으로 돌아와 본격적인 채밀기구들을 챙겨가야기도 했지만, 그보다도 다시 더 며칠을 기다려야 할 중요한 일이 있댔다. 벌집 근처는 다른 산짐승들이 넘나들기 쉬우므로, 꿀을 캐기 전에 놈들을 옭아맬 덫을 설치하는 일이었다. 그리고 며칠 놈들을 기다렸다 녀석들이 눈치를 채고 발길을 끊어버린 기미가 보이면 그때 마지막으로 채밀작업을 시작한다고. 그러니까 노인이 그 벌집을 찾는 것은 석청과 산짐승들을 함께 사냥하는 일로, 재수가 좋으면 그동안에 너구리나 오소리 따위도 가끔 묶을 수가 있다는 것—

노인은 일테면 그런 식으로 그 사람의 지혜라는 것에 의지해 그가 채밀행 중에 겸해온 일을 하나 더 일러준 것이었다. 지루한 우회에서 이야기가 비로소 본론으로 돌아온 셈이었다. 한마디로 노인이 꿀을 따는 일이나 산짐승들을 사냥하는 일이나 따지고 보면 그리 성질이 다른 일이 아니었다. 그것은 양쪽 다 노인의 생계를 위한 일이었고, 작업 방법도 벌들의 행로를 쫓는 것으로 그의 지혜와 무관치 않은 것이었다. 하지만 젊은이가 노인에게서 알고 싶은 것은 거기서도 아직 더 한참이나 못 미쳤다.

노인도 과연 그걸 알고 있었다. 그는 아무래도 그 사냥 이야기 따위로는 진짜 지혜다운 지혜를 설명해낼 수가 없었던 것 같았다.

"하지만 이런 건 뭐 사람의 지혜라고 할 수도 없을 거외다. 이런 건 그저 사람이 살아가면서 목숨을 부지해가는 간지에 불과할 뿐이라."

노인은 거기서 돌연 자신이 말해온 그 사람의 지혜를 한꺼번에 모두 폄하해버렸다. 그러고 나선 다시 그 사람의 지혜에 관한 다른 이야기를 시작했다.

"진짜 지혜다운 지혜란 사람들이 자기 지혜라고 믿고 있는 것들이 실상은 사람 살아가는 데에 그리 쓸모가 없다는 것을 깨우치는 데서부터 시작되고 있는 거외다."

노인은 사람들이 믿고 있는 지혜가 지혜 아님을 깨닫는 데에서 비로소 참 지혜를 얻을 수 있다는 생각이었다.

노인이 다시 말을 계속했다.

"우선 저 도라지꽃 무리를 좀 보시구려. 저건 이쯤 거리를 두고 보면 아름답고 평화스런 자연의 조화요, 생명의 합창이 아닐 수 없지요. 하지만 좀더 가까이 다가가보면 거기엔 무서운 약탈극이 한창인 게요. 꽃송이마다 서물서물 분주하게 움직이는 떼벌들은 분명 자기 탐욕을 채우려 나대는 생존의 전사들이 분명하단 말이외다. 하지만 우린 그걸 약탈이나 싸움이 되풀이되는 먹이고리 현상으로만 말하질 않지요. 벌들이 꽃에서 꿀을 따가는 것은 그 벌들 한쪽으로만 보면 무도한 약탈일시 분명하지만, 우리는 그것을 더 크고 넓은 자연계의 질서나 생존법칙 안에서 보려고 해왔지요. 말하자면 우리에게 참된 지혜란 그런 어떤 작은 인과관계나 이기적인 법칙을 깨닫는 것이 아니라, 보다 더 크고 넓은 생명의 질서 안에선 그러한 개별적이고 가시적인 생존법칙들이 진실이 아니라는 것, 그것만으로는 진짜 지혜다운 지혜가 못 된다는 것, 그것을 깨닫는 것이 되어야 한다는 말이외다. 거기서는 그러니까 지혜가 오히려 지혜 아닌 것이 될 수 있고, 약탈이 약탈 아닌 것이 될 수 있고, 심지어는 꽃의 아름다움도 아름다움 만으로 남을 수가 없게 될 수도 있는 거란 말이외다……"

노인은 결국 인간의 참 지혜란 개별적이고 가시적인 생태현상 이나 자기중심의 이기적인 법칙에서가 아니라, 인간의 눈에는 쉽게 드러나 보이지 않지만 그 세계와 생명현상 전체의 어떤 큰 질서에 의지하고 순종해나가는 데에서 바르게 얻어질 수 있는 것 이라 말하고 있었다. 노인은 자신의 끝없는 채밀행에서 바로 자 신이 그런 생명과 삶의 법칙을 익히고 있는 셈이라 하였다. 며칠 동안의 산행 끝에 벌집을 찾아내지 못하고 힘없이 산길을 되돌아 오게 될 때도, 노인은 그래 그 깊은 허무감 속에서마저 생명과 우 주의 넓은 질서를 새롭게 익히곤 한다는 것이었다. 그리고 그런 지혜 안에서라면 그가 산벌집을 헐어내고 덫을 놓아 산짐승을 죽이면서도 그 큰 자연과 생명의 섭리 안에서 물 흐르듯 형체 없 는 삶이 더없이 편해질 수가 있다는 것이었다.

그러나 노인은 아직 그의 삶 전체로 그런 지혜의 문을 확실히 들어설 수가 없었던 것일까. 아니면 그에겐 그 큰 지혜의 문을 밟 고 나서도 깨달음만으로는 도시 감당해낼 수 없는 더 큰 생명의 업보가 있었는지도 모른다.

노인은 웬일인지 거기서 다시 그 두번째 지혜마저 제물에 부인 해버리고 나섰다.

"하지만 사람이란 참으로 딱한 동물이더이다. 사람이란 동물 은 그런 지혜를 말할 수는 있어도 그 지혜에 쉽게 순응을 할 수는 없으니 말이외다. 사실은 바로 이 늙은이의 경우가 그래 하는 소리오만, 생각으론 그걸 분명히 알면서도 실제로는 그렇게 행해지지가 않더이다. 지혜의 문을 알고는 있으되 아는 것만을 가지고는 딛고 넘어설 수 없는 어떤 불가사의한 아집에 번번이 앞을 가로막히고 마니까요. 알고는 있으되 순응하고 행할 수 없는 지혜는 참 지혜가 아니요, 참 깨달음이 아니지요…… 사람은 결국 그 지혜를 깨닫고 말할 수 있을 뿐, 그 못된 아집 때문에 거기에 쉽게 이를 수는 없는 게 아닌가 싶더이다. 지혜란 원래가 노력만 가지고 얻어질 수가 있는 건 아닐 터이지만 말이외다.”

“그 아집이란 무엇입니까?”

젊은이가 모처럼 노인에게 물었다. 이 노인은 결국 무엇을 말하고 싶은 것인가. 노인의 사연을 구체적인 데까지는 자세히 알 수 없었지만, 젊은이는 이제 그 노인의 말뜻을 어느 정도까지는 짐작해 들을 수가 있었다. 하지만 그는 비약과 반전을 몇 번씩 거듭하고 있는 노인의 이야기 가운데에 그가 마지막으로 하고 싶은 말이 어떤 것인지, 그리고 그가 그것으로 자신을 어느 만큼까지 드러내 보일 수 있을 것인지, 핵심과 깊이를 짚을 수가 없었다.

그런데 노인도 이젠 이야기가 거의 마지막 고비에 이르고 있는 것 같았다.

“글쎄, 그걸 무어라고 말해야 할지 졸지에 적당한 말이 생각나질 않는구려……”

노인이 이번엔 지체 없이 젊은이에게 대꾸해왔다.

“그 무슨 자기 집착이라고 할까. 바로 눈앞의 현상적 세계에 대한 자기 증거욕이랄까…… 이 소리나 저 소리나 다 마땅치가 않지만, 하나 이건 분명하게 말할 수 있는 거외다. 아집의 근원이나 정체를 한마디로 말할 수는 없으되, 그 아집을 느끼는 길은 분명하니 말이외다. 치졸한 소리일시 분명하지만, 그것은 바로 외로움이라는 거외다…… 아니 이렇게 산속에 혼자 틀어박혀 사는 데서 오는 외로움 따위가 아니라 좀더 단단하고 깊은 어떤 절망감 같은 것…… 무슨 생명에 대한 허무감이라 할까, 아니면 그 허무감에서 벗어나려는 갈망 같은 것이랄까, 어쨌든 난 여기서 그런 외로움을 끊임없이 느껴온 거외다. 그리고 그 외로움이라는 게 바로 이 늙은이가 저 보이지 않는 섭리를 믿음 속에 살면서 참 지혜로 나아가려는 길을 가로막고 있는 격이외다."

노인은 다시 한 번 자기 이야기를 비약하고 있었다. 하지만 그는 이번에야말로 젊은이가 무명(無明) 중에 끈질기게 고대해온 그 채밀행 중의 다른 작업 한 가지를 털어놓고 있었다.

"하여 나는 그 지혜로 나아가기 전에 우선 내 외로움부터 달래야 했었다오. 그것이 아마도 이 채밀산행 중에 꿀을 따는 일 말고 다른 일이 있을 거라던 노형의 물음에 대한 진짜 대답이 될 수 있을 거외다. 내겐 이 채밀행이 어떤 지혜를 얻는 일보다 외로움을 달래는 일에 더욱 절실한 작업이 돼왔으니 말이외다."

하고 나서 노인은 다시 젊은이가 알아듣기 쉽도록 그 자기 외로움을 달래는 방법에 좀더 구체적인 설명을 덧붙였다.

"그런데 그걸 달래는 방법이 어떤 건 줄 아시겠소? 노형은 필경 이 꽃과 벌을 쫓으면서 그것들과 말을 하고 생각을 주고받는 따위의 일들이나 상상을 할게요. 하지만 그게 아마 노형의 생각보단 훨씬 점잖치가 못할지도 모르겠소.”

노인은 거기서 다시 한 차례 말을 끊고 젊은이의 표정을 유심히 살폈다. 그러다간 이윽고 묘하게 음산스런 웃음기를 흘리며 속삭이듯이 낮게 말해왔다.

“이 산엔 이따금 골짜기 바위 밑이나 동굴 속 같은 데에 죽은 사람의 백골이 누워 있는 수가 있다오. 노형도 알다시피 이곳은 한 시절 수많은 사람들이 피를 흘리며 싸웠던 곳 아니오. 이 산 능선 너머의 한 골짜기엔 아직도 단심(丹心)폭포라고, 그 싸움에서 물든 핏자국을 씻어준다는 곳이 남아 있을 정도니까요. 물론 모두가 그때의 것만은 아닐 수도 있겠지만, 이 산엔 아직도 연고 없는 사람의 유골들이 심심찮게 눈에 띄는 터라. 그래 난 이런 채밀행정 중에 그런 유골들을 하나하나 수습해오고 있다오. 그런 걸 찾아 일부러 산속을 헤매 다니지야 않지만, 이런 채밀행정은 겸사겸사 산속을 살피기가 안성맞춤이어서 말이외다.”

4

해가 어느새 중천을 비껴 넘고 있었다.

도중에 한차례 행로를 놓친 바람에 두 사람은 그사이 새로 다른 벌들의 길을 쫓아 산 능선을 세 개나 넘어 다시 네번째의 골짜기로 들어서고 있었다.

젊은이로선 이제 첫 출발지가 어느 쪽인지도 짐작할 수가 없었다. 벌들의 행로는 그런대로 계속해서 이어져나갔지만, 놈들의 소굴은 아직도 가까워지는 기미가 없었다. 소굴이 가까워지면 접시로 내려앉는 놈들의 수가 늘어나게 마련일 텐데 아직은 그런 변화가 보이질 않았다.

두 사람은 그쯤에서 물소리가 골골거리는 바위 아래 골짜기로 찾아 내려가 간단한 점심 요기를 하였다. 노인은 자루 속의 강냉이알을 물에 불리고 씹었고, 젊은이는 젊은이대로 배낭 속에 지고 온 생쌀을 몇 줌 꺼내 씹었다. 그리고는 바윗돌 밑을 흘러내리는 계곡물을 몇 줌씩 쥐어 마시는 것으로 요기를 대신했다. 젊은이의 배낭 속에는 다른 요깃거리도 한두 가지 남아 있을 법했으나, 벌들의 후각을 방해할까 봐 노인이 불기를 싫어하는 눈치였기 때문이다.

그렁저렁 점심 요기를 끝내고 나서도 두 사람은 다시 능선 두 개와 골짜기 하나를 더 넘었다. 노인은 그사이 그가 찾아 모으고 있다는 해골들에 대하여 띄엄띄엄 다시 말을 보탰다. 산을 들어온 지 1년쯤 되던 어느 날, 노인은 어느 골짜기의 묵은 동굴에서 하룻밤을 지내게 되었는데, 날이 지새어 아침에 일어나 보니 바로 발아래 하얗게 삭아가는 백골 한 구가 함께 누워 있더랬다. 그는 그때 두려움이나 불결감보다도 오히려 어떤 소름끼치는 감동 같은 걸 맛보게 되었는데, 그것은 그가 그 내력 모를 사람의 삭아가는 해골에서 뜻밖에 자기 외로움의 얼굴을 보았기 때문이며, 나아가 그때까지 그가 산에서 구하고 익혀온 모든 삶의 지혜가 이름을 알 수 없는 그 죽음의 외로움 앞에 한꺼번에 무너져 내린 절망감 때문이기도 했다는 것—

"말할 필요도 없는 일이지만, 해골은 무척이나 오래된 거였지요. 그 오래고 외로운 침묵 앞에 내가 그간 쌓아온 의지나 지혜 나부랭이는 아무 소용도 없는 것이 되고 말더이다……"

이름이나 연고를 알 수 없는 주검, 물어도 물어도 응답을 잃어버린 주검, 그렇게 그저 생전의 내력과 함께 흔적 없이 스러져가고 있을 뿐인 주검, 그 주검과의 반향 없는 이야기는 노인을 참으로 못 견디게 답답하고 절망스럽게 해온 것이었다. 그래 노인은 그때부터 자신의 외로움을 달래기 위해 산중에 흩어진 이름 모를 사람들의 유골을 찾아 헤매게 됐으며, 거기서 만난 유골들을 상대로 끝없는 이야기들을 나누어온 것이었다. 그렇다고 그 주검들이 입을 열어 말하거나 생전의 내력이 밝혀질 리도 없었지만, 그러나 노인은 그가 살아 있는 사람으로 그 주검들을 만나고 있는 것만으로 주검들은 이미 자신의 죽음을 증거받고 있다는, 그것으로 그 절망적인 주검들의 외로움은 얼마간의 위로를 받게 되리라는 사실에 사무치는 감동으로 몸을 떨곤 하였다. 그리고 노인은 또 노인대로 그것으로 자신의 외로움을 달래어갈 방편을 삼아온 것이었다—

한데 이야기가 거기까지 갔을 때였다. 노인은 이제 그것으로 이날의 이야기는 일단 끝을 내고 싶어진 것 같았다. 그리고 여태까지의 채밀행정도 바로 그 이야기를 위해서였던 듯 거기서 그만 발길을 되돌려 세웠다.

"해가 아직 좀 남았는데요."

젊은이가 좀더 이야기를 듣고 싶어 노인을 부추겼으나, 노인은 이미 작정이 내려져 있었다.

"해는 아직 좀 남아 있지만 오늘은 아무래도 가망이 없는 것 같소. 게다가 오늘은 손님까지 계시고…… 쇠털 같은 날들에 뭐 서둘 일이 있겠소. 자, 이젠 이만 내려가봅시다. 예서 집의지까지도 한나절 길인데, 해만 떨어지고 나면 산길이 여간만 험해야지요."

하지만 노인 역시 젊은이가 아직도 이야기를 더 듣고 싶어 하는 눈치를 헤아리고 있었음이 분명했다. 그는 마치 아이를 달래듯 젊은이를 타이르고 나서 서둘러 돌아갈 준비를 시작했다. 노인은 별반 미련이 없다는 듯 이때까지 따라가던 벌의 행로를 버린 채 앞뒤의 꿀접시들을 모두 거두어들여버렸다. 꿀집이 가까워지는 기미가 있거나 동굴집 거처에서 거리가 멀어지다 보면 거기서 그냥 밤을 새우고 이튿날 길을 이어 나서는 게 상례랬지만, 이날은 그 귀찮은 동행 때문에 길을 돌아서자고 작정한 모양이었다.

젊은이도 이젠 어쩔 수가 없었다. 노인이 하자는 대로 따르는 수밖에 없었다. 노인은 젊은이를 위해 길을 꺾어 돌아서면서도 굴집까지의 조급한 행정을 염려할 뿐 젊은이가 산을 내려갈 일은 걱정하질 않았다. 노인이 이날로 당장 산을 내려가라지 않은 것만도 젊은이로선 여간 다행이 아니었다. 그는 말없이 노인이 하는 대로 발길을 돌려 산을 되짚어 내려가기 시작했다. 벌의 행로를 쫓아 능선과 골짜기를 오르내리던 아침 녘과는 달리 노인이 이젠 지름길을 택하고 있어 하산길은 한결 발길이 쉬웠다.

한데 손님격인 자신과의 이야기를 위해 노인이 부러 산행을 택해 나섰을지 모른다는 젊은이의 추측은 옳았던 것 같았다. 그리고 그 산행을 멈춘 것으로 노인의 이야기도 거기서 정말로 끝이 난 모양이었다. 길을 꺾어 돌아설 무렵부터 노인에게선 아닌 게 아니라 서서히 말이 끊어지고 말았다. 그는 이제 전혀 할 말 없거나 할 말을 일부러 참고 있는 사람처럼 입을 다물고 있었다. 답답한 침묵 속에 산짐승처럼 민첩한 동작으로 묵묵히 발길만 재촉하고 있었다.

하지만 젊은이는 이제 확신이 서고 있었다. 그는 벌써부터 노인을 잘못 찾아온 것이 아니라는 생각이 들고 있었다. 그는 이제 노인이 말한 그 외로움이라는 것의 크기를 알 수 있었다. 하지만 아직도 노인을 알기에는 그것만으로는 충분치 않았다. 노인이 무엇 때문에 이런 곳에서 그런 외로움을 견뎌야 하는지, 그 동기나 사연에 대해서는 아무것도 확연히 밝혀진 것이 없었다. 말할 것도 없이 노인 쪽엔 아직 더 깊은 이야기가 남아 있었다. 그리고 그 역시 아직도 그것을 말하고 싶어 하고 있음이 분명했다. 까닭이 아직도 확실치가 않았지만 노인은 뭔가 더 이야기하고 싶은 것이 있으면서도 일부러 그것을 가슴속에 숨겨두고 젊은이의 눈치를 살피고 있음이 분명했다.

젊은이는 자신의 예감으로 그것을 알 수 있었다. 그리고 그의 그런 예감은, 노인이 예의 외로움을 견뎌내고 있는 숨은 사연이야말로 그가 노인을 찾아든 일에 대한 분명한 보답이 될 수 있으

리라는 확신을 주었다. 젊은이의 확신은 그러나 무엇보다 노인
역시도 그의 출현에 대해 벌써부터 어떤 심상찮은 기미를 느끼고
있다는 점에 있었다. 젊은이가 노인 쪽에 확신을 가졌듯이 노인
쪽에서도 이젠 젊은이에 대한 나름대로의 확신을 지니게 되었음
이 분명했다. 아직 더 하고 싶은 이야기가 있는데도 젊은이를 경
계하여 그것을 부러 참아버리고 있는 것이 그 좋은 증거였다.

젊은이는 다시 한 번 노인을 바로 찾아왔다는 확신이 들었다.
그리고 노인 쪽에서도 이미 그걸 알고 있다면 이야기를 더 이상
망설이고 있을 필요가 없었다. 자기 쪽에서 먼저 이야기의 길을
터놓지 않으면 안 되었다. 하여 그 노인에게 숨겨진 이야기를 마
저 털어놓게 하지 않으면 안 되었다.

"아무리 생각해도 알 수가 없군요…… 그간 이런 입산 생활이
꽤 오래되신 걸로 보이는데, 어르신께서는 도대체 무엇 때문에
이런 식으로 오지까지 찾아들어 그처럼 무서운 외로움을 견디고
살아야 하셨는지 말씀입니다."

젊은이는 마침내 숨을 한번 크게 들이쉬고 나서, 그저 묵묵히
발길질만 재촉해가고 있는 노인의 등 뒤에다 불쑥 한마디를 던지
고 나섰다. 그러자 그 노인에 대한 젊은이의 예상은 정확히 과녁
을 적중하고 있었다.

"그러니까…… 말하자면 늙은이 혼자 이런 산속을 찾아 들어
와 살게 된 사연 말이오?"

노인이 마치 방금 전까지 같은 이야기를 계속해온 다음이듯 바
로 응답을 보내왔다. 발길에 잠깐 속도를 늦췄을 뿐 뒤조차 돌아

보지 않은 채였다. 노인 역시도 그동안 내내 같은 생각에 젖어 있었음이 분명했다. 한데도 노인은 그 숨겨진 사연만은 아직도 쉽게 털어놓으려 하질 않았다.

"글쎄오이다. 이렇게 산속에 박혀 사는 사람이람 사연이 있겠지요. 그 뭐 몹쓸 죄를 짓고 나서 다신 세상으로 돌아갈 수가 없게 된 따위의 사람들이 얼마든지 많지 않더이까. 뭐 그렇고 그런 사연이 좀 있었던 셈이지요."

젊은이가 말없이 기다리고 있는 기미이자 노인이 남의 말을 하듯이 담담한 어조로 자문자답을 하고 있었다. 굳이 들을 만한 이야기가 못 된다는 식이었다. 이야기를 쉽게 털어놓지 않으려는 낌새였다. 역시 무언가 속으로 망설여지는 대목이 있음이었다.

젊은이는 이제 내친걸음이었다. 노인의 속에 도사린 그 속사연이야말로 노인을 만나러 산을 찾아온 당초의 목적이자, 그가 노인에게서 들어내야 할 가장 중요한 대목이기도 하였다.

"크게 괴로운 일이 아니시라면 사연을 마저 듣고 싶군요. 어르신껜 필시 범상찮은 사연이 있으실 것 같아 말씀입니다만."

젊은이는 급한 김에 노인을 바싹 뒤쫓아 다가가며 보채듯이, 그러나 정중하게 말했다.

하지만 노인은 역시 이날로는 더 이상 입을 열지 않을 작정을 내려버린 것일까. 아니면 그의 사연이 너무 깊고 무거운 것이어서 입을 떼기가 그토록 망설여지는 것인지도 몰랐다.

"이번엔 또 그걸로다 소설을 써보고 싶어서외까?"

노인이 어딘지 좀 농기가 밴 소리로 짐짓 반문해왔다. 이야기의 핵심을 피해가려는 방책이었다. 그러나 젊은이는 이제 섣불리 농조가 될 수 없었다. 거기서 한 발이라도 잘못 물러섰다간 이야기를 아주 놓쳐버릴 수 있었다. 이야기가 나온 김에 뿌리를 뽑아보지 않으면 안 되었다.

"어르신께서도 이미 짐작하고 계실지 모르겠습니다만, 저에게 소설을 쓴다는 건 반드시 글을 만들어 세상 사람들이 그것을 읽게 한다는 뜻만은 아닙니다. 아까도 잠깐 말씀을 드렸습니다만, 저나 다른 사람들이 살아가는 일들에 관심을 갖고, 말로든 몸으로든 그것을 함께 체험해보는 것, 그것 자체가 바로 소설을 쓰는 일에 맞먹는 거니까요. 어르신의 외로움과 그 외로움의 사연은 분명히 제 소설이 될 수 있을 겁니다. 그리고 제 삶이 될 수도 있구요."

젊은이는 이제 기어코 노인의 사연을 듣고 말겠다는 듯, 말길을 앞장서 가로막듯이 하면서 자신을 열심히 다짐하고 나섰다.

노인이 마침내 그 젊은이의 결심을 알아차린 듯 문득 발걸음을 멈춰 섰다. 그리고 위협하듯 똑바로 젊은이를 바라보며, 그 끈질기고 호기심 많은 사내에 대한 자신의 생각을 서서히 드러내기 시작했다.

"아닐 게요. 노형은 추리소설을 쓴다고 했지요. 하지만 이런 건 노형의 소설거리가 못 돼요. 노형이 쓰고 싶은 소설은 아마 그런 게 아닐 게요."

듣고 보니 노인은 젊은이가 짐작해온 대로 그의 속셈이나 정체를 미리 알고 있었다는 투였다. 젊은이는 자신의 가슴속을 환히

다 꿰뚫어보고 있는 듯한 그 노인의 눈길에 한순간 당혹감을 감추지 못했다.

"소설이라뇨. 전 아직도 어르신으로부터 이야기도 듣기 전인걸요."

젊은이는 짐짓 노인의 추궁에 딴전을 부려보았으나, 한번 속마음을 발설하기 시작한 노인은 그런 젊은이를 용납하지 않았다.

"아니 노형, 이젠 우리 서로 그만 불편한 말법을 걷어치우고 솔직히 얘기하도록 합시다. 우린 이미 피차간 상대방에게 무엇을 구하고 있는질 알게 된 처지가 되지 않았소. 사람 살아가는 일이 바로 노형의 소설이라 했던가요. 그렇담 노형은 내 이야기를 듣기 전에 이미 쓰고 있던 소설이 있었을 게 아니겠소. 노형이 내게 원하고 있는 바도 그 소설을 도와달라는 것이겠고 말이외다?"

노인의 말에 젊은이는 다시 한 번 정곡을 찔린 듯 놀라고 있었다.

"처음부터 저도 짐작은 하고 있었습니다만, 어르신은 역시 피할 수가 없겠군요. 하지만 어르신은 어떻게 제게 그런 주문이 있을 줄을 아셨습니까?"

그는 이제 어쩔 수가 없다는 듯 허심탄회한 어조로 노인에게 물었다. 그러나 그의 그 허심탄회한 어조는 이제 노인 쪽에서 먼저 마음의 문을 열어보인 데 대한 안도와 승복의 표시이기도 하였다.

"그야 노형이 산을 올라왔을 때부터였달까…… 그리고 노형이 이 채밀산행을 뒤쫓아왔을 때 난 그것을 확신할 수 있었소."

노인은 이제 다시 몸을 돌려 천천히 산길을 내려가면서 대범스런 어조로 등 뒤로 말해왔다.

젊은이가 그 노인을 바싹 뒤따르며 남은 질문을 계속해나갔다.

"하지만 어떻게 그것만으로요? 산을 올라온 것만으로 어떻게 벌써 제 마음속을 읽어낼 수가 있었단 말씀입니까."

"아까도 말했듯이 산꿀을 구하러 온 사람치고는 호기심이 너무 지나쳤거든."

"그건 제가 소설을 쓰는 사람이기 때문이라고 고백을 드렸지요."

"그리고 노형은 이런 산속에 꿀이나 따 먹고 파묻혀 사는 늙은이 처음부터 제법 유식한 영감쟁이로 대접해주었지요. 노형은 처음부터 날 막된 산사람 취급이 아니었지 않소. 산사람을 대하는 이야기치고는 어조가 처음부터 너무 유식했지요."

"하긴 그 점은 제게도 얼마간의 사전 지식과 예감이 있었으니까요."

"그건 처음부터 노형이 이 늙은일 알고 있었다는 얘기가 되지요. 노형도 일테면 그런 기미를 내게 들키고 있었던 셈이랄까. 산꿀 따위보다 오래잖아 내게 다른 구할 것이 있어 찾아온 사람이 분명하더란 말이외다. 그 짐작이 지금도 크게 틀리질 않았을 거외다."

노인이 다짐하듯 한번 더 단정했다.

젊은이가 이제 더 따져볼 것이 없었다. 이젠 어차피 두 사람 간에 입장이 밝혀진 셈이었다. 그리고 그건 차라리 자신을 위해서 다행스런 일이었다.

"그렇다면 이젠 굳이 내력을 숨기실 필요가 없겠군요. 어르신이나 저나 어차피 서로의 입장을 알고 있고, 제가 바라고 있는 바를 어르신께서 미리 다 알고 계신 터이니 말씀입니다."

젊은이는 이제 다시 미뤄온 이야기의 핵심을 파고들었다. 사람을 잘못 찾아오지 않은 게 밝혀진 바에야 그가 알고 싶은 것은 실상 그쪽 일이기 때문이었다.

"어르신, 이젠 어차피 말씀이 나오신 김에 저를 좀 도와주십시오."

젊은이는 이제 아예 억지라도 쓰듯이 다그치고 들었다. 하지만 노인은 거기까진 아직도 마음이 내키질 않은 것 같았다. 노인이 이윽고 다시 발길을 멈추고 젊은이 쪽으로 돌아섰다. 그리곤 천천히 머리를 가로저었다.

"아니오. 역시 이대로 그냥 돌아가시는 것이 좋을 거외다."

"전 이미 어르신을 그만큼 알아버리고 있는데두요."

"노형이 이 늙은일 얼마나 깊이 알고 있는진 모르지만, 그러나 노형은 내게서 그 내력을 듣는 것이 자신에게 얼마나 한 위해를 부르는 일인가는 모르고 있을 게요. 허니 서로 간에 이 정도로 그만 상대방을 아는 것으로 그치는 게 좋을 거외다."

노인의 얼굴에 그 이상스런 충동의 빛이 한 번 더 스치고 있었다. 노인은 그 자신의 충동을 참느라 애써 목소리를 낮추고 있었다. 거기엔 차라리 자신을 달래는 듯한 은근한 애원기마저 일고 있었다.

젊은이는 그 노인의 표정이나 음색을 빠짐없이 모두 읽고 있었다. 노인은 역시 내심으론 여전히 이야기를 마저 털어놓고 싶은 충동에 쫓기고 있었다. 그러면서도 한편으론 마음의 결단을 망설이고 있을 뿐이었다. 그는 기회를 놓칠 수가 없었다.

"하지만 저는 어르신의 이야기를 듣고서야 산을 내려갈 겁니다."

그는 다시 한 번 노인의 결단을 다그치고 들었다. 젊은이의 그 한마디는 역시 효과가 있었다. 그대로는 좀처럼 물러설 것 같지 않은 그 젊은이의 한마디에 노인은 다시 그의 얼굴을 찬찬히 들여다보았다. 그 노인의 얼굴에 잠시 경련기와도 같은 심한 고통의 빛이 지나갔다.

이어 그 노인이 자신을 내던지듯 결연스런 어조로 젊은이에게 말했다.

"좋소. 노형이 정 그걸 원한다면."

그러고 나서 노인은 다시 자신의 주문 한 가지를 덧붙였다.

"그러나 그 전에 내게도 노형께 한 가지 주문이 있소이다. 노형이 정녕 그토록 이 늙은이의 사연을 들어야 한다면, 나는 그 전에 노형의 이야기부터 들어야겠단 말이외다. 노형이 지금까지 혼자 써오신 그 소설의 이야길 말이오. 그게 아마 내가 노형의 일을 제대로 돕는 순서가 될 듯싶으니…… 이 늙은인 실상 아직도 노형에게 무엇을 어떻게 도와드릴지 알질 못하고 있는 처지니 말이외다. 그 노형의 소설이라는 것도 아직은 전혀 앞뒤 사정을 모르는 터이고…… 그러니 어떻소. 노형이 먼저 내게 그 이야길 해줄 수가 있겠소?"

젊은이가 정말 소설을 쓰고 있는지 어떤지는 굳이 확인을 해보려고도 안 했다. 덮어놓고 먼저 그쪽 이야기부터 해보라는 주문이었다. 노인이 이젠 그 내심의 충동을 억눌러버리려는 힘든 노력으로부터 자신을 풀어버리고 있음이 분명했다.

하지만 젊은이는 아직도 노인이 무엇 때문에 한사코 자신의 이야기를 참아내려고 했는지 진짜 이유를 알지 못했다. 그는 그 노인의 얼굴을 고통스럽게 스치고 지나간 충동의 정체를 모르고 있었다.

젊은이로선 별로 망설일 필요가 없었다. 그건 오히려 그쪽에서 은근히 바라던 일이기도 하였다. 노인에게 그의 숨은 이야기를 털어놓게 하자면, 그리고 그게 노인에게 소용이 될 수 있는 일이라면, 그로선 사양할 수도 사양을 해서도 안 되는 일이었다.

"어르신께서 원하신다면 저도 물론 그렇게 해야겠지요."

젊은이는 선선히 노인에게 응낙했다. 거래가 완전히 성립된 셈이었다. 그리고 그것으로 젊은이가 산을 올라와 노인과 만난 후로 두 사람 사이에 끈질기게 계속되어온 그 어려운 줄다리기도 마침내 끝장이 나게 된 셈이었다.

두 사람은 다시 발길을 옮겨 산을 내려오기 시작했다.

서쪽 산 위를 한 뼘 남짓 남겨놓은 저녁 햇살이 멀고 가까운 능선들을 차례로 뿌옇게 지워가고 있었다.

둘째 마당

세번째 추적자

5

백상도 노인은 이제 영섭의 하산을 재촉하지 않았다. 영섭이 산을 내려가지 않아도 되었으므로 노인은 그에게 이야기를 재촉할 필요가 없었다.

어스름 녘이 되어서야 굴집으로 되돌아온 두 사람은 그길로 간단히 저녁 요기를 끝냈다. 노인은 저녁에도 화식(火食)을 하지 않았다. 그는 산나무 열매와 나물 뿌리 말린 것 약간 하고 물에 불린 옥수수알 한 줌 정도를 계곡 물과 함께 씹어 넘기는 걸로 저녁 끼니를 대신하고 말았다. 굳이 생식을 하려면 쌀이라도 한 줌 씹어보라고 영섭이 배낭에 넣어온 것을 꺼내어 권해보았으나 노인은 그것마저 완강히 사양했다. 영섭도 그래 끝내는 화식을 단념하고 생식으로 저녁을 대신하는 수밖에 없었다. 노인이 그에겐 저녁을 익혀 먹으라 했으나 이래저래 일이 번거로워질 듯싶어서였다. 생식 후에 노인이 특별히 돌꿀 한 숟갈을 물에 풀어준 것이 부실한 저녁을 조금은 보충해주었다.

그런 식으로 대충 저녁 끼니를 때우고 난 두 사람은 불도 밝히지 않은 채 굴집 앞쪽의 싸릿대 바닥 위로 나란히 자리를 잡아 앉았다. 불은 밝히지 않았지만 중천쯤 떠오른 상현달빛이 눈앞 분별엔 충분하게 밝았다. 그 달빛 속에 희미한 윤곽을 드러낸 멀고 가까운 산 능선들에서 밤새 울음소리가 끊이지 않았다.

"전에 언젠가 이런 사건이 있었지요."

주영섭이 이윽고 그의 소설 이야기를 시작했다. 노인 쪽에선 전혀 조급스러워하는 빛이 없었으나, 영섭으로선 그게 당연한 순서이기 때문이었다. 영섭을 재촉하는 기미는 없었지만, 노인도 이젠 으레 그가 이야기를 할 차례라는 듯 말없이 귀를 기울이고 있었다.

영섭은 군소리 덧붙이지 않고 곧바로 자신의 소설 이야기를 엮어나갔다. 소설의 이야기는 한때 꽤 세인의 관심을 끌어모았던 강도상해사건에서 취재된 것으로, 영섭은 그 사건의 실제 내용과 소설화된 자기 이야기 사이의 경계를 넘나들며, 필경은 그 모든 것이 실제로 있었던 사건의 내용인 것처럼 이야기를 실감 있게 이끌어나갔다.

1976년 가을. 서울 동남방 한강변의 절경을 끼고 들어선 비밀 별장지대의 한 전원주택 안에서 좀 맹랑한 강도상해사건이 일어났다. 피해자는 한때 2대에 걸친 국회의원까지 지낸 퇴물 정객으로, 의원직 재임 시 국내 유수의 재벌 회사와 관련한 매직사건으로 의원직까지 중도박탈당한 명예롭지 못한 이력의 소유자— 그의 가족은 이미 유학이니 신병치료니 하는 속이 뻔한 형식으로 미국 이민이 이미 끝나 있던 데에다, 그곳 은행에는 엄청난 금액의 부정재산을 미리 도피시켜놓았다는 소문이 분분하던 권중현 씨. 방만스런 치부와 가위 패륜적이랄 만큼 부도덕한 사생활을 즐겨오던 그 권 씨가 자신의 비밀별장에서 어느 날 밤 졸지에 변을 당한 것으로, 범인은 그 자리에서 권 씨에게 물경 5백여만 원이란 거액을 털고 나서도 아직 더 무엇이 부족했던지 그를 다시 해치고 달아나려 했던 것—

그 사건의 개요는 이러했다. 경보장치가 설비된 안전방범철책에 아래채를 지키는 관리인 부부가 경비용 셰퍼드까지 기르고 있는 터인 데다, 이날은 특히 나이 어린 새 여자를 동행하고 있었으므로 권중현 씨는 이날 밤 방문단속 따위엔 별로 신경을 쓰지 않았다.

그런데 이날 새벽 2시쯤 되어서였다. 누군가 세차게 머리를 흔들어대는 바람에 권 씨가 눈을 떠보니, 검은 천으로 얼굴을 가린 긴 점퍼 차림의 사내 하나가 그의 목줄기에 차가운 칼날을 들이대고 있었다. 그 엄중한 방범망을 뚫고 사내가 어디로 어떻게 들어왔는지, 관리인 부부나 셰퍼드 녀석들은 그림자도 얼씬하는 기척이 없었고, 방 안에는 대담하게도 전등불까지 환히 밝혀져 있었다.

— 입 다물고 조용히 시키는 대로 해야 하오. 고분고분 말을 들으면 사람을 해치진 않을 테니까. 그 대신 허튼수작하면 귀한 목숨으로 값을 치르게 해줄 테니…… 목숨하고 바꿀 만큼 소중한 것이 있거든 당신 맘대로 하시구.

복면의 사내는 속삭이듯 가만가만 말하고 있는데도 권중현 씨는 워낙 겁에 질린 터라 작자의 몸짓이나 목소리가 어찌나 크고 우악스러워 보이던지 손가락 하나 달싹해볼 엄두가 나지 않았다. 하여 중현 씨는 사내보다 제풀에 신중해진 표정으로 위인에게 은밀스런 순종의 눈빛을 보냈다. 그러자 사내는 중현 씨의 그 두꺼운 목줄기에서 천천히 칼날을 거두고 이번에는 그 옆에 세상 모르고 녹아떨어진 여자를 깨우게 했다. 여전히 낮고 신중한 중현 씨의 채근질 끝에 여자도 겨우 반라의 알몸을 부시시 추스르고 일어났다. 중현 씨와는 나이를 곱으로 헤아려야 할 정도로 앳되어 보이는 20대 초반의 아가씨. 게다가 비로소 사태를 알아차린 여자의 경악에 찬 눈길. 사내는 역시 그 침착한 어조로 중현 씨로 하여금 여자를 안심시키고 고분고분 조용한 순종을 이르도록 당부한다. 그리고는 여전히 넋이 나가 있는 여자에게 눈짓으로 우선 옷가지부터 대충 걸쳐 입게 한다. 그런저런 절차를 모두 끝내고 나서야 사내는 비로소 본론으로 들어가 두 사람이 바깥에서 지니고 왔거나 집 안에 보관되어 있는 금품들을 모두 털어 내놓으라 명령한다.

— 댁들이 여기 지니고 있는 것 중에서 한 푼이라도 숨겨놓은 게 발각될 경우엔 그 숨긴 것만큼 당신의 몸으로 대가를 치르게

될 줄 각오하고……

그 일방적인 명령에 뒤이은 사내의 으름장. 낮고 침착한 목소리면서도 그만큼 살벌스런 강압기가 담겨 있다. 권중현 씨도 이미 그만한 눈치는 못 읽을 리 없는 나이다. 그는 이미 모든 것을 체념한 듯 조심스럽게 몸을 일으켜 옷장 쪽으로 걸어간다. 그리고 천천히 옷장 문을 열고 웃저고리 주머니에서 돈지갑을 꺼내어다 사내에게 건네준다…… 사내가 받아 열어본 그 지갑 속에는 액면 1백만 원짜리 은행지불 보증수표 두 장과 1만 원짜리 고액권으로 30만 원 정도의 현금이 들어 있다.

—내 워낙에 현금을 지니지 않는 버릇이라. 게다가 여기는 하룻밤 잠만 자고 가는 곳이고……

사내의 동태를 초조하게 지켜보고 있던 권중현 씨가 제물에 뭔가 뒤가 켕기는 듯 현금액이 그리 많지 않은 데 대한 변명을 덧붙였다. 그리고는 아직도 뒤가 미심쩍은 듯 사내의 신변까지를 미리 염려해주고 나섰다.

—소용이 된다면 내 개인수표를 더 뗄 수도 있겠소만 그건 댁한테 이로운 일이 못 될 테구.

사내는 그러나 위험한 함정이 숨어 있음에 분명한 중현 씨의 친절 따윈 들은 척도 않는다. 그의 현금과 수표를 몽땅 자기 주머니에 거두어 넣고 다시 이번에는 다시 여자 쪽을 향한다.

—이젠 당신 차례군.

그가 화장대 위에 놓은 여자의 악어가죽 핸드백을 칼끝으로 가리킨다. 순간, 여자의 표정이 얼어붙듯 잠시 움직임을 정지한다.

그러나 여자는 금세 사람이 달라지듯 뜻밖에 바로 평정을 되찾으며 상냥스런 얼굴로 사내를 어르고 나선다.

— 저한테두요? 그야 뒤져보시면 저한테두 용돈푼은 나오겠지만…… 하지만 댁도 짐작하고 계시듯이 저 같은 여자한테 무슨 돈이 얼마나 있을라구. 그러니 전 제발……

— 맞는 말이오. 솔직히 말해 남자 잠자리나 따라다니는 여자에게 돈이 있으면 몇 푼이나 있겠소. 댁도 사내대장부라면 아녀자 손지갑은 그냥 내버려둬주는 아량을 베푸는 게 어떻소?

중현 씨도 그제서야 제법 수컷다운 호기 속에 여자를 부러 더 비하시키고 나섰다. 사내의 손아귀에서 계집의 손가방만은 지켜보자는 수작이다. 사내는 그러나 역시 들은 척도 않는다.

— 당신은 공연한 빚을 만들지 않는 게 좋을 텐데.

그는 거의 확신에 찬 소리를 내뱉고 나서 두 사람 쪽으로 계속 칼끝을 겨눈 채 조심조심 뒷걸음질로 화장대 앞으로 걸어간다. 그리고 그 화장대 위에 놓인 핸드백을 열고 다시 검고 조그만 돈지갑을 꺼낸다.

여자의 지갑 속에선 사내의 예상대로 남자의 주머니에서보다 더 많은 액수의 수표가 나온다. 1백만 원짜리 은행보증수표 석 장. 합계 3백만 원의, 하룻밤 화대치곤 엄청난 금액이다.

— 흠, 이건 아무래도 장기계약 놀음인가? 그런데 저 양반 주머니에 아직도 수표가 두 장은 여분으로 남아 있는 걸 보면 당신은 그리 거래가 능하질 못했던 모양이지?

사내가 비웃듯이 여자를 동정한다.

여자는 이제 완전히 사색이 되어 있다. 중현 씨도 이제는 체념을 한 얼굴로 장승처럼 멀거니 사내의 동태만 지켜볼 뿐이다.

강탈극은 이제 끝이 난 셈이었다.

하지만 사내는 웬일인지 아직도 별장을 빠져나가려 하질 않는다.

—그럼 이제 두 분은 눈을 감고 나란히 꿇어앉아주실까.

사내가 다시 두 사람에게 명령했다. 중현 씨와 여자는 그것이 이제 사내가 별장을 나가기 위한 방책일 줄 짐작했다. 그래 사내가 시키는 대로 고분고분 무릎을 꿇고 앉아 눈을 감는다.

하지만 사내는 거기서 다시 엉뚱한 복종을 다짐하고 나섰다.

—이제 두 사람 다 내 말을 잘 들으시오. 지금부터 잠시 동안 내가 무슨 짓을 하든지, 자신이나 옆사람에게 무슨 일이 일어나든지, 절대로 눈을 뜨거나 몸을 움직여서는 안 되오. 눈을 뜨거나 움직였다간 예정하지 않은 불상사가 생길 거니까. 하지만 그저 눈을 감고 참고 있으면 별 큰일은 없을 거요. 난 한 번 말하면 끝까지 약속을 지키는 사람이오. 내 말이 거짓인가 아닌가는 얼마 전 이 별장촌에서 있었던 강도살인사건을 생각해보면 알 거요. 그때는 난 일을 그렇게 크게 벌일 생각은 없었소. 헌데 그 양반이 내 당부를 소홀히 여긴 바람에 그만 다른 방법이 없게 됐던 거요. 자, 그러니……

사내는 그 얼마 전에 있었던 같은 별장촌의 한 끔찍스런 강도살인사건까지를 자신의 범행으로 들추고 나섬으로써 두 사람에게 신중하고 철저한 복종을 다짐했다.

중현 씨와 여자는 눈을 감은 채 사색이 되어 그의 다음 처분을 기다릴 수밖에 없다. 하지만 작자가 두 사람에게 도대체 무슨 짓을 가하려는지, 두려움과 초조감이 중현 씨를 끝내 더 참을 수 없게 한다.

— 도대체 우릴 어떻게 할 셈이오?

그가 무언가 결심을 한 듯이, 그러나 사내에 대한 복종의 표시로 더욱더 굳게 감겨진 눈길을 사내 쪽으로 향하여 만만찮게 대들었다.

— 아, 뭐 크게 걱정하실 일은 아니오.

사내가 중현 씨에게 간단히 대꾸했다. 그의 말씨는 턱없이 정중한 데가 있었으나, 그것이 오히려 자기 할 일에 그만큼 분명한 작정이 내려진 사람답게 차분하고 냉랭하다.

— 아마 당신들은 오늘 밤 이 일을 나보다도 더 비밀로 덮어두고 넘어가길 바랄 거요. 게다가 이 일을 비밀로 만들고 안 만들고는 당신들 마음먹기에 달린 간단한 일일 거요. 고마운 일이지요. 하지만 사실 난 그게 별로 마음에 들지가 않아요. 당신들은 돈만 잃은 선량한 피해자로 남고, 나 혼자 강도질로 쫓겨야 한다는 게 말이오. 그래 당신들이 오늘 밤 이곳에 함께 있었던 기념으로 조그만 흔적들을 하나씩 선물해드리고 싶은 거요. 그 뭐랄까, 강도에게도 나름대로의 자존심이 있어서랄까. 한마디로 말해 당신들도 이 일을 비밀로 만드는 데 함께 애를 좀 먹어달라는 거지요.

— ……

— 자, 그러니 이젠 고개들을 좀 바로 들어주시겠소? 그리고

이 점 선생께서도 알고 계시지만, 내가 일을 끝내고 방을 나간 다음에라도 쓸데없이 뒤를 밟아 나서는 따위의 만용은 없어야겠지요?

말을 끝내고 사내는 잠시 더 두 사람의 얼굴을 찬찬히 들여다본다. 중현 씨와 여자는 사내가 바란 이상으로 이마들을 높이 쳐든 채 조용히 숨을 죽이고 기다리고 있다. 그러자 이윽고 검객처럼 날쌘 사내의 칼끝이 한순간에 사내 쪽의 이마에 ×표 모양의 가는 상처를 그어놓고 지나간다. 일이 워낙 짧은 순간에 일어난 데다 상처도 그리 깊지가 않은 탓에 중현 씨는 의외로 그 칼질을 침착하게 잘 견뎌낸 셈이었다. 칼끝이 이마를 스칠 때 숨을 한 번 흠칫 들이쉬었을 뿐, 일이 끝나고 나서도 그는 얼굴로 흘러내리는 핏줄기조차 훔쳐내려지 않은 채 꼿꼿한 자세를 그대로 유지했다. 자세가 흐트러진 것은 오히려 그 기척에 자신이 일을 당한 듯 짧은 비명 소리와 함께 기절을 하고 쓰러진 여자 쪽이었다.

사내는 이제 그 중현 씨를 버려두고 발길 아래 방금 쓰러진 여자 쪽을 잠시 동안 묵묵히 내려다본다. 그리고 위협기와는 딴판으로 처음부터 여자까지는 해칠 생각이 없었던 듯, 또는 여자가 갑자기 기절해 쓰러지는 것을 보고 은근히 심경의 변화가 일어난 듯 더 이상의 행동을 자제하려는 낌새다. 그는 오히려 여자의 기척을 알고도 겁에 질려 꼿꼿이 눈을 감고 앉아 있는 중현 씨를 나무란다.

—선생, 아가씨가 지금 기절을 했나 본데, 그러고 계속 앉아 있기만 할 거요!

하지만 그게 지나친 친절이었다. 사내는 그러고 나서 중현 씨가 비로소 허겁지겁 여자에게 매달리고 있는 틈을 타 재빨리 방문을 빠져나갔다. 그런데 그때 사내는 끝내 결정적인 실수를 저지르고 말았다. 중현 씨를 지나치게 겁쟁이로 믿고 안심해버린 탓이었다. 사내는 그가 중현 씨를 칼끝으로 복종시키고 있을 때 중현 씨가 내내 그의 기미를 살피며 자신의 침대 머리맡에 숨겨둔 권총을 몹시 아쉬워하고 있었던 사실을 간과한 것이었다. 그리고 그가 별장을 빠져나올 동안, 중현 씨가 단 몇 초 동안이라도 기절한 여자에게 매달려 있으리라는 헛된 기대로 자신의 범행을 망쳐버린 것이다.

사내는 결국 그 중현 씨의 별장을 빠져나갈 수가 없었다. 그가 막 별장 담벼락을 뛰어넘으려 했을 때 발작하듯 뒤에서 쏘아댄 권총 탄환 하나가 그의 허벅지를 뚫어버린 때문이었다.

하지만 그건 물론 사내의 말대로 그 사내 쪽만의 실수는 아니었다. 그것은 역시 권중현 씨 쪽으로도 치명적인 실수였다. 실수가 된 사연은 뒤에 가서 차츰 밝혀질 일이지만, 사내의 충고나 자신의 판단이 분명했음에도, 사내가 문을 빠져 달아나는 것을 본 순간, 중현 씨는 젊어 한때 취미 삼아 익혀둔 그 정확한 사격솜씨를 참아낼 수가 없었던 때문이었다. 그리고 그 같은 순간의 충동 때문에 중현 씨도 이후 자신의 실수에 대해 범인 못지않게 녹녹잖은 대가를 치러야 할 처지가 되고 만 것이었다.

6

　소설의 발단에 해당하는 사건의 경위는 대개 그러했다. 하지
만 이런 내용은 대개 그 당장 세상에 알려지지 않은 것이었다. 사
내의 충고를 명심해두지 못한 실수로 중현 씨는 그 후 꽤나 괴로
운 대가를 치러야 했지만, 그가 치른 대가가 어떤 것이었든지 중
현 씨는 일단 자기 충동에 따라 총질을 하고 나서도 세상에 대해
선 사건 자체를 은폐시키는 데 어느 만큼 성공하고 있었기 때문
이었다.
　앞서의 내용은 그러니까 후각이 남다른 한 주간지 기자의 끈질
긴 추적과 취재의 성과였다. 그리고 그 취재 내용에 주영섭이 뒤
에 다시 자신의 소설적 상상력을 동원하여 완성해낸 반사실·반
가공의 이야기인 셈이었다.
　어쨌거나 주영섭의 소설은 거기서부터 그 사건의 처리와 취재
의 과정으로 줄거리가 다시 이어져나갔다.

　……수사당국은 처음부터 사건내용의 발표를 꺼렸다. 범행의
성질이나 장소가 매우 안 좋은 때문이었다. 앞서 말한 대로 사내
의 범행이 있었던 그 별장촌에선 서너 달 전에도 비슷한 강도살
인사건이 일어난 적이 있었다. 그 때문에 이 유사사건의 연속에
는 그 범행의 대담성이나 방범상의 취약성 이외에도 몹시 난처한
문제점이 뒤따르고 있었다. 그 장소의 특수성 때문이었다.

이 한강변의 교외 별장지대는 원래 녹지보호지역 안에다 서울 쪽 사람들이 불법적으로 호화별장을 짓는대서 처음부터 말썽이 있었던 곳이었다. 그 별장들에 대해 제재 조처가 어떻게 끝났는지, 세인들의 머릿속에서 흐지부지 관심들이 사라져가던 판에, 그 별장의 한곳에서 이름 있는 서울의 골동품 소장가 한 사람이 밤중에 변을 당한 강도살인사건이 일어났다. 피해자는 바로 그 자리에 숨지고 범인은 끝내 붙잡히지 않았지만, 그리고 그 피해자의 이마에 그어진 의문의 ×표— 마치 구약성서의 하느님이 제 아우를 죽인 카인을 용서하는 대신 그 이마에 징벌의 표시로 남긴 죄식을 연상시키는 그 칼자국 상처—를 무시해버린 채 당국은 그저 단순 강도살인사건으로 수사결과를 발표했지만, 그 사건의 담당 수사관이나 일반인들의 가슴을 뭔지 모르게 섬뜩하게 했던 사건이었다. 수사가 어물어물 미궁으로 빠져들어가고 있는 듯싶던 판에 또다시 같은 별장촌 안에서 비슷한 사건이 일어난 것이다.

이번에는 현장에서 범인이 붙잡혔지만, 주변 관계자들로서는 다시 한 번 가슴이 섬뜩해오지 않을 수 없었다. 그것은 두 사건이 같은 별장지대에서 동일 범인에 의해 연속적으로 자행되었다는 데서 추리될 수 있는 어떤 잔혹스런 배후의 계획성 같은 걸 감지한 때문이기도 하였고, 또는 범인 자신이 너무도 간단히 자신의 범행(그것도 연속 범행)을 시인하고 나서버린 때문이기도 하였다.

이래저래 당국의 수사는 엄격한 비밀 속에 행해져야 하였다.

동기나 배후에 대한 의문점을 남긴 채 사건의 내용이 세상에 알려졌다간 갖가지 심상찮은 억측들을 유발시킬 판이었다. 경찰은 은밀히 사건의 수사를 진행시켜나갔다. 그런 가운데도 사내의 범행 내용은 너무 명백했다. 범행 현장에서 총을 맞고 붙잡힌 사내는 범행을 부인할 여지도 없었으려니와 그 자신 기이하게도 그럴 의사가 전혀 없어 보였다. 범행 사실이 명백하고 범인의 태도가 그런 만큼, 수사상황도 진전이 빨랐다.

수사는 단시일 안에 현장검증을 거쳐 충분한 기소자료를 확보하기에 이르렀다. 사내는 이미 전자의 강도살인 범행까지도 순순히 모두 시인을 해온 터. 그러나 경찰은 그걸로 당장 수사를 종결지을 수가 없었다. 범인의 신분과 사건의 동기에 여전히 한두 가지 불투명한 의문점이 남아 있었기 때문이었다. 범인의 이름은 최병진. 그의 신분은 함북 단천에 가호적을 두고, 범행 당시엔 예상찮게도 서울 답십리에서 하숙생활을 하고 있는 현직 중학교 생물과 교사로 밝혀졌다. 사건 현장에서 중현 씨가 받은 인상과는 달리, 나이 이미 46세나 된 단신 홀아비로 가족이 한 사람도 없는 위인이었다. 하고 보니 당연히 그의 그런 신분에 대한 심상찮은 의혹이 뒤따를 수밖에 없었다. 그 나이가 되도록 홀아비 하숙생활을 하고 있는 점이 그랬고, 현직 중학교 교사라는 그의 직업 역시, 강도상해나 살인범에겐 전혀 어울릴 수 없는 것이었다. 그것은 바로 그의 범행 동기에 대해서까지 강한 의혹을 낳게 했다. 단순한 금품 강탈이 범행 목적이었다는 자백에도 불구하고 작자의 동기엔 아무래도 수상쩍은 냄새가 지워지질 않았다.

하지만 위인은 주민등록부상에 기재된 정도의 인적사항 이외에 자기 신분이나 다른 범행 동기들에 대해선 일절 입을 열지 않았다. 재직한 학교에다 알아보아도 사정은 마찬가지였다. 50년대 중반 중등교원양성소를 거친 경력과 몇 차례의 전·이직 사실 이외에 동료교사나 학생들 간에도 그의 사생활이나 신상사에 관해선 알려진 것이 거의 없었다.

수사진은 갈수록 작자의 범행 동기가 미심쩍어질 수밖에 없었다. 그리고 그럴수록 수사 과정은 더 철저한 비밀의 장막 속에 감춰졌다. 사건의 낌새를 눈치채고 달려든 기자들이 전혀 없지는 않았다. 그럴 경우 당국은 교권 타락상이 불러올 세론 악화의 방지와 수사상 필요한 보안을 내세워 간곡하게 기자들의 접근을 막았다.

하지만 그런 가운데에도 수사는 더 이상 큰 진전이 어려웠다. 최병진은 현장에서의 범행 경위와 전일의 골동품 소장가 관계의 범행에 대해서는 현장검증 과정에서는 다소간의 의문점을 남긴 이외에 의외로 소상한 진술을 하였지만, 그 밖에 개인적인 신상사나 숨겨진 범행 동기들에 대해서는 일체 함구를 하다시피 하고 있었다. 피해자의 이마에 일부러 ×표 칼자국을 낸 일(경찰로선 그 점 역시 썩 예사롭지 않게 보고 있었지만)에 대하여도 위인은 그저 피해 사실을 스스로 숨기게 하기 위한 수단이었다고 현장에서의 궤변 투를 되풀이할 뿐이었다.

수사진은 그 보이지 않는 범행의 배후와 여죄의 추궁에 한동안 전력을 기울였다. 하지만 범인 최병진 역시도 자신의 배후나 여죄에 대해선 끝내 완강히 입을 다물고 버텨냈다.

그러던 어느 날, 수사 책임자(사안의 미묘성을 감안한 탓에선지 이 사건의 수사는 초반부터 검찰의 직접 지휘를 받고 있었다)는 갑자기 수사를 종결짓고, 기자들에게 약속한 결과 발표도 없이 전격적으로 법원에 기소를 해버리고 말았다.

— 이 사건에 특별히 수사력을 집중할 다른 배후가 없고, 이자에게는 2차에 걸친 연속 범행 이외에 더 이상의 여죄가 없는 것으로 결론이 내려졌다. 사건 자체가 별다른 배후나 혐의점이 없는 단순강도살인, 강도상해사건으로 밝혀진 것이다. 따라서 공소장에 적시한 사항 이외에 사건의 내용이나 수사 경위에 대하여도 더 이상 특별한 주의를 요할 만한 발표거리가 없다고 본다……

그것이 기소조치를 끝내고 난 수사 당국자의 어정쩡하면서도 단호한 사후 변이었다. 취재기자들은 맥살이 풀렸다. 사건은 이제 기사를 내보낼 가치가 없었다. 공소장에 적시된 사건의 경위나 범행 내용이란 것이 그새 자신들이 접하고 예상해온 것보다도 훨씬 더 축소되고 단순화되어버린 데다 사건발생의 보도가 없었으니 속보를 내보낼 근거조차 없었다. 그렇다고 시일을 끌게 된 구실이 될 만한 새로운 사실이 드러난 것도 아니었다.

기자들은 꺼림칙한 대로 사건 자체를 아예 묵살해버리거나, 항용 있어온 강력사건 정도로 가볍게 보도를 흘리고 지나갔다. 이런 사건에 대한 당국의 '보도협조' 사항은 전부터도 거의 관례가 되어오다시피 해온 일이기 때문이었다.

어쨌거나 그런 식으로 기자들의 눈길마저 시들해져버리자 사건은 이제 세상의 관심권을 완전히 벗어나는 것 같았다.

하지만 사실은 그렇지가 않았다. 그중에도 단 한 사람, 끝끝내 관심을 꺾지 않은 사람이 있었다.『주간서울』의 양진호 기자였다.

양진호 기자는 일이 벌어졌을 당시부터 이 사건에 대해 상당한 정보를 가지고 있었다. 그리고 범인 최병진의 태도와 사건이 보여준 몇 가지 특이한 점 때문에 누구보다 각별한 흥미를 느끼고 있었다. 사건의 성격으로 보면 우선 피해자 권중현 씨의 신분이나 그 범행 장소부터가 세인의 시선을 끌기에 충분했다. 하지만 양진호의 생각엔 그보다도 최병진의 범행이 단순강도상해사건 치고는 그 수법부터가 너무 대담스럽고 가학적으로 보였다. 피해자 권중현 씨의 정황이 그랬던 탓도 있었겠지만, 그는 마치 금품을 강탈할 목적에서가 아니라 권 씨의 호사와 패륜(그날 밤의 여자는 그의 처족 간이라는 소문까지 있었다)을 징벌하러(돈을 빼앗고 나서 피해자의 이마에다 무엇 때문에 굳이 그 ×표 죄식의 상처까지 남겨야 할 필요가 있었을까) 나타난 정의한이라도 된 것처럼 태도가 대담하고 호기스러웠다. 뿐더러 그는 중현 씨의 사격으로 발목이 붙잡히고 나서도 너무 태연하게, 어쩌면 오히려 그렇게 되기를 바라기라도 한 사람처럼 전날의 그 끔찍스런 강도살인사건까지 포함한(그 동일한 ×표 죄식으로 인하여 수사진은 그걸 거의 의심치 않은 모양이었으나) 자신의 범행 사실 일체를 너무도 간단히 털어놓은 것이었다. 하면서도 그는 또 범행 현장의 일 이외에 자신의 과거사나 금품탈취 이상의 범행 목적들에 대해서는 너무도 완강히 입을 다물고 있었다. 야반강도에게 재물 탈취 이상의 다른 목적을 상상해보는 것이 오히려 어리석은 일일는지 몰랐다. 하지만 금품만을 목적한 범행이었다면 그 부질없는 ×표 죄식까지 남겨야 할 필요가 없는 외에도 최병진은 그의 신분에 반해 남의 재물에 대한 탐욕이 어울리지 않게 너무 지나쳤고 그 범행도 잦았던 편이었다. 그리고 범행 당시나 뒷날의 태도들이 너무도 방자하고 태연스러웠다. 그런 점에서 양진호는 그 이마의 ×표 죄식도 전자의 흉내일 뿐 그의 연속 범행이 아닐지도 모른다는 의심을 지울 수가 없었다.

양진호 기자는 그처럼 처음부터 범인의 신상사나 동기들에 대하여 적지 않은 의혹들을 느끼고 있었다. 한마디로 그는 그 사건에서 어떤 강한 응징성과 부정의 내막을 세상에 드러내려는 고발적 폭로성을 감지한 것이었다.

하지만 양진호의 그런 의혹 앞엔 너무도 두꺼운 장벽들이 가려져 있었다. 그 첫번째가 우선 당국자의 벽이었다. 경찰에선 대체 어떤 근거로 최병진에게 특히 수사력을 집중시킬 만한 다른 배후나 동기가 없다는 결론을 얻게 되었는지 자세한 경위를 밝힌 바가 없었다. 게다가 수사상의 필요와 세론 악화의 방지를 위하여, 그리고 피해자 보호의 구실을 내세워 취재원을 철저히 봉쇄해온 끝에, 수사가 어떻게 끝났는지도 모르게 전격적으로 기소를 단행해버린 터였다. 당국자의 태도가 그런 판국에 피해자의 입을 빌리기는 더욱 어려운 일이었다. 그 상대가 소문과는 다른 여자였다 하더라도 권중현 씨는 처음부터 사건의 확대를 달가워할 입장이 아니었다. 이미 추측한 대로 권중현 씨는 그때 잠시 자신의 충동을 자제하지 못한 실수를 누구보다 깊이 후회하고 있었음에 틀림없었다. 범인 최병진의 당시의 말마따나 중현 씨가 그때 그 최병진을 고이 달아나게 했더라면 그는 아예 그날 밤 사고를 없었던 일로 넘겨버릴 수도 있었을 터였다. 그랬더라면 그는 일금 5백만 원쯤 애초부터 손에 없었던 것으로 할 수도 있고, 이마에 얻어 지닌 ×표의 상처도 굳이 내력을 밝혀야 할 필요가 없었을 터였다.

하지만 일단 범인이 붙잡힌 이상 권중현 씨는 그것을 원하든 원치 않든 자신이 그날 밤에 겪었던 모든 일들, 이를테면 어린 여자와의 동침 사실이라든지, 그가 그 여자에게 건넨 잠자리 값의 규모, 그리고 그가 그 범인 앞에 어떤 몰골로 굴고 있었는지 따위의 일들을 사실대로 모두 털어놓아야만 하였다. 긁어 부스럼으로 난처한 처지를 자초한 격이었다.

하지만 중현 씨는 역시 실력자였다. 실수는 실수였지만 그만 일로 그는 자신의 명예나 사회적 지위에 쉽게 손상을 입을 인물이 아니었다. 그는 신속히 조치를 취해나갔다. 가능한 모든 영향력을 행사하여 외부로의 사건의 발설을 막게 하고, 일을 될수록 가볍게 몰고 갔다. 그는 한껏 일을 조용하게 얼버무려 넘기고 싶어 한 것이었다. 그는 자신이 직접 신문에 응하는 일마저 극력 삼갔다. 그는 사건 피해자로서의 피해 진술조차도 수사관서 대신 자신의 집에서 피해 금품 액수나 상처의 부위·정도 등에 대한 형식적인 진술로 간단히 소정의 절차를 치르고 넘어갔다. 그리고 여타의 난처한 일들은 자신의 전임 변호사로 하여금 일체의 과정을 대행하게 하였다. 더하여 그날 밤의 색연비(色宴費)나 범인이 강탈해간 금품액수, 이마의 상처 따위들을 시종 대수롭지 않은 것으로 숨기고 축소시켜나가게끔 하고 있었다. 그런데 그 점은 당사자가 원했든 원하지 않았든 최병진의 죄질에도 상당한 득이 되었다. 사건의 진상은 가해자인 최병진 쪽의 진술이 훨씬 더 상세한 편이었지만, 수사진은 오히려 피해를 줄이고 사건을 한사코 단순화시켜가고 있는 피해자 쪽의 진술을 훨씬 신빙성 있게 평가한 것이다. 그리고 직접 범행과 상관없는 피해자의 주변사는 될수록 비밀을 지켜준 것이었다. 범인의 자백으로 기소자료가 충분히 확보된 마당에 군이 피해자가 원하지 않는 곳까지 일을 번거롭게 확대시켜나갈 필요는 없었을 터이기 때문이었다. 거기다 범인인 최병진마저도 거기서 더 이상은 굳게 입을 다물어버린 터였다. 권중현 씨로선 그도 또한 망외의 태도인 셈이었다……

그런 중현 씨가 귀찮은 소문꾼에 다름없는 주간지의 기자를 위해 입을 순순히 열어줄 리가 없었다.

하지만 양진호는 단념하지 않았다. 그런저런 사정으로 기사를 당장 내보낼 수는 없다 해도 『주간서울』은 기사의 시효가 일간지처럼은 절대적이 아니었다. 언젠가는 사건의 내용과 배후를 샅샅이 밝히게 될 때가 올 터였다. 그는 최병진에 대한 수사 내용을 가능한 데까지 캐내고, 담당 수사관과 권중현 씨와 관련된 피해인물들의 주변을 차례차례 모두 뒤지고 다녔다. 범행이 있었던 별장 주변도 몇 번씩 되풀이 탐색을 계속했다.

권중현 씨나 그 주변의 인물들은 당연히 그의 접근을 경계하고 기피했다. 중현 씨나 그날 밤의 여자는 아예 만나주지조차 않았다. 수사진 역시 그를 몹시 귀찮은 존재로 여겨 경계가 심했다.

—쓸데없는 억지 추측은 마시오. 흔히 있어온 강도살인이나 상해사건을 가지고 무얼 그렇게 헛수고가 많아요.

사건 전모에 대한 양진호 기자의 깊숙한 추궁에 수사진이 오히려 당황하여 짐짓 딴전을 부리곤 했을 정도였다. 그리고 끝내는 그가 우려했던 대로 당국은 이렇다 할 경위의 발표도 없이 서둘러 기소를 단행해버린 것이었다. 양진호로선 그만큼 사정이 더 조급하고 어렵게 된 셈이었다.

하지만 그 양진호에게 있어 무엇보다 두껍고 어려운 장벽은 사건의 당사자인 최병진 자신이었다.

양진호는 이제 차츰 주변 취재를 젖혀두고 사건의 범인인 최병진을 직접 만나보기로 하였다. 이때까지는 검찰이 증거인멸을 방지한다는 이유로 접견금지 조치를 취했기 때문에 그와의 면대가 불가능한 상태였지만, 기소가 되고부턴 그것이 풀리게 되어 이제는 접견이 가능해진 때문이었다.

하지만 양진호는 최병진을 만나는 절차에서부터 다시 높은 벽을 만났다. 최병진 역시도 전혀 사람을 만나려질 않았다. 가족이 없는 그로서는 당연한 노릇이었는지 모르지만, 그는 만나야 할 사람도 그럴 필요가 있는 사람도 없노라는 것이었다. 사선 변호인을 선임하지 않은 그에겐 국선 변호인이 선임되어 있었으나,

위인은 그의 죄과를 감싸줄 변호인의 접견조차 결연히 사절해오고 있었다. 자신의 범행을 스스로 시인했고 그 범행 사실이 명백해진 이상 그걸 다시 부인하거나 변명할 의사나 필요가 없다는 것이었다. 재판 절차상으로도 국선 변호인의 조력을 받는 것이 불가피하다는 설득에 고집이 간신히 꺾어들기는 했으나, 그 국선 변호인 선임을 수긍하고 나서도 그의 태도는 크게 달라지질 않았다. 위인은 자신의 변호인에게 수사 과정에서 이미 드러난 범행을 되풀이 확인할 뿐 그걸 새삼 부인하거나 자신에게 유리한 변론의 자료가 될 만한 소리는 한마디도 귀띔을 해주지 않았다. 범행 동기나 목적은 물론 자신의 과거나 주변사에 대해서도 새로운 말이 전혀 없었다. 어떻게 보면 마치 자신의 파멸을 부르기 위해 부러 그런 범행을 저지르고 나선 사람만 같았다. 중현 씨로 하여금 사건을 숨기는 데에 애를 먹게 하기 위해서였다는 그 이마의 ×표 상처에 대해서만 해도 그랬다. 그가 그걸로 무엇을 노렸든 그 ×표 상흔은 결과적으로 중현 씨로 하여금 사건을 숨기기가 매우 어렵게 만들었다. 그리고 그것은 자신에게도 몹시 불리한 정황을 결과할 수밖에 없었다. 그가 그걸로 자신의 안전을 노렸다면 그런 상처는 남기지 말았어야 하였다. 어떤 가열한 징벌성과 고발적 폭로성, ─ 거기에선 보다 더 그런 기미가 농후했다. 그는 오히려 일이 그렇게 세상에 알려지기를 바랐기가 쉬웠다. 그리고 아직 이유를 알 수는 없지만, 그런 식으로 왠지 스스로 자신의 파멸을 부르고 있었던 것 같기도 하였다. 범행을 숨기거나 변명하려기는커녕 뭔가 할 일을 다하고 나서 처벌이나 기다리고 있는 듯한 그 완강한 자기 체념적 태도─, 변호인에게마저 그런 식이니 양진호에 대한 작자의 태도는 더 이상 길게 이를 바가 없었다. 면회를 신청할 때마다 번번이 거절이었다. 궁리 끝에 양진호는 변호인의 양해를 얻어 그의 면담 때 한두 번 자리를 함께 끼어들어보았으나 그 역시 결과는 마찬가지였다.

양진호는 결국 최병진 자신에게서도 그가 알고 싶어 한 것은 한 가지도 더 알아낼 수가 없었다. 자신의 과거사나 범행 목적에 대하여, 또는 전날의 강도살인 범행(실은 그의 연속 범행 여부에 대해서도 아직 의문이 있었지만) 털어간 금품의 액수와 용도에 대하여, (그는 그때도 상당액의 금품을 강탈한 사실을 시인하면서도 피해 당사자의 사망으로 인하여 당시 수사 과정에서 추정에 그쳐야 했던 그 강탈 금품의 액수만은 한사코 밝히려 들질 않았다) 그리고 무엇보다 자신을 위해 한마디도 해명이나 변명을 하려 들지 않는 그 불가사의한 묵비권의 동기에 대하여 아무것도 새로운 사실을 알아낼 수가 없었다.

하지만 양진호는 이제 그 최병진의 불가사의한 태도에서 오히려 어떤 분명한 확신이 생기고 있었다. 그의 애초 추측대로 최병진은 아무래도 그저 자신의 물욕이나 채우려는 단순강도범이 아니라는 확신이었다. 그에겐 분명히 다른 어떤 동기나 목적이 있었음이 분명했다. 무엇보다 그는 자신의 범행을 후회하는 기미가 추호도 없었다. 처벌을 두려워하는 기미도 없었다. 두려워하기는커녕 오히려 그것을 원하고 있는 듯한 의연스러움마저 엿보였다. 범행에 다른 숨은 동기가 없고는 그런 태도가 불가능했다.

그의 범행에 특별한 동기가 숨어 있을 법한 또 다른 가능성은 그 범행의 면밀한 계획성에서도 엿볼 수 있었다. 위인의 자백을 사실로 믿는다면, 그 골동품 소장가에게서부터 시작된 범행의 연속성에서도 그런 기미가 보였듯이, 그의 범행은 전혀 우발적이거나 즉흥적인 것이 아니었다. 그것은 충분한 시일을 두고 미리 면밀한 계획을 세워 감행한 범행이었다. 현장검증 때 드러난 일이었지만, 범행이 있던 날 밤, 별장 관리인네 셰퍼드가 그를 쫓지 않았던 데에도 그럴 만한 사정이 있었다. 현장검증 날, 그 관리인네 셰퍼드 녀석이 수갑 찬 최병진의 몰골 앞에서 꼬리를 살랑살랑 흔들어댄 것이다. 복면을 쓰고 담을 넘어 들어왔다곤 하지만, 개짐승이란 원래 냄새로 사람을 알아보는 축생이었다. 뿐만이 아니었다. 사건이 일어난 별장의 법적 소유주들은 앞이나 뒤나 모두 범행의 직접 피해자들이 아니었다. 별장들은 모두가 관리인이나 인근 주민들의 명의로 되어 있는 집들이었다. 별장들은 일테면 그런 식으로 세상의 눈을 피해 잘 은폐되어 있던 셈이었다. 최병진은 그러나 원 별장주와 그 별장주들의 행락 시기까지를 사전에 탐지해두었던 게 분명했다.

이런저런 사정들만 보아도 최병진의 범행은 하루이틀 사이에 간단히 저질러진 일일 수가 없었다.

하지만 뭐니 뭐니 해도 최병진이 단순강도살인이나 상해범이 아니라는 확신은 그가 그 범행의 동기나 목적에 대해 너무도 완강히 입을 다물고 있다는 점에 있었다. 동기나 목적에 그가 그토록 완강한 침묵으로 일관하고 있음은 그저 단순한 금품탈취 이외에, 징벌성이나 고발성과 관련한 다른 어떤 목적이 있었다는 증거였다. 그리고 그것이 그에겐 그만큼 소중하고 비밀스러운 것이라는 증거였다.

양진호의 확신은 움직일 수 없는 것이 되고 있었다. 최병진은 그저 단순한 강도범이 아니었다. 그는 위인의 그 숨어 있는 동기를 알아내야 하였다. 혹은 그것이 자신의 상상을 훨씬 넘어선 것일지도 몰랐다. 하지만 그것이 가령 나라의 체제나 방첩 정신과 상관할 만한 고약한 내용일 가능성이 있었다면 수사진의 눈길이나 추궁을 그리 쉽게 피해냈을 수가 없었다. 수사진은 일찌감치 그런 쪽의 의심은 풀어버린 낌새였다. 그리고 양진호의 끈질긴 추적도 애초부터 그런 전제에서 출발한 것이었다.

진실은 기어코 밝혀져야 하였다. 하지만 사태의 진행은 그에게 시간을 기다려주지 않았다. 수사 과정에서부터 이미 예상이 된 일이었지만, 사건은 기소가 되자마자 법원 쪽 심리마저 일사천리 식으로 진행이 빨라지고 있었다. 하기야 검찰 쪽의 기소사실만 가지고는 심리가 그리 길어질 것도 없었다. 범행 주변의 정황이나 목적 등에 얼마간 불투명한 점들이 있다 하더라도 피고인 스스로가 시인한 범행 사실이 너무도 명백하였으므로 그걸로 심리가 지연될 일은 없었다.

사건은 기소 2개월 만에 변호다운 변호도 받지를 못한 채 선고재판 과정까지 다 끝이 나고 있었다. 범행에 애초 살해 의사가 없었음이 인정되어선지, 극형을 모면한 무기징역형을 선고받은 것이나 다행이라면 다행이었다 할까—

하지만 양진호는 이제 그만 맥이 빠지고 말았다. 신문들은 그쯤에서 몇 줄씩 짧은 사건 마무리의 기사들을 싣고 있었지만, 그리고 더러는 아무것도 자신의 죄과를 변명하려 들지 않았을 뿐아니라, 무기형의 엄청난 형량에도 오히려 그것을 기대하고 바라는 듯 안도의 표정마저 지어 보인 피고인의 별난 태도를 가벼운 가십 조로 소개한 곳도 있었지만, 양진호로선 그도 저도 도대체 흥미가 없었고, 한동안은 그저 기분만 잔뜩 암울해져 있었다.

　하지만 사정은 그가 언제까지나 그 같은 탈진 상태 속에 가만히 보고만 있게 하지 않았다. 최병진은 그렇듯 무기징역형을 선고받고도 그것을 억울해하는 기미는 고사하고 오히려 당연한 결과이기라도 하듯이 차일피일 무관심하게 소정의 항소 기간까지 넘겨버리고 말았는데, 변호인이 독자적으로 항소를 대신하여 그나마 2심 절차를 거치게 되어 있었던 것. 하지만 최병진은 이번에도 역시 어떤 이유에선지 그 항소심 재판정에의 출정을 거부하고 나섰다. 뿐만이 아니었다. 최병진의 그런 극단적인 태도에 무슨 색다른 낌새를 알아차린 때문이었을까. 당사자인 최병진의 일견 자포자기식 태도에 반하여 1심을 관여했던 조일천 변호사가 국선답지 않게 뒤늦은 열의를 발휘하고 나선 것이었다. 그가 2심에서는 국선이 아닌 사선을 자임하고 나선 것. 그리고 항소포기 의사에 별다른 변화를 보이지 않은 최병진을 설득하여 구치소를 수시로 들락거리고 있었던 것이다. 양진호는 조 변호사의 그런 사실을 알고 나자 더더욱 보고만 있을 수가 없었다. 그는 마침내 다시 자신의 힘을 보태려 나섰다. 그는 어쨌거나 오랫동안 별러오기만 하던 기사의 마무리를 지어야 하였다. 아니 그는 이미 기사를 모두 써놓은 거나 다름이 없었다. 마무리가 아직 지어지질 못하고 있을 뿐이었다. 하지만 그걸 마저 마무리 짓는 것은 그 혼자 임의대로 될 수 있는 일이 아니었다. 거기엔 최병진의 확인이 필요했다. ─나는 그렇게 잡혀 들어갈 계획이었다. 이제 양진호가 최병진에게 듣고 싶은 소리는 다만 그 한마디뿐이었다. 최병진의 그런 한마디만 있으면 그는 이번 사건의 경위나 배후의 전모(심지어는 그가 무기형의 선고에도 안도의 표정을 지어 보인 일까지도)를 백일하에 모두 써 보일 참이었다. 그는 그 한마디를 얻어내기 위해 다시 최병진의 일에 동분서주하기 시작했다.

하지만 끝내는 모두가 허사였다.

최병진은 끝끝내 입을 열지 않았다. 변호인의 설득으로 간신히 2심 공판정엘 나가게 된 이후에도 그는 시종 남의 일을 구경하듯 자신의 재판 과정에 전혀 성의를 보이지 않았다. 하지만 양진호의 노력이 허사로 끝난 것은 그런 최병진의 고집 때문만이 아니었다.

이유는 오히려 양진호 자신에게서 생겼다.

조일천 변호사의 노력도 보람 없이 1심 형량을 그대로 받아들인 2심 재판 선고를 마지막으로, 최병진이 끝내 대법원 상고를 거부한 채 무기징역수로서 기나긴 형기를 치르기 위해 서울구치소로부터 수감지가 안양교도소로 옮겨진 며칠 뒤의 어느 날이었다. 양진호는 끝내 그가 별러오던 기사를 쓰지 못한 채 홀연히 종적이 사라져버린 것이다. 말이 용납되지 않는 어떤 불가시의 힘에 이끌려 강도살인범(그는 이제 단순한 강도상해범이 아니었다) 최병진이 그러했듯 양진호 그도 그것을 좇아 자신을 어떤 미궁 속으로 내던지고 말았는지 모른다. 혹은 그의 끈질긴 탐색과 추적을 뿌리치려는 어떤 보이지 않는 음모의 허무한 희생물이 되었는지도 모른다. 하지만 그가 무엇 때문에, 어디로 어떻게 사라져 갔는지를 아는 사람은 아무도 없었다. 그의 잠적 후에 알려진 일이라곤, 그가 그 무렵 위인의 새 복역지인 안양교도소의 최병진에게 웬 벌꿀 한 단지를 영치물로 전했다는 사실뿐이었다. 하지만 당시 그 꿀단지에 대해선 별달리 관심을 둔 사람도 또 그럴 만한 틈도 없었으므로, 그것이 양진호의 갑작스런 잠적과 어떤 상관이 있는지 의심을 해본 사람이 아무도 없었다. 어쨌든 그 일을 전후하여 양진호는 무슨 일로 어디로 간다는 흔적이 전혀 없이 회사와 집과 친지들 앞에서 홀연히 모습이 사라진 것이었다. 그리고 그의 그런 돌연스런 실종 상태는 이날 이때까지 영영 풀리지 않는 수수께끼로 남게 된 것이었다—

　소설의 줄거린지 실제 사건의 취재 노트인지 모를 주영섭의 이야기는 일단 거기서 한 가닥이 끝났다. 소설의 줄거리라기엔 이야기의 진행이 너무 거칠고 끝대목이 엉성했다. 그렇다고 또 취재 노트라기엔 앞뒤 연결이 매우 부자연스럽고 가공적인 느낌이 짙은 이야기였다. 하긴 그 모두가 영섭이 원래의 사건에 소설적 상상력을 가미하여 재정리한 이야기고 보니 그럴 수밖에 없는 노릇이기는 하였다. 하지만 어쨌거나 이야기의 골격은 실제로 있었던 사건의 실화였다. 아직은 추측에 불과할지도 모르지만, 그 건 어쩌면 백상도 노인도 알고 있을 수 있는 일이었다.

그러나 노인은 그것을 알고 있는지 모르고 있는지 기미를 섣불리 내보이지 않았다.

"그게 노형이 쓰고 있다는 소설 이야기의 전부요?"

주영섭이 첫번 이야기를 일단락 짓고 나서 노인의 반응을 살필 겸 잠시 침묵을 지키고 앉아 있자, 여태까진 그저 말없이 조용히 귀를 기울이고만 있던 노인이 드디어는 좀 맥이 빠진 어조로 영섭에게 물었다. 그러나 그 노인의 물음 속엔 양진호의 이야기에 별 느낌이 없어하는 덤덤한 어조와는 달리, 그의 이야기를 어디까지나 현실이 아닌 가공의 이야기로 치부해 들으려는 의도가 담겨 있었다. 아무려나, 그것이 설령 허구가 아닌 현실의 이야기가 틀림없다 하더라도, 그리고 노인 역시 그것을 이미 알고 있다 하더라도, 그것을 그저 가공의 이야기로 치부해 듣는 것이 그로선 훨씬 편했을 터였다. 거기엔 일종의 간접화법과도 같은 방충(防衝)의 효과가 있었기 때문이었다.

영섭은 물론 그 점을 알고 있었다. 그 때문에 처음부터 이야기에 소설의 형식을 빌려온 것이었다.

"아니지요. 아직은 양 기자가 무엇 때문에 어디로 증발해갔는지가 밝혀지지 않았지 않습니까. 이야기는 아직 첫번 한 가닥이 끝났을 뿐입니다."

노인도 으레 그쯤은 알고 있는 일이 아니냐는 듯, 영섭이 조심스럽게 말을 받았다. 노인의 결단에 따라서는 이야기를 더 계속해나갈 필요가 없어질 수도 있다는 뜻이었다. 하지만 노인은 아직도 결단이 서질 않고 있는 것 같았다. 그는 다시 입을 다물고 혼자 생각에 잠기고 있었다.

산속은 이제 밤새 울음소리조차 잦아들어버린 깊은 적막 속으로 빠져들고 있었다. 중천을 훨씬 비켜선 달빛이 밤이 깊어갈수록 투명하게 빛났다.

"하지만 노형은 이미 그 양 기자란 사람의 행방을 알고 있는 것 같소그려. 그야 소설을 끝내자면 의당 그래야 할 테지만 말이외다."

노인이 이윽고 영섭을 돌아보며 한번 더 은근히 의중을 짚어왔다. 양 기자의 행방이 밝혀진다면 자연 최병진의 비밀도 밝혀질 수 있을 테니 그것도 모두 알고 있느냐는 뜻이었다. 하지만 여전히 그 소설을 빌리고 있는 노인의 말투는 아직도 마지막 결단을 못 내리고 있는 낌새였다.

영섭으로선 아무래도 이야기를 마저 끝내야 할 것 같았다. 그것만이 노인의 마음속 결단을 도울 수 있는 길 같았다.

"물론 전 그걸 알고 있어야겠지요. 양 기자의 행방이 밝혀지지 않았다면 앞에서 이야기한 그의 실종 전의 행적들도 추려내질 수가 없었을 테니까요. 사실을 말씀드리면 그 양 기자의 행적을 뒤쫓은 사람은 제가 처음이 아니었거든요."

영섭은 자기 소설과 현실의 줄거리를 애매하게 뒤섞어 노인 앞에 장담했다.

"그래, 노형의 소설 속에선 그 사람이 대체 어디로 간 걸로 정해진 거외까?"

노인이 다시 영섭을 재촉했다. 그것이 어떤 것이든 이야기를 끝내 소설의 그것으로 듣겠다는 뜻이었다. 그리고 그의 이야기를 마저 들어보지 않고는 그것을 아직 현실의 것으로 받아들일 수가 없다는 뜻이었다.

아무려나 영섭으로서는 크게 상관이 없는 일이었다.

"말씀드리지요…… 하지만 양 기자가 무엇 때문에 어디로 갔느냐 하는 걸 말하기 전에 먼저 이야기드릴 일이 또 한 가지 있습니다. 그것도 물론 이 소설을 위해 제가 취재를 한 사건인데, 그걸 먼저 말씀드리는 것이 양 기자의 행방을 밝혀나가는 옳은 순서가 될 테니까요. 이번에도 물론 실제 사건과 제 이야기 사이에 시각이나 순서의 차이는 있겠습니다만, 앞에서도 그랬듯이 오늘 밤 제가 말씀드린 이야기들은 어차피 모두 취재가 끝난 다음 제가 나중에 이야기를 다시 앞뒤로 뜯어 맞춰낸 것들이니까요."

7

주영섭이 다시 취재담 반, 소설 반 형식으로 백상도 노인에게 들려준 두번째 사건의 전말은 이러했다.

— 1978년 봄. 그러니까 서울의 양진호 기자가 최병진의 2심 결심재판 후에 돌연 종적을 감추어버린 지 2년쯤의 세월이 지나간 다음이었다. 서울 가까운 인천 지역에서 부두 하역부 한 사람

이 퍽 납득하기 어려운 자해행위로 목숨을 끊어버린 사건이 발생했다. 사건의 주인공은 나이 마흔다섯에 부두일을 시작한 지 십수 년이 넘은 유민혁이란 위인으로, 동료들 간에는 당할 자가 없는 도박술사요, 막강한 완력의 주먹잡이로 그 사회의 숨은 실력자로 알려져온 인물이었다.

그 유민혁이 어느 날 아침 이 지역 항만노조지부 임시사무실에서 스스로 팔목의 동맥을 끊은 자살체로 발견됐다.

그 무렵엔 마침 이 지역 화물선박회사들의 부두 하역근로자 수급업무 대행사업체 격인 항만인력관리사업소와 사실상의 지역 노조 소속 인부들 사이에 임금과 후생, 피용자의 무단취업 정지 문제들을 놓고 불화와 쟁의가 계속되어온 데다, 그게 드디어는 일부 하역부들의 농성 사태로까지 발전하여 연이틀째 소란한 소동이 빚어지고 있던 때여서, 성미 급한 한 친구의 불상사 정도로 가볍게 보아 넘길 수도 있는 일이었다. 그리고 사건은 실제로 그런 방향으로 재빨리 마무리되고 말았다.

유민혁의 자살은 그러니까 농성 하역부들과 노조 간부들, 그리고 사용자 쪽에 다 같이 어떤 충격을 주어, 사업소와 인부들 간의 갈등을 그런대로 신속하게 해결케 만든 공로가 있었고, 그러나 그러한 사용자와 피용자 간의 불화와 배덕이 얼마나 한 대가를 요구하고 지불해야 하며 거기에 또 얼마나 한 희생이 뒤따라야 하는가를 가슴 깊이 새겨준 교훈의 효과도 남기고 있었다.

유민혁의 자살 사건은 어쨌거나 일단은 그런 정도로 조용히 마무리가 지어진 셈이었다. 그런데 막상 사건을 조사해온 구서룡 형사는 수사를 그런 식으로 종결짓고 나서도 못내 뒤끝이 개운칠 못했다. 구 형사의 느낌엔 사건의 주변에 아직도 불투명한 부분이 남아 있었기 때문이었다. 그것은 우선 그 유민혁이란 위인의 불가사의한 주변사와 그의 자살 동기의 애매성 때문이었는데, 사건에 처음 접해 들었을 때부터 구 형사는 벌써 곳곳에서 그런 의문점들과 맞부딪히고 있었다.

수사 초반에 드러난 일이지만, 유민혁은 그의 과거 행적이나 주변 사람들의 그에 대한 태도부터가 예사로운 인물이 아니었다. 유민혁의 작업장 근무 성적은 특별히 누구보다 낮거나 못한 것이 없는 평범한 것이었다. 하면서도 그는 누구보다 동료 간에 신뢰가 두텁고 의리가 깊은 사람으로 알려져 있었다. 관리사업소의 사무직원들이나 조합 간부들조차도 그에 대한 것만큼 부두 노역 종사자들의 신뢰와 이해를 얻고 있는 사람이 드물었다. 그것은 한마디로 신기에 가까운 그의 도박술수와 의협심이 강한 완력 때문이랄 수 있었다. 부두 노역 인부들은 때로 일당을 털어 거는 노름질을 즐겼다. 처음엔 그저 하루 일당을 걸고 시작한 가벼운 장난기의 노름판이 때로는 한 달치 노임을 몽땅 다 털어 바치는 불상사를 부르기도 했다. 유민혁은 그러나 원래 노름판을 그리 즐겨 하는 편이 아니었다. 그는 처음부터 노름판 자리에 끼어드는 일이 없었다 하였다. 하지만 노름판 시간이 길어지거나, 종당에 가서 한쪽 처지가 거덜이 날 지경이 되고 보면, 그는 어디선가 소식을 듣고 와서 슬그머니 자리를 끼어들곤 했다는 것, 그리고 그때부터 그는 노름판의 형세를 마음먹은 대로 혼자 좌지우지해나갔댔다.

— 그러니 그가 한번 자리에 끼어들었다 하면 노름은 더 이상 해보나 마나였지요. 판돈을 혼자 다 끌어 모으고 싶거나 잃은 쪽 손해를 보충해주고 싶거나 결과는 뭐든지 그가 마음먹은 대로였으니까요. 다른 사람은 아무리 안간힘을 써대도 소용이 없었어요. 틀림없이 어떤 속임수나 술수가 있을 법한데도 그런 흔적을 잡아낼 수도 없었구요. 제 손에 있거나 남의 손에 있거나 그 사람은 마치 모든 화투장을 마음먹은 대로 바꾸어버리는 신통한 요술이 있는 사람 같았지요.

그의 동료들의 한결같은 증언이었다.

— 하지만 우리들은 그 사람의 참견을 꺼려 할 수도 없었지요. 그 사람의 완력도 완력이었지만, 우리같이 노름판을 보채온 치들 중엔 누구나 한두 번 그 사람의 신세를 안 진 사람이 없거든요. 한 달치 노임이 거의 거덜이 나가는 참에 그가 끼어들어 손해를 거꾸로 봉창하게 되거나, 한 곳로 몰아간 판돈을 싱겁게 돌려받는 경험을 누구나 한 번씩은 겪어온 처지들이니까요. 제 주머니가 불러올 때라도 그 사람의 참견을 마다할 수가 없었지요.

한데다 유민혁은 또 자신의 물욕엔 그만큼 임격하고 뒤기 깨끗한 위인으로 되어 있었다. 판돈을 한곳으로 몰아치고 나서도 그가 돈을 주머니에 쓸어 넣고 가는 일은 거의 볼 수가 없었다는 거였다.

— 재미있게 놀았으면 그걸로들 되었어. 하지만 섣부른 손재간들 믿고 너무들 좋아할 짓거리는 아니여.

판돈을 되돌려주며 그가 번번이 충고한 말이랬다. 예외가 있다면 꼭 한 번, 언젠가 그 부둣가 여관방에서 외항선 선원들과 함께 벌인 무지무지한 규모의 도박판엘 그가 제 발로 끼어들었을 때뿐이었다 하였다. 그리고 그때 그는 하룻밤 사이에 신세를 고쳐 잡아도 좋을 만큼 큰돈을 휩쓸어갔는데, 그때만은 왠지 그도 판돈을 한 푼도 되돌려주질 않았댔다. 하지만 그의 옛 동료들은 그때의 횡재 역시 위인이 절대로 자기 물욕을 채운 게 아닐 거라는 장담이었다.

— 그런 큰돈을 움켜쥐고 난 뒤에도 그 사람은 전날과 조금도 다름없이 부두 일을 나왔어요. 마누라도 자식도 없이 단홀아비 셋방살이 자취생활 형편도 전일과 조금도 달라진 것이 없었구요……

— 언젠가 한번은 처지가 퍽 어려운 동료의 아들놈이 대학입시에 합격했다는 소식을 듣고 자기 한 달 노임을 몽땅 털어준 일도 있었지요. 하고서도 그 사람, '내야 뭐 단홀아비 살림에 돈 쓸 일이 있어야지.' 그 동료의 등을 툭툭 두들겨주면서 그 한마디뿐이더래요.

천성이 그처럼 물욕과는 거리가 먼 사람이어서 위인이 무슨 축재를 목적으로 저금통장 같은 걸 지녔을 리도 없으니, 그날 밤 도박판에서의 엄청난 횡재도 그 비슷한 용도에다 써 없앴으리라는 것이었다.

유민혁은 일테면 동료들에게서 그쯤 수수께끼의 인물로 치부되어온 셈이었다. 한데도 동료들은 또 위인의 개인사엔 깊은 내력을 따져 묻지 않는 것이 그간의 습관으로 되어오고 있었다. 작자가 워낙 자신을 내세우길 싫어하는 성미라서 그런 걸 묻는데도 시원한 대답을 들어본 일이 한 번도 없었기 때문이랬다. 위인의 그런 점은 그 귀신같은 도박 솜씨에 대해서도 역시 마찬가지였는데, 위인은 그 수수께끼의 도박술에 대해서도 이렇다 할 내력을 털어놓은 적이 한 번도 없었다는 것. 왕년에 어디서 크게 놀아먹던 솜씨가 분명하다는 동료들의 농기 어린 다그침에도 위인은 그저,

—그래, 한때는 좀 한다고 했었지…… 하지만 그런 재주는 한번 세상에 알려지고 나면 더 이상 재주로 남을 수가 없는 걸세……

실없이 전력을 시인해오는 듯하면서도 더 이상의 자세한 내력까지는 한사코 말끝을 흐려버리곤 해왔다는 것—

어쨌거나 그러저러한 이유들로 해서 부둣가 사람들은 유민혁이란 위인의 그 잔혹스러울 만큼 완벽한 노름수에도 불구하고, 오히려 그런 술수와 인간에 대한 신뢰가 더하고 있었던 셈이었다.

노름판에서의 그것처럼, 두려움과 경계의 대상이 되어야 할 것이 거꾸로 호감과 신뢰의 바탕이 되고 있는 것은 유민혁의 그 불가사의한 완력 또한 마찬가지였다. 그것도 물론 위인이 그 완력을 자주 행사해서가 아니었다. 그의 노름수처럼 유민혁은 그의 완력을 함부로 휘둘러대는 일이 없었다. 어느 편이냐 하면 그는 가급적 자신의 힘을 자제하고 숨기려는 쪽이었다. 동료들 가운데선 실제로 그가 완력을 행사하는 것을 보지 못한 사람도 많았다.

그래 그에게 나이답지 않은 놀라운 힘이 숨겨져 있다는 사실을 곧이들으려 하지 않은 친구들도 있었다. 하지만 유민혁이 그런 친구들을 믿게 하기 위해 따로 자신의 힘을 시범해 보일 필요는 없었다. 예수가 그의 능력을 증거하기 위해 때마다 이적(異蹟)을 행할 필요가 없었듯이, 위인이 그것을 드러내 보일 수밖에 없었던 한두 번의 불가피한 기회로 그의 완력은 충분히 시범됐다.

— 한번은 관리사업소의 젊은 친구 하나가 뭐가 못마땅했던지 제 아비뻘이나 되는 늙은 하역부에게 듣기 거북한 반말지거리로 욕설을 함부로 퍼부어댄 일이 있었지요. 그런데 그 젊은 친구의 욕지거리가 정도를 훨씬 넘어선 듯싶어지자 그때까지 곁에서 묵묵히 자기 일만 하고 있던 유 씨가 햇빛에 이마가 부셔오는 사람처럼 눈살을 가늘게 졸여 당기면서 젊은 친구 앞으로 슬그머니 다가갔어요. 하더니 그 사람 이 말 저 말 없이 그저 한 손으로 젊은이의 멱살을 집어 올려버리는 거였어요. 그리고 다른 한 손으론 두 다리를 허공에서 볼품없이 바둥대고 있는 젊은것의 턱뼈를 양쪽에서 힘껏 집어 눌러댔구요. 젊은이는 소리 한번 제대로 질러보지 못하고 몸뚱이가 바람개비처럼 허공에 매달린 채 금방 눈깔이 튀어나올 것 같은 형국이 되고 말았지요.

그 엄청난 뚝심에 기가 질린 젊은이는 감히 비명 소리 한마디 내지를 여유가 없었다는 목격자의 설명이었다. 하지만 유민혁은 그때도 굳이 무슨 질책의 소리 한마디가 없었다 하였다. 고통스럽게 다리를 바둥대는 젊은이를 위인은 마치 무슨 생선 꿰미 들여다보듯 한동안 가만히 들여다보고 있다가는 이윽고 녀석을 땅

바닥 위로 조용히 내려놓았을 뿐이었댔다. 젊은이의 몸뚱이는 풀기 잃은 빨래모양 땅바닥으로 힘없이 주저앉아 내렸고, 그러자 다음 순간 녀석은 비로소 자신이 방금 겪어낸 위험이 어떤 것이었는지를 뒤늦게 실감한 듯 유민혁 앞으로 부리나케 몸을 일으켜 줄행랑을 놓았는데, 유민혁은 그걸 그냥 덤덤한 눈길로 바라보고만 있더라는 것이다. 하지만 그 젊은이는 그것만으로도 턱뼈가 굳어져 일주일 가까이나 말도 제대로 못하고 지내야 했다던가.

또 한 번은 부두 인부들끼리의 주먹다짐 끝에 있었던 일인데, 이번에는 좀더 여러 동료들이 그의 완력을 똑똑히 구경할 수 있었던 기회였다.

부두 인부들 사이에선 그때까지도 이런저런 일들로 싸움과 폭력이 그칠 날이 없었다. 그런데 그날은 사업소 쪽에 모종의 뒷줄을 대고 늘 조합과 동료들 간의 일을 염탐하고 다니던 손용달이라는 위인과, 작자의 못된 행실을 두고 늘 한번 버릇을 고쳐주겠노라 기회를 별러오던 피해당사자 박경준이란 사람 간에 드디어 노골적인 시비가 붙었다. 시비는 이내 앞뒤 안 가리는 주먹다짐으로 발전하여 누군가 한쪽이 산송장 몰골이 되어날 판이었다. 싸움이 정도가 그렇듯 지나치는 듯싶어지자 그때까지 그저 곁에서 구경만 하고 있던 동료들이 드디어는 그만 두 사람을 뜯어말리려 나섰다. 한데 때마침 거기 한데 섞여 구경을 하고 있던 유민혁이 왠지 실실 웃으면서 그것을 저지했다. 싸움이 갈 때까지 가게 내버려두라는 것이었다. 몸뚱이가 한데 엉켜 땅바닥을 나뒹구는 두 사람의 몰골은 바야흐로 누가 누군지 얼굴을 가릴 수조

92

차 없을 지경이 되어갔다. 옷이 찢어지고 얼굴이 터지고, 그 찢어진 옷과 터진 얼굴에 흙먼지와 핏물이 뒤범벅이 되어갔다.

유민혁은 그제서야 스스로 싸움을 말리고 나섰다. 그런데 그의 싸움 말리는 방법이 너무도 간단했다. 그는 맞붙어 엉킨 두 사람 곁으로 다가가 한 사람 한 사람씩 차례로 침착하게 팔목을 찾아 쥐었다. 그러자 뻘밭의 개들처럼 한데 붙어 나뒹굴던 두 사람이 마치 가시 삼킨 달구 새끼처럼 사지들이 뻣뻣하게 굳어지며 엉거주춤 허리들을 세우고 일어섰다. 그리고는 별로 큰 힘을 걸지도 않은 것 같은 유민혁의 표정에도 불구, 두 사람은 거의 움짝달싹을 못한 채 얼굴색이 금세 사색이 되어갔다.

싸움은 더 이상 계속될 수가 없었다. 하지만 유민혁은 그렇게 싸움을 말려놓은 것만으로 일을 끝내려 하지 않았다.

—자, 이렇게 함께 사무실로 가자구.

그는 여전히 두 사람의 팔을 붙든 채 이번엔 그대로 관리사업소(책걸상 하나씩과 헌 응접소파 하나 그리고 벽에 걸린 작은 칠판 하나가 비품의 전부인 노조 사무실이 그 관리사업소 바로 곁에 껴붙어 있었지만 그는 왠지 그쪽을 택하지 않았다) 쪽으로 발길을 앞장서 옮겨가기 시작했다. 마치 못된 쌈패 아이놈들을 붙들어 양손에 귀를 쥐고 교무실로 끌고 가는 훈육주임 선생처럼. 그리고 그게 자신도 좀 우스워 보이는지 얼굴엔 여전히 그 장난기가 어린 듯한 웃음기를 띤 채로. 하지만 그러는 유민혁을 거역할수록 팔목의 고통만 더해갔으므로, 다른 두 사람은 매달리듯 양쪽에서 발길을 서둘러대는 수밖에 다른 도리가 없는 꼴이었다.

유민혁은 사업소로 들어설 때도 여전히 그 모양 그 꼴인 채 얼굴에 웃음기를 잃지 않고 있었다. 하지만 그가 두 사람을 그곳 사무실로 끌고 들어가 한 일은 그 얼굴과는 전혀 딴판이었다. 그는 두 사람의 처참한 몰골에 놀라 어리둥절해진 사업소 사람들에게 일부러 사정을 설명하거나 허물을 따지려 하지 않았다. 그는 다만 그 몇몇 사람들에게 공손히 손수건을 청하여 그것으로 두 사람의 상처를 씻게 했을 뿐이었다. 상처로 인한 핏자국과 흙먼지로 엉겁결에 내민 사업소 사람들의 손수건을 차례차례 더럽게 하였을 뿐이었다. 그것뿐이었다. 그리고 그는 곧 두 사람을 데리고 말없이 사업소를 되돌아 나왔다. 참으로 불가사의한 완력이요, 속셈을 얼핏 짚어내기 어려운 행동이었다.

하지만 그 역시 유민혁이 그 완력을 자랑하기 위한 공연한 장난질이 아니었다. 그런 일이 있고 나서부터 그 해괴한 무언극의 효과가 서서히 나타나기 시작했다. 일이 있은 뒤부터 손용달이란 작자의 간특스런 행실이나 그동안 사업소 쪽에서 인부들을 상대로 일삼아온 뒷장난질이 슬그머니 자취를 감추기 시작했다. 십중팔구 그것은 그 유민혁의 무언극의 결과임이 분명했다. 그리고 그로부터 부둣가 인부들 간에 오랫동안 길들여져온 그 맹목적인 불화와 주먹다짐의 버릇이 차츰 사라져가게 된 것도 그날의 무언극의 한 효과임이 분명했다.

하지만 유민혁은 더 이상 완력을 사용하지 않았다. 완력을 함부로 휘두르기보다 그것을 자꾸만 감추려고 하였다. 그는 그 한두 번의 실력 행사조차 그것이 전혀 우연스런 일이었던 것처럼 대수롭잖아 하는 말투로 자신의 완력을 부인해버리곤 하였다.

그러나 그는 그것으로 충분했다. 동료들은 이미 그것만으로도 그의 완력을 충분히 알아보았다. 그리고 그럴수록 그 눈에 잘 띄지 않는 그의 괴력은 더욱더 신비스런 위엄을 더해갔다. 놀라운 완력을 지니고 있으면서 그 완력을 사용함이 없이 유민혁이 그의 동료들로부터 밝은 사리와 의리의 인물로 신망을 받고 있었던 소이였다.

이래저래 유민혁이란 위인의 주변은 대개 아리숭한 수수께끼 투성이였다. 부둣가 사람들 가운데는 유민혁의 그 뛰어난 노름 솜씨와 기괴한 완력의 내력은 고사하고, 그가 무엇 때문에 여태 홀아비살림을 고수해왔으며, 마음만 먹으면 얼마든지 더 나은 일터와 수입을 도모해나갈 수완이나 능력이 충분했음에도 굳이 그런 힘든 노역을 견뎌오고 있었는지, 어느 것 하나 시원한 사연을 알고 있는 사람이 없었다. 그는 그만큼 자신을 내세우고 나서는 것을 싫어하기도 했지만, 어떻게 보면 부러 그런 식으로 자신의 정체를 숨겨오고 있었던 것 같기도 하였다. 자살극이 빚어지기까지의 이번 사건의 경위만 해도 그러했다. 당연한 소리가 될는지 모르지만, 유민혁은 평소부터 자신에 대한 주위의 신망에 지극히 겸손하고 소극적인 태도를 취해오고 있었다. 무슨 일을 앞장서서 떠맡고 나서는 일이 없는 건 고사하고, 동료들이 아무리 간청해도 그걸 섣불리 받아들인 일이 한번도 없었다. 인부들의 직접적인 이해가 걸린 조합일에 대해서마저도 그는 늘 그런 식이었다.

조합 일엔 실상 그가 직접 나서줘야 할 일들이 자주 생겼다. 사업소 측과 인부들 사이에 이해의 이반이 많았기 때문이었다. 선박회사들과 이해를 같이하고 있는 사업소 쪽은 애초 조합의 존재나 그 활동을 거의 도외시하다시피 해오고 있었다. 하역 근로자들이 자신들의 조합 조직을 통해 피용자의 권익을 도모해나가려는 데에 반해, 사업소 쪽은 그러한 조합 조직이나 활동이야말로 사용자와 피용자 간의 비생산적인 대립과 반목을 유발할 뿐, 피용자를 위한 진정한 이익은 사용자와 피용자 간의 원활한 협조와 이해 속에서 보다 잘 증진되어갈 수 있다는 주장을 내세우곤 하였다. 한데 그와 같은 사업소 쪽의 일관된 태도는 인부들 사이에 미리 뿌리를 내리고 있는 일부 친위 성향의 회원들의 활약으로 피용자 쪽에서도 상당한 호응을 얻게 되어 조합원들의 단합을 깨뜨리곤 하였다. 그것도 안 되면 사업소 쪽은 아예 출역보장을 않겠다는 식으로 노골적인 위협을 가해오기도 하였다.

그런 때면 늘상 조합 사람들은 유민혁이 좀 앞장을 서 나서주기를 바랐다. 그가 앞장을 서서 흩어진 힘을 모아 싸움을 이끌어가주기를 바랐다. 아니, 할 수만 있다면 그 자신이 아예 조합 일의 책임을 떠맡아주기를 간절히 바랐다. 왜냐하면 사업소 쪽의 농간에 휘둘려 조합의 책임자가 더 이상 버텨내질 못하게 되거나, 그 자신이 내용적으로 어느새 그쪽 사람으로 돌아서버린 사례가 자주 생기곤 했기 때문이었다. 하지만 유민혁은 그런 때마저도 자신이 직접 일을 떠맡고 나서주는 일이 없었다. 그는 늘 뒷전에서 조용한 충고자로 일이 되어가는 형편을 지켜볼 뿐이었다. 그리고 필요한 만큼의 사리판별력과 결단의 지혜를 빌렸을 뿐이었다.

그만만 해도 고마운 일이기는 하였다. 그는 언제나 사태를 가려 보는 눈이 정확했고, 일단은 그 결과도 좋았기 때문이었다. 그러나 그가 끝내 일을 직접 떠맡고 나서지 않은 것은 피차간에 불행이 아닐 수 없었다. 불가항력의 일이었는진 모르지만, 그에게도 실수는 있었기 때문이다. 상급 단위 조직으로부터 지부 책임자가 아예 임명되다시피 해온 다른 조합들에 비해 그나마 지부 조직 자체의 의사로 그 책임자가 결정되는 이곳의 사정(그렇다고 전혀 사업소 쪽의 입김을 무시할 수는 없었지만 적어도 원칙의 면에서는)은 썩 다행스런 편이었다. 하지만 그 같은 자율성에도 불구하고 유민혁의 충고를 바탕으로 내세운 책임자를 번번이 다시 바꿔야 하는 사태야말로 어느 정도는 그의 책임이 아닐 수 없었다. 물러나라, 못한다, 네가 좋다, 내가 좋다, 이래야 한다, 저래야 한다— 구관을 물러나게 하고 전체 조합원들의 의견을 조정하여 조합의 새 책임자를 뽑아 앉히는 일은 보통 힘이 들고 시끄러운 일이 아니었다. 더욱이 그런저런 소동을 치러가며 새로 자리를 이어받은 사람이 번번이 또 실망을 안겨오곤 하였다. 한데도 유민혁은 자신이 직접 나서려기보다는 그때마다 새로 또 다른 사람을 골라 내세우곤 하였다. 깊은 속사연을 알 수는 없었지만, 결국은 유민혁 자신이 조합 일을 직접 맡고 나서주지 않은 데에 그의 실수와 불행의 씨앗이 있었다. 그리고 그같은 불행의 씨앗은 끝내 그 자신의 비극적인 파국까지 빚고 만 것이다.

그 자살극의 발단 원인부터가 지부 책임자의 그런 배신에 있었다. 이번의 책임자 역시 애초에는 유민혁의 배후 지원에 힘입어 조합 일의 책임을 맡게 된 인물이었다. 한데도 그는 유민혁이나 동료들의 기대와는 달리 몇 달이 못 가서 다시 사업소 쪽의 사람이 되고 말았다. 게다가 유민혁과 조합원들이 그런 기미를 알아차렸을 때는 시기가 너무 늦어버린 감이 있었다. 책임자가 한번 사업소 쪽 사람이 되어버리고 보면, 자리를 바꿔내기가 이만저만 힘이 드는 일이 아니었다. 이번에도 조합 쪽에서 기미를 알아차리고 사람을 바꾸려 나서자 그쪽 역시 그간에 사업소 쪽과 주변에 다져온 지지기반을 동원하여 만만찮게 대항을 해오기 시작했다. 유민혁들은 일단 정면대결을 피하여 당분간은 사람을 그대로 놓아둔 채 내부적으로 사태를 호전시켜나가려 하였다. 그리고 그런 방향으로 여러 차례 사태의 수습을 시도해보았다. 하지만 유민혁들의 그 같은 노력은 매번 안타까운 실패로 돌아갔다. 조합 조직이 거의 사업소 쪽의 의향대로 움직여나가다 보니 취역 인부들에 대한 사업소 쪽의 태도는 끝 간 데 없이 방만스러워져가고 있었다. 마치 이쪽의 힘을 시험해보기라도 하듯 열흘이 멀다 하고 새로운 말썽의 빌미를 던져왔다. 취역인부들의 임금이나 후생복지 문제들에 대한 호의적인 관심은 고사하고, 노임 체불이나 이유 없는 출역정지 처분이 수시로 자행되곤 하였다.

한데도 조합 책임자는 그 같은 사업소 쪽 행투에 항의 한번 제대로 하고 나서는 일이 없었다. 고작 말썽을 번지게 하지 말자는 것이 그가 동료들을 상대로 입버릇처럼 늘상 하고 다닌 소리였다. 말썽이 커지면 일거리에 매달려야 할 이쪽의 피해만 늘게 마련이라는 것이었다.

하더라도 그것은 부두 일꾼에겐 일방적인 설득과 협박의 효과를 꽤나 발휘하고 있었다.

사태는 갈수록 악화일로였다. 그리고 사업소 쪽은 마침내 확신을 얻은 것 같았다. 사업소 쪽은 그 확신을 시험해보려는 듯 어느 날 돌연 무고한 노역부 10여 명에게 집단 출역금지 조처를 감행하고 나서기에 이른 것이다.

사건이 본격화한 것은 오히려 이때부터였다. 유민혁이 비로소 앞장을 서고 나섰다. 자신의 실수를 그런 식으로 대신할 결심을 굳힌 것이었을까. 그날 아침 사태를 전해 듣고 나서도 그는 처음 별로 화를 내거나 누구를 탓하려는 기색이 거의 없었다. 대신 그는 이날 오후께부터 사업소 뜰 앞에 자리를 잡고 앉아 혼자서 묵묵히 침묵의 농성을 시작했다.

권유나 선동을 받은 일은 없었지만, 인부들이 대부분 그를 뒤따라 농성을 시작한 것은 이날 저녁 무렵부터였다. 사태는 바야흐로 일촉즉발의 험악한 긴장감이 감돌았다. 하지만 유민혁이 조합 일로 그의 동료들을 앞장서 나선 것은 그것이 처음이자 마지막이었다. 그것도 그리 시일이 오래 걸린 싸움이 아니었다.

사업소 측은 그저 사태를 방관하는 태도로 이렇다 할 반응을 보이지 않았다. 유민혁은 시간이 흐를수록 자제력을 잃어가는 동참 동료들의 흥분기를 등 뒤로 견뎌내며, 이틀 밤 이틀 낮을 돌부처처럼 묵묵히 버티고 앉아 있었다. 그리고 그 사흘째 어스름이 내리기 시작할 무렵, 그는 변소길이라도 가듯 혼자서 그 초라한 조합 사무실 문을 열고 들어가 조용히 목숨을 끊은 것이었다.

그것이 그의 싸움의 전부였다. 그리고 그가 그 싸움에서 보여준 행동의 전부였다. 밖으로 남은 결과로만 말하면 구체적인 주장은 아무것도 없었다. 굳이 새기자면 그가 그 자신의 죽음의 장소를 조합 지부의 사무실로 택한 것이나 그의 피로 그 사무실을 짙게 적셔놓고 간 데는 특별한 의미가 있을 수도 있었다. 그것은 마치 그 관리사업소 사람들의 농간으로 두 사람의 동료가 피를 흘리게 되었을 때, 그가 그 피를 사업소 사람들의 손수건으로 씻게 했던 일을 되새기게 하였다. 그런 유민혁이 이번에는 관리사업소가 아닌 조합 사무실을 택하여 그곳에 자신의 피를 뿌리고 간 것이다. 그는 누군가가 그 피를 씻어냄으로써 그 스스로 자기 허물을 씻게 해주고 싶었을 수 있었다. 그리고 그것으로 자신의 실수에 대한 허물도 함께 씻어 받기를 원했을 수 있었다ㅡ

그러나 구 형사는 그 같은 연상이나 추측 정도로 사건을 마무리 지을 수가 없었다. 유민혁은 결국 그 마지막 싸움의 결판장에서마저도 끝끝내 제 정체를 숨기고 만 것이었다. 위인의 신분이나 자살의 동기 따위에 대해선 분명해진 것이 아무것도 없었다. 모든 것이 그저 위인의 껌껌한 배후에 감춰져버리고 만 격이었다. 그런데 그런 모든 의문점들보다도 구 형사가 끝내 의혹을 지울 수 없는 일은 위인이 그 죽음에 즈음하여 남기고 간 몇 마디 수수께끼 같은 의문의 문구였다. 사실을 말하자면 유민혁은 그

때 그 죽음을 전후하여 유언인지 뭔지 모를 이상한 몇 줄의 기록을 남기고 있었던 것이다.

　형제여! 외로워하지 말라. 그대의 무죄함을 내가 먼저 가 주님께 고하리라. 그대가 자임한 큰 죄의 참 죄인을 내가 일찍부터 알고 있은즉.

　사체 수습 과정에서 구 형사가 그의 옷주머니에서 찾아낸 유언투 문구였다. 누구에겐가 글을 쓰고서도 미처 부쳐 보낼 기회가 없었던 듯, 혹은 부쳐 보내기를 망설이고 있었던 듯, 봉투에만 넣은 채 수취인의 이름이나 주소가 밝혀지지 않은 서면이었다.

　구 형사는 처음 물론 위인의 신상사나 죽음의 동기를 캐내는 데에 거기 그것에 상당한 기대를 걸지 않을 수 없었다. 글귀의 뜻이나 상대를 읽어내려 상당한 노력을 기울였던 것도 사실이었다. 하지만 거기서 알아낼 수 있었던 것은, 이유를 알 수 없지만 위인은 아마도 눈에 띄지 않게 지내온 기독교 신자(기이하게도 그가 평소에 기독교 교인으로서의 예배의식이나 언행을 행하는 것을 본 사람은 아무도 없었지만)였고, 그 글을 어쩌면 그와 비슷한 처지에 있는 어떤 '외로운' 교우에게 보내려 했던 게 아닐까 하는 식의 어슴푸레한 추측 정도가 고작이었다. 그 외에, 외로워 말라든가, 그대가 자임한 큰 죄의 참 죄인을 그가 일찍부터 알고 있었다든가 하는 소리들에선 그를 향한 어떤 보이지 않는 강한 연대감 같은 것이 느껴지고 있었지만, 그 외로움의 깊은 뜻은 물론,

묘하게 경구적인 성서 투 어법으로 하여 '큰 죄'와 '참 죄인'의 어의들조차도 실제인지 비유인지를 구분하기가 어려웠다. 앞뒤 연결이 없는 글귀인 데다 글을 받을 사람조차 밝혀 있지 않고 보니, 더 이상은 부질없이 시간만 허비한 꼴이었다.

한데다 위에서는 사건을 빨리 마무리 지으라는 성화까지 대단했다. 농성사태도 그쯤 해결이 났겠다, 수사의 손길이 늘 달리고 있는 마당에 그까짓 하역부의 자살 사건 따위로 시일을 끌고 있을 게 무어냐는 것이었다. 위인의 주머니에서 나온 글귀 따위엔 아예 귀조차 기울이려지 않았다.

윗사람들의 그 같은 성화에 못 이겨서도 구 형사는 그쯤에서 사건을 대충 마무리 짓는 수밖에 없었다. 그로서도 당장엔 별다른 이의를 달고 나설 사유가 발견되지 않았기 때문이었다.

하지만 사건을 그런 식으로 마무리 짓고 나서도 구 형사는 계속 뒤가 개운치 못했다. 위인이 자신의 목숨을 버리는 일이 그토록 간단할 수가 없었다. 위인의 죽음엔 아무래도 좀더 깊은 뒷사연이 있을 것만 같았다. 무엇보다 그가 남긴 유서 쪽지가 좀처럼 머리에서 사라지질 않았다. 전에 어디선가 비슷한 말을 들었거나 비슷한 느낌을 받은 적이 있었던 것만 같았다. 아직은 그 뜻이 막연한 예감으로만 떠돌고 있었지만, 필경은 그것이 위인의 자살을 설명할 명백한 단서로 떠오를 때가 있을 것 같았다.

그는 일단 사건을 종결짓고 나서도 혼자 마음속엔 계속 그 일에 매달리고 있었다. 상사와 동료의 힐난에도 불구하고, 그는 위에서 새로 할당받은 사건 이외에 그 혼자 예감 속에 유민혁의 정체와 사건의 배후에 대한 탐색을 계속했다. 그리고 그가 그런 식으로 예감에 쫓기며 과외의 노력을 기울여오던 어느 날, 구 형사는 마침내 자신의 머릿속에서 한 가지 결정적인 실마리를 찾아내기에 이르렀다. 그것은 이미 월여 전에 화장을 해서(연고자가 없다는 사유로 해서였지만, 동료들도 그에겐 그편이 어울렸으리라는 생각들이었다) 재로 뿌려져버린 유민혁의 유서 비슷한 글귀를 되씹다가 불현듯 머리에 떠올라온 것이었는데, '그대의 무죄함을 내가 먼저 가 주님께 고하리라'고 한 한마디가 비로소 그 대구를 찾게 된 것이었다. 다름 아니라 바로 자기 죽음에 즈음하여 그 비슷한 말을 남긴 사람이 그의 기억 속에 또 한 사람 깊이 묻혀 있었다. 연전에 그가 서울 근무를 할 때 한강변의 한 별장에서 연속 강도살인을 저지른 흉악범, 그리고 그의 범행에 어쩌면 제3의 동기가 있었을지 모른다고 끈질긴 추적을 계속하던 한 주간지 기자의 노력도 보람 없이 끝끝내 입을 다물어버린 그 범인의 마지막 진술이 분명 그런 것이었다. 구 형사는 자신도 사건 수사에 얼마간 관여를 했던 터라, 그 양진호 기자의 끈질기고도 극성스런 추적 취재의 기억이 아직도 생생했다. 그런데 범인은 아마 그 양진호의 추측대로 진짜 다른 동기나 숨겨진 배후가 있었는지도 몰랐다. 그리고 미리부터 자신의 범행에 대한 선고 형량을 극형쯤으로 확신하고 있었는지 몰랐다.

— 내게는 이미 당신들 앞에서 죄를 고하거나 변명해야 할 말이 없소. 나의 심판자는 오직 주님뿐이오. 유죄든 무죄든 나는 오직 그분 앞으로 가는 날 당신께만 모든 걸 고할 것이오……

1심 선고가 내리기 전 피고가 최후 진술에서 자기변호의 말 대신에 내뱉은 소리가 그런 엉뚱한 선언이었다 하였다. 선고 공판을 보고 온 양진호가 푸념하듯 전해준 말이었다. 세월이 한참 지나기는 하였지만, 유민혁의 유언은 그때 그 범인의 최후진술에 대한 앞뒤 화답으로 짝을 이루고 있었다. 그게 어떻게 그리 늦게서야 생각이 떠올랐는지 모르지만, 구 형사의 머릿속에 오랫동안 맴돌던 예감이 비로소 제 모습을 드러내준 셈이었다. 뿐만이 아니었다. 그것을 계기로 두 사람의 정체를 연결 지어 생각하니, 양쪽 주변사에 유사한 점이나 앞뒤가 서로 맞아 들어가는 대목이 한두 가지가 아니었다. 두 사람이 모두 신분을 함부로 드러내지 않고 살아온 예수교 신자였다는 점, 그중에도 특히 어떤 강한 연대감 속에 현세의 삶을(그 죄지음이나 무고함 전부를) 내세의 주 앞에만 고하고 싶어 하는 듯한 일종의 비의적(秘意的) 계율성의 냄새 같은 것이 양쪽에 다 같이 드러나고 있는 점—, 그 밖에도 두 사람에게서 공통적으로 발견되고 있는 유사성들은 얼마든지 많았다.

　첫째로 두 사람은 자신들의 신분상의 근거를 밝혀줄 분명한 원적지들이 없었다. 그 점은 전에 서울의 최병진에게서부터 애를 먹은 일이었지만, 이번의 유민혁도 최병진과 똑같이 6·25 월남민의 북쪽 원적지를 가지고 있을 뿐인 데다, 그 가호적상의 원적지 동향인들 중에 이들을 아는 사람이 아무도 없었다. 두 사람은 마치 약속이나 한 듯이 자신들의 주변사나 전력들을 그렇듯 철저히 숨기고 살아오고 있었다. 아직 이유를 알 수 없었지만,

그 가호적상의 원적지들은 양쪽 다 위장의 수단일 가능성이 농후했다.

다음으로 두 사람은 별반 이렇다 할 이유가 밝혀진 바가 없이 똑같이 독신으로 생애를 보내온 위인들이라는 점이었다. 그러면서도 두 사람은 똑같이 주위 사람들의 신망이 두터운 편이었고 (최병진에 대해선 학교에서뿐 아니라 뒤에 그의 복역지를 찾아가 다시 한 번 확인한 일이지만, 우선은 그의 변호인이나 양진호 기자들의 그에 대한 호감 어린 태도들만 하여도 그런 경향이 매우 짙었다), 어찌 보면 무척이나 고립되고 무신경한 성미들인 듯싶어 보이면서도 자신들의 주위나 세상일에 대해선 나름대로 강렬하고 특이한 관심들을 지녀온 흔적이 역력해 보이는 위인들이었다.

그리고 또 하나―, 한 사람은 살인강도를 하고, 다른 또 한 사람은 뛰어난 도박술수와 놀라운 완력의 소유자였지만, 그 부도덕한 힘과 행동의 배후에서 우연찮게 똑같이 어떤 사사롭지 않은 공의(公義)의 그림자 같은 것이 어리고 있었다. 그 점은 특히 유민혁의 유서에 암시된 모종의 대속(代贖)의 정이나 그를 둘러싼 어떤 강한 연대감 속에서 역력히 읽혀졌다. 그래서 파괴적인 힘과 행동들의 결과가 인간의 패덕으로 비난받기보다도 일종 의로운 희생으로까지 돋보일 여지들을 남기고 있었다.

그러나 무엇보다도 양자의 유사점은 그 죽음에 대한 태도에 있었다. 두 사람에겐 그 죽음에 대한 두려움이 없었다는 정도로는 표현이 모자랐다. 두 사람은 마치도 그 주님 앞에 자신들의 삶을 고하려 서게 될 날을 고대하고 있었기라도 하듯 자신들의 죽음을 조금도 두려워한 흔적이 없었다. 두 사람의 언행엔 어딘지 늘 죽음의 날에 대한 꿈이나 동경 같은 것이 깃들어 있었던 듯한 느낌이었다. 그리고 그 꿈이 너무 깊었던지, 아니면 현세의 삶이 그만큼 힘들었던지, 한쪽은 제 손으로(그것은 필시 기독교의 교리에 배반하고 있을 터임에도 유민혁이 그처럼 자살을 택한 것은 또 다른 수수께끼였다), 다른 한쪽은 이승의 삶에 대한 마지막 체념으로 그 수수께끼 같은 자신들의 생애를 통째로 말살해버리고 싶어 한 것이었다.

아무래도 두 사람은 어떤 보이지 않는 그물망에 연결되어 있었던 인물들임이 분명해 보였다. 구 형사는 새삼 다시 힘이 솟구쳐 올랐다. 그래 나름대로 혼자 심증을 굳히고 그길로 서둘러 서울로 올라갔다. 최병진과 양 기자를 만나보기 위해서였다.

최병진과 유민혁의 뜻하지 않은 관계는 이제 거의 의심의 여지가 없었다. 그리고 그 관계가 사실로 밝혀진다면 최병진의 범행이나 유민혁의 죽음을 둘러싼 갖가지 수수께끼들이 한꺼번에 모두 풀려질 수 있었다. 하지만 아직은 모든 일이 구 형사의 일방적인 심증뿐이었다. 무엇보다 심증이나 예감만으론 유민혁의 글귀 하나 분명한 해석을 내릴 수 없었다. 최병진과 유민혁의 관계를 사실로 쳐놓고, 그 글귀가 유민혁이 복역 중인 최병진에게 보내려던 유언이었다 한다면, 그 글귀의 내용인즉 유민혁이 최병진의 옥살이의 어려움에 대한 위로와 함께, 최병진의 무죄함을 자신이 주님 앞에 대신 증거해주겠노라는 뜻이었다. 그리고 그 최병진이 자임한 '큰 죄'란 그가 무기형까지 받게 된 앞서의 강도살인죄를 가리킴이요, 그 '참 죄인'을 알고 있다 함은 자신이 진범이거나 그와 관련이 있다는 고백에 다름 아닌 것이었다.

그렇다면 최병진은 남의 죄를 대신하여 형을 살고 있는 셈이었고, 유민혁은 그의 주 앞에 자기 죄를 고함으로써 최병진의 무고함을 증거할 수 있는 것이었다. 그리고 그런 뜻으로 해서라면 최병진과 유민혁의 말들이 한 짝의 화답으로 이어질 수 있었고, 나아가 두 사람의 보이지 않는 관계도 꽤나 가깝게 증거해 보일 수가 있었다.

하지만 그 모든 것은 역시 두 사람의 관계가 먼저 밝혀진 다음이라야 했다. 두 사람 사이의 연결선이 확인되어야 그 밖의 기이한 수수께끼들, 최병진이 무엇 때문에 남의 죄를 대신 떠맡고 나섰으며, 그의 외로움이 어떤 것인지, 그리고 두 사람 사이의 관련이 어떤 성질의 것이며 유민혁이 과연 그 전 범행의 진범인지 어떤지 따위의 의문점들이 대개 다 풀려나갈 수 있을 터였다.

구 형사는 그래 그 두 사람의 관계부터 확실히 밝히기 위해 최병진이나 양 기자를 만나보아야 하였다. 두 사람을 만나보면 뭔가 더 분명한 단서들이 나타날 것 같았기 때문이었다.

하지만 알고 보니 일은 아직도 그리 간단치가 않았다. 모든 건아직도 구 형사의 조급스런 기대였을 뿐이었다. 무엇보다 그는 우선 최병진도 양진호도 생각처럼 쉽게 만나볼 수 없었다. 구 형사는 우선 서울로 올라와 옛날의 신문사로 양진호 기자부터 찾았다. 당사자 격인 최병진은 전에도 그 고집불통 식 됨됨이를 들어 알고 있었을뿐더러, 그의 주변과 사건의 뒤끝을 알아보려면 양 기자를 만나보는 것이 더 쉬울 것이기 때문이었다. 구 형사도 물론 그 사건의 2심 과정 직후에 양진호가 갑자기 자취를 감추어버린 사실은 기억하고 있었다. 하지만 구 형사로선 원래 그 최병진 사건엔 큰 책임이 없었던 데다, 오래잖아 지방서 전출 명령까지 받게 되어 그때로선 양 기자의 잠적 사실을 그리 염두에 둘 일이 없었다. 인천으로 근무지를 옮겨온 후로도 그는 양 기자의 일은 거의 생각을 해본 일이 없었다. 그래 이번 그 양 기자를 떠올리고 나서도 그의 잠적 사실을 그리 대수롭지 않은 일로 여겨 넘기고 있었다.

— 다 큰 사람이…… 어련히 다시 나타나 빨빨거리고 다닐라구.

그쯤 간단히 위인의 귀환을 믿어버린 것이었다. 근자에 들어서 작자의 소식이나 기사를 접한 기억이 없는 게 미심쩍긴 했지만, 그것도 아마 자신이 마음을 쓰지 않았던 탓이리라 치부하고 말았다. 그가 끝끝내 돌아오지 않았다면 서 안에서 한두 번쯤은 그에 대한 이야기가 있었을 터였다. 한데 자신의 무관심 탓엔지, 그런 소리를 전혀 주워들은 일이 없었다.

그런데 막상 서울로 올라와 보니 양진호는 아직도 실종 상태 그대로였다. 그가 몸담고 있던 신문사나 경찰에선 물론, 집에서마저도 이제는 그에 대한 수색이나 조기 귀환을 아예 단념하다시피 하고 있었다. 신문사나 경찰에서는 그동안에 상당한 노력을 기울였으나 작자의 행방은 끝끝내 묘연했고, 그렇다고 무슨 납치나 불의의 사고 같은 걸로 생명에 위해를 입은 흔적도 나타나지 않고 있어, 드디어는 그 사건 자체가 오히려 함부로 발설할 수 없는 미제의 수수께끼로 남아버린 것이었다.

그는 당분간 전혀 만나볼 가망이 없는 사람이었다. 구 형사는 그 양진호를 단념하고 이번엔 안양 쪽 최병진의 복역지를 찾았다. 하지만 구 형사는 이번 일 역시 낭패였다.

최병진의 수형지는 안양교도소가 틀림없었지만, 위인은 그 복역 태도부터가 매우 유별났다.

— 마치 교도소엘 일부러 원해 들어온 사람 같아요.

면회를 찾아간 구 형사에게 선우(鮮于) 성씨의 교도소 교무부장이란 사람이 맨 처음 일러준 말이었다. 아닌 게 아니라 그는 교도소를 들어오기 위해서 일부러 그런 흉악스런 범행을 연속적으로(그가 중형을 자청했을 경우라 하더라도) 감행했던 것일까. 아니면 극형까지 각오하고 나선 듯한 그 1심에서의 최후진술로 자신의 삶을 마음속에서 일단 마감해버린 것이었을까. 최병진은 도대체 자신의 형량 같은 것은 괘념을 않는다고 하였다. 그리고 마음을 다스릴 줄 아는 나이 먹은 무기수답게 언제나 평온하고 공손한 태도로 조용한 일과를 치러나가고 있다는 것이었다. 뿐더러 최병진은 그 죄질과는 딴판으로 온후하고 공손한 성품 때문에 어느새 소내 동료들에게 마음의 후견인 노릇까지 맡아오는 처지라 하였다. 그것은 또한 그의 천문학과 인체조직학에 관한 남다른 관심과 상식 때문이기도 하였는데, 알고 보니 그는 그 천문학과 생명조직에 관한 남다른 관심과 지식을 근거로 하여 소내의 기이한 '설교사' 노릇을 겸해온 것이었다.

교무부장이 사전에 일러준 그만 정도의 정황 파악만으로도 구 형사는 위인에 대한 자신의 예감이 더 한층 활발하게 움직였다. 그는 무엇보다도 먼저 위인부터 만나보고 싶었다.

— 우선 그를 한번 만나게 해주십시오.

구 형사는 그쯤에서 선우 부장에게 최병진과의 직접 면담을 요청했다.

그런데 거기서부터가 다시 벽이었다.

— 원하신다면 만나게 해드리겠지만, 아마 그 친구 애써 만나봐야 별무소득일 겝니다. 우선 그자가 당신을 만나주려고 할지도 알 수 없구요.

교무부장이라는 사람부터 미리 고개를 갸웃거렸다. 위인은 왠지 그 바깥에서와 한가지로 동료 죄수가 아닌 사람에게는 어떤 말도 하려 들지 않는다는 것이었다. 그의 천문학이나 생명조직 강의도 같은 수감자들에게뿐이라 하였다. 같은 처지의 수감자에게밖에는 교무부장이고 교도관이고 누구에게도 함부로 입을 열지 않을뿐더러, 심지어는 외부인을 만나려고조차 않는다는 것이었다.

— 알고 계시다시피 그 친구한텐 아직 면회를 찾아온 사람도 없었지만, 연말이나 명절 같은 때 위문단이 찾아와도 그조차 순순히 맞아들인 적이 없었거든요.

그러면서 선우 부장은 면담의 자리를 주선한다 해도 위인의 입을 열게 할 수 있는지는 장담할 수 없다는 것이었다. 그것도 작자가 근자 들어선 분위기가 특히 불편한 사형수나 무기수 같은 중

범들의 감방만 찾아가 지내는 일이 많아서 그에 대한 기대가 더 어려워 보인다는 것이었다.

선우 부장의 말은 불행히도 모두가 사실이었다. 최병진은 과연 이야기는커녕 구서룡 형사를 만나려고도 하지 않았다. 만나볼 사람도 그럴 필요가 있을 일도 없노라는 것이었다. 구 형사의 사정을 들은 교무부장의 협조로 작자를 특별히 사무실까지 데려다 함께 설득을 시도했으나 그것도 전혀 소용이 없었다. 작자는 도대체 처음부터 입을 열려고 하질 않았다. 구 형사가 복사해온 유민혁의 유서를 들이대고 나서도 최병진은 그저 오불관언 식으로 눈빛 하나 표정이 달라진 것이 없었다. 하긴 유민혁의 그 유서에 관해서나 최병진의 대형(代刑) 가능성에 대해서는 교무부장마저도 고개를 저으며 어이없어했을 정도니 위인의 그런 무반응을 탓할 수도 없었다.

더 이상은 어찌 해볼 도리가 없었다. 위인을 상대로 한 직접적인 탐색엔 좀더 여유 있는 접근이 필요했다. 사건 당시부터의 위인의 행적과 주변 사람들을 하나하나 다시 면밀히 살피면서 시일을 두고 천천히 일을 추려나가야 하였다.

어쨌거나 이날 구 형사는 결국 최병진과의 면담을 실패하고 돌아섰다. 그러나 이날 그의 방문에 아무 소득이 없었던 것은 아니었다. 면담을 실패하고 난 구 형사를 위해 선우 부장이 좀더 배려를 해준 때문이었다. 그는 그간에 자신이 전해 들은 일 외에도 다른 교도관과 그와 가까운 동료 죄수 몇 사람을 불러 위인의 소내 생활을 간접 거론해준 것이었다.

그런데 그 소내 사람들의 이야기를 종합하면 최병진의 수형생활과 활동 내역은 한마디로 철저한 신앙생활에 기초한 일종의 위무활동으로 일관해오고 있었다.

  최병진은 이감되어 온 지 얼마 되지 않아서부터 그의 감방 동료들에게 이 우주와 생명현상들에 대한 신기한 이야기들을 해주곤 했는데, 그의 이야기를 한번 들어본 사람은 어떻게 해선지 금세 마력에라도 걸린 듯 그 이야기의 단순한 재미를 넘어 종내는 사람의 성정이나 생각까지 차츰 달라져가기 시작한다는 것이었다. 한두 번씩 입을 건너 들은 이야기고 보니 그가 이야기를 어떤 식으로 풀어나가는지 자세한 현장 정황은 잘 알 수가 없었다. 하지만 건너 들은 사실로만 말하면 위인이 동료들에게 해준 이야기들이란 별달리 새롭거나 신기한 것들은 아니었다. 그가 행한 설교의 내용이란 주로 이 우주가 얼마나 광대무변하며, 그 우주에 비하여 우리 인간의 존재는 얼마나 하잘것없는 것인가를 실감케 해주는 숫자풀이, 이를테면 지구 위에는 몇억 몇십억의 인구가 살고 있으며, 지구에서 태양까지의 거리는 얼마나 되는가, 나아가 하나의 은하계는 몇천 몇만 개의 별무리가 모여 이루어지며, 이 우주는 다시 몇천 몇만 개의 은하계 별무리로 이루어져 있는가, 그리고 그것들의 크기는 얼마나 되며 그 한끝과 다른 끝은 빛으로 달려 몇십백만 년의 세월이 걸리는 거리가 되는가(거대한 항성집단인 안드로메다 소우주까지의 거리는 175만 광년, 그러므로 우리가 지금 볼 수 있는 안드로메다의 모습은 175만 년 이전의 것일 뿐인 것이다) 하는 식으로 상식적인 지식의 한계를 크게 넘어서

지 않는 것들이었다.

우리 인간의 생명현상에 대해서도 그는 주로 그 작은 것 안에서 일어나고 있는 수많은 변화와 생명의 현상들, 이를테면 생명 세포들의 기능은 어떠하며, 하나의 생명체는 어떤 생성의 변화와 질서를 거쳐 태어나게 되는가, 그리고 한 생명체 안의 각 기관들은 그 기능이 어떻게 서로 연결되어 있으며, 그것을 탈 없이 조화시켜나가는 힘은 어디서 오고, 무엇이 그렇게 만들고 있는가— 하는 것들을 새롭게 일깨워주는 정도의 것들이었다.

소내 사람들의 이야기로만 한다면 생물교사로서의 생명체 현상에 관한 일반적인 지식과 우주물리학에 관한 기초 상식들이 이리저리 동원된 데 불과한 정도였다. 그런데 장소가 하필 그런 곳이었기 때문일까. 아니면 특별한 화술의 마력이 있었던 것인지도 모른다. 아니 위인의 화술 쪽으로 말하면 그에겐 분명 그 동료 죄수들을 설득하기 위한 일정한 의도가 엿보이고 있는 게 사실이었다. 밤하늘을 오래 쳐다본 사람이면 누구나 경험해 알고 있듯이, 최병진의 우주 이야기는 너무나도 막막한 그것의 광대함과 인간의 존재를 대비케 하였다. 그리고 그것을 듣는 사람으로 하여금 스스로 절망감을 느끼게 하는 것이었다. 그 막막한 절망감 속에 스스로 묻지 않을 수 없게 하고 있었다. 이 우주 속의 나의 존재는 무엇인가. 그리고 이 광대무변한 우주의 질서 속에 태어남은 무엇이고 죽음은 무엇인가. 그것을 창도하는 힘은 어디에 있으며 그 섭리는 누구의 것인가……

그런 절망과 의문의 유발은 우리 생명현상의 오묘한 섭리를 통해서도 마찬가지였다. 극도로 미세하고 정치한 생명현상들에 관한 그의 이야기들은 넓은 우주의 그것과는 정반대의 방향에서, 그러나 종국에는 그 오묘스런 섭리로 하여 똑같이 막막하고 절망스런 의문을 낳게 하였다. 인간의 무지와 힘 없음에 몸을 떨면서 그 보이지 않는 역사(役事)의 창조자를 스스로 찾아 나서 헤매게 하였다. 아아, 우리가 보고 듣고 믿으려 하는 것들은 얼마나 허무한 순간의 허울에 불과한 것들인가. 한낱 부질없는 순간의 꿈에 불과한 것들인가…… 도대체 나는 무엇이고, 이 우주는 무엇이며, 그것을 조화롭게 창도해나가는 섭리의 정체는 무엇인가……

더욱이 그 같은 위인의 이야기에 일정한 의도가 숨겨져 있음이 분명한 것은 그런저런 사설 끝에 작자의 이야기가 언제나 하나의 결론으로 귀결해간다는 점이었다. 그가 주위에서 설교사라는 소리를 듣게 된 것도 바로 그 때문이었는데, 최병진은 그때마다 번번이 이야기의 결말을 하느님의 이름에 의지한다 하였다…… 그러므로 그 모든 비밀은 결국 하느님의 섭리일 수밖에 없으며, 그분만이 그것을 알고 계실 뿐이다. 그리고 오직 그분의 권능만이 그것을 옳게 향도해가시는 것이다. ……하느님은 참으로 우리 생명과 우주를 역사해가시는 불가사의한 섭리요, 그 우주의 크기, 우리 생명현상의 오묘한 조화 바로 그 자체가 아닌가 말이다. 아니 그 불가사의성 자체가 아니신가 말이다—

최병진이 막막한 절망감에 빠진 동료 죄수들을 달래는 말은 늘 상 그런 식이랬다. 그리고 그것은 무슨 새로운 세계로 나가는 구원의 문처럼 겁에 질린 동료들에게 이상스런 위안을 준다는 것이었다. 신기하게도 그의 말에 역겨움을 느끼거나 저항을 하고 나선 사람이 여태까지 거의 한 사람도 없었다고. 최병진의 그 기이한 설교를 들은 사람들은 거의 누구나가 그에게서 어떤 편안한 안식감을 얻게 되고 성정까지 차츰 달라져가게 된다고. 최병진은 일테면 그런 식으로 그 교도소 안 사람들에게 일종의 영혼의 구도사가 되고 있었다ㅡ

그쯤만 해서도 구 형사는 소득이 전혀 없다고 할 수 없었다. 평소엔 본성이 잘 드러나 보이지 않는 두 사람의 은밀스런 신앙생활, 방법은 다르지만 그 주님 앞에서의 고백을 향한 비의적 교리의 연대성ㅡ 구 형사는 다시 한 번 그에 대한 심증을 굳히게 된 것이었다. 유민혁의 유서에 최병진이 철저한 무관심으로 외면을 하고 만 것도 차라리 그 비의적 연대성의 반증으로 읽어볼 수 있었다.

교도소 면회를 다녀오고 나서도 구 형사는 계속 혼자서 최병진 사건의 시말을 뒤쫓았다. 그리고 유민혁과의 관계를 추적했다. 다른 한편으론 양진호 기자의 실종에 대해서도 가능한 데까지 행적수사를 다시 펴나갔다. 그것은 일테면 최병진 사건에 대해 양진호가 그래 왔듯, 이번에는 그 양진호 기자에 대해 구 형사 쪽에서 비슷한 역할을 맡고 나선 셈이었다. 그런 구 형사의 책임 외 활동에 대해 동료 형사들은 물론 달가워할 리가 없었다. 그러지 않아도 수사의 일손이 모자라는 형편에 지나간 일에 대한 지나친 집착은 엉뚱한 공명심의 발로로나 치부되기 십상이었다. 구 형사의 그런 기미를 알아차린 상급자들도 그로 하여 시간 속에 묻혀간 사건들이 다시 상처를 드러내오지 않을까, 오히려 쉬쉬 입을 단속하곤 하였다.

— 구 형사, 세상에 예수님 말고 남의 죄로 제 목숨을 버리겠다는 사람 봤어? 구 형사가 속으로 무얼 노리는진 모르지만, 공연한 백일몽 그만 꾸고 제정신 차리는 게 어때? 그러다 괜히 정말 숨은 고름주머니라도 터져 나오면 어쩌려고그래.

하지만 구 형사의 고집은 꺾일 줄을 몰랐다. 그는 계속해서 동분서주 자신의 예감의 그림자를 쫓아다니고 있었다. 그리고 그런 그의 활약이 서서히 어떤 성과를 나타내어 경찰 자체나 주위의 관심이 그쪽으로 조금씩 뻗쳐들기 시작하던 참이었다. 이번에는 그 수사의 주체 격인 구 형사 자신이 주위에서 문득 자취가 사라지고 말았다.

안양교도소의 선우 부장으로부터 뭔가 요긴한 전화 연락을 받고, 그를 찾아가 만나고 난 며칠 뒤의 일이었다.

하고 보니 경찰이나 신문들에서는 비로소 다시 정신들이 들었다. 양진호의 실종과 구 형사의 그것이 반드시 어떤 인과관계가 있다는 증거는 없었지만, 어쨌거나 동일 사건에 대한 관심을 기울여온 사람들의 잇따른 잠적은 그저 우연으로만 돌리기가 어려웠다. 경찰은 상당한 수사력을 동원하여 구 형사의 행적과 소재 탐색에 전력을 기울였다. 이번에는 그 최병진 사건과 관련된 양 기자의 실종이나, 두 사람이 끈질긴 집착을 보여왔던 최병진의 범행과 인천 쪽 유민혁의 자살사건들에 대해서도 참고 수사를 병행해나갔음이 물론이었다.

그러나 결론부터 말하면 구 형사에 대한 경찰의 노력은 이번에도 실패였다. 이유는 여러 가지 있을 수 있었다. 경찰 쪽엔 구 형사나 양진호의 잠적에 전후한 초동수사 자료가 너무 부족한 형편이었다. 양진호나 구 형사가 관심해온 실종사건들의 동기나 배후에 대한 추리들을 너무도 가볍게 들어 넘긴 때문이었다. 게다가 어떤 이유로 해선지(그것은 물론 경찰이 그쪽엔 그리 신경을 안써온 탓이기도 했지만) 최병진이 복역 중인 안양교도소 쪽에선 양 기자나 구 형사가 잠적 직전에 마지막으로 한 번씩 그곳을 찾았던 일을 경찰 수사진에 밝히지 않고 있었다. 그곳 교무부장 사이에 어떤 이야기가 오고 갔는지도 전혀 그 내용을 알 수가 없었다. 최병진이 계속 자신과의 관련을 부인해버린 유민혁의 그 유서 투서면 이외에 두 사람의 예감이나 확신에 관한 또 다른 구체적인 근거는 아무것도 남아 있는 것이 없었다. 두 사람의 잠적 뒤엔 무엇을 짚어낼 만한 수상한 기미나 뒷흔적이 거의 없었다.

사정이 그러고 보니 두 사람의 행방에 대한 추적 작업은 처음부터 깜깜한 벽에 부딪히고 만 격이었다. 두 사람의 잠적이 자의에 의한 것인지 타의에 의한 것인지조차 분간이 어려운 사정이었다. 수사는 끝내 별 성과가 없이 몇 달을 흘려보내고 나서 제풀에 맥살이 풀리고 말았다. 그리고 마침내는 이번 사건도 또 하나의 미제 사건으로 밀려나고 있었다. 어느 편이냐 하면, 경찰은 그나마 그동안의 재수사 과정을 통하여 구 형사나 양 기자가 어느 제

3자에 의해 실종을 강제당했을 가능성보다는, 무슨 이유에선가 두 사람이 각각 자의에 의해 자취를 감춰가서 종적을 숨기고 있기 쉬우리라는 낙관적인 결론으로 수사를 종결짓고 싶어 한 것이었다.

8

"하지만 경찰수사 과정이 어찌 되었든 그건 굳이 이 단계에서 상관할 바가 못 되고 제 소설엔 그러니까 결국 이렇게 두 사람의 실종사건이 일어난 것입니다."

주영섭은 거기서 마침내 두번째 이야기를 끝냈다.

백상도 노인은 한동안 아무 대꾸가 없이 골짜기의 달빛만 내려다보고 있었다. 새벽녘으로 접어든 밤기운이 이젠 제법 옷자락에 선득선득 차갑게 젖어 들었다. 밤날은 맑을수록 이슬이 많은 법이었다. 노인은 그러나 밤공기가 찬 것도 못 느끼고 있는 사람 같았다. 영섭의 이야기가 끝나고 나서도 그는 옷깃 한번 끌어 여미는 기척이 없었다.

유민혁의 자살과 구 형사의 실종에 관한 영섭의 이번 이야기 역시 소재가 실제로 있었던 일이었다. 방향은 얼마간 다를지 몰라도 백상도 노인 역시 그 일을 대강 다 짐작하고 있을 수 있었다. 아니 어쩌면 그는 그 구 형사의 실종을 포함한 사건의 전말을 영섭보다도 더 자세히 알고 있을 수 있었다.

하지만 노인은 알은체를 하지 않았다. 영섭의 이야기에 한마디도 방해를 하고 나서려질 않았다. 마치도 그것이 자신과는 아무 상관도 없는 영섭의 소설 이야기에나 불과한 일이듯—

그러나 이번에는 노인이 영섭을 이기지 못했다.

"도대체, 주 선생의 소설엔 주인공이 누구외까?"

영섭이 입을 다물고 침묵을 계속하고 앉아 있자, 이번에는 그 노인 쪽에서 먼저 입을 열었다. 그것이 소설이든 실제의 사건이든 거기 대한 노인 자신의 관심은 엄격하게 억제해버린 채였다. 하지만 영섭은 이제 그것으로 노인 역시 이야기의 진행에 마음이 몹시 조급해지고 있음을 알 수 있었다. 이제는 어차피 내친걸음이었다. 시간이 걸리더라도 이야기에 마저 끝장을 보아야 하였다. 이야기는 이제야 진짜 본격적인 단계로 접어들고 있었다.

"아, 제 소설의 주인공 말씀입니까? 이제 조금만 더 기다려주십시오. 여태까진 실상 진짜 주인공이 나오질 않았으니까요. 이제부터 진짜 주인공이 나옵니다."

천일야화 격으로 노인의 흥미를 북돋고 나서 영섭은 다시 천천히 이야기를 시작했다. 지금까지의 사건들을 한곳으로 종합하여 소설의 골격을 만들어줄 마지막 시선(視線)의 인물에 관한 이야기였다.

—사건을 뒤쫓아 두번째로 실종된 구서룡 형사에게는 평소 그의 수사업무와 관련하여 가끔 작품 소재를 얻어가곤 하던 소설쟁이 젊은 친구 하나가 있었다. 주영훈이라는 이름의 추리소설쟁이였다. 주영훈 쪽으로 보면 그러니까 그와 구 형사 사이는 무슨

지연이나 동창관계처럼 허물이 없는 처지는 못 되었다. 구 형사는 그저 영훈의 소설작업과 관련한 취재상의 편의나 수사업무에 관한 전문지식의 습득을 위하여 간간이 사무적인 접촉을 가져온 조언자의 관계에 있던 사람이었다. 빈번한 근무지의 이동 탓도 있었지만, 영훈이 그쪽 일에 도움을 구하는 것을 보고 어떤 친구가 소개를 해준 후로 몇 차례 조언과 정보를 제공했을 뿐 아직은 맘 편하게 술자리 한번 제대로 마주해본 일이 없는 사이였다. 그런데 구 형사는 우연찮게도 자신의 실종 전에 이 주영훈에게만은 몇 가지 기이한 암시와 심상찮은 흔적을 남기고 있었다.

—어떻습니까. 이번엔 진짜 내가 좋은 소설거릴 하나 드릴까요.

어느 날 주영훈이 그의 다른 소설에 관한 조언을 얻으러 소풍 삼아 인천까지 구 형사를 찾았을 때, 그는 영훈의 새 소설에 관한 간단한 조언 끝에 농담처럼 갑자기 그런 말을 했었다. 영훈으로선 주변에서 흔히 들어온 권유의 말이었다. 들어보면 별로 신통치가 않은 일들을 사람들은 지레 자기 감동에 겨워 목소리부터 몹시 과장해오기 일쑤였다. 게다가 그는 한창 구상이 무르익어가고 있는 다른 소설이 한 편 있었다. 영훈은 따로 마음이 끌릴 여유가 없었다.

—무슨 재미있는 이야깃거리가 있어요?

별로 호기심이 일고 있는 것 같지 않은 영훈의 대꾸에 구 형사는 대뜸,

—그럼요, 진짜 이야깃거리가 있고말고요.

자신만만한, 전에 없는 장담을 하고 나서는, 그러나 아직은 자신도 뭔가 확신이 안 서는 구석이 있는 듯,

— 하지만 아직은 때가 좀 일러요. 당신한텐 끌릴 만한 데가 있는 이야긴 건 분명한데, 사건이 아직 끝장이 나질 않아서……

몇 마디 자신 없는 소리를 덧붙이고 나서는,

— 그러나 이야기를 듣고 나면 이건 분명히 기가 찬 소설이 될 수 있을 거요. 내가 짚어나가고 있는 쪽과 결말이 엉뚱하게 비끌려 나가지만 않는다면, 그때는 하다못해 내 자신이 소설거리가 될 수도 있을 테니까요. 하여튼 조금만 더 기다려보아요. 내 어제도 그 일과 상관하여 서울 쪽에서 어떤 사람을 하나 만나고 왔는데, 이젠 실마리가 거의 풀려가고 있으니까……

제물에 몇 번씩 다짐을 하고 있었다.

하지만 주영훈은 아직도 별 관심이 없었다. 아니, 영훈도 물론 그것이 그 무렵 구 형사가 과도하게 관심을 쏟고 있는(영훈도 어느 정도 그런 낌새와 소문을 듣고 있었다) 어떤 신문기자의 잠적 사건에 관한 이야기라는 것쯤 눈치를 못 채고 있었던 바는 아니었다. 하지만 영훈은 남이 이미 관심을 갖기 시작했거나 세상에 너무 알려진 일에는 뒤늦게 호기심을 쏟으려지 않았다. 그래저래 영훈은 구 형사의 그 대단스럽다는 이야기엔 처음부터 그리 흥미가 없었다.

— 정말 그렇게 재미가 있는 얘기라면 나도 함께 사건의 결말을 기다려야겠군요.

영훈은 그저 말대접 삼아 그쯤으로 구 형사와 헤어지고 말았

었다.

그런데 바로 그 며칠 뒤에 구 형사의 종적이 홀연히 사라지고
말았다. 영훈이 구 형사의 잠적 사실을 안 것은 그러나 그 당장의
일이 아니었다. 경찰이 자체 요원의 실종으로 인한 위신의 실추
를 염려한 데다, 그가 10여 일 뒤 그런 사실을 알게 되었을 때에
도 영훈은 한동안 방향이 전혀 다른 상상을 하고 있었던 때문이
었다. 수사업무 종사자들에게 흔히 볼 수 있는 과도한 공명심을
상상한 탓이었다. 사건이 일단 종결지어졌거나 미제로 밀려난
사건들에서 어떤 새로운 혐의점을 발견하고 나면 수사관들의 그
런 공명심은 더욱더 맹렬하게 불타올랐다. 그리고 그런 공명심
이나 수사의 독점욕이 강해지면 질수록 당사자의 언동이나 수사
방식도 더욱 은밀스러워지기 마련이었다. 이제는 실마리가 거의
풀려가고 있다던 구 형사의 장담을 영훈은 그가 어떤 결정적인
단서를 붙잡게 된 걸로 생각한 것이었다. 영훈은 구 형사가 사건
을 마저 결단내려고 어디선가 한동안 잠행을 계속하고 있으리라
생각했다. 그가 그의 동료들이나 상사들, 심지어는 집안 식구들
에게마저 아무 말 없이 종적을 감춘 것 역시 그쯤으로 느긋하게
생각하고 있었다.

'이젠 끝났어요. 자, 그럼 이제 내가 약속한 소설거리 얘기를
들어보시겠소.' 영훈은 며칠 후에 곧 그 앞에 나타나 의기양양 지
껄여댈 구 형사의 길다란 말상 얼굴을 상상하곤 혼자 미소를 흘
리기까지 하였다.

그런데 거기서 더 며칠을 기다려도 구 형사에게선 영 소식이

없었다. 한 주일이 지나고 한 달이 지나도 그의 행적은 깜깜 무소식이었다. 쉬쉬 함구 속에 은밀히 진행되어오던 경찰 측의 자체 수사도 서서히 다시 기력이 시들해져가는 눈치였다.

영훈은 비로소 불안한 예감이 비춰 들기 시작했다. 구 형사의 신변에 정말로 어떤 심상찮은 일이 일어난 것 같았다. 영훈이 마지막으로 구 형사를 만났을 때 그가 한 말들이 하나하나 다시 새로운 의미로 머릿속에 맴돌기 시작했다.

"……당신한텐 끌릴 만한 데가 있는 이야긴 건 분명한데 사건이 아직 끝나질 않아서…… 내가 짚어나가고 있는 쪽과 결말이 엉뚱하게 비끌려 나가지만 않는다면, 그때는 하다못해 내 자신이 소설거리가 될 수도 있을 테니까."

그는 그때 분명 그 일에서 어떤 알려지지 않은 혐의점을 감지해내고 있었음이 분명했다. 그리고 모종의 확신에도 불구하고, 한편으론 사건의 핵심에 이르기 전에 자신마저 어떤 위험에 함께 휘말려들게 될지 모른다는 불길한 예감이 들고 있었던 것 같기도 하였다. 실마리가 거의 풀려가고 있다면서 일이 엉뚱하게 끝나면 그 자신이 바로 소설감이 될 거라던 구 형사의 사족은 알고 있었거나 모르고 있었거나 이제는 그 자신에 대한 신통한 예언이 되어버린 격이었다. 더욱이 한 실종자의 뒤를 쫓고 있던 구 형사 자신의 장기간 잠적은, 영훈으로 하여금 그 앞사건에 대한 새로운 호기심까지 유발하기 시작했다.

영훈은 마침내 자신의 일을 중단하고 구 형사의 일에 매달리기 시작했다. 그는 인천 쪽 구 형사의 근무지와 그의 집을 번갈아 찾아다니면서 그의 주변과 평소의 행적, 그리고 유민혁 사건을 중심으로 한 근래의 수사활동에 관한 일들을 나름대로 하나하나 다시 정리해나갔다. 구 형사를 그토록 몰입하게 만들었던 양 기자의 실종과, 구 형사가 나중에 관심을 가지고 쫓아다녔다는 안양교도소의 무기수 최병진, 그리고 그의 범죄와 공판 과정들에 대해서도 그 경위와 배후들을 다시 주의 깊게 추적해나갔다.

금세 어떤 해답의 실마리가 나타날 수는 없었다. 구 형사는 원체 혼자서 일을 쫓고 있었던 데다, 그의 생각이나 수사 상황들을 온통 그 한손에 움켜쥐고 떠나버린 것이었다. 더욱이 경찰은 이번에도 사건의 불필요한 확대를 경계하여 영훈의 눈길을 한사코 방해하고 들었다. 그는 구 형사가 서울 쪽에서 마지막으로 만났다는 (그래서 거의 일의 실마리가 풀리게 되었다던) 사람이 있었다는 사실을 상기하고, 그가 어디서 무엇을 하는 사람인지를 찾아내려 애썼으나, 경찰 쪽에선 여태 그런 사실이 있었다는 것조차 모르고 있었다. 더욱이 최병진과 유민혁과의 관계, 그리고 최병진의 대형에 대한 구 형사의 추측을 확인하기 위하여 주영훈이 최병진의 복역지 안양교도소를 찾아갔을 때도 교도소 쪽에선 웬일인지 그에게 구 형사가 마지막으로 그곳을 찾아와 무엇인가를 확인하고 돌아간 사실에 대해선 전혀 어떤 내색을 보이지 않았다. 이래저래 영훈은 구 형사의 잠적 속에 감춰져간 일에 대해 이렇다 할 단서를 하나도 찾을 수가 없었다.

그러던 어느 날이었다. 영훈은 전혀 예기치 않은 인물로부터 뜻밖의 단서 한 가지를 제공받게 되었다.

영훈은 원래 신앙인이 아니었다. 그는 이즈막에야 가끔 동네 근처 예배당으로 일요 예배에 끌려 다니고 있는 얼치기 신자가 되어가고 있는 정도였다. 그의 중학교 동창 조효준 목사의 간곡하고 끈질긴 권유에 의해서였다.

—실례지만, 혹시 성함이 조효준?

—어, 역시 그렇구만. 나도 긴가민가 망설이던 참이었는데!

어느 날 아침 집을 나서다가 그렇게 산동네 고개 아래 골목길 입구에서 중학교를 졸업한 지 10년이 훨씬 넘은 옛 동창생 조효준을 만났었다. 고등학교를 졸업하면서 그가 다소 이단적일 만큼 진보적인 신흥 전래교파의 신학교 진학을 택해 간 이후로는 전혀 소식을 알 수 없던 친구였다.

두 사람은 우선 근처 다방으로 들어가 그간의 안부와 서로의 주변사들에 대한 이야기를 나눴다. 조효준은 물론 그간에 교회의 목사가 되어 있었다. 그것도 바로 영훈네 산동네의 가난한 개척교회 목사였다. 그런데다 그는 무척이나 내성적이던 옛날의 성격이 크게 달라져 있었다. 그는 영훈이 신앙이 없다는 데에 여간 실망을 하지 않았다. 그리고 그 당장 기독교에의 입교를 권해왔다.

—자네…… 글쟁이라는 게 바로 인간의 영혼과 운명을 다루는 작업이 아닌가. 그런 일을 하는 사람이 신앙이 없다니 말이나 되는 소리야?

처음부터 깊은 신앙심이 생길 수는 없으니 우선은 구경 삼아 자기 교회를 나오라는 것이었다. 그러면서 그는 단자리에서 영훈의 승락을 받아내지 않고는 그를 놓아주려고조차 안 했다.

　—내 좀 생각을 해보지.

　영훈은 우선 자리를 빠져나가기 위해 엉거주춤 반승낙의 말을 하고서야 겨우 그를 헤어져 보낼 수 있었다.

　하지만 영훈은 다시 생각을 해보고 말 것도 없었다. 바로 그다음 일요일부터 조 목사는 몸소 영훈의 집까지 그를 인도하러 찾아왔다. 영훈은 아무래도 그런 조 목사를 쉽게 뿌리칠 수가 없었다. 그는 아닌 게 아니라 입교 여부는 뒷날로 미루더라도 우선은 교회부터 나가보기로 하였다. 그리고 그렇게 몇 달이 지났다. 주일날 아침마다 영훈을 인도하러 오던 조 목사의 방문도 더 이상 필요가 없어지게끔 되었을 무렵이었다. 바로 그 무렵 구 형사의 실종이 거의 확정적인 사실로 드러나기 시작했다. 영훈에게 마음속 구실이 생긴 셈이었다. 그는 일요일이고 뭐고 가릴 여유가 없었다. 그로부터 다시 날이면 날마다, 낮이나 밤이나 구 형사의 일에만 몰두하고 지냈다. 처음 한두 번은 조 목사로서도 영훈의 태도를 두고 보자는 뜻에선지 그의 결석을 추궁해오지 않았다. 그러나 영훈이 연이어 몇 주일째 예배를 빠뜨리고 넘어가자 조 목사가 다시 영훈을 찾아왔다.

　그 조 목사가 영훈을 집으로 찾아왔을 때는 그가 마침 그 유민혁 사건에 관한 스크랩을 꺼내놓고 사건 정리에 한참 골몰해 있던 참이었다. 그는 물론 집까지 찾아온 조 목사에게 저간의 사정을 설명하고 몇 주일 교회를 나가지 못하게 된 자신의 처지에 양해를 구했다. 그런데 그때 탁자 위에 펼쳐진 스크랩에서 조 목사가 유민혁의 신문 사진을 보고 문득 심상찮은 소리를 했다.

—그런데 참, 나 이 친구 아무래도 알던 친구가 아닌가 싶은 생각이 들던걸.

영훈은 순간 귀가 번쩍 뜨였다.

—알던 친구라니, 어디서 말인가?

영훈의 조급한 물음에 조 목사는 다시,

—글쎄, 이 사람 사건이 알려졌을 때 신문에 난 사진을 보고 그런 느낌이 들었었지만, 오늘도 사진을 보니 같은 생각이 드는군. 한데 확언할 수가 없는 건 내가 생각하는 사람과는 이름이 조금 다르단 말야. 그리고 아무리 중도 자퇴를 해 나갔다곤 하지만 신학교 문턱을 드나들던 사람이 자살까지 했으리라는 것도 납득이 안 가고.

갈수록 심상찮은 소리를 보태고 있었다. 영훈은 그럴수록 열이 올랐다. 그는 치솟아오르는 예감을 억제하며 조 목사에게 좀더 차근차근 설명을 계속하게 했다. 그리고 그렇게 실마리가 시작된 조 목사의 이야기는 영훈을 갈수록 흥분하게 만들었다.

—세월이 꽤 지난 일이지만 우리가 다닌 요한신학교 시절에 유종혁이란 한 만학의 동기생이 있었어. 그런데 그 친구 첫해 겨울 방학이 끝나자 웬일로 그만 학교를 그만두고 말았었지……

어떤 사고가 생겨 퇴교를 당했거나 자퇴서 따위를 쓰고 분명하게 학교를 그만둔 게 아니라 무슨 이유에선가 겨울방학에 이은 장기결석으로 흐지부지 그만 자연 제적이 되고 말았다는 것이었다.

—하지만 우린 뭐 그가 학교를 그만두게 된 이유 따위를 궁금

해하지는 않았어. 그 친구 우리보다 나이가 대여섯 살이나 많아서 한데 어울리기가 어려운 데도 많았지만, 그 친구 말고도 우리들 급우 중엔 과정을 모두 끝마치지 못하고 중도 퇴교를 해나간 친구들이 많았으니까. 자네도 들어 알고 있는지 모르지만, 우리가 다닌 요한신학교는 선교 역사도 그리 길지 못한 데다 우리나라에서는 다소 이단적일 만큼 교리 해석이 진보적이었거든. 그래 정통적 보수파에 익숙해온 학생들은 수학(受學)에 다소 거부감이 많았었지. 하지만 나는 왠지 그의 퇴교 이유가 그런 데 있는 것 같지는 않았어. 겨우 1년간의 짧은 기간이었지만, 그는 그 재학기간 사이에 누구 못지않게 신앙심이 깊고 선악관과 정의감이 남달랐던 친구였거든. 그래 나는 결국 지금까지도 그가 무엇 때문에 거기서 학교를 그만두고 말았는지 자세한 속내막을 모르고 있는 셈이지만.

조 목사는 그 유종혁이란 친구가 학교를 그만두게 된 구체적인 경위나 내막뿐 아니라, 학교를 졸업하고 목회를 이끌어온 이 10년 가까운 동안에도 그에 관한 일을 거의 들은 것이 없었댔다. 그런데 어느 날 그 조 목사가 문득 어떤 신문의 사회면에서 옛날 친구의 얼굴 모습을 보게 된 것이었다. 10년이 훨씬 넘는 세월이라면 사람의 외모가 크게 변할 만한 기간이기도 하지만, 조 목사는 사진을 대한 순간 그 변해진 모습에도 넙적한 얼굴에 부리부리한 눈매와 두툼한 입술의 윤곽들에서 그 유종혁의 숨겨진 옛 모습을 분명히 읽을 수 있었다 하였다. 적어도 얼굴로는 옛날의 유종혁 그자의 모습이 분명하더라는 것이었다. 확신을 가질 수 없게 한 것은 다만 유민혁이라는 그 이름의 '민' 자 한 자가 다르다는 사실뿐이었다고.

— 유민혁과 유종혁은 어쩌면 같은 유씨 집안의 동항렬 간의 인물이거나, 얼굴이 닮은 걸로 보아선 아예 친동기간일 수도 있는 일이거든.

조 목사는 못내 그 점이 미심쩍어 마지막 단언을 삼갔을 뿐이었다.

하지만 영훈은 이제 그쯤 단서로도 더 이상 흥분을 참을 길이 없었다. 아닌 게 아니라 유민혁과 유종혁은 별개의 인물들일 가능성이 있었다. 조 목사의 말처럼 항렬이 같은 유씨 집안의 근친 간이거나 아예 친동기간 사이일 수도 있었다. 하더라도 영훈의 예감은 가라앉을 줄을 몰랐다. 조 목사가 말한 작자의 됨됨이나 그가 학교를 그만두게 된 심상찮은 경위들이 영훈의 예감을 갈수록 더 들뜨게 하였다. 둘 사이가 최소한 동기간만 되더라도 유민혁에 대한 신상자료는 찾아질 가능성이 충분했다.

영훈의 그런 예감은 과연 사실과 정확하게 적중하고 있었다. 다름 아니라 조 목사의 우연한 제보로 새 단서가 붙잡힌 유민혁 사건은 이후부터 주영훈의 끈질긴 집념과 추적에 의하여 하나하나 그 깊은 비밀의 베일이 벗겨지기 시작한 것이다. 뿐더러 어느 정도 정체가 드러나기 시작한 그 유민혁이란 위인의 사연을 통하여 그를 뒤쫓던 구 형사의 실종과 심지어는 구 형사가 그토록 관심을 기울였던 양진호 기자의 실종에 대해서까지도 결정적 단서가 드러나게 된 것이다.

"그러니까 아까번에 제가 어르신께 말씀드린 제 소설 중의 두 사건 — 아니 사실은 네 개의 사건이라고 해야겠지요, 최병진과 유민혁의 사건에다가 그 사건을 뒤쫓았던 사람들의 실종이 각각 뒤따르고 있으니 말입니다⋯⋯"

영섭은 거기서 다시 백상도 노인에게 지금까지의 이야기를 정리해 설명했다. 그리고 이어 주영훈의 사건 추적 경위와 거기서 드러난 배후의 내막들을 차근차근히 설명해나갔다.

"어쨌거나 영훈 이전의 사건들에 대하여 제가 아까 어르신께 설명드린 이야기들은 그러니까 이때까진 아무도 정확한 내용이나 연결을 모르고 있었던 것들이지요. 앞서도 잠깐 말씀드렸듯이 자세하고 정확한 사건의 내력은 이때부터 본격적인 추적이 시작된 그 영훈이란 인물의 공로인 셈이니까요. 다시 말씀드려서 이것은 경찰 수사나 재판 과정들에서 드러난 개별적인 사건의 내역과 주변 정황들, 거기에다 주영훈 자신의 관찰과 추적으로 얻어진 정보들을 자신의 시선 속에 조리 있게 종합하고 정리해낸 사건의 줄거리란 말씀입니다. 그걸 편의상 앞대목에서 순차적으로 말씀드렸던 것이지요."

줄거리를 다시 정리하거나 말거나 당사자들의 종적이 묘연한 지금 먼젓번 이야기들이 그 주영훈이란 인물의 시선에 의해 비로소 그런 줄거리를 지니게 된 것은 애초부터 자명한 일이었다. 왜냐하면 그 소설 속의 주영훈이란 인물은 바로 주영섭 자신의 변신인 때문이었다. 그리고 그 소설을 그렇게 꾸며온 것도 주영섭이었고, 그것을 노인에게 말하고 있는 것도 바로 영섭 자신인 때문이었다. 하지만 아마 그편이 좀더 편했기 때문이었을까. 영섭은 한사코 자신의 이야기를 소설 속의 영훈에게 의탁하고 있었다. 뿐더러 그 점은 백상도 노인에게도 듣기에 편한 점이 있는 모양이었다. 노인 역시도 영섭이 자신의 이야기를 소설의 그것으로 대신하고 있음을 모르고 있을 리 없었다. 하지만 노인 쪽도 그 점에 대해선 끝내 알은척을 하지 않았다. 쓸데없는 참견으로 영섭의 이야기를 방해하고 드는 일이 절대로 없었다. 그는 그저 조용히 입을 다문 채 이야기에 귀를 기울이고 있을 뿐이었다.

"어쨌거나 영훈에겐 곧 단서가 풀리기 시작했지요."

영섭은 여전히 그 영훈을 빌려서 자신의 이야기를 계속해나갔다. 이번에는 그가 그 단서를 뒤쫓아 비밀의 내막을 밝혀낸 경위였다.

"영훈은 곧 서울의 동남방 교외로 그 조 목사가 수학한 요한신학교를 찾아갔습니다. 그리고 대충 결론부터 말하자면, 유민혁이란 인물은 짐작했던 대로 그 조 목사가 말한 유종혁이란 사람과 동일인물임이 드러났어요. 쉽게 내보여주려고 하지 않았지만, 학교에는 다행히 옛날 학생들의 학적부가 고스란히 잘 보관되고 있었거든요. 그 학적부에 남아 있는 사진을 보니 틀림이 없었지요. 사진뿐만 아니라 그에 관한 몇 가지 기록들이 조 목사의 말 모두 그대로였어요. 하지만 그 사진과 기록들만으로도 아직 장담할 수가 없는 일이었지요. 주영훈은 두 사람 중 어느 한쪽도 직접 실물을 본 일이 없는 터였으니까요. 오래전 일이나마 한쪽

얼굴을 1년 가까이 접해본 조 목사가 자신 없어 하는 일을 영훈이 함부로 단정할 수는 없었지요. 하지만 그건 역시 틀림없는 사실이었습니다. 영훈은 끝내 그 유종혁의 사진 외에 또 하나 놀라운 사실을 발견해냈거든요."

영훈이 그 학적부에서 찾아낸 또 다른 사실이란 유민혁이나 혹은 유종혁 자신들에 직접 관련이 된 것은 아니었다. 영훈은 그 유민혁과 유종혁이 동일 인물일 거라는 확신이 들기 시작하자 이번에는 또 다른 예감이 샘솟기 시작했다. 그는 혹시나 하는 생각에서 학적부까지 한 권 한 권 자세히 들춰나갔다. 그리고 그 유민혁의 것보다 10년이나 앞선 50년대 후반부의 학적부에서 또 하나의 수수께끼의 얼굴을 찾아냈다. 구 형사에 앞서 양진호 기자의 실종을 유발시킨 그 한강변 별장 강도살인사건의 범인으로 무기형을 받아 복역 중인 최병진 바로 그 사람이었다. 그 역시 사진이 너무 낡은 데다 이름까지 최홍진으로 기재되어 있어 한마디로 단정을 내릴 수는 없었지만, 유민혁의 경우가 그랬던 것처럼 사진과 실물의 모습 사이엔 그 30년 가까운 세월의 흐름에도 뚜렷한 공통점을 느낄 수가 있었다. 사건 당시엔 가호적으로 되어 있던 최병진의 북쪽 원적지와는 달리, 최홍진의 학적부상 본적이 영동지방의 한 해변마을로 되어 있는 점도 영훈의 판단을 어느 정도 흐리게 하였다. 하지만 최씨 성씨가 아직도 서로 일치하고 있는 점(유민혁 역시도 왠지 성명 석 자를 완전히 바꿔버리지 않고 첫 이름자 한 자씩만을 달리하고 있었다), 그리고 어떤 필요에선지 모르지만 양자가 다같이 원적지를 버리고 새로 엉뚱한 가호적을 취득하는 식으로 은밀한 변신을 감행했을 가능성들은 영훈에게 오히려 또 다른 의미의 확신을 주었다. 한데다 그 최홍진 역시도 유종혁의 경우처럼 중도에서 1년 만에 이유 없이 학업을 중단해 버리고 있었다. 혹시나 싶어 학적부상에 나타난 두 사람의 원적지를 찾아가 얻은 결론도 역시 마찬가지였다.

재학 당시의 것인 최홍진의 동해안 원적지나 유종혁의 남쪽 고향(유종혁의 학적부에는 그의 본적지가 그렇게 밝혀져 있었다)에는 두 사람이 똑같이 오래전에 실종신고가 내려져 있었다. 두 사람에 대한 실종신고는 그 둘이 각각 학교를 그만둔 지 10년쯤씩 지나서 이루어진 일이었다.

실종선고가 이루어지기 전이나 이후나 두 사람이 고향을 찾은 흔적은 아무것도 없었다. 우편이나 인편을 통해서라도 호적관계 서류 같은 것을 해간 흔적이 한 번도 없었다.

두 사람은 그런 식으로 자신들의 원적지를 말끔히 결별해버리고 있었다. 최홍진이나 유종혁은 그의 고향에서마저 이미 살아 있는 사람들이 아니었다. 뿐더러 두 위인의 원적지 쪽에는 조 목사가 의심했듯 최병진이나 유민혁이란 이름을 가진 다른 가까운 형제간들도 없었다.

영훈은 이제 더 의심할 바가 없었다. 그는 곧장 서울로 돌아와 사건을 하나하나 다시 정리해나가기 시작했다. 그리고 다시 사건들을 정리해나가다 보니 그는 새삼 자신까지 긴장이 되어오기 시작했다……"사건이 아직 다 끝장나질 않았어요. 내가 짚어나가고 있는 쪽과 결말이 엉뚱하게 비끌려나가지만 않는다면……," 구 형사가 마지막으로 남기고 간 말들이 그의 머릿속에서 갈수록 무게를 더해가고 있었다. 구 형사는 그 무렵 이미 어떤 결정적인 단서를 찾아내고 있었음이 분명했다. 그리고 그 단서를 쫓아 어느 정도 비밀의 핵심에까지 가까이 다가서고 있었던 것 같았다. 하지만 구 형사는 끝내 그것을 짚어 내보이지 못하고 말았다. 핵심을 드러내 보여주기는커녕 그 자신마저 의문의 잠적으로 수수께끼를 하나 더 보태놓은 것이었다. 자신이 소설거리가 될 수도 있다던 그의 말이 사실이 되어버린 셈이었다. 어느 대목에선지 사건이 아직도 끝나지 않았다는 증거였다. 사건은 아직도 진행 중에 있었다.

그런데 이번에는 영훈 자신이 그 사건을 뒤쫓아 나서고 있었다. 끝나지 않은 사건을 뒤쫓고 있음은 영훈 자신도 이제는 그 사건의 한 부분이 되어가고 있는 격이었다. 그 사건의 나머지 부분을 그가 마저 진행시켜나가고 있는 격이었다. 사건의 진짜 마무리는 자신이 떠맡게 될지도 모르는 일이었다. 세번째 실종이 생길 수 있었고, 그 자신이 그 세번째 실종자가 될 수도 있었다.

그는 새삼 긴장이 되지 않을 수 없었다. 하지만 그는 이미 사건의 핵심 근처까지 너무도 가까이 다가서버리고 있었다. 거기서 발길을 돌이켜 세울 수는 없었다.

영훈은 이제 일련의 사건을 두 가지 방향으로 정리해나갔다. 최병진과 유민혁 사건에 대한 자료들을 한 방향으로 묶고, 양진호와 구 형사들의 잠적 내지는 실종 사건을 다른 한 묶음으로 나누어 정리했다. 그리고 거기서 각각 공통의 의문점과 사건 추적의 방향을 설정했다.

구서룡 형사가 그랬던 것처럼 최병진과 유민혁 사건이 어떤 동일한 배후의 작용을 받았거나, 적어도 어떤 비밀의 연계 관계 같은 것이 숨겨져 있을 가능성은 이제 그도 다분히 점쳐볼 수 있었다. 그걸 부인하기엔 두 사람의 주변이나 태도들 하며, 사건의 경위나 성격에 너무도 많은 공통점이 있었다. 두 사람이 다 같이 같은 신학교를 다니고 있었다는 점, 그리고 이렇다 할 이유 없이 중도에 학교를 그만두고 고향과 주변에서 자취를 감추어버린 다음 새로운 이름으로 가호적을 취득하여 연고자 없는 단신으로 세상을 숨어 살아온 점 등등은 이제 거의 단정을 지어도 상관없을 일이었다. 게다가 최병진의 대속을 상정케 한 두 사람의 화답식 최후 진술(한쪽은 법정에서, 한쪽은 죽음 앞에서 행한)도 우연의 일치로는 볼 수가 없었다.

두 사람의 공통점이나 연계의 가능성은 그 주님 앞에서의 자기 증거를 담보로 한 두 사건의 성격과 죽음에 대한 화해적인(차라리 그런 마지막 파멸을 부르고 있었다고 할 수도 있을) 태도들에서도 역력하게 엿볼 수 있었다.

그러나 두 사건의 배후에 어떤 불가분의 연대 관계가 잠재할 가장 큰 가능성은 두 사람의 배후를 추적하고 나선 양진호와 구 형사의 같은 실종 사실에 있었다. 그러니까 이 점은 구 형사의 추리나 심증에 보다 더 분명한 근거 하나를 더하게 된 것이었다. 양진호와 구 형사의 의문의 실종이야말로 두 사건의 가장 뜻깊은 공통점이었고, 바로 그 공통점이야말로 최병진과 유민혁 사건의 배후에 대한 가장 결정적인 확신의 근거가 될 수 있었다.

하지만 영훈은 최병진과 유민혁, 양진호와 구 형사 그 어느 한 쪽만을 우선시킨 일방적 정공법으로는 수수께끼의 실마리를 풀어가기가 어려웠다. 양자는 서로 한쪽이 다른 쪽의 단서가 되고, 이쪽과 저쪽이 서로 추리의 과정을 확인시켜주는 동시적 상환(相換) 관계 위에서 일을 함께 진행시켜갈 수밖에 없었다. 일테면 이제 그는 최병진과 유민혁, 그리고 그들을 뒤쫓던 두 사람의 실종을 같은 줄거리 위의 연속 사건으로 다루어나간 것이다. 그 모든 수수께끼들을 풀어나갈 열쇠는 오직 하나만 찾아내면 그걸로 족했다. 어느 대목에서든지 한 곳만 실마리가 풀리기 시작하면 다른 일도 차례차례 앞뒤가 저절로 풀려나가게 마련이었다.

그런데 당연한 일이었는지 모르지만 영훈으로서도 거기서 더 일을 진척시켜나갈 수가 없었다. 그 하나의 열쇠가 어디서도 쉽게 찾아지질 않았다. 관련자료를 더 구해낼 수도 없었고, 추리력도 이젠 막다른 골목에 부딪혔다. 그전에 이미 관심이 시들해진 경찰 쪽에도 별다른 도움을 기대할 수가 없었다.

시일은 그사이 다시 두어 달 가까이나 흐르고 있었다. 영훈도 끝내는 기력이 기진맥진 허탈 상태로 빠져 들어가고 있었다. 한데 그럴 무렵 어느 날이었다.

영훈은 끝내 그 구 형사의 집에서 뜻밖에 중요한 단서 한 가지를 찾아내기에 이르렀다. 영섭의 집념 어린 노력에 대한 마지막 보상이랄까. 쓰는 법은 아직 이중삼중 어려운 고비가 많았지만, 비로소 작은 열쇠 하나가 발견된 것이다.

9

"주영훈이 구 형사의 집에서 찾아낸 단서란 실상 다른 사람이 보기엔 아무것도 아닌 걸로 여겨질 수 있는 지극히 사소한 것이었습니다……"

영섭은 이제 그 작은 단서를 중심으로 그가 어떻게 이 산까지 노인을 찾아오게 되었는지, 그 경위와 사연을 막바로 털어놓기 시작했다.

다름 아니라 영훈은 어느 날 버릇처럼 구 형사의 집엘 들렀다가 그 부인으로부터 한 장의 지저분한 명함을 건네받게 되었다.

— 지난 봄 그이가 세탁소에 맡겼던 겨울 잠바가 이제사 배달되어 왔는데요. 그 안주머니에 이런 명함장이 들어 있었던가 봐요. 세탁소 주인이 간수해뒀다가 다시 넣어 보냈는데, 이런 것도 무슨 도움이 될까 해서요……

구 형사에 관한 것이면 경찰과 영훈이 그간 옷주머니는 물론 소장해온 책장 속 하나하나까지 모두 몇 차례씩 교대로 뒤져본 터였다. 하고서도 별다른 단서를 못 찾은 채 행여 무언가 새로 발견되는 것이 있으면 휴지조각 하나라도 함부로 버리지 말고 자기에게 일러달라 한 영훈의 당부를 부인이 소홀히 넘기지 않은 탓이었다. 그런데 그 부인이 무심스레 넘겨준 명함장을 받아 보니, 그건 서울의 종로통에 자리하고 있는 한 양봉조합의 간부의 것이었다. 그리고 그것은 무심스레 넘겨준 부인의 기대와는 달리 그녀의 남편의 실종 사건에 결정적인 실마리를 제공해준 것이었다. 왜냐하면 바로 그 명함장이야말로 영훈이 그토록 애타게 찾고 있던 제3의 배후와 그 소재를 일러줄 최초의 열쇠를 숨기고 있었던 때문이었다.

"아, 그야 물론 그 명함짝이 그 당장 수수께끼를 풀어준 건 아니었지요. 영훈도 처음엔 그것이 그가 찾고 있던 비밀의 열쇠인지조차 알아보질 못했고, 그것이 설령 어떤 비밀문의 열쇠라는 걸 알았다 하더라도 그것을 어떻게 사용해야 하는 건지 용법을 전혀 모르고 있었으니까요. 하지만 영훈은 그것을 처음부터 소홀히 하지 않았습니다. 무엇보다 구 형사가 양봉조합 사람을 만나고 있었던 사실은 이때까지 전혀 알려지지가 않았던 새로운 사실이기 때문이었지요. 더욱이 그 부인조차 꿀이나 양봉 일엔 아는 바가 전혀 없다는 소리엔 적지 않은 예감이 새로 발동해오고 있었구요…… 영훈은 그래 그 명함장을 단서로 다시 세밀한 추적을 시작했습니다. 그리고 상당한 시간과 노력을 기울인 끝에 끝내는 해답을 얻어내고 말았어요. 이를테면 열쇠의 효능과 용법을 찾아낸 것이지요. 그리고 그 열쇠의 비밀을 쫓아서 어느 날 남도 쪽의 한 산속으로 그 배후의 인물들 중의 한 사람을 찾아가 만나게 되었어요."

영섭은 우선 결론부터 그렇게 말해놓고 그간의 경위와 단서의 내용을 차근차근히 설명해나갈 참이었다.

그런데 그때— 영섭은 거기서 갑자기 설명을 덧붙일 필요가 없어지고 말았다. 아니, 더 정확히는 그럴 기회를 잃고 만 것이었다. 영섭의 이야기가 거기까지 계속되자, 백상도 노인도 그쯤 해선 이미 사실을 알아차린 듯 긴장기가 훨씬 더해가고 있었다. 지금까진 그저 영섭의 이야기에 조용히 귀를 기울이고만 앉아 있던 노인의 자세에 언제부턴가 자꾸만 주의가 흐트러지는 기미가 일고 있었다. 여유만만 영섭을 외면하고 앉아 있던 그 의연스런 침묵 속에 심사가 편찮은 잔기침 소리가 가끔씩 끼어들고 있었다. 그가 이제는 영섭의 이야기에 마음이 쫓기고 있는 증거였다. 하지만 노인의 지혜는 영섭을 늘 한 발짝쯤 앞서고 있었다.

"이제 그쯤 하면 알겠소. 주 선생은 참으로 대단한 소설가인 듯싶구려. 이야기를 꾸며나가는 솜씨나 추리력이 이만저만 놀랍지가 않소이다. 그걸 뒷받침해온 끈기와 노력도 놀랍구요. 하여간 이야기가 이렇게 재미있을 수 없소이다……"

노인이 느닷없이 침묵을 깨뜨리고 영섭의 이야기에 감탄을 하고 나섰다. 영섭이 그를 막다른 골목까지 몰아붙이기 전에 그가 영섭의 입을 막아버린 것이었다. 그것은 이젠 두 사람이 줄곧 소설의 형식에다 의지해온 그 우회적 화법을 버리고 바로 사건 당사자로서의 본모습을 드러내야 할 계제에서였다. 그는 일테면 영훈이 찾아낸 단서의 내용이나 그것을 풀어나간 그간의 경위 따윈 더 이상 긴 설명이 필요없다는 듯, 이번에는 그 영섭을 향해 마지막 확인의 물음을 던져왔다.

"그러나 그 주영훈이란 주인공 말이오. 그 주영훈이란 사람, 그렇게 애를 쓰고 나서 사람을 정말 옳게 찾아 만났을는지…… 그가 산을 찾아가 만난 사람이 정말로 사건의 배후가 틀림없었느냔 말이외다. 그걸 주 선생이 자신할 수가 있겠소?"

여전히 소설 속의 영훈을 빌리고 있었지만, 노인은 어쨌거나 이제 자신의 말을 하고 있는 것이었다. 하지만 그게 영훈에겐 아예 막바지까지 몰아붙일 호기로 여겨졌다.

"그렇지요. 그는 사람을 제대로 만났습니다. 아까 이미 비슷한 말씀을 드렸지만, 영훈이 산으로 사람을 찾아갔을 때 한 노인분이 마침 돌꿀을 찾아서 당신의 굴집을 나서고 있었거든요. 그런데 그 노인분이 그 돌꿀을 찾아가는 기이한 방법을 보고 영훈은 모든 걸 확신하게 된 겁니다."

영섭은 자신 있게 노인에게 단언했다.

"어뜨케…… 그저 단순히 꿀 이야기 하나로 해서만은 아닐 테고…… 서울의 양봉조합하고 이쪽하고 무슨 상관이 있었다는 말씀 같은데, 그 꿀을 찾는 방법이 어쨌길래요? 그 서울 사람들이 어디론지 사라져간 것과 꿀을 찾는 방법에 어떤 상관이라도 있었다는 거외까."

노인이 궁금하다는 듯 조심스럽게 영섭에게 되물었다.

영섭은 이번에도 망설이지 않았다.

"그렇지요. 상관이 있었고말고요. 다름 아니라 그건 유인술이었습니다. 그 노인분이 꿀을 찾는 방법은 자신이 먼저 꿀물로 벌을 유인하여 그 행로를 따라가는 것이었습니다. 하지만 그 노인분이 유인술을 행한 것은 산속의 벌들에 대해서만이 아니었습니다. 노인분의 꿀물은 서울까지 보내져 사람까지 유인을 해가고 있었습니다."

"유인이라…… 유인, 그거 참 일리가 있는 말씀 같구려. 소설 쓰는 사람이라 직감력이나 추리력이 참 대단하외다. 하지만 주 선생도 혹시 자신의 그런 직감력이나 추리력을 너무 믿는 것 아 니시오? 내 꿈이 어떻게 서울까지 올라가서 누구를 어떻게 유인 했더라느냐는 말이외다. 서울에 어떤 꿈이 나돌았다 치더라도 그게 어떻게 내가 내려보낸 꿈이라고 단정할 수가 있었구?"

노인은 이제 아예 그 소설을 빌려온 우회적 화법을 버리고 자신 이 직접 정면으로 나서고 있었다. 하면서도 그는 아직 더 확인해 보고 싶은 대목이 남아 있는 듯 자신과의 관련을 시인도 부인도 않는 어정쩡한 어조 속에 계속 영섭 쪽을 다그치고 들었다. 영섭 도 이젠 그 노인의 화법대로 정면에서 마지막 화살을 먹여댔다.

"아니 제 추리는 그처럼 단순한 예감에서가 아닙니다. 나름대 로 분명한 근거들이 있었지요. 아까 잠깐 이야기를 건너뛰었습 니다만, 구 형사의 부인에게서 건네받은 명함에는 보통 심상치 가 않은 메모가 있었거든요."

영섭은 이제 아예 이야기를 거기서 마무리 짓기 위해 서울에서 의 과정을 비교적 긴 시간에 걸쳐 자세히 설명했다.

영섭이 노인에게 털어놓은바, 구 형사의 부인으로부터 명함을 건네받은 후의 그의 추적 과정은 다음과 같았다.

……명함의 뒷면에는 무엇을 뜻하는지 금방은 알 수 없는 산 들의 이름이 몇 개 흘려 적혀 있었다. 설악산, 태백산, 계룡산, 지 리산, 내장산 따위였다. 양봉조합 간부의 명함장에 적힌 것이니

벌꿀 산지들을 적은 듯싶었지만, 하여튼 영섭은 그 산들의 이름이 풍겨오는 새로운 예감 속에 그걸로 곧장 그 명함의 인물을 찾아갔다. 그리고 구 형사의 사진과 함께 이런저런 그에 관한 인적 사항들을 설명하고, 그런 사람이 언제 조합이나 그를 찾아왔었는지를 물었다. 황병우라는 이름의 그 양봉조합 간부는 자신의 명함을 확인하고 나서도 시일이 한참이나 지나간 일이라 처음엔 금방 기억을 제대로 살려내지 못했다. 하지만 잠시 뜸을 들이다간 결국 몇 달 전의 기억을 찾아내어, 위인의 방문의 목적뿐 아니라 그에 대한 전후사까지 모두 친절하게 일러주었다.

─아, 그래요. 그게 아마 지난봄이었을 겝니다. 석청에 관한 걸 물으러 왔었지요. 자기 가까운 친지 한 사람이 어디선가 석청 한 단지를 보내온 일이 있었는데, 그 꿀은 이미 먹어 없애버렸지만, 뒤늦게 무슨 필요가 생겨서 그 꿀의 채밀지를 좀 알고 싶다구요. 하지만 여기선 자연 석청은 취급치 않고 있어서 그걸 전문으로 취급하는 곳을 알려드렸지요. 꿀을 직접 가져온 것도 아니고, 그렇다고 보낸 사람의 주소지도 모르는 터라, 우리로선 채밀지를 알 수가 없었으니까요…… 그래 금방 기억이 떠오르질 않은 것 같습니다만, 필요하시다면 제가 그 양반을 소개해드린 석청 전문 가게를 알려드리지요. 그 가게가 바로 이 길 건너……

영섭은 물론 그 석청 전문 가게로 다시 사람을 찾아갔다.

석청 가게 사람은 다행히도 조합의 황병우보다 구 형사의 일을 더 소상히 기억하고 있었습니다.

─그렇습니다. 바로 이분이었어요.

사내는 금세 영섭이 건네준 구 형사의 사진을 확인하고 나서, 그가 그 석청의 산지를 알고 싶어 하는 폼이 여간만 간절해 보이지 않았다는 말과 함께, 그래 자신이 알고 있는 한에서 석청이 나올 만한 전국의 산들을 대충 다 일러준 바가 있었다고 하였다. 황병우 씨의 명함 뒤쪽에 산 이름들을 적어준 것도 알고 보니 그 가게 사내였다. 한데 영섭이 사내로부터 얻어낸 보다 중요한 사실은 구 형사가 그 석청의 산지를 알고 싶어 한 저간의 이유였다.

— 꿀을 이미 먹어치우고 없는 데다 포장이나 용기들도 버려진 다음이라니, 그걸 보내온 산지를 알아내기는 어려운 일이었어요. 도대체 교도소 안에 갇혀 앉아 꿀을 받아 먹었다는 그 친구라는 사람도 자기에게 그 물건을 보내준 사람은 알지 못하고 있는 형편이었다니까요. 전 그저 대표적인 산지의 산이름들이나 적어 드릴밖에요. 하지만 그분 그 꿀이 무슨 피해가 생겨서 그러는 건 아니라더군요. 꿀을 먹은 사람이 그걸로 무슨 해를 본 것은 아니라니까요. 그저 꿀을 보낸 사람을 찾고 있는 것뿐인 것 같았어요.

사내가 마지막으로 지나가는 소리처럼 흘린 말이었다. 하지만 영섭은 이제 그것으로 수수께끼가 반쯤이나 풀린 셈이었다. 사내가 말한 교도소의 친구란 두말할 것 없는 안양교도소의 최병진 그 사람이었다. 최병진이 어디선지 발송인 미상의 인물로부터 산꿀 선물을 받고 있음이었다. 구 형사는 그런 사실을 알고 나자 그 석청의 발송인을 최병진의 배후로 단정하고, 그 석청의 산지를 찾아 나선 것이었다. 앞뒤를 자세히 연결지어보니, 그의 종적이 사라진 것도 그가 꿀 가게를 찾아간 것과 시기가 거의 일치하고 있었다.

하여 영섭은 다시 안양교도소로 쫓아가 예의 선우라는 교무부
장을 찾아 만났다. 전번에 한두 번 허탕을 치고 간 일이 있었지
만, 최병진의 일에는 교무부장이 늘 앞을 서 나섰기 때문이었다.
하지만 그 교무부장과의 이번의 면대는 허탕일 수가 없었다. 영
섭이 이번에는 최병진이 석청을 수취한 사실을 기정의 사실로 내
댔을뿐더러, 그러한 사실과 구 형사의 잠적을 분명한 유관사로
단정 짓고 나섰기 때문이었다.

선우 부장은 오래잖아 모든 걸 시인했다.

―그런 일이 있었지요…… 하지만 저도 처음엔 그런 물건이
영치되어온 것을 모르고 있었어요. 그런 물건은 영치 규칙에도
어긋날뿐더러 송부자의 주소조차 모르는 물건이었다니까요. 그
래 영치물 취급 부서 한 녀석이 중간에서 물건을 빼돌렸던 모양
이에요. 물론 당사자인 최병진의 양해를 얻어서였지요. 최병진
씨 자신도 누가 보낸 건지 알 수가 없다며 그런 물건 자기가 받을
이유가 없다더라나요. 그런데 그 소리가 어떻게 내 귀에까지 흘
러들어왔어요. 꿀은 아마 흔적도 찾아볼 수 없게 된 다음이었지
요. 하지만 난 혹시나 싶은 생각에 구 형사를 불러 그런 사실을
알려줬어요. 그런데 뜻밖에 구 형사까지 며칠 후에 자취가 사라
졌지요.

선우 부장은 거기까지 솔직히 사실을 털어놓고 나서 변명 삼아
몇 마디 더 덧붙였다.

―하지만 뭐 그런 사실을 여태 말하지 않은 것은 특별한 의도

가 있어서는 아니었어요. 처음에는 그 사람이 사라진 것이 그 일하고 큰 상관이 있다고 생각지도 않았고, 얼마 있으면 어련히 다시 나타날까 하는 생각이었지요. 구 형사의 행적을 잘 몰라 그랬겠지만, 경찰에서도 이쪽엔 별로 관심이 없는 터에 뒤가 개운찮은 일을 드러내 긁어 부스럼을 만들 필요도 없었구요. 그냥저냥 그렇게 시일이 흐르다 보니 나중엔 외려 더 입을 열기가 거북해진 것뿐이었지요.

"제가 예까지 산을 찾아오게 된 경위는 대개 그렇게 된 겁니다. 구 형사가 결국 그 석청을 내려보내주는 사람을 찾아간 것처럼, 저 역시 구 형사의 뒤를 따라서 말씀입니다."

영섭은 거기까지 설명하고 나서 잠시 말을 끊은 채 노인의 반응을 기다렸다.

하지만 노인은 거기까지도 아직 설명이 흡족질 못했던 모양이었다.

"아니 그렇더라도 나는 아직도 믿기지 않는구려. 주 선생의 말씀은 구 형사나 그 이전의 양 기자까지도 모두 이곳을 찾아왔을 거라는 뜻으로 들리는데, 그렇다면 그 구 형사라는 사람은 이 나라 천지의 석청 산지를 찾아서 전국의 모든 산들을 헤매 다녔단 말이외까. 그러다가 결국은 여기까지 발길을 들여놓게 되었을 거라는 거외까. 게다가 그 양 기자라는 사람까지도?"

영섭의 설명이 중단되고 나서도 한동안 계속 침묵만 지키고 있던 노인이 끝내는 다시 석연찮은 의문점을 들추고 나섰다.

하지만 영섭은 이번에도 망설이지 않았다. 설명의 완벽을 기하기 위해 영섭 역시 그 점을 좀더 밝혀두려던 참이었다.

"아니, 전혀 그럴 필요는 없었습니다. 석청 일을 알고부터는 일이 그렇게 어려울 게 없었으니까요. 저 역시 앞서의 두 사람처럼 그 꿀 냄새에 끌려든 거랄까요. 제가 이곳을 찾아오게 된 것은 구 형사의 길을 그대로 밟아온 셈이었을 텐데, 전 지금 이렇게 간단히 이곳을 찾아내지 않았습니까. 어르신께서도 미리 다 그 점을 계산해서였겠지만, 저도 물론 처음엔 길이 이렇게 먼 줄을 모르고 화엄사 근처나 피아골 일대에서 부질없이 며칠을 헤매기도 했지만요. 어르신께선 예서 더 길이 가까운 남원이나 함양 쪽을 놔두고 웬만큼 집념이 강한 사람이 아니고는 좀처럼 발길이 미치기 어려운 구례 쪽 먼 길로만 꿀을 내보내고 계셨으니 말씀입니다."

영섭은 다시 일사천리 격으로 남은 설명의 마무리를 지어갔다.

— 아닌 게 아니라 영섭은 지리산을 마지막 목적지로 찾아오는 데에 전국의 모든 산들을 누비고 다닐 필요가 없었다. 석청의 송 부자가 주소와 이름을 밝혀주진 않았지만, 소포물 수취 확인전(確認箋)에는 발송지의 우체국 명이 기록되어 남아 있었기 때문이었다. 영섭은 뒤늦게 그 사실을 떠올리고(석청 가게 사람의 명함장 메모가 무용지물이 된 것은 아마 그 때문이었으리라) 교도소 관할지인 안양우체국을 찾아갔다. 그리고 거기 보관된 수취확인전철에서 소포물 발송지인 구례우체국을 확인했다.

하여 며칠 후, 그는 화엄사와 피아골 근처를 헤매던 끝에, 그 마지막 체념의 단계에서 노인의 거처를 찾아내기에 이른 것이었다. 화엄사 아랫마을에서 행운으로 몇 차례 노인의 하산 사실을 목격한 사람을 만난 덕분이었다.

구 형사는 물론이려니와 양 기자의 경우에서도 대개 비슷한 경로의 추리가 가능했다. 그리고 영섭은 그 점까지 분명히 확인해두고 있었다. 다름 아니라, 그 안양교도소의 교무부장이란 사람은 양 기자 역시도 그의 잠적 전에 최병진에게 같은 꿀단지를 전하고 갔다는 사실까지는 알지 못하고 있었다. 왜냐하면 그때 양기자가 만난 것은 후일 안동교도소 쪽으로 자리를 옮겨간 사람이었던 데다가, 그때의 일은 후임인 선우 부장 이전의 소관사였던 때문이었다. 하지만 영섭은 이번 일을 캐어나가던 과정에서 양기자의 잠적 직전에 최병진에게 같은 물건이 전해진 사실을 알아내기에 이르렀다. 누구로부터 어떻게 물건이 전해졌는지 상세한 경위까지는 알지 못했지만, 선우 부장이 이번에 꿀을 가로채간 자들에게서 전일의 죄과까지를 실토받아놓은 때문이었다. 물건을 전한 것은 물론 양 기자였을 테지만, 애초에 그것을 마련해 보낸 사람은 그가 아닌 제3의 인물이었을 터였다. 그때도 주소나 이름이 적혀 있지 않았었겠지만, 물건의 발송자는 이번의 경우와 동일한 인물이었을 게 뻔했다. 그리고 그때의 물품의 배달지는 안양교도소가 아닌 서울 쪽 구치소로 되어 있었다는 담당자의 뒤늦은 확인이었다. 따지고 보니 그때는 최병진이 2심판결이 내려지고 나서 복역지를 안양 쪽으로 옮겨온 지 며칠이 지나지 않았던 때였다. 그래서 발송인은 1심 공판 과정 중의 최병진의 수

감지인 서울구치소로 물건을 보냈던 게 분명했다. 최병진의 신변사를 이리저리 사방으로 뒤쫓고 다니던 양 기자가 용케 그 사실을 알게 됐을 터였다. 그래 그는 그 물건의 배달지 우체국인 서대문우체국에서 발송지 우체국 명을 찾아낸 것이었다. 그리고 손수 그 우편물만을 안양의 최병진에게 전한 채 자신은 그 우편물 발송지인 구례 근처 지리산 쪽으로 그 수수께끼의 발송인을 찾아 나선 것이었다──

영섭은 굳이 필요가 없었지만, 확인 차 한번 더 서대문우체국을 찾아가보기까지 하였다. 하지만 세월이 너무 흐른 탓에 그곳에는 이미 그 발송국이 기재되어 있을 소포물 수취확인전철이나 다른 근거 서류가 아무것도 남아 있는 것이 없었다. 하지만 이제 그쯤은 문제가 아니었다. 영섭은 이미 그 물건의 발송 지역을 알아냈을 뿐 아니라, 양 기자도 당시엔 거기서 그것을 확인할 수 있었을 게 분명한 터이기 때문이었다.

결과는 역시 영섭이 믿고 온 그대로였다. 무엇보다 영섭은 이제 그 앞에 노인을 마주하고 있음이 그것을 증명해주고 있었다.

"그러나 어르신을 만나기까지의 이런 과정을 제가 앞장서 열어온 것이라곤 절대로 말할 수 없겠지요. 제 앞서 먼저 두 사람이 이런 과정을 거쳐온 터이고, 어떤 의미에서 저는 그저 그 사람들의 발자국을 뒤쫓아 따라온 격이니까요……"

영섭은 이제 그것으로 자신의 이야기를 마저 끝냈다. 자신에 앞서 두 사람이 이곳을 찾아 들어왔음을 기정의 사실로 못 박고 있는 소리였다. 그리고 그건 이제 노인 쪽에서 이야기의 순서를 받아 나가라는 추궁의 뜻이 담긴 선언이기도 하였다.

하지만 노인은 거기서도 아직 분명한 승복의 기미를 보이지 않고 있었다.

"아니 그렇지 않소…… 내 다시 한 번 경탄을 금할 수 없는 일이오만, 주 선생의 상상력이나 소설을 짜나가는 치밀성은 정말로 놀랍고 존경스럽소……"

영섭의 말이 끝나고 나서도 한동안 조용히 고개만 끄덕이고 있던 노인이 드디어는 자신의 말 차례를 의식한 듯 영섭을 다시 한 번 치켜세우고 나섰다. 하지만 그건 아직 승복의 표시가 아니었다.

"하지만 역시 그 모든 것은 아직도 그럴듯한 개연성에 불과할 뿐 사실은 아니지 않겠소?"

어찌 보면 노인은 이제 곧 모든 걸 시인하고 그의 말대로 개연성만이 아닌 진짜 사실을 털어놓을 듯하면서도, 어딘지 아직 좀 영섭을 골리고 있는 듯한 웃음기까지 흘리면서 마지막 반격을 시도하고 있었다.

"가령 주 선생이 자신의 상상력과 추리력을 좇아서 이곳까지 나를 찾아오고, 그렇게 주 선생과 마주치게 된 이 늙은이가 그 일에서 보이지 않는 배후로 지목했던 인물이라는 것까지도 다 사실이라 칩시다. 하지만 그걸로 앞서의 두 사람까지 여길 찾아왔으리라는 단정은 아직 무리가 아니겠소? 주 선생이 아까 무슨 유인이라는 말을 했던가요? 아닌 게 아니라 내가 그 사람들을 돌꼴로 이곳으로 유인해 들였다면, 그러기 위해선 우선 내가 일일이 그 사람들의 소재를 미리 알고 있어야 했을 텐데, 내가 어떻게 이 깊은 산골 속에 들어앉아 그 사람들에게 그걸 내려보낼 수가 있었겠느냔 말이외다."

하지만 노인의 그런 추궁은 앞에서 이미 다 간접 설명이 된 것이었다. 영섭은 한번 더 그걸 상기시켜나갔다.

"아닙니다. 어르신께선 일일이 그걸 알고 있을 필요가 없으셨지요. 그들이 제 발로 어르신을 찾아들기까지는 그 자들이 누군지도 알질 못하셨구요. 어르신께선 이 산에서 벌꿀의 곳집을 찾아가실 때처럼 그저 산 아래로 돌꿀을 내려보내서 적당한 목만 지키게 해두면 되었거든요. 다름 아니라 바로 그 최병진이 어른께서 꿀을 놓으신 목이었지요. 그리고 양 기자나 구 형사들은 그 방향을 쫓아서 이곳까지 찾아든 위인들이었구요. 어른께선 일일이 사람을 찾을 필요가 없이 그저 한두 번 산을 내려가 꿀물만 내려보내면 그만이셨지요. 그것도 좀처럼 근거지를 찾아내기 힘이 들게끔 여기서 가까운 남원 쪽이나 함양 쪽 아닌 구례 쪽 먼 길을 택해서 말씀입니다."

"유인이 목적이라면 길을 쉽게 찾아들도록 했어야 할 일을 부러 먼 길로 구례까지 나간 것은 또 무슨 연유에서였을꼬……?"

"그야 후각이 매우 예민해서 꿀 냄새에 깊이 취해 들 사람밖에는 이곳을 찾아내지 못하게 해야 하셨으니까요. 추적이 손쉬우면 귀찮은 사람들이 끼어들 수도 있었거든요. 말하자면 어른께선 귀찮은 추적자들을 따돌려버리자는 뒷단속까지 미리 다 해두셨던 셈이지요."

"그렇더라도 그 최병진이라는 사람이 유인의 길목이었다면, 그 사람이 있었던 곳만은 미리 알고 있었어야 할 텐데, 그 사람한테로 가는 꿀단지가 처음엔 서울 쪽으로 갔다가 나중엔 안양 쪽으로 보내졌더라면서? 그렇다면 내가 그 사람의 수감지를 일일이 뒤쫓아 알아냈어야 했을 텐데, 그래 주 선생은 내가 여기 앉아 그걸 어떻게 알아냈다는 거외까."

"그것도 실상 그리 힘이 드는 일은 아니었지요. 그야 맨 처음 양 기자를 불러들인 최병진의 사건을 만나시게 된 데는, 그와 어르신 사이에 어떤 남 모르는 밀통 관계가 있어서였든, 아니면 그간에 산을 내려가 종종 세상 소식을 접해온 과정에서 우연히 알게 된 행운에서였든, 제게는 그보다 어른께서 그 최병진을 택해 유인의 목으로 삼게 된 어르신과 그 사람과의 뒷사연이 더 궁금한 일입니다만, 우선은 어쨌든 거기 좀 힘이 드셨겠지요. 하지만 다음번 구 형사의 경우엔 여기 그냥 앉아서도 저절로 사정을 다 아실 수가 있었지요. 구 형사 때는 이미 양 기자가 이곳을 찾아온 뒤였고, 그 양 기자는 그때 이미 최병진의 안양교도소 이감 사실을 알고 있었으니까요. 그리고 사실은 바로 그 점이 두 사람의 실종을 연속 사건으로 읽어낸 한 단서가 되어준 셈이었구요."

영섭이 거기까지 하나하나 추리의 근거를 대고 났을 때였다. 노인은 이제 그 영섭의 치밀하고도 막힘 없는 설명에 더 이상 할 말이 없어진 모양이었다. 그는 그만 한동안 질문을 중단한 채 깊은 신음 소리를 흘리고 있었다. 하더니 이윽고는 마음의 작정이 내려진 듯 무겁게 마지막 물음을 던져왔다.

"그래…… 그럼 그걸로 주 선생의 소설은 끝이 다 난 거외까……?"

이젠 더 이상 설명을 들을 필요가 없다는 뜻이었다. 뿐더러 이제는 사실을 시인하고 승복을 해오려는 기미마저 역력했다.

영섭도 끝내는 그때가 오리라는 걸 믿고 있던 바였다. 하지만 영섭은 그렇게 거기서 이야기를 마무리 지을 수는 물론 없었다. 이야기는 오히려 이제부터가 본 장이었다. 노인이 이제부터 그 본 장을 맡아주어야 하였다.

"아닙니다. 소설은 오히려 지금부터가 본 마당이지요."

그는 새삼 다시 완강한 어조로 노인의 주의를 일깨웠다.

"전 아직도 그 같은 유인극의 목적을 모르고 있거든요. 그 유인극의 목적이 과연 어떤 것인지, 그 배후의 정체가 어떤 것인지, 어르신과 최병진이라는 사람의 관계나 먼젓번 두 사람의 그 후 행적들…… 지금까진 그저 어르신 한 분을 만나 뵙게 된 것밖에 아무것도 밝혀진 것이 없질 않습니까. 그래 어르신께 그 소설의 뒷부분을 도와주십사 지금까지 제 긴 사연을 말씀드린 거구요."

백상도 노인이 그에게 감추고 있는 사실들을 이제부터 솔직하게 털어놔달라는 영섭의 마지막 추궁인 셈이었다.

하지만 노인은 자신의 정체가 그렇듯 거의 다 윤곽을 드러내게 된 지경에 이르러서도 아직은 자신의 속을 호락호락 모두 털어놓을 기미가 아니었다.

"그래 주 선생은 이 늙은이가 그것을 쉽게 다 말해주리라 생각했소? 주 선생 생각처럼 내가 가령 그 모든 일을 알고 있다손 치더라도 말이외다. 주 선생 말대로라면 일의 내막이 그리 간단치도 않겠거니와 나 역시 그렇듯 만만찮은 영감태긴 아닐 터에 말이외다."

영섭의 결의를 마지막으로 한번 더 시험해보기라도 하듯 아깟번의 그 느슨한 농기마저 다시 말끔히 가셔버린 어조로 반문해오고 있었다.

하지만 이제 그쯤은 영섭으로서도 충분히 예상을 하고 있던 바였다. 그가 알고 있던 사건이나 인물들이 모두 그랬던 것처럼, 노인을 만난 것만으로 수수께끼가 모두 풀리게 되리라곤 영섭으로서도 기대를 않았던 일이었다. 하지만 이제 영섭은 다른 방법이 없었다. 그는 이미 오래전부터 사건에 너무 깊숙이 뛰어들어버리고 있는 자신을 알고 있었다. 그리고 이제는 그 자신이 자신의 몸으로 이야기의 마무리를 직접 맡아야 한다는 사실도 분명히 알고 있었다. 그쯤은 그도 이미 각오가 되어 있었다. 그 각오를 노인에게 분명히 밝혀주는 수밖에 이제는 다른 도리가 없었다. 그리하여 노인을 설득해 승복시키는 길밖에 없었다.

"아닙니다. 저도 그렇게 일을 쉽게 생각하고 있지는 않습니다. 하지만 끝까지 노력해봐야지요. 저도 이제 어차피 그 어르신의 꿀 냄새에 끌려 들어온 이상엔, 이제부턴 바로 제 자신을 이야기 가운데로 내던져서라도 말씀입니다."

그는 될수록 노인의 기분이 상하지 않도록 공손하게, 그러나 이대로는 절대로 물러날 수가 없노라는 결연스런 어조로 다시 한번 집념에 찬 결의를 다짐하고 나섰다.

"아깟번 낮에도 말씀을 드린 일이 있습니다만, 전 어차피 남의 이야기를 듣고 그것을 베끼는 것으로 소설을 쓸 수 있는 위인은 못 되니까요. 저는 바로 제 소설 속에 자신을 던져 넣어서 그 소설을 살고 그것을 써내온 위인이거든요. 전 이 산을 찾아올 때 이미 각오가 되어 있었습니다. 제 자신이 직접 사건의 한 부분을 맡게 되는 한이 있더라도 전 기어코 제 소설을 여기서 어르신과 함께 끝내고 말 겁니다."

그것은 일테면 영훈이 그 스스로의 퇴로를 끊어버린 배수의 결의인 셈이었다. 한데도 노인은 아직도 뭔가 미심스러운 게 있었던지, 이날은 끝내 더 마음을 못 열고 있었다. 영섭의 그 같은 단호한 결의에도 노인은 이날 밤 자신이 마무리지어야 할 이야기의 뒷몫을 끝내 침묵으로 대신하고 말았다.

"글쎄, 그게 생각처럼 그렇게 쉬울 일일지……"

거기서도 아직 더 영섭의 다짐이 필요한 사람처럼 지레 걱정만 앞세우고 있었다.

하지만 영섭은 이제 서두르지 않았다. 그는 이제 자신이 할 몫의 이야기는 거의 해버리고 있었다. 이야기의 나머지 부분에 대한 자신의 결의도 노인 앞에 충분히 다짐해 보인 터였다. 노인도 그걸 분명히 알고 있었다. 아니, 두 사람은 이제 서로의 입장을 속속들이 모두 알고 있었다. 노인이 그것을 알고 있는 한엔 서두를 필요가 없는 일이었다. 지금 당장이 아니더라도 노인은 결국 말을 해야만 하게 되어 있었다.

영섭은 좀더 여유를 가지고 노인의 입이 열리기를 기다리기로 하였다.

　서편 하늘을 떠돌던 조각달이 그새 검은 능선 위로 가라앉아
들어가고 있었다.

사람의 길, 하늘의 길 1

10

새벽녘에 잠깐 눈을 붙인다는 것이 영섭은 그만 아침 해가 하얗게 치솟아오를 때까지 늦잠을 자고 말았다. 전날 하루 종일 산을 탄 데다 밤이슬기나 겨우 피할 정도의 잠자리가 그처럼 불편했던지, 늦잠에서 깨어난 심신이 두들겨 맞은 듯 무겁고 피곤했다.

하지만 백상도 노인은 원래부터 그런 덴 몸이 익어온 사람이었다. 노인은 벌써 오래전부터 아침 기동이 시작되고 있었다. 영섭이 자리를 털고 나왔을 때 노인은 여느 집 노인네들처럼 어느새 울안을 말끔히 소제하고 아침 준비까지 끝내놓고 있었다. 노인은 이제 영섭의 기침만을 기다리며 이날 하루의 산행 채비를 서두르고 있었다.

이야기로 밤을 새운 사람 같지가 않았다. 게다가 그 노인의 아침 준비라는 것도 영섭 한 사람만을 위한 것이었다.

"주 선생한테는 아무래도 생식이 무리일 것 같아서…… 내, 허락도 없이 짐꾸러미에 손을 좀 댔소이다."

잠시 뒤 노인은 영섭에게 아침상판을 들어다 권하면서 적이 미안한 얼굴을 하였다. 하지만 노인은 사실 그럴 필요도 없었다. 소금알을 부벼 뿌린 산나물 데침에 불에 익힌 밥을 얹은 화식 차림판에는 수저나 밥그릇이 하나씩뿐이었다. 노인은 아침에도 화식을 피하고 있었다. 심지어 자신의 아침거리로는 영섭의 쌀 한 줌도 한사코 사양했다. 영섭의 쌀 대신 그는 이날도 물에 불린 강냉이와 생땅콩 몇 알을 씹었을 뿐이었다. 하면서도 굳이 손님을 위해선 그새 어디서 불까지 지피고 있었던지, 영섭으로선 어쨌든 망외의 후의가 아닐 수 없었다.

하지만 노인의 후의는 생각처럼 그렇게 단순치가 않았다. 그것은 새삼 영섭에게 노인과 자신의 섭생 습관의 차이를 상기시켜주고 있었다. 그 같은 차이의 확인의 뒤편에는 영섭에 대한 노인의 냉랭한 거부의 손짓이 도사리고 있었다. 미리 마음에 두었거나 말았거나 고집스럽게 혼자 날곡만 씹고 있는 노인 쪽도 그것을 느끼고 있었음이 분명했다. 영섭이 조심스레 그 차림판의 그릇들을 비우고 났을 때였다. 노인은 과연 영섭을 한번 더 떠보고 싶은 듯 방심스런 흘림 투로 영섭에게 물었다.

"그래 어떻소. 어젯밤 생각은 아직도 여전하외까?"

간밤의 결심이 바뀌지 않았느냐는 뜻이었다. 하지만 그 노인의 농기 어린 말투엔 영섭의 생각이야 어느 쪽이 됐든 자신은 별로 마음 내키는 일이 아니라는 부정적인 음색이 짙게 깔려 있었다.

— 이 노인이 나를 한번 더 다짐해두고 싶은 것이렷다?

영섭은 이내 그런 노인의 심중을 읽고 있었다.

"어르신께선 제가 이대로 산을 내려가주기를 바라고 계시는 것 같군요."

영섭도 부러 여유 있는 어조로 노인의 말을 받았다. 하지만 노인은 영섭의 반어법을 못 알아들은 척 좀더 노골적으로 그의 하산을 권했다.

"실은 그렇소이다. 내 생각엔 아무래도 이대로 그냥 산을 내려가는 게 좋겠소마는……"

"제 각오는 어젯밤에 이미 충분히 말씀드린 줄 압니다."

영섭은 달리 할 말이 없었다. 노인 쪽에서 그렇게 나오는 이상 영섭 쪽도 다시 한 번 자신의 결심을 분명히 해 보이는 수밖에 없었다. 그 영섭의 결연스런 태도에 노인으로서도 이젠 더 어떻게 할 수가 없어진 모양이었다. 그는 다시 한동안 골짜기 쪽만 이윽히 내려다보고 있었다. 그 얼굴에 새삼, 답지 않은 망설임과 고뇌의 그림자가 스치고 있었다. 하더니 마침내는 스스로 무엇인가 체념을 하고 난 사람처럼 은근한 공박 투의 푸념을 늘어놓기 시작했다.

"거 세상엔 때로 보이지 않는 비밀 속에 감춰져 있어야 참 진실이 될 수 있는 일이 있는 게요. 그 비밀의 장막이 벗겨질 때 그 빛과 힘을 다 잃고 마는 진실이 있을 수 있다는 말이외다. 그래 때로는 어떤 일을 그냥 비밀인 채로 남겨두는 게 그 일의 너머에 있는 진실의 힘을 지켜주는 일이 되는 게요. 굳이 그 진실의 장막을 벗겨내어 실상을 드러내 보이려 할 때는 거기 그만한 값을 치러야 하는 게고. 한데 주 선생에게 과연 그런 진실의 값을 치를 각오가 있으실지?"

그런 노인의 푸념이 고집불통 격인 영섭의 무모성에 대한 단순한 원망에서가 아님은 물론이었다. 그것은 일테면 영섭에 대한 노인의 마지막 다짐인 셈이었다. 영섭은 물론 대답을 망설이고 있을 수가 없었다.

"그만한 각오쯤 없어서야 되겠습니까."

"주 선생께 그걸 치르게 하는 것이 과연 옳은 일인지…… 뒤에 가서 주 선생이 후회를 하게 될 일은 없을지……"

"후회하게 되더라도 할 수 없는 일이지요. 이건 처음부터 제가 원해서 뛰어든 일이니까요."

"허나 이건 그렇게 간단히 생각할 일이 아니외다. 장막 뒤에 가려진 사안의 성질에 따라서 사람의 목숨까지도 걸고 나서야 할 위험한 모험이 될 수도 있는 일이니까. 만에 하나 일이 게까지 이르게 되고 보면 주 선생은 과연 얻을 것이 무어겠소. 주 선생의 소중한 소설을 위해서나 자신의 열성스런 삶으로 해서나 세상엔 아무것도 증거를 할 수가 없게 될 마당에 말이외다."

일종의 비의로 받아들여야 할 말일 수도 있었지만, 노인은 이제 아예 푸념 조의 공박과 충고를 넘어서 영섭에 대한 협박까지 서슴지 않았다. 더욱이 그의 증거 운운의 소리는 저 최병진과 유민혁 사이에 짝을 이루던 말들을 다시 한 번 머리에 떠올리게 해

와서, 양진호들의 잠적이나 노인의 정체에 대한 새로운 확신에
앞서 그의 기분부터 섬뜩거리게 하였다.

하지만 영섭은 이제 거기서 뒷걸음질을 칠 수는 없었다. 비밀
의 장막을 벗겨보는 대가로 목숨까지 걸어야 할지도 모른다는 모
험이 과연 어떤 것인지, 그 같은 노골적인 경고의 의도가 무엇인
지, 영섭은 아직도 노인의 깊은 속을 헤아릴 수가 없었다. 하지
만 그 비밀의 장막을 벗겨보는 대가로 그 자신이 다시 세번째의
실종자가 되는 (그런 위험성은 처음부터 각오를 해온 터였다) 한이
있더라도 영섭은 이제 거기서 단념을 하고 물러설 수가 없게 되
어 있었다. 수수께끼의 해답이 이제는 너무도 가까운 곳에 있는
듯싶었고, 노인의 충고 또한 사실적인 느낌이 너무 짙었기 때문
이었다. 영섭은 오히려 그럴수록 노인에 대한 만만찮은 대결의
식이 치솟아 올랐다. 그리고 그 같은 대결의식은 어쩌면 그 백상
도 노인에 대한 까닭 모를 신뢰감에 의지해 있는 것처럼도 느껴
졌다.

"사실을 만나는 데에 그게 불가피한 길이라면 전 아닌 게 아니
라 제 목숨이라도 걸 수 있을 겝니다."

영섭은 다시 한 번 단호하게 자신의 결의를 다짐했다. 노인이
숨기고 있는 비밀의 크기가 그만한 대가를 필요로 하고 있을지도
모른다는 생각이 그의 용기를 더 한층 부추긴 것이었다.

노인은 그제서야 영섭의 결의를 확인한 모양이었다.

"주 선생 고집도 참 어쩔 수가 없구려. 어쨌든 좋소. 이제부터
모든 건 주 선생의 결정에 따르는 일일 뿐이니까, 주 선생이 그

점만 염두에 두어주신다면······"

노인은 비로소 자신도 마지막 작정이 내려진 듯 불쑥 자리를 털고 일어섰다. 그리고 아침에 차려놓은 산행 채비를 다시 안으로 들여놓고 나서 빈몸으로 영섭을 앞장서 나섰다. 방금 전까지의 그 낭패스런 고뇌와 망설임의 빛은 씻은 듯이 사라진 거동새였다.

"갑시다, 그럼. 오늘은 먼 길을 갈 일이 없을 테니 등짐은 그냥 여기에 놔두시고······"

이야기를 털어놓기 전에 영섭에게 먼저 한 가지 보여줄 것이 있다는 것이었다.

영섭도 이내 그 노인을 뒤좇아 빈몸으로 울 밖 숲길을 따라나섰다.

노인이 영섭을 데려간 곳은 그의 바위굴 거처에서 그리 먼 거리가 아니었다. 이번에는 산을 오르는 쪽이 아니라 골짜기 쪽으로 한참 접목과 돌자갈을 뚫고 내려간 내리막길 쪽이었다. 20여 분 남짓 수풀 사이를 묵묵히 헤쳐 내려가다 말고 서너 길 높이의 바위층이 절벽을 이루고 있는 골짜기께에서 노인이 문득 발길을 멈춰 섰다. 그리고는 이내 등 뒤로 다가온 영섭에게 그 바위절벽의 아래쪽을 가리켜 보였다.

"저 아래쪽을 좀 보구려. 이 바위 아래 숲덤불 사이를 말이외다. 위험할 테니 절벽 아래로 가까이 내려가지는 마시고 그냥 이 위에서······"

영섭은 영문을 모른 채 노인의 주문대로 절벽 위에 그냥 멀찌감치 발길을 멈춰선 채 그의 시선을 좇아 아래쪽 숲덤불 속을 살폈다. 발아래 지형은 바위깃을 방벽 삼아 햇볕이 아늑하게 모이고 있는 곳이었다. 지형이 그토록 아늑한 탓인지 돌자갈이 많은 일대의 지력치고는 숲덤불도 유난히 무성한 편이었다.

그 숲덤불 사이사이로 사람의 손길이 스쳤음 직한 가지런한 공간들이 여러 곳 숨겨져 있었다. 높직한 암벽에 둘러싸인 데다가 일대의 무성한 숲덤불까지 울울하여 모양새가 교묘하게 은폐되어 있었지만, 그 공간들 하나하나엔 웬 나지막한 토분(土墳)들이 은밀히 숨어 들어앉아 있었다. 부러 봉분을 낮게 쌓아 숨긴 사람들의 무덤들이 분명해 보였다. 영섭의 느낌은 틀림이 없었다.

"보아서 벌써 알아봤겠지만 저건, 모두가 진짜 사람의 유골이 묻혀 있는 무덤들이라오. 아마 전부 해서 스무 기쯤은 되리다."

영섭이 미처 느낌이나 생각을 추릴 여유도 주지 않고 노인이 먼저 확인을 해주었다. 영섭은 다시 한 번 등줄기로 서늘한 바람기가 지나갔다.

— 아니 그렇다면 저 무덤들은?

그는 아깟번 노인이 다짐해온 협박조의 충고 이후 줄곧 머릿속을 떠돌고 있던 그 양진호, 구 형사의 신상에 관한 어떤 불길스런 의혹의 실상을 눈앞에 직접 보고 있는 것 같았다. 그는 새삼 긴장된 눈길로 백상도 노인의 옆표정을 살폈다.

하지만 노인은 아직도 번번이 그의 예상을 뒤엎고 있었다. 영섭이 지나치게 상상을 비약한 탓이었는지 모른다. 아니면 돌연 그 무덤들을 대하고 보니 전날 산행에서 들었던 이야기들을 미처 생각해낼 수가 없었던 때문일 수도 있었다. 노인의 표정은 그새 지극히 한가롭고 태연스럽게 가라앉아 있었다. 그리고 마치 난생처음으로 선산을 따라온 나어린 손주에게 할아비가 그러하듯, 바위 끝으로 차분히 자리를 잡고 앉아서 무덤들의 내력을 설명하기 시작했다.

"내 어저껜가, 그 벌 떼를 쫓아다니는 길에 더러 사람의 유골을 만나는 수가 있다고 했을 거외다. 저게 모두 그런 유골들을 한데로 수습해다 제각기 무덤들을 지어준 거라오."

영섭은 그저 그 암장분 비슷한 무덤들을 묵묵히 지키고 선 채로 이야기에 조심스럽게 귀를 모으고 있었다.

"……그러니까 내가 그 산행 중에 사람의 유골을 수습해오기 시작한 것은 앞서도 말했듯이 그 이름 모를 해골과 동굴에서 하룻밤을 무심히 지내고 난 다음부터였는데……"

노인은 이제 그 영섭 쪽은 거의 아랑곳을 않은 채 혼자서 차근차근 이야기를 이어나갔다.

"그러니까 그건 아마 내가 이 산을 들어온 지 두어 해쯤 되어가던 가을이었을 거다. 그동안엔 어떻게 그런 걸 한번도 못 만났는지 모르지만, 그 무렵엔 나도 제물에 그 땅벌들의 행로를 쫓아 돌꿀을 찾아내는 요령까지 터득하고 있던 때였으니까…… 무심히 하룻밤 동굴잠을 자고 나서 아침에 발치께서 함께 누워 있는 유골을 보았을 때의 놀라움이란 새삼 말을 할 필요도 없을 거외다…… 헌데 뒤에 알고 보니 그렇게 버려진 사람의 유골은 그뿐이 아니었어요. 그 첫 번으로 해서 주의가 한번 그쪽으로 쏠리다 보니, 이 산엔 이름 없는 외로운 유골들이 곳곳에서 내 발길을 기다리고 있었어요. 뜨거운 햇볕과 이슬 젖은 풀숲 속에, 어둡고 음습한 동굴의 침묵 속에, 그 첩첩한 망각의 세월 속에…… 모두가 가엾고 허무한 인간사의 흔적들이었지요. 그중에도 특히 애처로웠던 것은 저 50년대의 6·25전란 때 사람이 하도 많이 죽어가 단심폭포라는 별명까지 생겼다는 저쪽 너머 골짜기의 물가를 헤매다가, 역시 바위틈에 숨어 있는 한 동굴에서 속절없이 삭아가는 유골을 만났을 때가 아닌가 싶구려. 그 유골이 엉켜 누워 있는 동굴 벽에 무슨 쇠꼬챙이 같은 것으로 긁어 파놓은 말이 아직도 희미하게 남아 있질 않았겠소. '어머님, 용서하십시오. 불효자는 먼저 갑니다.' 54년 4월 며칠인가 하는 기록 연월과 '이종식'이라는 이름 석 자까지 뚜렷한 글귀였는데— 그 밑엔 고향을 적은 흔적도 있었으나 그것이 습기에 지워져버린 것이 무엇보다 애석한 일이었지만 어쨌거나— 죽음에 즈음해서 동굴을 찾아든 사람이 자신의 마지막을 당해 남긴 유서였겠지요…… 또 한 번은 저쪽 칠선봉께 바위 아래서 몇 점의 무기류, 취사용구들과 함께 엉성하게 가매장된 유골을 파낸 일이 있었는데, 거기서 함께 파낸 유류품들 가운데 조그만 회중시계 하나가 들어 있었어요. 그런데 그게…… 다른 식기들은 녹이 슬어 삭아가고 있는데, 유독 그 시계만은 단단한 껍질 속에 문자반이 아직 하얗게 보존되고 있질 않겠소. 비록 시간은 멈춰 있었지만, 언젠가는 잃어버린 시간을 다시 찾아 그 망각의 시간을 다시 헤아려나갈 꿈을 꾸고 있는 양 말이외다…… 하지만 애처롭고 덧없는 죽음들이 어찌 그 한두 유골들의 경우뿐이었겠소. 고무 조각만 남은 겨울 신발의 흔적이나 녹슨 철모 부스러기와 함께 수풀 속에 흩어져 나뒹구는 해골덩이, 여름 소나기에 새로 파인 도랑물로 흙 속에서 씻겨 나온 엉겨붙은 뼈마디들…… 그 모두가 이 산의 내력과 애처로운 고혼들의 외로운 자기 증거의 숨결들이 아니겠소?"

노인의 이야기는 거기서도 한동안이나 더 길게 계속되어갔다.

그러니까 노인은 그때마다 그 해골들을 하나하나 그의 거처 쪽으로 수습해오기 시작한 것이었다. 산행을 나가서는 이곳저곳 일부러 그것들을 일삼아 찾아 헤매기도 하였고, 한동안은 아예 그 일에만 정신이 팔려 지낸 적까지 있었다 하였다.

"처음엔 그저 별 생각 없이 시작한 일이었지요. 뭐라고 해야 할지…… 이름 모를 산야에서 흔적 없이 죽어간 그 고혼들의 외로움에 몸서리가 쳐져서였달까…… 그 유골들이나마 한곳으로 모아다가 저승의 집다운 무덤을 마련해주고 그 외로움을 달래주고 싶은 생각, 대개 그런 생각으로다가 시작한 일이었을 거외다……"

하지만 노인이 유골들을 수습해다 무덤을 지어주는 일은 절차가 그렇게 간단치를 않았다. 처음엔 유골을 만날 때마다 그것을 수습해다 바로 무덤을 만들었지만, 저 단심골의 동굴벽 유서 글귀를 만나게 된 이후로는 자신이 해온 일의 뜻이 달라진 때문이었다. 동굴벽의 기록은 말하자면 그 이름으로 표상된 이승의 삶과 그것이 스러져간 때와 자리, 바로 그 죽음의 피맺힌 자기증거의 하나였다. 산야에 아무렇게나 죽어 버려진 유골들은 어느 것 하나도 그 내력을 거두어줄 증인을 얻고 갔을 리가 없었다. 그것은 참으로 죽음 자체보다도 더한 절망이요 외로움일 수 있었다. 기록의 주인공은 그래 자신의 죽음에 당하여 스스로 그의 죽음을 증거한 것이었다. 그리고 그로 하여 노인을 만나 비로소 이승의 증인을 얻게 된 셈이었다. 노인이 이내 그 주검의 말을 알아들은 것이었다. 그리고 그 외로운 죽음의 증인이 되어줄 수 있음에 스스로 감사하며 깨달은 것이었다. 사자에게는 그 삶과 죽음의 증인을 소망할 권리가 있었고, 생자들은 죽은 자가 누구이든지 그의 죽음을 증거해줘야 할 의무가 있었다. 노인이 유골들에게 제 무덤을 지어주는 일은 그가 그 사자들의 증인이 되어주는 일에 다름 아니었다. 그 무덤은 이승의 삶을 끝낸 자들이 지상에 지닐 수 있는 마지막 증거의 권리인 때문이었다. 그리고 그 무덤으로 표상된 죽음의 증거야말로 사자에겐 더할 수 없는 위로일 터이기 때문이었다.

노인은 그래 그 유골을 수습해다 암굴 거처에서 며칠을 함께 지냈다. 그리고 그간에 작은 돌을 깎아다가 동굴에 새겨진 그의 이름을 다시 새겨 유골과 함께 첫번째 작은 무덤을 만들어주었다.

하고 보니 일은 거기서부터가 더 어려워지기 시작했다. 무덤을 만들고 이름을 찾아주는 일은 사자에 대한 또 하나의 값진 선물이었다. 무덤의 이름은 사자의 죽음뿐 아니라 그 삶의 내력까지도 증거해줄 수 있었다. 그래서 노인은 이후, 할 수만 있다면 다른 무덤들에도 제각기 그 이름들을 찾아주고 싶었다. 그래 그로부터 노인은 유골을 만날 때마다 금방 무덤을 짓는 일을 미루었다. 유골의 자세나 부식 정도에서부터 주변의 유류품들을 남김없이 조사하고, 그 위치와 주위의 산세들까지 샅샅이 살펴가며 죽음의 시기와 정황을 더듬었다. 유골의 이름을 찾아 무덤의 이름을 짓는 일은 바로 그 사자의 생전의 모습과 죽음의 정황을 찾는 일에 다름 아닌 때문이었다.

하지만 그건 물론 쉬운 일이 아니었다. 아니 어쩌면 전혀 가능한 일이 아니었다. 이름을 남기고 간 건 그 단심골 동굴 속의 한 경우뿐이었고, 다른 유골들은 거의 그 내력을 점쳐낼 만한 흔적이 남아 있지 않았다. 그렇다고 유골들이 입을 열어 스스로 말을 해줄 리도 없었다. 백상도 노인도 그 무렵엔 이미 사람의 말을 차츰 잊어가던 참이었다. 하지만 그는 그 유골들을 상대로 해서마저 몇 날 몇 밤씩 간절한 침묵의 통화를 시도했다. 그 막막한 외로운 침묵 뒤의 사연들을 위하여 생자와 사자 간의 교령(交靈)의 통로를 얻으려 애를 썼다. 때로는 유골들이 침묵 속에 안고 있을 원망을 달래주기 위해 그 적막스런 주검의 얼굴 위에 눈물의 입맞춤으로 밤을 지새우기도 하였다.

하지만 사자들은 역시 말이 있을 수 없었다. 뿐만 아니라 유골들에게 말할 입이 없는 것은 들을 귀도 없는 것 한가지였다. 유골들은 결코 생자들의 말을 듣지도 말하지도 못하는 어둠과 침묵의 심연일 뿐이었다. 노인은 한때 하다못해 그 유골들의 삶과 죽음의 증거를 위하여 산 아래로 몇 차례 수소문의 나들이를 내려 다닌 일까지 있었다. 최소한의 일용품(소금이나 성냥, 입성거리 따위)들을 구해들이기 위해 그 사이 몇 차례 돌꿀을 내갔던 가까운 마천 쪽을 중심으로 근동(近洞)에서 옛날에 겪어낸 전란상을 차 근차근 되살피고 돌아다닌 것이었다.

하지만 그도 다 부질없는 노릇이었다. 노인의 짐작대로 마천골 근동의 지리산역 마을들에도 무덤을 못 지닌 주검의 이야기들은 적지 않이 흔했다. 죽음의 자리나 무덤을 못 지닌 것이 차라리 그 시절의 죽음의 관례였다. 토박이 고을 사람들의 경우도 그랬고, 싸움을 묻혀온 외지 사람들의 경우 또한 그러했다. 죽음들엔 그 생시의 이름만 있었지 마지막 죽음의 장소가 없었다. 거기 비해 그가 수습해온 침묵의 유골들엔 그 이름이나 삶의 사연 대신 풍 우에 씻겨온 죽음의 장소만 있었다. 그 죽음의 자리와 짝을 지어 맞출 잊혀진 이름이나 삶의 사연들은 찾아내질 가망이 거의 없 었다. 노인의 소망은 거기서도 낭패로 끝날 수밖에 없었다. 유골 들이 입다문 죽음의 사연을 마을 쪽에서 거꾸로 찾으려 한 것이 잘못이었다. 유골들의 무덤에 그 이름으로 생시의 삶까지 증거 해주려던 소망은 그래서 끝내는 노인의 망상으로나 끝나가고 있 었다.

하지만 실상은 그런 것만도 아니었다. 노인이 끝내 그 유골들 의 이름이나 내력을 찾아주지 못하고 무명의 무덤들을 짓고 만 건 사실이었다. 하지만 그는 그 무덤 속의 주검들과 더할 수 없이 역력한 이름과 사연으로 오랫동안 피아간의 교령을 가져온 것이 었다.

"옛날 남녘 섬고을 우리 고향 마을에 안장순이라고 하는 한 유순한 아이가 있었지요. 가세가 퍽 어려워 소학교엘 한 1년쯤 다니다 그만두고 낯모르는 곳으로 남의 집 깔담살이로 머슴살이를 나갔는데, 그 8·15해방이 되고 나서 몇 년을 지나고 나니, 글쎄 그새 이자가 건장한 청년으로 자라나 그 당시 국방경비대의 제복을 입고 마을엘 다시 나타났어요……"

노인은 거기서 문득 언제부턴가 곁으로 비스듬히 자리를 잡고 앉은 영섭 앞에 옛 고향마을 사람들의 이야기를 회상해나가고 있었다.

"사연을 알고 보니 그 청년, 남의 집 머슴살이가 하도 지겨워 어떻게 줄을 얻어 그 국방경비대라는 델 들어갔던가 보외다. 한데 그 청년, 그때 그냥 휴가를 나온 게 아니라 부상 위로 휴가를 나온 거였나 봅니다. 경비대엘 들어가선 당시 여수 근방에 주둔해 있던 연대에 소속이 되어 있었는데, 그 연대는 6·25전란 전에도 이 지리산 공비토벌 작전이 잦았다는 거외다. 그래 그 청년도 토벌을 나갔다가 부상을 입게 되어 대강 치료를 끝내고 위로 휴가를 얻어 나온 참이었는데, 왼쪽 귀 뒤에서 얼굴 쪽 눈 밑으로 총탄이 빠져나간 상처 자국이 아직도 번들번들 벌건 채였어요. 사람들은 그래 그 장손 청년에게 위험한 부대로 다시 들어가지 말고 몸을 피해 어디로 달아나버리라고까지들 했어요. 사람이 제 목숨부터 살고 봐야지 그런 위험한 델 다시 가야 쓰겠느냐고…… 허지만 그 친구 몸집만 우람했지 원래부터 성품이 유순하기 그지없었던 데다 그놈의 머슴살이가 그리 지겨워서였던지, 귀대 일자가 다가오자 여축없이 다시 부대로 돌아가고 말았지.

그리고 그 얼마 뒤엔 아닌 게 아니라 산 사람 대신으로 하얀 유골 상자 하나가 돌아왔고 말이외다…… 마을에선 물론 면장이나 지서 주임 같은 면내 유지들이 모두 참석한 가운데 성대한 장례식이 치러졌었지요. 헌데 뒤에 떠도는 소문을 들으니 그 유골 상자는 그저 모양새일 뿐인 거짓 빈 상자였다는 거외다. 그 장순의 아비 되는 사람이 하도 허망하여 아무도 모르게 상자를 열어보았는데, 그 속엔 그저 마른 흙 몇 줌이 들어 있을 뿐이더라고 말이외다……"

또 다른 한 사람은 과수댁의 외아들로 전란이 한창일 땐 용케 징집을 잘 피해 넘기고 있었다 했다. 그러다 전란이 한 고비를 넘기고 난 53년 겨울께에 이 청년 역시도 순창 쪽 병역길을 찾아가게 됐었다고― 이제는 이미 큰 전란이 끝난 데다 순창 지역의 한 경찰지서에 친척 형이 근무하고 있다는 소식이 있어 그를 찾아간 것이었다. 전란은 끝났어도 기피자의 신분으론 세상살이에 걸리는 데가 많았던 데다, 그쪽에선 마침 서남지구 경찰대의 지리산 잔비(殘匪) 토벌 작전이 시작되고 있어, 지서 주임으로 있는 그 친척 형의 힘을 빌려 현지 전투원 형식으로 병역을 대신하고 나오기 위해서였다. 하지만 그도 그것으로 그만이었다. 이번에는 전사도 아닌 전투 중 실종이었다. 거짓 유골 상자조차 돌아온 일이 없었다. 뒷날 그 친척 형이 알려온 바로는, 아닌 게 아니라 어떻게 줄을 달아 현지 입대 전투원으로 작전을 따라다니게까지는 되었는데, 그 무렵부터 부쩍 전투가 치열해져간 어느 날 그의 종적이 사라지고 말았다는 것이었다. 버리고 온 것인지 찾지를 못한 것인지, 아니면 어차피 거짓 유골 상자를 싸 보낼 수밖에 없게 된 처지에 전사 통보보다는 실종 쪽을 낫게 본 그 친척 형의 배려에서였던지, 어쨌든 그의 시신은 발견된 바가 없었다는 부대장의 실종 통보였다. 전사가 아니라면 혹은 당사자가 겁을 먹고 제물에 도망을 쳤거나, 아니면 적진에 포로로 끌려갔을 경우도 생각할 수 있었다. 하지만 이후 끝끝내 다른 소식이 없었고 보면 그 역시 종말이 뻔한 것이었다.

"이것은 내가 훨씬 뒤에 고향의 외숙부님한테서 들어 안 일이지만, 그자의 실종엔 그러니까 그 유골 상자조차 마련하지 못할 자리 없는 죽음에 다름 아니었던 거외다…… 하고 보면 이제 저 무덤들이 누구의 것인지를 알 수 있지 않겠소?"

노인은 이제 그쯤에서 자신의 이야기를 마무리 지어가고 있었다.

"그 홀어미 과수댁의 아들…… 그 죽음의 자리를 몰랐던 젊은이…… 거기다 아까 그 동굴 벽에 어머니를 부르고 간 젊은이…… 그들이 바로 같은 사람들 아니었겠소. 저 무덤 속엔 바로 그 과수댁의 아들이 묻혀 있는 게요. 그리고 그 가짜 유골 상자로 돌아온 장순이란 청년의 외로운 영혼도……"

그런데 영섭은 거기서 잠시 노인의 설명을 잘못 알아듣고 있었다. 아니 그도 물론 노인의 말뜻을 충분히 이해하고 있었던 건 사실이었다. 하지만 영섭은 그 영혼들과의 교령에 관한 노인의 말들이 너무도 사실적으로 받아들여지고 있었다.

"그렇다면 어른께선 저 무덤들에 하나하나 정말로 이름을 정해주었다는 말씀입니까. 이런저런 개연성은 물론 충분하지만, 그것만으로 무덤들에 이름을 지어 정한다는 것은 역시……"

영섭은 자신도 다소 아둔스런 느낌이 들면서도 거기까지 확인을 해두지 않을 수 없었다. 하지만 그는 이내 그 물음의 꼬리를 거두어들이지 않을 수 없었다. 그의 말이 채 끝나기도 전에 노인이 천천히 머리를 가로젓고 나선 때문이었다.

"아니, 이름을 하나하나 나눠 붙여야 할 일이 무어겠소. 저들은 서로 제 이름들을 함께하며 저기에 함께 모여 묻혀 있는 게요. 그것이 이종식이든 안장순이든 또 다른 누구든……"

노인은 일단 완강하게 부인하고 나서 서서히 한탄 조의 뒷설명을 이어갔다.

"내 고향 동네서 이쪽으로 간 것은 그 앞서 말한 둘이지만, 그 것도 어디 꼭 그 두 사람뿐이겠소? 야학을 열어 동네 아이들 글을 가르치다 싸움터로 끌려간 이, 소학교만 나왔다가 군대로 출셋길을 잡겠다고 나간 사람, 국군으로 의용군으로 방위군으로, 전란통에 끌려가고 제 발로 나갔다가 돌아오지 못한 사람이 우리 마을에서만 해도 열 사람이 넘었는데 말이외다. 그 사람들 모두가 이쪽은 아니더라도 그 절박하고 외로운 죽음의 자리들은 다 마찬가지 아니었겠소…… 게다가 그렇게 싸움터엘 나갔다가 돌아오지 못한 것이 내 고향 젊은이들의 일만도 아니겠고. 그이들도 모두 이 땅의 젊은이란 이름으로 저기 함께들 묻혀 있는 것 아니겠소."

무덤들의 사연에 관한 노인의 이야기는 거기까지로 대강 끝이

났다. 그런 식으로 한 달이나 두 달에 한 번씩, 그러다 차츰 해가 지나면서부터 한 해에 한 번이나 두 번꼴 정도로 바위 벽 아래의 무덤 수가 늘어갔다. 그리고 10년 가까운 세월이 흐른 지금은 그 수가 무려 20기 가까이에 이르고 있었다. 한마디로 노인은 그 이름 없는 유골들을 찾아 수습해오고, 무덤을 만들어 그 외로움을 지켜주는 것으로 일을 삼다시피 해오고 있었다. 그것은 깊이 따지고 보면 바로 그 자신의 외로움의 이야기이기도 하였다. 영섭은 백상도 노인의 이야기에 그 버려진 유골들의 외로움보다 노인 자신의 그것이 더 절절히 느껴져온 것이었다. 노인이 맨 처음 그와 밤을 같이한 백골을 발견하고 전율을 느낀 것은 그 백골의 깊은 외로움에서 자신의 외로움과 절망을 목도한 때문이 아니었을까. 이름을 알 수 없는 주검, 천만 번 말을 해도 응답이 있을 수 없는 주검, 그렇게 그저 허무한 침묵 속에 허무하게 사라져가고 있을 뿐인 주검, 그 주검의 절망적인 모습에서 자기 외로움의 크기와 소멸을 본 때문이 아니었을까…… 인간의 참 지혜란 이 세계와 생명현상 전체의 큰 질서에 의지하고 순종해가는 데에서 바르게 얻어질 수 있다고 말한 노인이었다. 유골의 침묵과 허무한 스러짐 역시 이 우주와 생명현상의 한 큰 질서임이 분명했다. 그런 점에서 노인이 굳이 그것들을 거두어다 무덤까지 지어주는 일은 그가 이 산에서 오랫동안 얻어 익힌 자신의 지혜를 스스로 무너뜨리는 짓임이 분명했다. 하지만 그는 이미 그 백골 앞에 섰을 때 스스로도 살아 있는 사람들의 말을 잃어가고 있던 참이라 했던가. 그는 필경 그 격절스런 주검의 침묵과 외로움 앞에 자기 죽음의 얼굴을 보았을 게 분명했다. 그래 자신의 외로움과 절망감을 감당할 수가 없어져 그 말 없는 유골들을 상대로 끊임없이 교령을 시도했을 터였다. 그가 유골들의 무덤을 만들고 스스로 그 죽음의 증인이 되어주고 싶어 한 것도 그 유골들의 절망적인 처지를 빌려 자기 외로움에 대한 위로와 증거를 구하고 있었음이었다……

문제는 바로 거기에 있었다. 영섭은 그 노인의 외로움과 깊이에 자신도 적지 않이 몸서리가 쳐졌다. 그런데 노인은 무엇 때문에 이런 곳에 혼자 그런 외로움을 10년 넘어씩이나 감내해가고 있느냐는 것이었다. 노인에겐 분명 그럴 만한 사연이 있을 터였다. 그리고 그건 아마 최병진이나 유민혁 혹은 양 기자나 구 형사들의 실종과도 모종의 연관이 있는 일일 수 있었다. 하지만 노인이 거기까지는 아직도 입을 열지 않고 있었다. 더욱이 그가 그 무덤들의 내력을 영섭 앞에 털어놓은 목적에 대해서도 영섭 스스로 그 외로움의 크기를 절감케 한 이외에 아무것도 이렇다 할 언질이 없었다. 영섭은 자꾸 어떤 으스스한 긴장감만 더해갈 뿐 노인의 속셈은 좀처럼 헤아릴 길이 없었다. 그렇다고 노인에게 그것을 캐내려 섣불리 보채고 들 수도 없는 일—

하지만 노인의 속셈이 무엇이든 그것들은 모두가 그가 차후로 영섭에게 들려줄 본 이야기의 전주나 전제 격이기 쉬웠다. 공연한 한담으로 시간을 허비하고 있을 노인이 아니었다. 그의 이야기엔 스스로 작정한 순서가 있게 마련이었다. 노인을 재촉하거나 방해를 해서는 안 되었다.

영섭은 그저 노인의 이야기가 본론으로 들어가주기만을 기다리며 끈질기게 자신을 참고 있었다.

하지만 이날 아침도 노인의 이야기는 끝내 거기서 더 앞으로 나아가질 못했다. 노인의 의중이 어떤 쪽이었든, 날씨가 우선 갑자기 안 좋아졌기 때문이었다. 남쪽 산줄기에 검은 구름 몇 점이 걸려 흐르는 것을 보고 노인이 이내 그것을 알아차렸다.

"자, 그럼 이제 그만 일어나도록 합시다. 바람기가 심상치를 않소이다."

지금까지의 이야기는 한낱 객담쯤으로나 치부하듯 노인이 아직 기미를 기다리고 있는 영섭에게 한마딜 건네고는 불쑥 자리를 일어서버린 것이었다.

11

백상도 노인은 그러나 이제 영섭을 오래 기다리게 하지 않았다. 이제는 영섭이 채근하지 않아도 노인 쪽이 먼저 이야기를 잇고 나선 것이다.

두 사람이 굴집으로 돌아와 간단한 점심 요기를 끝내고 나서였다. 비가 와준 것이 부조였는지 모른다. 둘이 굴집으로 올라오는 사이에 하늘이 금세 검은 구름장으로 뒤덮이기 시작하더니, 점심 요기를 끝냈을 땐 맞은편 산줄기들이 뽀얀 빗줄기 속으로 아득히 멀어져가고 있었다.

산행은 아예 틀려버린 날씨였다. 두 사람은 차분히 굴집 입구로 자리를 잡고 앉아 한동안 그 빗줄기만 바라보고 있었다. 하지만 노인은 그 무덤들의 비밀을 보여준 데서부터 이미 작정이 서 있었음이 분명했다.

"그럼 이제부터 내 옛날이야기나 좀 들어보시려오?"

그는 한동안 빗줄기에 정신을 빼앗기고 있던 끝에 이제는 그것이 당연한 순서이듯 그렇게 문득 이야기의 서두를 꺼냈다. 그리고 그 혼자 그렇듯 격절스런 외로움을 살고 있는 이유들과 상관하여 하나하나 그 사연을 밝혀나가기 시작했다.

영섭은 계속 그저 말없는 침묵으로 대답을 대신한 채 노인의 이야기에 귀를 기울이기 시작했다. 이야기 가운데에 노인의 내력이나 정체가 밝혀지면 그의 배후나 영섭이 여태까지 뒤를 밟아 온 두 사람의 실종의 행방에 대해서도 수수께끼가 차츰 풀려나갈 터였다.

"헌데 이야길 쉽게 풀어 나가자면 주 선생은 우선 이것부터 알아야 할 거외다. 주 선생도 이미 짐작하고 오신 모양이지만, 그게 뭐냐 하면 이 늙은이 역시 한때는 대처에서 신학교까지 다니던 목사 지망의 예수쟁이였다는 사실을 말이외다."

최병진과 유민혁의 일을 염두에 두었음인지, 노인의 이야기는 그런 식으로 얼마간 기이해 보이기까지 한 그 생애의 한 별난 고비에서부터 첫 서두가 시작되고 있었다. 그 노인의 사연은 이러했다.

젊었을 적 백상도의 신학교 입학은 그의 나이 이미 스물여섯 때이던 1953년 겨울의 일이었다. 그 무렵은 아직 6·25전란 뒤의 혼란기였던 데다, 학교 기틀도 제대로 잡혀 있지 않았던 탓에 백상도 청년의 신학교 입학엔 그 나이나 입학 시기가 별로 문제되지 않았었다. 하지만 그는 원래 기독교 신자가 아니었다. 어렸을 때 고향 마을의 예배당 종소리와 동지 무렵에 찾아오는 그 예수님의 생일이라는 탄일절 이외에 교회 일에 대해서는 인연도 아는 것도 별로 없어온 터였다. 백상도가 교회와 인연을 맺은 것은 그의 나이 이미 스물셋을 헤던 해 초여름 전란이 터지면서 이른바 지원이라는 형식으로 휘말려 들어간 그 도륙과 아비규환의 북새통 속에 겪어 보낸 지옥의 3년간을 통해서였다.

전쟁은 너무도 많은 젊은 목숨들을 죽음의 나락으로 떠밀어붙였다. 자의에서든 타의에서든 한번 그 죽음의 길목으로 들어선 젊은이들은 자기 죽음의 값이나 이유 한번 조용히 가려볼 틈이 없이, 또는 억울한 불평의 소리 한마디 남길 틈이 없이 줄줄이 사신(死神)의 어두운 아가리 속으로 떠밀려 들어갔다. 어떤 지휘관들은 그것을 자랑스런 구국과 정의의 싸움이라고 했지만, 그리고 더러는 불가피한 사상 간의 싸움이라고도 했지만, 전투를 치르는 전장의 사병들에겐 애초에 그런 데데한 명분 따위는 없었다. 병사들에겐 무슨 애국심이나 사상성보다도 맹목적인 복수심과 자기 죽음의 차례가 있을 뿐이었다.

백상도가 전란 속에 보낸 3년간은 바로 그 뜻 없는 줄죽음 속에 보낸 절망의 세월이었다. 그리고 그 자신 죽음의 행렬에 휩쓸려가면서도 끝끝내 그 나락을 비켜선 공포와 행운의 3년간이기도 하였다. 그것은 누가 뭐래도 사람의 힘이나 소망만으로는 절대로 붙잡을 수 없는 행운이었다. 졸병 백상도로서는 사실 그런 행운을 소망해본 일조차 없었다. 전장에서의 졸병들의 죽음은 무작위적 선택의 확률의 순서였고, 병사들에 있어 전투는 그 같은 맹목적 죽음의 순서를 가리는 절차에 다름 아니었다. 그런 전쟁터의 가차 없는 살생의 생리를 경험한 사람이면 누구나 그렇게 될 수밖에 없듯이, 졸병 백상도도 어느 때부턴가는 아예 자기 목숨에 대한 부질없는 집착을 내던져버리고 있었다. 어느 편이냐 하면, 그는 차라리 자기 죽음의 차례를 기다리는 쪽이었다. 전투를 한 차례씩 치르고 날 때마다 중대원은 엄청나게 숫자가 줄어들곤 하였다. 한 번의 치열한 전투는 중대 인원을 한꺼번에 2, 3할이나 7, 8할까지도 줄어들게 하였다. 줄어든 인원은 신병들로 계속 보충되어나갔지만, 고참병은 그만큼 인원수가 자꾸 줄어들게 마련이었다. 전투의 횟수를 거듭해갈수록 살아남은 구병들은 서른에서 스물로, 다시 스물에서 열몇 명쯤으로 계속 숫자가 줄어가고 있었다. 죽음의 확률이 그만큼 높아갔고, 차례도 그만큼 가까워지는 것이었다. 그것은 참으로 사람의 힘이나 지혜로는 절대로 피해낼 방법이 없는 순서였다. 백상도는 이미 모든 것을 각오하고 자신의 차례를 기다렸다. 하지만 그에겐 그 차례조차 쉽게 찾아와주지 않았다. 그는 용케도 마지막 살아남은 몇 명의 고참병 속에 번번이 목숨을 부지해 남곤 하였다. 그 흔한 부상 한 번 당한 일이 없었다. 하지만 그건 물론 백상도 자신의 소망이나 지혜, 용감성 따위와는 아무 상관도 없는 일이었다. 그저 어떤 우연의 소산이랄까. 전쟁이란 북새통엔 원래 그런 엉뚱한 착오도 흔한 법이어서 예의 죽음의 순서나 확률이 뒤바뀐 탓일 수도 있었다. 백상도는 일테면 그렇듯 그것을 자신의 행운으로 감사하기보다도 그쯤 시큰둥하게 여겨 넘긴 것이었다. 전쟁은 아직도 무한정 계속되고 있었고, 그는 그 질기게 살아남은 목숨을 후속 신병들 속으로 뒤섞어 넣으면서 진짜 자신의 차례를 맞을 때까지 언제까지나 계속 다시 싸워나가야 하였다.

그의 죽음은 일테면 일종의 유예 상태일 뿐이었다. 뿐더러 그 죽음의 임시 유예 상태는 오히려 공포심과 조바심만 더해왔다. 그것은 남다른 행운이라기보다 끝없이 되풀이되는 죽음의 고문일 뿐이었다.

백상도가 전쟁터에서 보낸 첫 몇 달간은 그래 그 죽음에 대한 공포와 고통이 누구보다 자심했던 연옥의 시기였달 수 있었다. 그런데 그런 몇 달이 지나고 나자 백상도에게 그것을 참 행운으로 받아들이게 하고 싶어 한 사람이 나타났다. 그에게 그 끝없는 죽음의 공포와 고통에서 벗어나 살아 있는 생명과 그 섭리자에게 지극한 감사를 바치게 하고 싶어 한 그의 연대 군목이었다. 중공군의 개입으로 1·4후퇴 작전을 거쳐 다시 38선 근처에서 피아간 공방전이 한창이던 51년 초봄께의 일이었다. 강원도 동부전선의 산골에 박혀 있던 그의 연대 군종과의 강현섭 군목이 하루는 그를 유별난 독종으로 지목한 듯 위로 겸 교화 차 그와의 은밀한 특별면담을 청해왔다. 백상도는 어느새 부대 주변에서 그만큼 악바리 독종으로 알려졌고, 그 악발성은 그가 전쟁터에서 그만큼 끈질기게 살아남을 수 있었던 사실로 충분히 입증이 되고 있던 탓이었다.

그런데 그때 그 사람 좋은 강 군목은 악바리는커녕 무서운 공포감에 질려 떨고 있는 한 '어린 양'의 절망스런 모습 앞에 우선 무한히 감동스런 얼굴빛부터 짓기 시작했다. 하다가는 그가 그 엄청난 행운을 전지전능하신 섭리자 '주님'의 은혜로 받아들이지 못하고 있는 우매성에 느닷없이 질타의 소리를 내질렀다.

— 아니오. 그것은 아버지 하느님의 특별하신 뜻이오.

그는 부지중 백상도의 두 손까지 힘있게 끌어쥔 채 치솟는 홍분기를 가누지 못한 목소리로 기도 조의 질타를 계속했다.

— 이 힘없고 어리석은 종은 아직 그 아버지 하느님의 참뜻이 어디 계신지 알 수가 없습니다. 그러나 자비하신 우리 주님께서 당신같이 작고 힘없는 어린 양을 그처럼 무서운 죽음의 고통으로 시험하시려는 것은 분명 아니실 겁니다. 그분께선 당신에게 시험의 고통을 주시려는 것이 아니라 크나큰 위로를 주시려는 것입니다. 주님께선 우리 생명과 죽음의 주재자이십니다. 이것은 인간의 역사가 아닙니다. 인간사의 운명놀이도 아닙니다. 이것은 하느님께서 당신을 통하여 이 땅에 이룩해 보여주시려는 당신의 기적의 역사인 것입니다. 그분의 은총에 늘 감사하십시오. 그리고 특별히 당신을 통하여 그분께서 마지막으로 이룩하시려는 뜻이 무엇인가를 기도 속에 깊이깊이 생각하십시오.

강 군목은 그러므로 그를 택해주신 주님께 감사하며, 그분께 모든 것을 맡기고 의지하라는 것이었다. 그리하면 그는 그 주님의 역사에 자신을 바친 상으로 더 큰 위로와 가호를 얻게 되리라는 것이었다. 그는 아직도 그 강 군목과 주님의 뜻을 납득할 수가 없었다. 강 군목은 모든 삶과 죽음의 주재자는 사람이 아닌 하느님이라 단언했다. 백상도는 우선 그 점에서부터 쉽게 납득이 가지 않았다. 그가 진정 인간의 운명의 주재자라면 그에겐 다른 모든 전쟁터의 죽음들에도 책임이 있어야 하였다. 그런데 그의 은총과 권능은 어찌하여 다른 생명들은 외면하고 그저 아무렇게나 버려두고 있는 것인가. 어찌하여 오직 백상도 그 한 사람만을 택하여, 그에게서만 그 뜻을 이루고 증거하려 하는가. 그것은 아무래도 공평한 처사일 수가 없었다. 아니 거기엔 백상도가 미처 알수 없는 어떤 섭리가 숨어 있다고 치자. 그래 다른 사람들을 그보다 일찍 당신 곁으로 불러 데려간 데도 뜻이 있다 치자. 하더라도 그들을 데려가는 데에 어찌 그리 한결같이 참혹스런 방법뿐이란 말인가. 쏟아진 배창자를 제 손으로 제 배 속에 쓸어담으려 애를 쓰다 숨이 끊겨져간 사람, 두 눈알이 빠져나간 피투성이 얼굴로 유령처럼 어정어정 허공을 더듬다가 남은 육신마저 탄우 속으로 갈가리 찢겨 죽은 사람, 마지막 소망으로 물 한 모금을 찾다가 그 작은 소망마저 헛되이 뒤로한 채 눈을 감고 간 사람— 당신 곁으로 데려가는 모습들이 어찌 그런 꼴들이어야만 했더란 말인가— 백상도는 아무래도 그런 주님은 저 독생자 예수님의 부활만큼이나 납득하기가 어려웠다. 그런 권능과 섭리의 하느님은 강 목사처럼 쉽사리 받아들일 수가 없었다. 그 자신이 자기 생명과 죽음의 주재자일 수가 없다는 사실을 이미 스스로도 체득해온 바 있었지만, 오히려 그 강 군목의 사무친 감동과 질타 앞에서는 그 전능한 우주의 주재자를 볼 수가 없었다.

하지만 백상도가 끝내 자기 생명의 진정한 주재자를 만나 그의 '주님의 뜻'을 생각하기 시작한 것은 역시 그 강 군목을 만남으로 인해서였다. 그러나 그것을 진정한 은혜와 축복의 만남으로 인 연지어준 것은 강 군목 자신이 아닌 전혀 다른 사람이었다.

그러니까 백상도는 그후 계속된 강 군목의 설교에도 주님의 은혜에는 눈이 멀고 귀가 먹은 채 지내온 셈이었다. 그리고 계속 불사조 백상도로, 악바리 고참병의 대명사가 되어온 것이었다. 한데 그 늦은 봄, 치열한 전투가 한고비를 넘기고 나서 잠시 소강 상태로 들어가 있던 참이었다. 그는 비로소 좀 정신을 가다듬고 오랜만에 고향집으로 문안 편지를 띄워 보냈다.

남녘 완도의 고향 섬마을로는 전에도 한두 번 그런 편지를 띄운 일이 있었지만, 성격이 깐깐하신 그의 아버지나 공부를 마다하고 일찌감치 집을 나가 제 여자를 끌어와서 딴살림을 차려 사는 바람쟁이 형에게선 아무 소식이 없는 대신, 이전부터 불가(佛家) 쪽에 인연을 맺어오던 한 동네 외숙만이 '몸을 잘 보전했다 무사 귀가하라'는 간단한 응답을 보내오곤 했을 뿐이었다. 그래 이쪽도 간간이 발송되는 부대장의 공한으로 한동안 자신의 소식을 대신해오던 끝이었다.

그런데 이번 역시 답신을 보내온 건 아버지나 형님 대신 동네 외숙 쪽이었다. 게다가 이번에는 그 문맥이 매우 심상치를 않았다.

— 사정이 허락하면 잠시 휴가를 얻어 고향집엘 한번 다녀가도록 하여라. 너하고 긴히 의논할 일이 있음이니라……

외숙은 불문곡직 그의 휴가를 요망하고 있었다. 뿐더러 휴가를 나오게 될 양이면 당신한테 미리 연락을 띄워서 자기를 먼저 보게 하라는 당부를 덧붙이고 있었다.

백상도는 아무래도 느낌이 예사롭지 않았다. 고향집에 어떤 상서롭지 못한 일이 생긴 것만 같았다. 그는 곧 부대에 사정을 호소하여 휴가를 얻어냈다. 그리고 외숙의 간곡한 당부대로 휴가 출발 며칠 전에 그런 사실을 외숙에게 알렸다……

외숙은 그 날짜보다도 이틀씩이나 앞서 읍내 차부에서 그를 기다리고 있었다. 그리고 차에서 내린 그를 다짜고짜 당신이 묵고 있던 여관방으로 끌고 갔다. 먼저 알아야 할 일이 있다는 것이었다.

알고 보니 그간의 사정이 백상도의 예감보다도 훨씬 더 참혹했다.

— 사지를 헤매다 온 네겐 차마 못할 말이다마는 일이 일인 만큼 어쩌겠느냐. 우선 속마음 단단히 다져먹고 내 말을 듣거라……

뜨거운 음식상을 앞에 하고 앉아서도 젓가락도 집지 않고 다그치고 드는 생질 앞에 외숙은 마침내 어쩔 수가 없어진 듯 자신도 집었던 젓가락을 내려놓고 무거운 표정으로 입을 열기 시작했다.

그 외숙의 이야긴즉 각설하고 그의 집안은 이미 몇 달 전에 멸

문지경의 쑥밭이 되고 말았다는 것이었다. 그해 나이 쉰일곱이던 초로의 아버지는 어느 날 밤 동구 밖 정자나무에 몸이 묶여, 마지막으로 술 한잔만 마시고 가게 해달라는 애절스런 소망을 같은 마을 사람들의 성급한 몽둥이질 앞에 '용서 못할 부르주아지의 더러운 소망'으로 남기고 떠나갔고, 당신의 한동네 바람쟁이 맏자식은 위인들 앞에서의 애원을 대신하여 엉뚱스레 '공화국 만세'를 외치다가 그 역시 같은 길을 따라간 것이었다. 그런데 그 형님은 반주검이 된 채 짚가마니에 넣어져 그대로 흙구덩이로 내던져졌는데, 그때까지 아직도 목숨을 부지해볼 희망을 놓을 수 없었던지 구덩이가 흙으로 덮여들 때까지도 한사코 그 '공화국 만세'를 외쳐대고 있었다고. 그렇게 횡액을 당해 간 식구가 그의 어머니와 형수 그리고 다섯 살 난 어린 조카아이까지 두 집에 남아 있던 다섯 식구 한 가족 전부였다. 그것도 이미 지나간 여름철에 휩쓸고 간 재앙으로, 당신한테까지 화가 미칠까 두려워 그 끔찍스런 자리를 피하지 못하고 함께 따라다닌 외숙 자신도 직접 목도한 사실이랬다. (그래 외숙은 차마 그 소식을 전하지 못하고 백상도의 무사 귀가만을 당부하곤 해온 것이었다.) 물론 이유가 없었던 것은 아니었다. 섬마을 살림치곤 그의 집 가계가 마을에서 그중 탄탄했던 것이 우선의 허물이었다. 맏자식은 제가 싫어 길을 비켜갔지만, 그의 아우 둘째(백상도)에겐 3년제 중학과정일망정 도회지 상급학교 문을 밟아보게 했을 만큼 전대부터 물려받고 불려온 것이 얼마간은 남 앞을 서고 있었던 것이다. 성격이 꽤 꿋꿋한 그의 아버지도 남 앞에 듣기 싫은 소리를 그리 참아온 편이 못 되었다. 그런 가세에 그런 성미에, 경위야 어찌 되어서였든 아들 녀석 하나까지 마을에선 유일하게 제 발로 '국방군'의 옷을 입으러 간 집안이었다. 편을 갈라 따지고 남의 허물을 캐야 할 세상이 되고 보면 영락없는 반동이요 죄인의 집안이었다.

그러나 외숙은 실상 그런 걸 참극의 이유로 보지 않았다.

—너도 다 세상을 살아봐서 알다시피 그런 것이 어디 큰 허물이었겠느냐. 너의 집이 무슨 대단한 재산가도 아니고, 성미가 다소 깐깐한 대목이 있었다곤 하지만, 네 부친이 그 성미로 누굴 못살게 해 원망을 산 바도 없고…… 게다가 네가 본심으로 원해 갔든 억지로 끌려갔든 국군 옷을 싸움터엘 나간 것이 그 사람들한테까지 무슨 원한을 살 일이더냐. 집엘 돌아오다 도중에 멋모르고 휩쓸려 들어갔다는 뒷소식밖에는 나도 네가 어떻게 입대가 된 것인지 실상을 모르고 있는 터에 말이다……

재앙의 내용을 대강 다 귀띔해주고 나서 외숙은 한숨 섞인 소리로 한탄하였다. 그리고 모진 꼴을 겪고 난 사람답게 백상도를 사려 깊게 단속해왔다.

—그 모두가 사람들이 제정신을 잃고 만 무지와 무명의 탓이니라. 제정신을 잃고 나니 숨어 있던 탐욕과 질투심·증오심만 미쳐 날뛰게 된 세상, 남에 대한 이해나 우애 대신에 까닭 없는 시샘과 미움과 잔학성만이 판을 치게 된 세상…… 누구들은 이번 싸움을 빈자로 억눌려온 사람들을 위한 싸움이요, 그래서 사람의 유혈이 불가피한 사상의 싸움이라고 하더라만, 그렇듯 많이 배우고 크게 아는 사람들의 생각까지는 잘 알 수가 없다만, 내

보기엔 그거 다 어림도 없는 헛소리들 같더라. 이 싸움에도 무슨 사상이 있다면 그건 아마 그 눈이 먼 시샘과 미움과 잔학성들이 제멋대로 놀아난 굿잔치판을 꾸며준 그 무지와 맹목의 멍석깔이 사상이라고나 해야 할는지…… 적어도 내가 본 우리 마을 일들은 그런 식이었다. 아마 네가 싸움터에서 겪고 본 일들도 그러리라 생각된다마는…… 그러니 이번에 네 집안이 당한 일이 무슨 큰 허물로 해서는 아닌 게다. 지금의 네게는 물론 받아들이기가 몹시 어려운 일일 게다만, 그게 무슨 허물로 해서라기보다는 그저 그 증오심과 잔학성을 부추긴 눈이 먼 시대의 억울한 희생이 되어갔다고나 할까……

무참스런 참극을 두려움 속에 속수무책으로 바라보고만 있어야 했던 자책감 때문이기도 했겠지만, 그의 외숙은 역시 불가와의 인연 속에 몸과 마음을 닦아온 사람답게 아직도 속이 썩 부드럽고 사려가 깊었다. 그러나 외숙의 백씨가에 대한 그 같은 무고성의 거론은 살아남은 생질에 대한 단순한 위로나 자책의 뜻에서만은 물론 아니었다. 보다도 그것은 전투복 차림에 총까지 지니고 온(단독무장이 그 무렵까지의 휴가병들의 차림이었다) 백상도의 들끓는 분노를 가라앉히고, 그 예기찮은 복수심의 폭발을 막으려는 데에 더 큰 목적이 있었던 것 같았다.

—지금의 네겐 물론 그리 생각하기가 어려울 게다만, 네 육친들의 무고한 죽음이 앞서 말했듯 눈이 먼 이 시대의 희생이라 한다면…… 내 생각 같아선 그 일에 네가 깊은 원한을 지니거나 조급하게 죄과를 물으려 덤비지 않는 것이 좋을 듯싶구나…… 내

이 몇 달간 괴로움 속에 깊이 생각해온 일이다만, 이 일이 무지와 무명의 허물로 저질러진 일이라면 그 무지와 무명에 원을 품고 죄를 물을 수는 없는 일이더구나. 세상이 이럴수록 우리라도 제 정신을 잃는 일이 있어서는 안 되겠더라는 말이다. 그래 내가 미리 당부하고 싶은 것은 이번엔 마을을 조용히 다녀가도록 하라는 것이다. 지금 네가 마을 사람들에게 보여줄 수 있는 가장 힘있고 무서운 모습은 네가 여전히 제정신을 잃지 않고 있는 의연스런 자세가 아니겠느냐……

외숙은 결국 백상도에게 부질없는 보복극을 자제하고 삼가라는 단속이었다. 미리 그 같은 당부를 주기 위해 그는 이틀이나 읍내 여관에서 조카의 휴가길을 기다려온 것이었다. 그리고 그 같은 외숙의 배려는 어쨌든 백상도에게 충분한 효과를 거둔 셈이었다. 아니, 백상도는 그 외숙의 기대를 앞질러 아예 마을을 들어가 보지조차도 않았다. 그도 물론 처음엔 뜨거운 불덩이를 삼킨 듯한 분노에 온몸이 이글이글 끓어올랐다. 마을 사람들에 대한 원한과 복수심으로 눈앞에 보이는 것이 아무것도 없었다. 부드럽고 완곡한 그 외숙의 충고의 소리조차 제대로 귀에 들어오질 않았다.

하지만 그는 이미 부대를 나설 때부터 비슷한 예감을 지녀왔던 터였다. 그 예감이 그의 가슴속에서 끈질긴 복수의 불기름이 되고 있었다. 외숙에게선 그의 예감을 사실로 확인한 것뿐이었다. 그리고 그 절망적인 사실의 확인은 그의 복수심에 마지막 불기름을 털어부은 셈이었다. 외숙의 조심스런 당부의 말이 끝났을 때쯤엔 그는 오히려 그 분노와 증오심이 불기 잃은 화덕처럼 서서히 식어가고 있었다. 그리고 지치고 멍한 표정으로 뜻 모를 고갯짓만 계속하고 있었다. 그 간곡한 외숙의 당부처럼 제정신을 놓치지 않으려서가 아니었다. 잃어버린 정신을 되찾으려서도 아니었다. 그는 이제 제 속의 분노와 증오심에 스스로 넋을 놓고 지쳐버린 것이었다. 그리고 서서히 모든 일이 귀찮고 두려워지기 시작한 것이다. 외숙은 과연 사려 깊은 어른이었다. 그의 육친들의 무고한 죽음은 눈먼 이 시대의 억울한 희생일 뿐 이유나 허물 따윈 없는 거라 했었다. 그 무지와 맹목의 굿판에는 죄과를 물을 자도 없다고 말했었다. 백상도 역시도 싸움터에서 그런 죽음들을 수없이 보아온 터였다. 그 이유 모를 무조건의 확률 놀음, 맹목과 무작위의 떼죽음의 순서들…… 뿐더러 증오나 복수심으로 말하면 그도 이미 죽일 만큼 죽여온 터였다. 하면서도 거기 별반 그럴 만한 이유를 못 느껴온 터였다. 오히려 진저리가 쳐지는 일이었다. 고난과 역경 속에 그의 신앙심으로 다져온 지혜였을까. 외숙은 보지 않고도 똑같은 죽음의 값과 그 풍속을 말하고 있었다.

백상도는 이제 한마디로 모든 것이 귀찮고 부질없어 보였다. 더 이상 사람의 피를 보기가 싫었다. 그러나 그가 마을을 들어갔다 하면 뒷일은 자신도 장담할 수 없었다. 가족들의 유해도 수복 직후 외숙이 젖은 구덩이 속을 수습해다 10리 밖 선산 쪽에 안장을 끝내놓은 터라 했다. 마을엘 들어간다면 그에게 남은 일은 다시 한 번 더러운 피를 보는 일뿐이었다. 그는 스스로 자신이 두려웠다. 마을을 들어갈 수도, 들어가고 싶은 생각도 없었다. 외숙과는 뜻이 훨씬 먼 곳에 있었지만, 막다른 악에는 용서나 복수보다 그 악을 외면하고 지나쳐버리는 것이 더 나은 책벌이라는 생각도 어슴푸레 지나갔다.

하여 백상도는 둘이 함께 그 선산 쪽 식구들의 새 무덤들만 둘러보고 그리고 옛집과 전답들의 뒷정리를 외숙에게 당부하고(외숙의 의향도 그와 마찬가지였다) 그길로 발길을 되돌려 휴가를 중단하고 돌아오고 만 것이었다──

그러니까 그땐 그 외숙조차도 굳이 그의 발길을 붙잡으려질 않았던 셈이었다. 외숙으로서도 그게 외려 안심이 되었을 터이기 때문이었다. 하지만 외숙은 그때 길을 돌아서는 조카에게 마지막으로 당부해온 말이 있었다.

── 이렇게 떠나보내기가 가슴이 아프다만, 네 생각이 그렇다니 말릴 수도 없구나…… 이젠 내 독자 사유로다가 네 의가사 제대를 서둘러 보겠다만. 부대로 돌아가서도 남은 기간 모쪼록 몸과 마음을 잘 다스리고 지내다 나오거라. 이제는 가문에 오직 너 한 사람뿐이다. 더욱이 그간에도 사지에 무사히 몸을 잘 보전해온 네가 아니냐. 너 하나라도 목숨을 부지케 한 것은 그럴 만한 섭리가 있어설 게다. 그 뜻을 깊이 생각하고 섭리를 중히 여겨서, 어렵고 힘이 들면 그 뜻과 섭리의 큰 힘을 의지로 삼는 길을 갈 수도 있을 게다……

안도와 불안이 엇갈린 표정 속에 외숙이 그에게 당부해온 말인즉, 백상도에게 그 큰 섭리의 힘에 의지할 신앙의 권유였다. 그리고 드러내고 표현은 안 했지만, 그 신앙이란 바로 자신이 몸담아온 불가에의 구연(求緣)을 뜻했을 터이었다.

어쨌거나 당시의 백상도로선 전혀 귀에 깊이 머물 만한 소리가
아니었다.

그런데 그가 이윽고 귀대를 하고 나서였다. 부대에서 며칠 할
일 없이 뒹굴다 보니, 그는 그 외숙의 당부의 말들이 머릿속에 서
서히 되살아나기 시작했다. 싸움터에서나 고향골에서나 그 하나
목숨이 용케 부지된 것은 아닌 게 아니라 무슨 기적처럼만 여겨
졌다. 뿐더러 그것은 진작부터 강 군목이 그의 주님의 은총과 축
복의 놀라운 증거로 삼고자 해온 바였다. 믿음을 가진 사람들은
역시 사람의 일에 대한 생각이 비슷비슷한 것인가. 외숙의 그 섭
리의 큰 힘이라는 것 역시도 강 군목의 믿음과 다를 바가 없는 것
이었다…… 그는 역시 자기 생명의 주재자가 아니었다. 그 어차
피 기적이라는 말로밖엔 설명이 될 수 없는 끈질긴 행운의 생존
뒤엔 과연 어떤 보이지 않는 뜻과 힘의 움직임이 있는 듯만 싶었
다. 그는 이제 차라리 그 뜻과 힘에다 자신을 통째로 내맡겨버리
고 싶어진 것이었다.

하여 그는 이후부터 새삼 제 발로 연대의 강 군목을 찾아다니
기 시작했다. 그런 백상도의 태도의 변화에 강 군목은 그 백상도
에게 그의 고향에서의 말 못할 불행까지도 주님의 오묘하고 깊은
뜻으로 고맙게 받아들이며, 그것이 오히려 구원의 증거됨을 믿
고 기다리기를 간절히 권유했다. 그리고 백상도는 그런 강 군목
의 간절한 기도 속에 전에 없이 마음으로부터의 위로를 느끼기
시작했다.

그의 삶에 비로소 어렴풋한 소망과 믿음의 불빛 줄기가 스며들기 시작한 것이었다. 외숙이 그에게 조심스럽게 당부한 큰 섭리에의 인연이 이를테면 그렇게 불가 대신 가까운 강 군목 쪽으로 이어진 것이었다. 그리고 강 군목이 그에게 거꾸로 끈질기게 구해오던 그 주님의 축복과 은총의 기적은 그 외숙의 먼 소망에 힘을 입어 비로소 증거를 보이게 된 셈이었다.

그러니까 그 두 해 뒤, (고향 쪽 외숙의 진력에도 불구하고 그는 거의 만기제대 시기에 가까워질 때까지도 의가사 사유의 단기제대 혜택이 주어지지 않고 있었다. 그에게 그 단기제대의 혜택이 내려진 것은 만기제대 시기를 겨우 다섯 달 정도밖에 남기지 않고 있던, 그리고 어차피 미구에 휴전의 성립을 보게 되어 있던 그 53년 초여름 녘이었다) 백상도가 아직도 그 두 배나 넘게 계속된 위험스럽고 지루한 군복무 기간을 마치고 그런대로 무사히 군문을 나오게 된 것도 어찌 보면 그 강 군목과 백상도 자신의 진심 어린 기도에 힘입음이 컸다 할 수 있었다. 그 2년간도 백상도의 처지엔 수많은 위험이 닥쳐들곤 했지만, 그리고 이후부터 백상도의 행동거지엔 그닥 악발기를 읽을 수가 없었지만, 그는 그 강 군목과의 심심찮은 기도 속에 큰 불행을 모두 잘 피해 나온 것이었다.

하지만 그것으론 아직 그 백상도 앞에 믿음의 문이 분명히 열린 것은 아니었다. 거기서도 사정이 좀 달랐더라면 그는 그 아비규환의 북새통 속에서 제 목숨 하나 무사히 구해 나온 것으로 더 이상 하느님이나 그를 위한 기도 같은 건 생각지 않았을지 모른다. 그런데 그와 그 강 군목 사이엔 거기서도 또 다른 인연이 이어져나갔다. 강 군목 말마따나 모든 것이 하느님의 뜻이요 예정이었는지 모른다. 그의 주님은 백상도가 그의 기도와 가호 속에 자신의 목숨만을 구해 달아나게 해주질 않았다.

제대를 하고 나도 그는 이제 어디 마땅히 돌아갈 곳이 없었다. 고향 마을은 이미 외숙이 가대를 다 정리해버린 터인 데다, 그로선 발길을 들여놓기조차 저주스런 곳이었다. 게다가 그 사이 외숙네마저도 마을 사람들과 얼굴을 마주하고 살아갈 수가 없다며 두 집 가산을 몽땅 다 정리하여 읍내로 나와 있었다. 얼마 동안은 거기서 외숙네와 함께 지낼 수도 있었지만, 그렇다고 그저 길게 눌러앉아 지낼 처지는 못 되었다. 고향 동네가 그리 먼 곳도 아니려니와, 이제는 그 외숙의 몸에 밴 은은한 불가의 냄새도 외려 어딘지 거북스럽게 느껴졌다. 외숙이 그의 낌새를 알아차리거나 그것을 깊이 상관해올 바는 아니지만, 백상도로선 지레 배신자처럼 그 외숙이 송구하고 거북스럽게 느껴지는 걸 어쩔 수가 없었다.

이래저래 그는 앞일이 막연해 있던 참이었다. 그런데 그런 백상도의 처지를 강 군목이 제 일처럼 환히 다 헤아리고 있었다.

— 당신은 오늘부터 더 넓고 따뜻한 주님의 참사랑의 길을 떠나기를 바라겠소.

연대까지 부러 제대 출발의 소식을 알리러 갔을 때 강 군목이 그에 앞서 건네온 말이었다. 하고 나서 그는 미리 기다리고 있었기라도 하듯이 서울 동남쪽 소재의 씨알성서학교(이 성서학교가 바로 그 이듬해에 정식 신학교로 발전 개편된 요한신학교였다) 소재와, 그 학교의 담임목사의 이름을 적어 담은 봉투 하나를 건네주며, 다시 진심 어린 충고를 덧붙였다.

— 아마도 당신에겐 이 사랑의 길만이 이 싸움터에서 당신의 생명을 지켜주신 주님의 가호와 은총에 보답하는 길이 될 것이오. 그것은 또한 그 높은 분의 뜻이 당신에서 큰 영광을 이루시게 해드리는 당신의 마땅한 의무이기도 합니다. 물론 그 길이 쉬운 것은 아니지요. 하지만 마음을 지어 먹기에 따라선 그 길을 얼마든지 즐겁게 갈 수도 있을 것입니다. 자, 그럼 여기…… 일후 당신이 원하기만 한다면 언제라도 당신에게 그 길을 인도해줄 안내자의 소개장이오.

그의 의향과는 아무 상관도 없이, 더욱이 당사자인 백상도의 동의 따위는 의심할 여지도 없다는 듯, 모든 걸 미리 다 정해주고 나아가는 식이었다.

그리하여 백상도는 아닌 게 아니라 부대를 떠나온 길로 곧 서울 교외의 그 씨알성서학교부터 찾아갔다. 그로서도 당장엔 그 밖에 다른 길이 떠오르지 않았기 때문이었다. 그리고 이해 가을, 고향읍 외숙네에게서 몇 달간 심신을 쉬고 난 다음엔 다시 그 학교로 담임목사를 찾아가 바로 그 이듬해부터 정규 대학 과정이 인가된(3년제 중학졸업뿐인 그의 학력 미달 상황은 그 인가 시기의 덕을 본 셈이었다. 뒤에 알고 보니 반드시 그런 것만도 아니었던 듯한 데가 있었지만) 요한신학의 한 만학의 신학도가 되었다—

백상도가 교회와 인연을 맺고 그 높고 큰 '섭리자의 뜻'을 좇게 된 저간의 경위였다.

12

그는 이후부터 나이는 좀 늦었으되 누구 못지않게 열심히 여호와 하느님의 자랑스런 전사(종이나 사도 대신 노인은 유난히 이 말을 즐겨 썼다)로서의 믿음을 쌓아갔다. 그간의 무명과 방황을 만회하기 위하여 그 믿음과 소양을 쌓는 일에 휴일도 방학도 가리는 일이 없었다. 시내에서 20여 리나 멀리 격리되다시피 한 숲 속의 학교가 저절로 외출을 어렵게 하고 있어서 백상도에겐 그것도 일조가 되어준 셈이었다.

그런데 불철주야 그런 식으로 눈코 뜰 새 없는 한 해를 보내고 나서였다. 첫 겨울방학을 맞아 모처럼 가족들의 산소도 돌아볼 겸 한 며칠 고향 읍내로 외숙부네를 찾아가 지내고 있는데, 하루는 웬 낯선 남자 한 사람이 그를 찾아왔다.

— 일면식도 없이, 미리 양해를 구하지 않고 이렇게 불쑥 찾아와 미안합니다. 용서하십시오.

나이가 한 마흔 살가량 되어 보이는 그 낯선 남자는 먼저 그렇게 양해를 구한 뒤, 자신은 백상도가 재학하고 있는 신학교와 얼마간의 비공식적인 관계를 가지고 있으며, 지금은 어떤 도회 변두리 교회의 목회를 맡아보고 있노라, 스스로 간단히 자기소개를 하였다. 하지만 다만 그뿐, 사내는 이후 길을 돌아설 때까지 더 이상의 자세한 신분상의 이야기나 거기까지 어떻게 백상도의 소재를 찾아왔는지에 대해선 일체 속시원한 언급이 없었다.

194

하지만 백상도는 뒷날 참으로 오랜 세월을 두고 그가 왜 그토록 자신의 신분을 드러내기를 꺼렸으며, 그의 소재를 찾아온 경위조차 끝내 밝히려지 않았는지, 그 까닭을 스스로 깨우쳐 이해하게 되었다. 당시로선 그가 잘 알아차릴 수 없었지만, 사내의 돌연스런 방문을 계기로 백상도는 이후 그 자신의 끝없는 잠행생활이 시작되기에 이르렀고, 그 길고 긴 잠행을 통하여 그러한 침묵이 그에게 얼마나 엄중한 계율인가를 알게 된 것이었다.

사내는 한마디로 백상도의 그간의 믿음을 시험하고, 그의 영혼과 육신을 통한 진정한 접신(接神)에의 문을 열어준 새 세례자였다.

—내 물음에 솔직하게 대답해주시면 고맙겠소.

그는 아직도 좀 어리둥절해 있는 백상도에게 다짐을 하고 물었다.

—당신은 그새 혹시 신학교 입학을 후회해본 일이 없었소? 이 1년 동안의 공부의 성과를 스스로 어떻게 생각하오. 당신은 진실로 우리 주님의 평생의 종으로 신명을 다 바칠 각오가 되어 있소……?

그리고 그는 그 백상도와의 진지하고 세심한 문답 끝에 마지막으로 은근히 이렇게 물었다.

—알겠소. 미리 짐작을 하고 온 일이지만, 당신의 믿음은 역시 소망스럽기 그지없소. 내 이렇게 당신을 찾아온 보람을 느끼겠소…… 그런데 거기서 더 굳건하고 소망스런 믿음의 길을 위해 별도의 기도 과정을 들어가볼 생각은 없소? 당신에게 앞으로 그

런 기회가 주어진다면 말이오.

사내의 권유인즉, 알려져 있진 않지만 학교에 별도의 신앙심 단련을 위한 기도 과정이 있는데, 그 과정을 한번 밟아보지 않겠느냐는 것이었다.

백상도는 물론 사양할 이유가 없었다. 그는 이제 어차피 주님의 종의 길을 택해 나선 터이었고, 그의 학교 과정이 그 주님의 옳은 소명을 구하는 길이라면, 하루라도 그 길을 서둘러 택해 가야 했기 때문이었다. 그런 점이 미리 고려되었는지 모르지만 입학자격 학력마저 모자랐던 터에 그는 오히려 남다른 행운을 얻게 된 기쁨으로 두말없이 사내의 제의를 수락했다. 그리고 나서야 그는 뒤늦게 그 별도 기도의 과정이 어떤 것인지를 사내에게 물었다. 그런데 사내는 거기까지도 이미 다 예상을 하고 있었던 것 같았다. 사내는 이제 그쯤 백상도를 안심한 듯 그 학교와 별도 과정에 대하여 백상도가 일찍이 짐작조차 못해온 놀라운 사실들을 털어놓기 시작했다.

— 이건 지금 선생한테밖엔 절대 비밀사항으로 되어 있는 일이오만, 우리 학교에는 오래전서부터 그같은 비밀기도 과정이 마련되어왔었지요……

백상도를 느닷없이 '선생'으로까지 불러가며, 그리고 그 '우리 학교'라는 말로 그 학교에 대한 자신과의 관계를 묵시적으로 은근히 확인해 보이면서 사내가 그에게 귀띔해준 사실에다, 뒷날 백상도 자신이 직접 겪어낸 경험들을 종합해보면, 그 학교의 별도 기도 과정이란 내용이 대략 이러했다— 백상도의 학교에는 애초 그 씨알성서학교로의 개교 당시부터 복음연구와 전파를 위한 두 가지 다른 신앙연수 과정이 있어왔다. 하나는 백상도가 입학해 다니고 있고 그것이 학교 공부의 전부라고 믿고 있는 정규 과정이고, 그에 대해 다른 하나는 보다 직접적이고 실천적인 복음전파와 그 증거를 위한 특별수련 과정이었다. 다시 말해 후자는 정규 과정 학생들 중의 몇몇을 골라서 형식상으로는 그 학교와 직접적인 상관이 없이 별도 관리되어나가는 비정규적 비밀 과정이었다. 그 구체적인 관리 운용 방법은—, 학교에 신입생이 들어오면 우선 일정한 정규 학습 기간을 거치게 한 뒤, 눈이 보이지 않는 몇몇 관계자들의 적절한 평가에 의하여 그중의 몇 사람이 그 별도 과정의 대상자로 선발된다. 그리고 그렇게 선발된 사람은 제적이든 자퇴든 정규 과정 학생들의 주의를 끌지 않는 방법으로 학교를 물러나 특별 과정의 비밀연수기로 들어간다……하지만 정규 과정을 물러난 사람이 비밀리에 밟게 되는 그 별도의 과정이란 어떤 일정한 연수 기간이나 학과목이 미리 마련되어 있는 것이 아니었다. 교수나 교사가 따로 정해져 있는 것도 아니었다. 그것은 필요한 만큼의 기간 동안에 그때그때 필요한 사람을 찾아 만나서 자신의 신앙생활에 필요한 교리를 익히고, 그 교리로써 자신의 신앙심을 다져나가는 일종의 자율적 수련 기간이었다. 다시 말해 어느 누가 그 별도의 과정을 들어서게 되면, 그는 그때부터 일체의 행동을 스스로의 믿음과 양심에 따라서 오직 자기 한 사람의 책임 아래 비밀로 행해나가야 하였다. 학생 수나 연수 과정들이 정규의 학교 과정으로 불릴 수가 없는 것이었다. 더욱이 거기에 한번 선발이 되고 나면, 누구나 학교에서 그 이름까지 지워져 다시는 옛날로 돌아올 수가 없게 되어 있었다. 그는 일테면 그것으로 학교와는 영영 그만이며, 그런 사정은 그가 언젠가 과정을 모두 끝내고 났을 때도 마찬가지로 되어 있었다…… 그건 아무래도 정상적인 학교 과정이기보다 오히려 그 마감이요, 끝인 셈이었다.

하지만 백상도는 그 당장 그처럼 자세한 사정까진 알지를 못했다. 사내는 그 당장 백상도의 결심에 필요한 몇 가지 사항 외에 더 이상의 깊은 설명이 없었기 때문이었다. 한데다 사내는 백상도의 결심을 당장 그날로 받아가려고도 하지 않았다. 그는 백상도의 조급스런 결정에 오히려 한 발 뒤로 물러서며, 마음이 끌리더라도 거기서 당장 정규 과정을 그만두려지 말고, 남은 방학기간을 이용하여 우선 그에 대한 자기 고백의 기도부터 시작해보라는 권고였다.

그래저래 백상도는 그 당장엔 무슨 큰 마음의 부담을 느낄 필요가 없었다. 그래 그 자신의 열망이나 기대에 비해서도(앞으로 걷게 될 그의 멀고 험난한 삶의 역정에 비해서는 더욱) 비교적 단순하고 가벼운 마음으로 그의 새로운 수련의 길을 들어설 수가 있었다. 그는 일단 그 자기 고백의 기도부터 시작해보기로 하고, 며칠 후 사내가 그 기도의 장소로 그에게 소개하고 간 수원 근처의 한 기도원(기도원의 이름이 〈밑강물기도원〉이었다)으로 그의 기도의 인도자를 찾아갔다.

그러나 자신은 알고 있지 못했지만, 그것은 실상 백상도의 운명에 마지막 결정이 되고 있었다. 아니, 사내가 그 앞에 나타났을 때 백상도의 운명은 그때 이미 모든 것이 결정 나 있었던 셈이었다. 그 앞엔 이미 자신도 모르게 모든 것이 미리 다 예정되어진 격이었다. 백상도는 그로부터 어떤 눈에 보이지 않는 손들의 움직임에 의해 그 길을 계속 떠밀려가게 된 것이었다.

어쨌거나 그 밑강물기도원을 찾아간 백상도는 그로부터 즉시 그 자기 고백의 기도를 시작했다. 그리고 그는 이후 1년 동안에 자신이 평생 동안 해야 할 기도의 대부분을 그곳에서 행하였다. 기도라고 하지만 그것은 두 손 두 무릎 모으고 인간의 죄를 주 앞에 비는 식이 아니었다. 여호와 아버지께 자기 죄를 고하고 사함과 계시를 구하는 데에도 규범적인 격식을 따르는 것이 아니었다. 그것은 보다도 그가 살아온 생애 가운데서 사랑이나 혹은 정의 같은 것들과 상관하여 진실로 자신의 몫으로 남기고 싶은 것이 어떤 것들인가를 찾아내는 일이었고, 또한 그 사랑이나 정의와 관련하여 자신의 삶이 얼마나 이기적이고 무가치한 것이었는가를 스스로 깨달아가는 자기 고백의 과정이었다. 그리하여 그것은 또 볼품없는 자신의 과거를 버리는 과정이었고, 세속적인 인간 욕망의 옷을 벗는 일이었으며, 그 자기 버림의 과정을 통하여 새로운 사랑과 정의에의 각성을 스스로 이루어나가는 과정이었다. 일정한 격식이 없이 행해지는 그의 기도는 그러므로 그것을 받아주고 응답해줄 주재자도 없었다. 그의 기도는 하늘에 계신 높은 분께가 아니라 자기 자신을 상대로 한 것이었고, 그러므로 그 기도의 응답자 역시도 하느님이 아닌 자신이 되어야 하였다. 어쩌다 그의 기도를 거들어준 것은 오직 그가 미리 소개를 받고 온 그곳 김 목사 한 사람뿐이었다.

그는 때로 그 자기 기도의 방향이나 명제에 대해서, 또는 그가 행할 기도의 내용에 대해서 이따금 그 김 목사의 조언을 구하곤 하였다. 아니 그의 고백과 버림의 기도의 첫 인도자도 사실은 바로 그 김 목사 자신이었다. 김 목사는 말하자면 그처럼 유일무이한 그의 기도의 조력자였고, 그와의 의논이나 토론의 기회도 그만큼 많았던 편이었다. 하지만 그의 도움에도 한계가 있을 수밖에 없었다. 기도의 명제나 방법에 대한 그와의 적지 않은 토론에도 불구하고 실제 기도의 과정이나 그 어려움은 끝끝내 백상도 자신의 몫일 수밖에 없었다.

하지만 그는 한번 기도를 시작하자 이내 그 과정 속에 깊이 몰입해 들어갔다. 방학이 끝나고 이미 개학 시기가 되어서도 그냥 끈질기게 기도를 계속해갔다. 이미 그것을 예견하고 있었던 듯 학교에서도 이미 누구에 의해선지 그의 학적부의 이름이 지워지고 말았지만, 그로선 그런 사실도 알지 못한 채였다.

그렇듯 그가 먼저 자기 고백과 버림의 기도를 통하여 혼신의 힘으로 안고 싸운 명제는 이른바 '실천선'과 '절대선'이었다.

모든 기독교의 교리나 진리는 복음서의 말씀 그 자체였다. 그리고 그 복음서들의 말씀의 기초는 우리 인간의 구원과 여호와 하느님께서 그 독생자로 인하여 우리에게 보여주신 지고한 자기희생의 사랑에 있었다. 그것은 바로 기독교의 사랑이 복음서상의 단순한 '말씀'이 아니라 자기 희생적 실천의 덕목임을 증거함인 것이다. 사랑의 말씀이 하느님의 몫이라면, 그 말씀과 사랑의 참값을 세상 가운데에 실천으로 드러내 증거하는 것은 사람의 몫이었다. 복음서의 사랑은 말씀이 아니라 그 말씀의 실천 과정에 참값이 있음이었다. 그러므로 세상 가운데에 사랑의 복음을 전하고자 하는 자들은 말씀을 전하는 일보다 자신이 말씀 가운데에서 그의 사랑과 정의를 실천으로 드러내고 증거해나가야 하였다. 그것이 바로 '실천선'의 진실이었다.

한마디로 주님의 사랑을 전하고자 하는 자들은 그 스스로 한 알의 사랑의 씨알이 되어야 하였다. 씨알을 나눠주는 사람보다도 그 자신 한 알의 씨알로 썩어가 내일의 들판을 푸르게 해야 하였다. 주님의 영광과 사랑을 그 실체로서 증거해야 하였다.

거기엔 물론 때와 장소가 가려져서도 안 되었다. 씨알들이 묻힌 땅은 어디나 가야 하였다. 가서 함께 묻히고 함께 우거져야 했다. 밝은 햇빛 속에선 씨알이 썩기 어려웠다. 어둡고 습기 찬 곳일수록 썩기가 더 쉬웠다. 더욱이 그런 곳일수록 사랑의 씨알이 떨어져 묻힌 일이 드물었다…… 가난하고 더러운 곳, 슬프고 억울한 곳, 불의하고 난폭한 곳, 그런 곳일수록 한 알의 작은 사랑의 씨알이 더욱더 소망스런 곳이었다. 그 사랑의 복음을 전하고자 하는 주님의 전사라면 마땅히 그런 곳을 앞서 찾아가서 고난과 어려움을 함께해야 하였다.

그것은 물론 보통 어려운 일이 아니었다. 그것은 무엇보다 말로만 행해져오던 종래의 복음전도 방법이 아니었다. 복음전도라기보다 아예 세상 가운데로 함께 섞여 들어가 사는 일에 가까웠다. 설교도 교회도 교직도 필요 없었다. 교회나 교직 대신 자기 지움의 사랑과 희생의 결단이 필요할 뿐이었다——

백상도는 그 끊임없는 기도와 고백으로 스스로 그 결단에 이르러야 하였다. 자신을 온전히 버리는 일도 어렵거니와 그 실천적 자기희생의 사랑은 각오만으로는 될 일이 아니기 때문이었다.

하지만 그건 아직 차라리 꽃길이었다. 보다 더 막막하고 험난스런 길은 그 '절대선'의 영접과 순응의 계율이었다. 주님의 전사로서 백상도가 이 땅 위에서 스스로 실천하고 증거해 보여야 할 사랑과 정의는 다시 말하거니와 복음서 말씀들의 내용 그 자체였다. 그것은 사람으로서 더하고 덜함, 의심하여 바꾸고 새로이 함이 있을 수 없는 절대진리였다. 이르는 바 주님 몫의 '절대선'이었다. 거기 비하여 사람의 몫이란 오직 그 사랑의 말씀을 실천하고 증거하는 것뿐이었다. 더욱이 그러한 사랑의 드러냄이 자신을 위한 증거가 되어서는 안 되었다.

사람들은 자신의 사랑과 봉사에 유형무형의 보상을 소망한다. 인하여 그를 위해 사람들 앞에서 그것을 서둘러 드러내고 싶어 하고, 때로는 과장까지도 서슴지 않는다. 그러나 참 선행은 참사랑이 그러하듯 보상을 구하거나 탐하려 들지 않는다. 인간에게서는 그것을 구하거나 재촉해서는 안 되었다. 그것은 사랑의 힘을 시들게 할 뿐 아니라 과장과 거짓과 속임수를 낳게 하기 때문이다. 진실로 참되고 값진 사랑은 주 하느님께서 밝히 알고 계시며, 그분으로부터 가장 크고 빛나는 보상을 받는다……

사람들은 그의 사랑과 선행으로 자기 자신을 증거해서는 안 되었다. 다만 그의 주님의 사랑만을 증거하되, 그것도 자신의 이름으로 해서는 안 되었다. 그 사랑이 다만 당신의 역사로 이루어지고, 당신의 영광으로 나타나게 해야 하였다—

사람들은 그 일을 오직 주 하느님 한 분께 증거할 결단을 지녀야 하였다. 그는 오직 주님의 부르심을 받는 날, 그분 앞으로 나아가 제 일을 고하고 그분의 심판을 기다려야 하였다. 그날까지는 제 일을 스스로 심판해서는 안 되었다. 드러내 증거하고 보상을 구함은 스스로 제 일을 심판하는 일이었다. 그것은 거짓으로 주님과 자신을 속이려는 일일 뿐 아니라, 주님의 권능을 욕되이 넘보려는 짓이었다. 심판은 오직 주님만의 권능이었다. 오른손이 하는 일을 왼손이 모르게 행하라 하였다. 오로지 그분의 심판날을 참고 기다려야 하였다—

백상도는 한마디로 그 세상 가운데서 주님의 사랑을 행하되, 스스로 비밀로 행해나가야 하였다. 드러내 증거하거나 대가를 구함이 없이 침묵 속에 숨어 행하다 주님 앞으로 가야 했다. 그것이 바로 '절대선'에의 길이었다. 그럼으로써 그의 사랑 또한 인간의 심판을 떠난 주님의 사랑의 역사, 그 절대의 섭리의 일부가 될뿐더러, 그가 누릴 가장 은혜스런 보상이 되는 것이었다.

참으로 힘들고 막막한 길이었다. 그것은 차라리 절망의 벽이었다. 하지만 백상도는 끝내 그 모든 것을 자신의 믿음 속으로 안아들일 수 있었다. 자신을 버리고 오로지 주님의 이름없는 종으로서 당신의 사랑의 역사만을 행해나갈 자신의 앞길을 보게 된 것이었다. 그리고 스스로 힘을 얻은 것이었다. 밤을 새워가며 계속

된 김 목사와의 토론과 그 자신의 길고 긴 기도 덕분이었다. 김 목사의 말 가운덴 씨알이나 밑강물, 세례자 요한의 인용이 특히 빈번했다. 씨알의 비유는 내일의 생명과 그 영광을 위한 자기희생의 사랑을 뜻하거니와, 밑강물의 비유에도 그 비슷한 사랑의 힘이 실리고 있었다. 사람들은 흔히 강물의 흐름을 눈에 보이는 겉모양새로만 말했다. 그러나 그것은 겉으로 드러난 흐름새일 뿐 더 많은 강물은 수면 아래로 보이지 않게 흐른다. 수면의 흐름새는 그 밑흐름에 얹혀가는 것일 뿐임에 비하여, 보다 더 힘있는 강물의 주류는 눈에도 보이지 않고 소리도 들리지 않는 그 깊은 강심 속의 밑흐름 쪽인 것이다. 세상의 움직임이나 흐름도 마찬가지다. 교회까지를 포함한 세상일들도 흔히 남 앞에 나선 몇몇 사람들의 지혜나 힘으로 이끌려나가고 있는 듯싶어 보이지만, 그것을 움직여나가는 본바탕의 힘은 그보다 이름 없고 보이지도 않는 세상의 수많은 인총(人叢)들의 복판을 흐르고 있는 것일 때가 허다하다. 세상의 무수한 인총들 속에 섞여 그 속에 이름 없이 함께 흐르는 힘, 크고 깊은 흐름이면서도 눈에 띄지 않는 힘, 그 밑강물처럼 깊은 힘의 흐름—, 주님의 사랑도 그 인자(人子)들을 통하여 그런 침묵의 힘으로 흘러야 한다는 것이었다.

그런 연유로 김 목사는 자꾸 그 세례자 요한을 누구보다 위대한 지상의 성자로 숭배했다. 그리고 그의 외로움과 영광을 보이려 백상도 앞에 그의 생애를 읊어주곤 하였다.

—세례 요한님은 이스라엘 백성들과 광야에 함께 계셨습니다. 그리고 사람들은 그를 따르며 당신을 이스라엘의 구세주라

하였습니다. 그러나 그는 당신을 위해서는 아무것도 증거하신 바가 없었습니다. 자신을 통하여 오직 뒤에 오실 참 구세주 그리스도를 증거하셨을 뿐입니다. 그리고 그의 나라의 도래를 준비하셨을 뿐입니다.

─뒤에 오실 구세주 예수 그리스도껜 그 백성들의 엄청난 박해가 예비되어 있었습니다. 그러나 세례 요한님께서는 그 박해를 크게 경계하지 않으셨습니다. 그리스도께선 그 백성들의 박해를 통하여 이스라엘의 왕이 되게끔 예정되어 있었기 때문입니다. 그는 그 박해를 예수님이 아닌 자신에게로 향하게 하실 수도 있었습니다. 그리하여 자신이 이스라엘의 왕이 되실 수도 있었습니다. 사람들이 당신을 구세주라 했을 때, 그렇다 내가 이스라엘의 왕이다, 한마디만 하셨으면 그렇게 되실 수도 있었을 것입니다. 그러나 그는 자신을 위해서 말하지 않았습니다. 그는 그 사람들의 소망을 물리치고 오직 주 예수 그리스도만을 위해 증거하셨습니다. 왕으로 나아가는 그 박해의 제의(祭儀)를 스스로 사양하신 것입니다. 그것은 진정 주 예수 그리스도의 것이었기 때문입니다. 오직 그 자신만이 그것을 알고 거기에 자신을 바치신 것입니다. ……그러나 당신이 그날에 겪으신 외로움과 오늘의 영광이 어떠합니까.

그는 과연 자신을 증거하지 않은 그 외롭고 단단한 침묵(말 없음이 아니라 자신을 증거함이 없이 주님 뜻만을 따르려는 결의로서의)의 생애로 인하여 오늘은 그 김 목사의 교회들에서 지상의 성자로 경배되고 있었다. 그리고 그런 점에서 백상도는 그 밀알이나 씨알, 밑강물 같은 말들이 그의 주변 학교나 교회들의 이름으로 많이 택해지고 있는 것도 전혀 우연한 일이 아닌 것 같았다. 더욱이 서울의 요한신학교의 이름이 성자 요한이 아닌 세례자 요한에 근거했던 사실도 필경은 그와 어떤 연관이 있을 일일 터였다.

하지만 역시 그의 믿음과 자기 결단의 힘은 그 끈질기고 고통스런 기도의 힘에 의해 이루어진 것이었다. 그 기도야말로 주님의 말씀을 옳게 만나고 자신의 믿음을 반석처럼 굳게 해나가는 참 지혜의 길이요, 용기의 원천이었다. 그는 실상 그동안 영혼의 눈빛이 흐려지고 결심이 흔들리려는 위험한 고비를 수없이 겪었었다. 그러나 그때마다 그는 그 광야를 헤매는 세례자 요한의 외롭고 고통스런 기도로써 그 같은 위기를 넘어서곤 하였다. 기도만이 주님의 참뜻을 보게 했고, 기도하는 자만이 자기 참음 속에 먼 뒷날의 심판을 기다릴 수 있었다.

그리고 일견 신성(神性)과 인간성과의 싸움과도 같은 그 기나긴 1년간의 기도 끝에 백상도는 드디어 그 아집과 무명의 자기 껍질을 벗어던지고 주 그리스도의 참사랑의 전사로서, 이른바 그 실천선과 절대선에의 힘든 길을 마음속에 굳건히 닦아놓을 수 있었다.

하지만 그것으로도 아직 그의 기도가 모두 끝난 것이 아니었다. 그는 그 1년간의 기도 과정이 끝나자 즉시 또 다른 교회의 기도원을 찾아가, 거기서 다시 새로운 기도를 시작해야 했다. 이번에도 역시 기도의 명제는 실천선과 절대선에 관한 것이었지만,

그 시각과 방법을 썩 달리한 것이었다. 앞서 1년간이 그 실천선과 절대선의 이해를 통한 자아 탈피와 각성, 결단의 과정이었다면, 이제부터는 그 구체적인 실천방법을 궁구, 자신의 삶 속에 추체험시켜나가는 단련과 습합의 기도과정이랄 수 있었다. 그는 그러한 잠행과 기도생활을 이후 다시 1년 가까이나 계속했다. 이리저리 교회와 기도원들을 여섯 곳이나 계속 바꿔 옮겨다니면서였다. 그러면서 그는 자신을 거기까지 이끌어온 보이지 않는 힘과 조직 그리고 자신의 운명의 변화에 대하여 새삼 놀라운 각성이 이루어지고 있었다. 그는 이제 다시는 옛날의 학교로는 돌아갈 수 없었을 뿐 아니라, 옛날의 자신으로도 돌아갈 수가 없었다. 기도 기간이 끝나면 그가 살아온 과거의 삶과는 일체의 인연을 끊어 없애고 새로운 이름의 새로운 인간으로 새로운 삶을 시작해야 하였다. 뿐만 아니라 그로부터 그는 일체의 복음전도 행위를 일생을 걸어 그의 새로운 이름으로 혼자 행하고, 이 지상에서의 삶이 끝나야 그가 땅 위에서 이룩한 것들과 함께 주님께 나아가 당신의 심판을 구할 수 있었다. 이 땅 위에 살아 있는 동안은 누구에게도 그것을 증거하려 해서는 안 되었다. 땅 위의 사람들에게는 그것을 증거하려 해서는 안 되고, 더욱이 그것을 자신의 이름으로 기억시키려 해서도 안 되었다. 오직 주님의 이름으로 주님의 역사만을 증거해야 하였다.

어찌 보면 그것은 그 주님에의 믿음을 위하여 인간에의 믿음을 버리는 일처럼도 보였다. 자신의 이름으로는 아무것도 증거할 수 없고, 자신에게로 돌아갈 수도 없음은 곧 인간에의 길을 닫아버리는 것뿐 아니라, 바로 그 인간에 대한 믿음과 인간 자체를 부인하는 것과도 같았다. 하지만 이곳에서는 그것이 진정 인간을 위해 행하고 세상을 움직여나가는 정결스런 힘으로, 그 인간의 삶의 마당으로 돌아가는 길이었다. 그것은 누구보다 세례자 요한의 길을 숭상하고 그것을 전도의 교리로 삼고 있는 이들 교회(그것은 차라리 하나의 교단이라 할 수 있었다)의 절대계율이었다.

그런데 더욱더 놀라운 것은 그를 거기까지 이끌어온 그 눈에 보이지 않은 조직과 힘의 움직임이었다. 그 조직과 힘의 움직임은 참으로 은밀하고 정확했다. 신학교에서 그가 이 별도 과정의 대상으로 선발되고 그 기나긴 기도 과정을 거쳐 비로소 주님의 한 소망스런 전사로 길러지기까지는 그를 뒤에서 끊임없이 이끌어온 보이지 않는 손들의 움직임이 있었다. 그가 선발된 과정에서부터 그가 그동안에 만나고 헤어져간 여러 교직자들, 학교와 교회와 기도원 사람들이 그 힘의 뿌리요 얼굴들일 터였다. 그리고 그것은 교회뿐만 아니라 이 세상 곳곳에 널리 뻗어 있는 것 같았다. 하지만 그 조직이나 힘의 얼굴은 언제나 한 사람의 그것으로만 나타날 뿐 전체의 모습은 윤곽을 드러내는 일이 없었다. 얼굴과 얼굴 간에도 그리 긴 연결선이 없었다. 하나의 얼굴은 다른 한 얼굴과만 만나고 지나갔다. 그리고 한번 지나간 얼굴은 다시 그 앞에 나타나는 일이 없었다. 맨 처음 시골 외숙네로 백상도를 찾아와 그에게 이 기도의 길을 권했던 사내조차 그 자신밖에는 뒷일을 맡아줄 다른 사람들의 얼굴을 알지 못했다. 그래 그도 다만 밑강물기도원의 소재와 그곳 김 목사의 존재를 일러주었을 뿐이었다. 그리고는 그것으로 그도 그만이었다. 백상도는 이후 다시 그를 만난 일도 만날 필요도 없었다. 그 잠행식 기도 기간뿐 아니라 이후의 생애에서, 그의 곁을 지나간 사람들이 한결같이 그랬듯이 사내는 오직 그 한 번뿐의 역할로 다시 그 앞에 얼굴을 나타낸 일이 없었다.

어떻게 보면 그 배후는 실제의 조직이나 얼굴이 없는 어떤 힘의 움직임에 불과한 것일 수도 있었다. 그러나 백상도는 그의 기도 기간 동안 그 움직임의 거대함과 완벽성 같은 것을 끊임없이 느끼고 있었다. 기도를 시작한 지 반년쯤 뒤에 자신의 학적이 이미 정리되어버린 사실을 전해 듣고 그것을 어슴푸레 알아차리기 시작했지만, 그런 힘의 움직임은 보이지 않는 그림자처럼 그의 주위에서 자주 느낄 수 있었다. 후일의 최병진과 유민혁 사건 비슷한 일들을 백상도는 이 무렵부터 이미 자주 보아온 것이었다. 백상도의 기도와 토론 동참자들 가운데는 자신들의 교회나 바깥 세상일에 대해 은근히 정확한 예언을 보인 일이 많았다. 그의 기도가 2년째 접어들고 있을 무렵, 한번은 그의 기도와 토론에 동참해오던 교회 장로 한 분이 당대의 세도가이던 정 모 현역 군 소장을 심하게 매도해댄 일이 있었다. 불의한 권력을 함부로 휘둘러 이 나라의 선량한 백성들을 괴롭히고, 세상을 악으로 병들게 해온 그 위인은 미구에 주님의 '불벼락'의 심판을 면할 수 없으리라는 것이었다. 그런데 그 인물은 몇 달이 못 가서 자기 집 앞 골목에서 불의에 그 부하의 총질을 받고 숨져갔다. 다른 한번은 정치에 상당한 관심을 가지고 그쪽 감각도 꽤 예민한 목사님 한 분이 있었는데, 그 혈기방장한 젊은 목사님은 당시 나랏일을 마음대로 짓주물러대던 ㅈ당의 막깅한 조직과 힘에 대항할 야당세의 분열상을 늘상 안타까워하고 있었다. 당시의 야당세는 보수와 혁신에 신구와 남북의 여러 정파로 사분오열되어 있던 판이라, 이듬해로 다가온 ㅈ당과의 대권 경쟁 전망이 거의 절망적인 상태였다. 그런데 그로부터 얼마 안 있어 정계 일각에 범국민적 통합 야당으로서의 ㅁ당의 창당이 실현되기에 이르렀다. 그 이외에도 일정한 교직이 없이 자기 기도에만 열심이던 평신도 한 사람은 웬일로 저 남해상의 천질의 수용소(요양소라기보다) ㅅ섬의 비참하고 열악한 관리 실태와 그 역질의 특징적 병리현상에 놀랍도록 깊이 통달해 있기도 하였다—

그런 일들은 마치 모든 세상일들을 미리 다 투시해보는 전지자의 은밀스런 예언 행위와도 같았다. 그리고 다만 그 소망과 신통력의 행사뿐 아니라 자신들의 간여나 힘의 행사가 뒤에서 조용히 이루어져오고 있는 것 같기도 하였다. 그래 백상도는 때로 자신뿐 아니라 이 세상 모든 일이 가시적 일상의 힘과 질서에 의해서가 아니라, 오히려 그 눈에 보이지 않는 어둠 속의 조직과 힘의 작용으로 움직여나가고 있는 듯한 느낌에 스스로 놀라움을 금치 못해하곤 하였다. 눈에 보이는 힘과 질서는 한낱 외관에 불과할 뿐, 세상을 움직여나가는 참 정의와 진실의 힘의 근원은 오히려 지하의 어둠 속에 있는 것 같았다. 그렇듯 그 보이지 않는 힘의 움직임은 정계나 경제계·문화계 할 것 없이 교회 안팎으로 두루 깊숙이 스며들어 세상을 은밀히 경륜해나가고 있는 식이었다.

그것은 한마디로 눈에 보이지 않는 또 하나의 교회였다. 백상도로서는 이때까지 상상조차 못해온 지하의 교회였다. 지상의 교회가 밝은 빛 속에 드러나 움직이는 교회라면, 이 힘의 흐름과 복음전파 활동은 그것을 밑강물처럼 떠받쳐주고 있는 지하의 교회였다. 그리고 이 땅엔 그 두 교회가 서로 안팎의 힘으로 이어져 비로소 주님의 온전한 교회를 이루고 있는 것 같았다.

백상도는 이를테면 그 예상치도 못했던 기도 과정을 통하여 비로소 그의 교회의 다른 한쪽을 보게 된 것이었다.

13

그 길고 긴 백상도의 기도가 모두 끝난 것은 그로부터 다시 1년쯤이 더 흘러간 57년 초여름 녘, 그런저런 잠행과 극기의 세월 끝에 마지막 여섯번째로 소개받고 간 어떤 시골농장 근처 교회의 늙은 장로님과 함께 21일간의 금식기도를 마치고 나서였다. 그리고 마침내 그 기도가 끝났을 때, 백상도는 스스로의 굳은 신앙심에 의해서뿐 아니라, 그를 거기까지 이끌어온 그 보이지 않는 지하교회의 움직임들에 의하여 완전무결한 새 교리와 계율들로 무장된 새로운 인간, 이를테면 시정의 필부들과 함께 스스로의 삶 속에서 그의 주님의 사랑과 복음을 전하고 당신의 놀라운 역사를 증거해갈 축복과 계시의 전사로 다시 태어났음을 깨달았다. 자신의 신앙심과 신념에 대해서는 새삼 더 말을 할 필요가 없었다. 그 지하교회와 힘의 각성은 이제부터의 그의 삶이 어떠해야 하며 그의 복음사업이 어떠해야 하리라는 것을 스스로 깨닫고 지켜나가게 해준 것이었다.

— 나의 몸으로 실천하지 않는 사랑은 사랑이 아니요, 나의 삶으로 실천하지 않는 의는 의가 아니다. 나는 나의 몸으로 사랑을 실천하고 나의 삶으로 의를 살아 아버지 하느님의 사랑과 구원의 역사를 알리리라. 그리고 나는 나의 생애의 모든 행업을 오직 한 분, 나의 생명과 삶의 주재자이신 여호와 하느님 앞으로 나아가 그분의 심판이 내리실 때까지 땅 위의 인간의 이름으로는 누구의 증거도 구함이 없으리라……

마지막 기도가 끝나던 날, 백상도는 그 기도 가운데서 다시 한 번 굳게 서약하였다. 그리고 그것으로 그는 자신의 삶이 이미 주 하느님의 심판과 구원을 약속받은 듯, 기쁨 속에 세상으로 돌아갈 준비를 서둘렀다. 아니, 그는 이제 그 세상 가운데로 자신이 섞여 들어가는 데에도 별다른 준비가 필요하지 않았다. 그곳(그 농장과 교회의 장로님)을 떠나면서 그가 할 일은 다만 지금까지의 자신의 모든 것들과 마지막 결별을 고하는 것뿐이었다. 그의 기도 가운데서 그간에도 끊임없이 그래 왔듯이 지금까지 지내온 그의 이름이나 삶의 내력들, 심지어는 그간에 그가 거쳐온 교회와 기도원과 그곳 사람들을 포함한 기도 과정 자체까지도, 그의 지난날의 삶 전체를 마지막으로 깨끗이 벗어버리는 것이었다.

그 일과 상관해서 장로님도 다시 한 번 냉엄한 당부의 말씀을 주셨다.

　― 알고 계실 일이지만 내가 한번 더 당부를 드리겠소. 이제, 형제의 옛날 이름일랑은 이곳에 버려두고 가도록 하시오. 그리고 이제부터는 모든 일을 형제의 새 이름으로 혼자서 행해나가시오. ……우리에게 그 이름을 가져오지 마시오. 형제의 새 이름으로 행한 것들을 다른 형제들에게도 증거하려 하지 마시오. 형제가 행한 것은 이제 저 높은 분의 섭리와 역사의 한 부분이 될 뿐인 것이오. 우리는 누구도 믿음을 지니고 행해나갈 뿐, 그분의 역사를 사람의 이름으로 증거하려 해서는 안 되오. 나는 여기서 형제를 떠나보내되 떠나보낸 일이 없는 것이오. 지금 여기서 형제를 떠나보내고 나면 나는 이미 이곳에서 없는 것이 될 것이오. 이곳은 형제가 다시 돌아올 곳이 아니오. 밑으로 흐르는 강물이 바다에 이르러 비로소 그 이웃을 만나듯, 우리가 우리의 이름으로 다시 만날 수 있는 곳은 이 어려운 땅 위의 일들이 감당되고 났을 때 저 자랑스런 주님의 나라에서뿐인 것이오. 길이 아버지 하느님의 가호가 함께하시길 기원하겠소. 그리고 형제의 일엔 늘 보이지 않는 다른 형제들의 뜻과 그들의 팔이 함께하고 있음을 명심하기 바라오. 자 그럼 이제 형제가 떠나가야 할 때가 도래한 듯싶소……

넷째 마당

사람의 길, 하늘의 길 2

14

노인의 이야기는 거기서 한고비를 넘기고 나서도 아직 한참 더 길게 계속되어나갔다. 백상도가 마침내 정완규라는 새 이름으로 세상으로 돌아온 것이었다. 전쟁의 혼란이 아직 채 가시지 않은 세상은 신분의 위장에 그리 어려울 일이 없었다. 그 대신 마땅한 일자리를 구하는 것도 그만큼 쉽지가 않았다.

"난 우선 무엇보다 호구지책 마련부터 서두르지 않으면 안 될 처지였지요. 그것도 사람들과의 접촉이 웬만큼 용이한 곳으로다 말이외다. 하지만 전란 뒤끝의 혼란스런 세상에서, 그나마 신분 마저 확실치가 못하고 보니 마땅한 일자리가 쉬웠겠소. 난 우선 더 넓고 사람 많은 서울로 올라가 서울역 근처에서 지게꾼 노릇을 시작했다오. 그 시절 역이라면 어디보다 사람이 많이 모이는

곳이기도 했거니와 일대에 그대로 고여 눌어붙어 어려운 연명을
해나가고 있는 사람들이 많았으니까……"

백상도 노인은 이제 그가 정완규란 새 이름으로 세상 가운데서
행한 본격적인 활동을 털어놓기 시작했다.

하지만 그는 서울역 근처에서의 지게꾼 노릇을 그리 오래 계속
하지 않았다. 지게꾼 노릇으로는 자신의 호구지책조차도 어려웠
거니와 역이란 원래가 사람이 늘 스쳐 흘러 지나가게 마련인 곳
이기 때문이었다. 사람들은 그저 늘 그의 주위를 흘러 스치고 지
나갈 뿐이었다. 역을 지나가는 사람들도 그랬고, 함께 지게품팔
이를 하고 지내던 사람들도 그랬다. 거기다 껌팔이나 신문팔이
아이들처럼 얼굴이 제법 익어질 만큼 거기 함께 머물러 남은 붙
박이들은 그 생존이 오히려 곤욕의 수렁이었다. 그의 능력 안에
있는 사랑이나 정의 따윈 그림자조차도 드리울 곳이 없었다. 거
기서 그가 할 일은 아무것도 없었다. 그 꼴로 어물어물 서성대고
있다가는 자신마저 그 수렁 속으로 속절없이 녹아 가라앉아버릴
것 같았다. 그는 우선 자신부터 힘을 얻어야 하였다.

"그는 오래잖아 그곳을 뒤로한 채 남쪽으로 가는 밤열차에 몸
을 실었제……"

노인은 이제 그런 식으로 남의 이야기를 전하듯, 그간 정완규
가 헤매 지내온 곳들을 몇 군데 소개해나갔다. 뿐더러 이제 그 노
인의 이야기에선 노인 자신이나 백상도의 존재가 서서히 사라져
가고 있었다. 노인 자신이 거기서부터는 정완규만을 계속 내세
운 때문이었다.

"그 정완규가 그저 발길 닿는 대로 처음 찾아든 곳이 저 서남쪽 해안의 한 간척사업장이었소……"

그런데 그게 그의 첫 시험의 자리로 예비되어 있었음인지, 정완규 청년이 찾아든 간척장은 그 무렵에 마침 근처 마을의 토박이 가난뱅이들에다, 동란 중에 북쪽 황해도 일대에서 밀려 내려온 피난민 무리로 사업장 취업질서가 말이 아닌 곳이었다. 시절이 시절인지라 어쩔 수가 없었겠지만, 무엇보다 안타깝고 한심스런 사정은 취업 인부들이 일을 하고도 노임을 제대로 못 받는 실정이었다.

공사판 안에는 취역 인력이나 회계 따위를 관리하는 사업소 측 인원과 바윗돌과 흙을 캐고 궤도차를 밀어 나르는 현장작업 인원 이외에, 그 두 부류에 세력을 두루 침투시켜 갖가지 방법으로 작업 노임을 약취해가는 폭력성 기생 조직이 함께하고 있었다. 출역 인부들이 주로 가난한 현지 주민과 전란에 지친 피난민들로 이루어져 있음에 반하여, 폭력과 지략을 두루 갖춘 이 기생 조직의 인원 성분은 애초에 사업장 관리층을 따라 들어온 외지 출신의 낭인배들이었다. 이들은 언제부턴가 사업 주관 회사의 현장작업 관리 인원이 부족함을 기화로 그 현장사업소 관리 책임자들과 결탁하여 노역 인력 동원이나 노임 지불 업무와 같은 사업장 관리권을 대부분 손에 넣고 있었다. 그리고 진짜 회사 사람들은 저만치 뒤로 물러서 있게 하고 공사 진행상의 업무의 대부분을 저희들 마음대로 좌지우지해나갔다. 출역 희망 인부수가 늘 필요 인원수보다 넘쳐남을 이용해 이자들은 그 모자란 출역 기회 배정에 재량권을 마음껏 행사했으며, 그 출역 배정권 한 가지만으로도 현장 인부들은 아무도 이들의 비위를 건드릴 짓을 하지 못했다. 그래 이들이 인부들을 상대로 자행해온 갖가지 횡포와 비리의 목록들은 그저 원망으로나 넘길 수 있을 정도가 아니었다. 위인들은 우선 노임 지불이 보름 만에 한 번씩 현금으로 계산되는 기간을 이용하여 터무니없는 선이자부의 돈표 매입장사를 하였다. 인부들이 하루의 일을 끝내고 나면 일당으로 주어지는 것이 출역 배정표에 감독인의 도장을 찍은 노임전표 한 장씩이었다. 하지만 당장에 밥도 먹고 술도 먹어야 하는 공사판 인부들에겐 보름만큼씩 돌아오는 현금 계산 날짜를 참고 기다릴 수가 없는 형편이었다. 조직 착취배들은 이를 이용하여 얼마간의 현금을 미리 마련해놓고 터무니없이 높은 선이자율로 이들의 전표를 사들였다. 하루 3푼 정도의 선이자를 떼는 것이 보통이었다. 그러니 보름씩이나 계산 날을 기다려야 하는 전표는 거의 절반액에 가까운 선이자를 물고서 급한 현금을 구하는 식이었다. 이자가 비싸다고 그 짓을 마다할 수도 없었다. 비싼 이자 물기가 싫은 사람이라도 결국은 그 전표를 들고 밥집이나 술집으로 막바로 직행하게 마련이었다. 하지만 밥집이나 술집 역시도 저들의 손아귀에 관리권이 모두 붙들려 있었다. 현금이 아닌 전표 외상값은 같은 율의 선이자분이 깎이고 계산됐다. 그리고 그 전표들도 결국은 어차피 일당의 손으로 넘어가게 되어 있었다. 술집과 밥집까지 용케 벗어난 전표가 있어도 이번에는 또 노름판이 그것을 기다렸다…… 어떤 식으로든 노임전표는 결국 일당의 손

으로 넘어가게 마련이었다. 그것을 끝끝내 거부하거나 불평의
기미를 보이는 자에겐 다시 마지막 제재가 가해졌다. 그런 기미
가 드러난 사람에겐 다음번 출역의 기회가 사라지는 것이었다.
위인들은 그런 짓을 굳이 숨기려 하지도 않았다. 지략과 폭력을
겸비한 일당으로선 실상 그럴 필요조차 없는 셈이었다. 그 위협
적인 힘과 협잡질로 위인들은 그저 무엇이나 자기들 하고 싶은
대로인 것이었다.

　정완규는 그런 비리와 부조리 속에서도 한동안은 그저 묵묵히
입을 다물고 지냈다. 그로선 우선 그런저런 세상 물정부터 배워
야 할 처지인 데다, 첫판부터 막바로 그런 상황을 만나게 될 때에
대한 다음의 대비가 없었기 때문이었다. 그보다 오래고 강건한
육신의 인부들조차도 위인들의 횡포와 자신들의 피해엔 그럴 수
없이 길이 잘 들어 있는 판이었다. 그런 터에 섣불리 참견을 하고
나섰다간 제 코부터 먼저 깨져 쫓겨나게 될 형편이었다.

　하지만 정완규가 그 공사판을 찾아든 지 두 달쯤이 지나고부
턴 사정이 조금씩 달라지기 시작했다. 정완규는 이때부터 자신
이 그 폭력과 착취 조직에 두 발을 깊이 들여놓게 된 것이다. 다
름 아니라, 그게 그가 옛날 사선을 넘어 살아남을 수 있었던 투지
와 2년여에 걸친 기도의 지혜로 얻어낸 방법이었다.

　"사정이 그런 곳이니 언제까지나 그저 눈을 감고 지낼 수만은
없는 처지였지. 하지만 정완규에겐 방법이 없었어요. 일당의 엄
청난 힘의 횡포 앞에 정완규 자신을 포함한 인부들의 처지는 순
하게 길들여진 오합지졸 꼴이었으니…… 그래 거기서 짜낸 지혜

가 그 방법뿐이었지요. 그리고 그가 그런 방법으로 거기서 행한 활동이란 긴말 하지 않아도 실은 자명한 것이겠고……”

하고 나서 다시 덧붙인 노인의 부연인즉, 어떤 옳지 못한 사태의 개선 작업은 그 바깥에서보다 내부의 핵심에서 그 조직과 힘을 와해시켜나가는 것이 훨씬 효과적일 수가 있다는 것이었다. 그것은 분명히 현명한 방법이었다. 개선이 필요한 쪽이 그것을 원하는 쪽보다 월등한 조직의 힘을 지니고 있는 경우에서라면 그것은 더더욱 지혜로운 방법이었다.

하지만 노인은 정완규가 거기서 그 같은 방법으로 어떤 식의 활약을 했는지에 대해서는 더 이상 구체적인 설명을 생략했다. 그 대신 노인은 그의 주님의 숨은 전사답게 정완규가 1년 동안 거기서 거두게 된 성과의 하나로 그 조직의 우두머리 격인 ‘변 상 사’(노인도 그 이름까진 잘 기억하지 못했다)라는 위인의 다분히 희극적인 변신의 과정을 소개해주었을 뿐이었다.

“그 무렵에 마침 정완규의 간척장 일터 근처 마을에 신도 수가 몇 명 안 되는 작은 교회 하나가 있었지요……”

여전히 그 젊은 정완규를 앞에 내세운 노인의 이야기 ─

……그런데 이 교회로는 사변 직후부터 외국으로부터 보내온 난민구호품들이 적지 않이 흘러 들어오고 있었다. 그렇게 시골 마을 교회까지 들어온 구호품이라야 대개는 그리 쓸모가 대단찮은 물건들뿐이었다. 침만 바르면 쓰고 끈적끈적하게 변하는 붉은 고약가루(야전용 분말 커피)나 종짓물 하나도 제대로 달게 하지 못할 정도의 얇은 설탕봉지(커피 가미용)들, 그리고 작고 납

작한 박하껌류나 버석버석 부스러지는 과자 부스러기(비스킷) 따위가 대부분이었다. 그런 가운데도 때로는 털가죽이 제법 두툼한 겨울용 외투나 콩기름을 짜 만들었다는 식용유 따위와 같이 실속도 있고 돈푼이나 될 만한 물건들이 끼어들어오는 수가 있었다. 보내는 쪽에선 교회를 통하여 춥고 배고픈 이웃 형제들과 나누라는 물건들이었겠으나, 구호품을 배급받는 시골 교회 사람들은 굳이 춥고 배고픈 이웃의 형제를 멀리서 찾아야 할 필요가 없었다. 자신들도 바로 그 춥고 배고픈 형제의 처지들인 판에, 다른 형제들까지 밖에서 불러들일 여유가 없었기 때문이었다. 교회 사람들은 그것이 곧 주님의 선택의 징표인 양 저희끼리 먼저 먹성과 입성들을 감사히 다독여나가고 있었다.

그래 그동안 일당의 시험 앞에 군대에서의 악발성과 지략을 발휘하여 나이가 좀 어린 대로 두목으로 받들어오던 변 상사의 신임을 쌓아오던 정완규는 그런 사실을 가지고 다시 위인의 구미를 돋우었다.

─그 물건들이 어디 예배당 사람들 자기네 등짝 덥히고 배불리라는 건가요. 진짜 배고프고 등골 추운 사람들을 찾아 나눠주라는 물건이겠지. 헌디도 그저 심부름꾼 노릇이나 해야 할 사람들이 자기네 뱃속부터 채우려들 덤벼드니…… 도대체 그 구호물자 진짜 임자가 이 공사판의 헐벗은 인부들 말고 또 누구겠어요.

정완규는 다만 그 정도의 귀띔으로 변 상사의 주의를 일깨워줬을 뿐이었다. 하지만 변 상사는 귀가 밝은 사람이었다. 그 50년 겨울 1·4후퇴 과정에서 동상으로 양쪽 발가락을 공평하게 두 개

씩 잃고 나서 상이 제대를 해 나온 뒤(그때 계급이 이등상사였다
했다) 줄곧 이런 생활로만 6, 7년을 일관해왔다는 위인이었다.
한데다 싸움터에서 용케 죽음의 고비들을 넘기고 살아남은 사람
답게 잔인하고 노회한 악발성에다 엉뚱하게 단순하고 의협심이
강한 일면까지 지닌 인물이었다. 위인이 상한 발들을 필요 이상
으로 깊이 절뚝이며 반토막 손지팡이에 몸을 의지하고 다니면서
도 그 '공포의 지팡이 날림'(위인은 상대방의 목줄기를 정확히 적
중시키는 백발백중의 지팡이 날림 도사로 소문이 나 있었다) 한번
제대로 써먹는 일이 없이 졸개들을 그 앞에 그저 꼼짝도 못하게
잘 다스려나가고 있는 데에도 그의 그런 엉뚱스런 단순성과 의기
의 덕이 꽤 커 보였다. 정완규의 접근에 완력밖에 모르는 졸개들
의 경계심이 적지 않이 깊었음에도, 그가 전쟁 초기의 참전용사
라는 사실 한 가지만으로 변 상사의 마음을 먼저 움직이게 한 것
도 바로 그런 위인의 단순성과 의협심 때문이었다 할 수 있었다.
변 상사와 정 병장(정 병장! 정 병장! 위인도 그렇게 정완구의 옛
계급을 즐겨 부름으로써 그에 대한 특별한 호의와 신뢰감을 표시했
다) 두 사람 사이는 그러니까 처음부터 그쯤 서로 마음이 통하고
있었던 셈이었다. 굳이 자세한 설명을 안 해도 금방 물정을 알아
차릴 사람이었다. 기회를 소홀히 넘길 위인도 아니었다.

　변 상사는 과연 곧 행동을 개시했다. 다음번 주일날부터 위인
이 느닷없이 마을의 교회를 올라다니기 시작했다. 물론 변 상사
혼자서가 아니라 정완규를 비롯한 졸개들을 떼거리로 앞세우고
서였다.

— 예배당 다닐 사람은 죄가 많은 사람이어야 한다메요? 죄라면야 우리네보다 앞설 사람이 있겠소? 우리도 그 죄 좀 벗고 하느님의 사랑시런 자식이 되어볼까 염사가 동해 왔소이다.

이날사말고 더 유난히 다리를 절뚝이며 예배실 안까지 지팡이를 들고 들어선 그 변 상사 일행이야말로, 목사도 장로도 없이 10리 밖 장터거리 교회에서 나온 전도사 주재 아래 저희끼리 권사요 집사요 하면서 회직들을 나눠 맡아온 교회 사람들로선 적지 않이 거북스런 손님이 아닐 수 없었다. 위인들의 출현에 교회 사람들은 은근히 불안하고 당황스러워하는 표정들이 역력했다. 하지만 당장 어떤 패악질을 벌이고 나서지도 않는 마당에 교회로선 섣불리 일당의 발길을 막아설 수도 없는 노릇이었다. 교회 사람들 역시 당분간은 이들의 거동새나 조용히 지켜보는 수밖에 다른 도리가 없었다. 겉으로는 제법 환한 웃음기 속에 '새 형제들'을 맞아들이는 듯했으나, 그 '형제들로 하여 우리를 새로운 시험에 들지 않게 하시고 저들이 진실로 당신께 순종하고 이웃에 우애하는 착한 종이 되게 하옵시라'는 특별기도 내용이나 그 표정들로 보아 사람들은 여전히 일당을 불안해하고 경계하는 기미들이 역력했다.

하지만 변 상사는 그걸로 족했다. 굳이 그런 걸 아랑곳할 필요도 없었다.

— 주의 친절한 팔에 안기세, 우리 맴이 평안허리니……

이후로 일당은 주일마다 계속 떼거리로 몰려들어 그 음정이 익숙지 못한 찬송가 곡들을 고래고래 유행가풍으로 떠질러대었고,

예배가 끝나면 그저 순한 양처럼 얌전히들 공사장으로 내려가곤 하였다. 주일 예배도 부쩍 그만큼 성황을 이뤄갔다. 그리고 드디어는 예의 구호물품이 또 한차례 마을 교회로 배급되어 나오기에 이르렀다. 이번엔 전도사의 특별주문이 있었던지, 변 상사 일당의 수만큼이나 구호품의 수량과 품목 수가 전보다 늘어난 양이었다.

하지만 변 상사는 자기 일당의 몫으로만 만족을 하고 돌아설 위인이 아니었다.

— 아아, 이 구호품은 원래 우리같이 믿는 사람들을 위해 나온 물건이 아니질 않소. 우리 교인들은 그저 진짜로 춥고 배고픈 이웃을 찾아내서 그 어려운 형제들에게 이것을 나눠 전하는 심부름꾼으로 족해야 도리가 아니겠소?

구호품 무더기로 달려드는 교인들 앞에 변 상사는 마치 제 투전 끗발을 무시하고 터럭손을 내미는 아래 끗발을 나무라듯 사람들을 저지하고 나섰다.

— 헌데 정말로 어렵게 지내고 있는 우리의 형제는 어디 있소…… 내가 나서서 할 말은 아니지만서두 막바로 말해 우리 공사판에서 그 힘겨운 노동으로 겨우겨우 입풀칠이나 해가고 있는 사람들……, 우리가 그 형제들의 고난을 잊어서야 될 일이오? 그 형제들이야말로 이 물건들의 진짜 주인인 거요. 그게 이 선물을 보내주신 주님의 참뜻이 아니겠느냔 말이우다.

교회 사람들은 물론 그러고 나서는 위인의 속셈을 모를 리가 없었다. 하지만 위인의 은근한 나무람을 못 들은 척 무시하고 넘어갈 수도 없었다. 교회 사람들은 잠시 어정쩡한 표정으로 말없이 서로 얼굴들만 쳐다보고 있었다. 그러자 그사이 변 상사는 기회를 놓치지 않고 졸개들에게 재빨리 눈짓을 보냈다. 그리고 마치 제 물건을 챙기듯 구호품 보따리를 하나씩 꾸려 메고 나선 수하의 졸개들을 앞세우고 의기양양 간척장 공사판으로 내려갔다.

하지만 변 상사는 물건 보따리를 몽땅 공사판으로 내려오고 나서도 이번만은 제 졸개들에 대한 분배를 삼갔다. 교회 사람들 앞에서의 약속도 약속이었지만, 앞으로 이어질 기회들을 위해 처음 한 번은 제대로 명분을 세워둬야 했기 때문이었다.

─사람이란 뭣보담도 먼저 앞을 내다볼 줄 알아야 하는 법이야. 길게 먹을 지혜를 지녀야 헌다 이 말씀이야.

그는 허겁지겁 제 몫을 찾아 달려드는 졸개들을 준엄하게 꾸짖어 쫓고 나서 진짜 공사판의 인부들을 불러 모았다. 그리고 제 몫으로 칫솔 꽁댕이 하나도 챙겨 넣으려 하지 않고 물건들을 모조리 위인들에게 나눠줬다.

─이게 다 하느님의 은총이라는 거요. 그러니 댁에들도 이제부턴 예배당엘 좀 나다녀보라구요. 예배당엘 나가서 구호품 주신 거 하느님께 감사하다고 치하도 드리고. 하느님이라고 어디 공짜가 있었어, 공짜가.

끗발 오른 노름꾼 아침 개평 나눠주듯 한 사람 한 사람 손수 물건을 건네주며 변 상사가 신이 나서 공치사를 대신해 지껄여댄 소리였다.

한데 희한한 일은 그다음부터였다.

—이 조그만 주님의 선물이 저들에게 얼마나 큰 힘이 되고 기쁨이 되는지, 그 감동에 찬 얼굴들을 보았다면, 당신들도 마땅히 이 물건들을 저들에게 나눠주고 싶어 할 거요. 그게 자비하신 주님의 뜻이기도 할 거구요.

그는 다음번에도 예의 '더 가난한 형제들'을 핑계로 구호품을 모조리 공사판으로 끌어 내려갔다. 그리고 이번에도 졸개들의 불평을 억누르고 물건들을 모조리 인부들에게 나눠줌으로써 그 물건들을 독차지해올 때의 자신의 약속을 지켰다.

변 상사는 일테면 이때부터 서서히 '나눠주는 즐거움'에 맛을 들이기 시작한 것이었다. 처음에는 그저 그다음 기회를 독점하기 위한 포석으로, 그리고 또 다음번에는 그 나눠주는 즐거움과 자기 도량의 과시로 그래 보았을 뿐일 수 있었다. 하지만 모든 비행과 악행이 그러하듯, 선행 또한 그것이 비록 흉내질에 불과한 것이더라도 그 선행의 즐거움 자체로 축복스런 새 습성을 지어가게 마련이었다.

변 상사는 이제 그 선행의 흉내 속에 스스로의 암시에 젖어 들어가고 있었다. 그리고 그럼으로써 그가 여태까지 경험해보지 못한 새로운 삶의 길로 마음이 서서히 열려가고 있었다. 그는 계속해서 구호품들을 쓸어다 인부들에게 배급했다. '더 가난한 형제들을 위해서'라는 구실이 명실상부한 진짜 명분으로 바뀌어간 것이었다. 뿐만이 아니었다.

—하느님을 믿으려면 마음으로들 믿어. 구호품 따위가 탐이 나서 겉으로만 믿는 척들 하지 말고. 그건 주님과 자신을 속이고

욕되게 하는 죄악이라는 걸 명심들 허고.

그는 어느새 마음으로 자신의 주를 섬길 뿐 아니라, 졸개들을 진심으로 설득하곤 하였다. 구호품 욕심에 미지못해 눈을 감고 거짓 기도나 일삼아오던 졸개들이 오히려 어리둥절해 할 정도였다. 하고 보면 그 구호품의 진짜 은혜를 입은 것은 그것을 나눠 받은 사람들보다도, 그것을 즐겁게 나눠주는 변 상사 쪽이 더하게 된 격이랄까. 지난날의 변 상사에 기준을 두고 보면, 그는 이제 그 나눠줌에서 비롯한 실속 없는 즐거움과 자기 암시에 의해 그의 내부가 스스로 무너져간 셈이었다.

하지만 그것은 그저 괴이한 무너짐이 아니었다. 그것은 오히려 새롭고 은혜스런 창조에의 전환이었다. 변 상사는 그때부터 스스로 배우고 깨닫기 시작했다. 뿐더러 배우고 깨달은 것들을 마음과 행동으로 실천해나갔다. 가진 자와 못 가진 자의 삶의 동등함을 배우고, 베푸는 자와 받는 자의 도리를 깨닫고, 그리고 빼앗는 자의 악덕과 빼앗긴 자의 권리를 일깨워주려는 데에 자신의 힘을 늘 보태고 싶어 하였다—

"그 변 상사라는 사람, 결국엔 스스로의 결단에 의해서 진짜 하느님의 종의 길로 들어서게 된 거지요. 그가 지닌 힘은 늘 못 가진 이들의 편에 서서 그들을 지켜주고 싶어 하게 되었구요. 개심한 부랑아라니……, 그런 사람이 한번 마음을 정해 먹고 나면 그 열성은 오히려 우스울 정도지요. 뭣보담도 그 사람 찬송가 소리는 열성을 낼수록 들을 수가 없었으니까. 하지만 위인은 자신이 그런 우스갯거리가 되는 것조차도 전혀 아랑곳을 안 했어요……"

말을 하고 나서도 노인은 아직 그 변 상사라는 위인에 관해 발설을 하지 않고 있는 웃음거리가 생각난 듯 혼자 조용히 미소를 흘리고 있었다.

하지만 어쨌거나 노인은 이제 그걸로 그 정완규의 첫 정착지에서의 1년여의 행적을 대강 마무리지었다. 사정이 그쯤 되자 정완규로서는 이제 더 그곳에 머물러 있을 일이 없어진 데다, 공사도 거의 마무리 단계에 접어들어 그쯤에서 그곳을 떠나게 된 것이었다.

15

간척사업장의 정완규를 보여주고 나서, 노인이 다음번으로 그의 행적을 쫓아간 곳은 장흥 해안 지역에서의 김 반출 단속원 노릇과 영암읍 차부에서 검표원 노릇을 지낸 몇 개월간이었다. 하지만 정완규는 이내 다시 그 두 곳을 스쳐 지나 화순 광업소의 탄광부로 옮겨 들어갔다. 김 반출 단속원이나 버스 검표원 노릇은 사람들을 끊임없이 접하게 되어 있어 신분 노출의 위험이 상존했던 때문이었다. 더욱이 그는 이제 떠돌이로 이리저리 일자리를 자주 옮겨 다니기보다 어느 한곳에 정처를 정해 앉아 긴 앞날을 도모해나가야 할 처지였다.

한데 그 시절, 탄광지대를 찾아드는 사람치고 자기 살아온 내력이나 신분을 제대로 드러내놓는 숙맥은 거의 없었다. 자기 내력을 함부로 말하는 사람도 없었고, 남의 그것을 알려고 하는 사람도 없었다. 어떻게 보면 그만큼 속사연이나 신분상의 하자가 많은 까닭일 수도 있었다. 그래 자기 내력을 말하지 않는 대신 남의 그것도 알려고 하지 않는 것이 그 동네 사람들의 오랜 풍습이자 일상의 규범이 되어온 것이었다. 사람들은 대개 처자권속 하나 없이 진위를 가릴 수 없는 성명 석 자에 몸뚱이만 짊어지고 마을을 찾아 들어와, 길게는 4, 5년, 짧게는 몇 달간씩 내력 모를 떠돌이식 연명을 도모하다가는, 어느 날인가는 또 홀연 소리도 없이 마을을 떠나가버리곤 하였다. 그러니 누구나 제 신상사엔 그리 마음을 쓸 필요가 없는 곳이 이 광산골 마을이었다. 탄광 사무소에서조차도 그런 덴 거의 신경을 쓰지 않고 있는 형편이었다. 탄광 사무소 쪽의 관심거리라면 취역 희망자가 전에 어디서 같은 일에 종사해본 경험이 있느냐 없느냐와 그 기간이 얼마나 되느냐는 것 정도였다.

정완규로선 어떤 곳보다도 몸을 섞어 들기가 용이한 곳이었다. 그리고 실제에 있어서도 일이 그러했다. 정완규가 탄광 사무소에 취업원을 냈을 때, 사무소 사람은 그의 이름이나 주소(그는 전날의 간척장에서 알게 된 한 피난민 친구의 북쪽 주소로 그것을 대신 적어 넣었는데) 따위는 아랑곳도 않은 채 그의 탄광 취업 경험만을, 그것도 거의 건성으로 지나치듯 물어왔을 뿐이었다. 정완규는 물론 탄광 경험이 있을 리 없었다. 하지만 그것도 그리 문제가 안 되었다. 곡괭이로 흙을 파고, 폭약으로 바윗돌을 깨며, 그

흙과 바윗돌을 궤도차로 실어 나르는 그 간척공사 일들이 흡사 탄광에서의 그것과 비슷했던 때문이었다. 간척장 취역 경험이 광부 경력을 대신해준 것이었다.

그는 곧 막장 채탄부로 일을 시작했다.

하지만 그는 이곳에서도 그리 길게 머물지를 못했다. 탄전 규모가 그리 크지 못할 뿐 아니라, 남해 섬 고을, 그의 태생지가 멀지 않은 지역이라 거기도 그쪽 사람들의 얼굴이 자주 스치는 때문이었다. 그는 한 반년간 막장 경험을 쌓고 나서, 그것을 이력 삼아 이번에는 아예 멀찍감치 강원도 쪽으로 일자리를 옮겨 갔다. 삼척읍 서남쪽의 한 대규모 탄광촌이었다. 따라서 그만큼 일거리도 쉽고 신분상의 문제도 안전한 곳이었다.

이번에는 얼마간의 이력도 지녔으므로 정완규는 마을을 찾아든 이튿날부터 바로 ㄷ광업소의 막장 탄부로 일을 시작할 수 있었다.

그런데 막상 일을 시작하고 보니 이곳의 사정은 화순 쪽의 그것에 비교할 바가 아니었다. 탄전의 규모가 워낙 방대한 곳인 데다, 바깥세상은 아직 질서가 잡히지 않은 시절이었다. 하물며 심심산골의 광산촌 형편이라니 말썽거리나 부조리가 이만저만이 아니었다. 무엇보다 입촌 초반부터 제일 먼저 눈에 띈 것이 탄광촌 일대의 도박 풍습이었다. 그것도 엄청나게 저락한 사람의 목숨값과 상관된 아녀자들의 패륜적 도박놀이판이었다. 이곳으로 모여든 탄광부들의 대부분은 내일의 삶이 없는 막판인생들이었다. 내일에 대한 기대나 설계가 불가능한 이른바 '막장인생'들이었다. 그래 내일을 위한 알뜰한 대비 같은 것도 있을 수가 없었다. 후일을 기약해볼 만한 벌이 자리들도 못 됐지만, 작은 벌이나마도 아끼고 모아나가려는 사람이 거의 없었다. 많거나 적거나 그저 생기는 대로 써대고 형편 되어가는 대로 하루하루를 살아갔다. 그러니 자연 도박판 노름이 성행할 수밖에 없었다. 하루 3교대로 여덟 시간 일을 하면서, 낮일을 쉴 때는 동료들 숙소나 술집 골방들에 모여 앉아, 갱 속을 들어가 일을 할 때는 틈틈이 짬을 낸 짧은 휴식시간을 이용하여 어두운 막장 구석에 몇 사람씩 둘러앉아 작업등 불빛 아래서 화투장들을 나누었다. 현금이 있으면 현금을 걸었고, 현금이 없으면 노임을 건 외상 노름이나 하다 못해 담배내기 노름판이라도 벌였다. 그러면서 탄부들은 그날그날로 자기 생명과 많지 않은 일당들을 소모해가고 있었다.

도박 노름을 즐기는 것은 그러나 그 사내들만이 아니었다. 술집 작부들이나, 사내를 갱 속으로 들여보낸 숙사촌의 아낙들도 삼삼오오 짝을 지어 매양 그 노름질들을 일삼았다. 남정들의 노름벽은 차라리 작업 뒤 몇 잔씩의 술추렴 버릇과 함께 그 적막스런 생존길에서의 어찌할 수 없는 도락이랄 수도 있었다. 그 숙사촌 아낙들의 노름판은 보다 더 난잡하고 한심스럽기 그지없었다. 사내들이 갱 속으로 들어가고 난 뒤의 숙사촌 아낙들이란 원래부터 손끝이 알뜰한 살림꾼들일 수가 없었다. 사내들이 대부분 그렇듯이 이곳의 여자들도 대개는 어느 고을 술집이나 요식업소 따위의 일을 거쳐 혈혈단신으로 막판길을 떠돌아 들어온 신세들이었다. 그렇게 근처 거리 술집들의 논다니로 떠돌다가 어떻게 서로 눈이 맞아 임시방편의 살림살이를 시작한 여자들이 허다했다. 하지만 사정이 그렇고 보니 여자들 역시도 알뜰살뜰 집안살림을 일구려 들지 않았고, 남정들 쪽에다 무슨 내일에 대한 기대 같은 걸 얹고 지내려지도 않았다. 부부간의 정분이나 믿음 따위와는 애초 별 상관들이 없이 오다 가다 그저 짝이나 지어 만나 하루하루를 편한 대로 얹혀 살아가고 있는 식들이었다. 그래 아낙들은 아낙대로 사내들이 갱으로 들어가는 틈을 타서 저희끼리 노름판들을 벌였다. 가계비로 내던져주는 몇 푼의 돈을 돼지비계근이나 사다가 사내에게 안겨주고는 나머지를 몽땅 그 노름판에 걸었고, 그나마도 속주머니 바닥이 비고 나면 그 고이얀 외상 노름들을 하였다. 제 사내가 입갱을 하고 없는 날 밤이면 남의 사내라도 대신 끼고 자는 계집들이니 사내들도 그쯤은 모른 척 눈을 감고 넘겨주기 일쑤였다.

하지만 무서운 것은 그 외상 노름의 내용이었다. 그 여자들의 외상 도박 노름이 사람의 목숨 값을 무참스럽게 깎아내리고 있는 것이었다. 숙사촌 여자들 사이엔 언제부턴지 '돼지 잡는 날'이라는 은어가 쓰여오고 있었다. 외상 노름빚을 받게 되는 날을 이르는 말이었다. 숙사 골목 아낙들이 외상 노름빚을 갚는 방법이 그것이었다. 빚을 갚는 기한일이 정해지는 것이 아니라, 빚을 진 여자 쪽에 그 '돼지 잡는 날'이 생겨야 청산을 보게 되는 빚이었다. 그게 아낙들끼리의 말 없는 묵계였다. 기한이 정해지지 않은 빚이니 아낙들은 얼마든지 간이 커질 수 있었고, 외상빚을 놓는 쪽에서도 떼여봤자 본전이라, 얼마든지 마음이 헐해질 수 있었다.

─우리 집 돼지 잡게 되면 갚을 테니 외상 좀 해주어.

─그래라. 네년인들 언젠가 그런 날이 없을라구.

그러다 보면 언젠가는 갱내 사고가 일어나 인부들이 생죽음을 당해 나오는 때가 생겼다. 불행을 당한 남정의 아낙에겐 그것이 이른바 '돼지 잡는 날'이었다. 그리고 그렇게 되면 노름판 여자들은 남정 잃은 아낙을 위해 일제히 응원 호곡을 하러 나섰고, 그 불운한 사내의 피 묻은 위자료로 오랜 외상빚을 받게 되는 것이었다.

사고가 일어나도 탄광촌 인부들에겐 이렇다 할 연고자가 나타나는 일이 드물었다. 사고 소식에 달려오는 가족들은 고사하고, 특별히 부음을 전할 연고자조차 분명치 않은 경우가 허다했다. 그래 애초부터 비슷한 처지의 사람끼리 어울려 살아온 탓도 있었지만, 사고를 당하고 나면 그 아낙이 유일한 연고자 행세를 하고 나서게 마련이었다. 사고가 나고 나면 아낙은 곧장 회사 사무소로 달려가 열녀처럼 섧게 통곡을 하거나 게거품을 물고 졸도를 하는 식으로, 자기야말로 사내의 가장 확실한 연고자임을 주위에 선언하는 것이었다. 그것을 공지시키는 데에 필요한 일이라면 그녀는 며칠이고 호곡을 계속했고, 열 번이고 스무 번이고 실신을 사양치 않았다. 그리고 이 대목이 그녀에게 외상빚을 놓아온 동료 아낙들의 응원 호곡이 동원되는 시기였다.

사태가 그쯤 되고 보면 업소 쪽에서도 다른 묘방이 있을 수 없었다. 아낙을 고인의 연고자로 인정하고, 그녀가 사내와 살아온 기간을 기준하여 피차간 적당히 타협을 짓는 것으로 일찌감치 말썽을 가라앉히는 게 상책이었다.

　마을에 오래 주저앉아 있는 아낙들 중엔 그런 식으로 노름 외상을 세 차례나 갚아낸 계집도 있다 하였다. 참으로 무섭고 욕스러운 일이었다. 사람이 사람의 이름으로 그 사람의 값을 그토록 내려 깎을 수도 없었고, 사람이 그 사람의 이름을 지니고 사람의 자리를 그토록 저락시켜갈 수도 없었다. 그것은 인간의 마지막 타락상이자 절망상이었고, 그 인간과 창조주에 대한 저주스런 모독이었다.

　하지만 남정들은 그런 계집들을 별반 나무라지조차 안 했다. 못된 계집들의 못된 계교 정도로 쓰거운 웃음기 속에 혀를 차 넘길 뿐이었다. 자신에게 닥쳐들 사고의 위험성도 두려워할 줄들을 몰랐다. 사고는 언제나 생기게 마련이었고, 그것을 만나고 안 만나고는 그날 하루의 운수소관이라는 식이었다. 사고를 만나기 전에 자신들의 방식대로 그날그날의 삶을 누려갈 수 있으면 그만이었다. 사고의 가능성을 감수하고, 그것을 피해낼 길이 없어 보이면 보일수록 살아 있는 날의 생명을 남김없이 소모해버릴 방법에만 몰두했다.

　사고와 노름질과 술판과 계집질, 거기에 부랑자들의 주먹질, 노략질, 사기행각들까지 곁들여져, 정완규가 찾아든 광업소 마을은 한마디로 죄악과 절망이 난무하는 무도장 같은 곳이었다. 뿐더러 정완규에겐 그만큼 투지와 끈질긴 인내력이 요구되는 곳이기도 하였다.

　하여 정완규는 이곳이야말로 마침내 주님께서 당신의 종을 그

필생의 일자리로 이끌어주신 선택과 소망의 땅으로 감사하며 기쁘게 몸을 바쳐 일에 취해 들어갔다……

그런데 이번에도 백상도 노인은 그쯤 정완규의 어려운 처지 외에, 그가 이후 그곳에서 감당해내고 거둔 일에 대해서는 자세한 설명을 피하고 싶어 하는 눈치였다.

"하지만 정완규가 거기서 겪은 일들은 주 선생 짐작에나 맡기는 게 좋겠소. 위인이 거기서 감당해나간 일들이란 워낙에 뻔한 것이기도 하려니와, 주 선생 역시도 그런 것까진 그리 소용이 안 되실 테니 말이외다. 뭣 보담도 위인은 그곳에서 거둔 것이 별로 없었으니……"

노인이 잠시 이야기를 중단한 채 까닭 모를 한숨을 내쉬고 있었다. 그 심상찮은 한숨의 내용인즉, 나중에 알고 보니 아닌 게 아니라 그 거둔 것이 별로 없었던 그의 참담한 실패에 연유하고 있었다. 정완규가 거기서 겪고 행한 일들을 노인이 슬쩍 줄여 넘어가려 했던 것도 그의 그런 무참스런 실패 때문이었다.

하고 보면 그간 남녘 간척장에서부터의 정완규의 일들은 별달리 큰 어려움이 없었던 셈이었다. 나름대로는 거둔 바도 없지가 않았던 터였다. 그런데 이번에는 사정이 매우 달랐다. 그 엄청난 혼돈상과 부조리 앞에 그의 지혜나 능력은 너무도 보잘것이 없었다. 그는 이곳에서 지낸 그 7, 8년의 세월 동안 그저 무참스런 실패만 거듭해온 것이었다. 그리고 끝내는 스스로 돌이킬 수 없는 엄청난 파국을 부르고 만 것이었다. 노인으로선 그것을 길게 이야기하고 싶었을 리가 없었다. 하지만 노인은 또한 알고 있었다.

"얻은 것이 없으니 그곳에서 지낸 이야기도 허무한 실패담밖에 될 수 없을 거외다. 내 그런 실패담이나 한두 가지 말해드리리다."

한숨 섞인 침묵 끝에 노인이 이윽고 다시 제물에 말을 잇기 시작했다. 침묵 속에 계속 그를 기다리고 있는 영섭 앞에 어차피 그대로 넘어갈 수가 없음을 알아차리고 한 소리였다. 하여 노인은 다시 정완규의 자랑스런 활약상 대신에 무참스런 실패담을 천천히 이어갔다.

……당연한 순서였지만, 정완규는 먼저 갱 내외의 생활을 불구하고 이곳 사람들의 풍속에 자신을 내던져 들어갔다. 옳거나 그르거나 우선은 이곳 사람들과 모든 일상사의 호흡을 함께할 수 있어야 했기 때문이었다. 탄을 캐는 일은 물론, 과외시간이 되면 아무하고나 술도 함께하고 도박노름도 함께했다. 더러는 걸판진 음담패설도 함께 즐겼고, 실없는 싸움판의 주인공 노릇을 떠맡기도 하였다. 그러면서 차츰 시일이 흐른 다음에는 그의 주변에서부터 어두운 삶의 얼룩들을 하나하나씩 일깨워나가기 시작했다. 노름질과 음주벽과 계집질의 폐해들을 은근히 들춰내고, 무질서하고 남루한 일상과 그 사람값의 저락상에 이따금 개탄을 금치 못해하곤 하였다. 빈발하는 갱내 사고에 대한 경각심을 일깨우고, 그에 대한 대비책에 관심을 부추기려 노력했다. 처음 한동안은 그의 주변 사람들이 무심결에 그런 그를 꽤 허물없이 받아들이는 눈치였다. 그렇지 않아도 마음속에 깊이 염량되어온 일들이라 그의 지적사항들을 한결같이 공감해주었고, 어느 정도는

실제로 효과가 나타나기도 하였다.

하지만 한두 해 세월이 흐르다 보니 모든 것이 다시 도로아미
타불이었다. 그가 지내온 길은 묽은 개펄밭을 걸어온 발자국 격
이었다. 발자국은 그가 발을 들여놓았다가 뽑아낼 당시뿐, 등을
돌려 돌아서면 이내 다시 흔적이 지워지고 없었다. 뿐만이 아니
었다. 그의 동료나 이웃들은 이제 어떤 위험스런 낌새를 알아차
리기라도 한 듯 그를 은근히 피하려는 눈치가 완연했다. 술자리
에서나 노름판에서나, 심지어는 갱내 작업조를 짝짓는 일에서까
지 그를 혼자 따돌리려는 기미들이 역력했다. 그를 두고 등 뒤에
서 코웃음을 치는 소리들까지 심심찮게 들려왔다.

— 이 시커먼 석탄구렁 동네에서 저 혼자 흰옷 입은 성인군자
노릇인가……

— 누구라서 제 하나뿐인 목숨 아까운 줄을 모를라고. 지내보
니 제 주제도 별 볼일 없는 신센가 보던디, 그러다 제 먼저 칠성
판을 짊어질라……

정완규로선 아무래도 역부족이 아닐 수 없었다. 그가 너무 여
기저기 일을 섣불리 들추고 다닌 탓이었다. 그 결과 어떤 족적이
남기는커녕, 자신의 몰골만 우스운 뻘투성이가 되어가고 있었
다. 따돌림과 비아냥의 수모는 둘째였다. 그는 그 1, 2년 사이에
저 인천 부둣가의 유민혁이 그러했듯 엉뚱한 노름꾼에, 상당한
주색꾼의 이력까지 남기고 있었다.

정완규는 거기서부터 생각과 방법을 달리하기 시작했다. 모자
란 능력으로 여기저기 눈길을 흘리고 다니기보다, 일정한 사안

에 관심을 한정시키고, 거기 한곳으로 노력을 집중시켜나가기로 하였다. 그것이 빈발하는 갱내 사고의 감소를 위한 안전대책 활동이었다. 정완규로선 우선 자신이 몸담고 있는 회사 일터에서부터 일거리를 찾아야 하였고, 그것도 무엇보다 개선의 손길이 절박하게 요구되는 일이어야 했기 때문이었다. 앞서도 말했듯이, 그 시절은 아직도 세상 구석구석이 제 질서를 못 찾고 어수선해 있던 판이어서 갱내 안전사고도 항다반사로 빈발했다. 걸핏하면 낙반사고요, 걸핏하면 가스폭발이었다. 물탕 벼락에 화재사고에 막장 매몰 소동에 어느 하루 동네가 조용히 넘어가는 날이 드물었다. 거기다 잊을 만하면 사람까지 죽어 나오고, 그를 둘러싼 아낙들의 위자료 차지 소동으로 온 사업장이 떠들썩하곤 하였다.

따지고 보면 작업환경이 애초 그럴 수밖에 없는 형편이기도 하였다. 사갱(斜坑)이고 수갱(垂坑)이고 1천여 미터씩 깊어진 지하 갱내에, 채탄작업이나 안전을 위한 설비라곤 아직도 일인(日人)들이 쓰다 남기고 간 그 시설 그대로였다. 그저 곡괭이를 메고 들고 나는 사람 외에 새 장비나 설비가 들어오는 일이 전무했다. 하고 보니, 자연 갱 속 곳곳에 위험한 사고의 함정이 도사리고 있게 마련이었다. 우선 사람과 탄차가 드나드는 갱도 주변부터가 사고 위험 천지였다. 갱 천장을 떠받들고 있는 동발(지주목)들이 심한 지압에 못 이겨 갱고(坑高)가 위태롭게 가라앉아 드는 곳이 있는가 하면, 지하수에 침수된 양쪽 벽면이 언제 물고로 변해 터져 나올지 질척질척 습기에 젖어드는 곳도 있었다. 배수로에서 갱도로 흘러든 물기로 죽탄 수렁을 만들고 있는 곳도 흔했고, 갱 내 인부들의 생명줄과도 다름없는 공기 파이프의 이음새에 아무래도 단속이 허술해 보이는 곳도 많았다.

해골의 안공처럼 껌껌한 폐갱들은 담뱃불에도 금방 폭발을 일으킬 정도로 인화성 가스가 가득한 채 그대로 위험하게 방치되어 있기 예사였고, 작업조가 갈라지는 복선 지역에서부터 비좁은 운반갱도와 가파른 경사로(노브리) 단층(중단)들을 거쳐 마지막 굴진막장까지 이르는 과정에도 충돌과 추락과 매몰의 위험성들이 끊임없이 뒤따랐다. 그 밖에 대형 지하저수조의 물벼락 위험상과 막장 발파작업 시의 붕락 위험성 등 어느 곳 어느 한때 마음을 놓을 수 없는 것이 갱내 사정이었다. 석탄 가루로 폐 속이 굳어가는 진폐증의 위험 따윈 차라리 뒷전이었다. 당장 눈앞에 드러난 위험 앞에서도 산목숨이 그대로 내던져지고 있는 격이었다.

그런데다 사고를 미리 대비할 안전시설마저 태부족인 형편이었다. 안전에 대해선 시설도 교육도 있으나 마나 한 형식뿐이었다. '해빙기 낙반사고 예방' '발파시 안전 피신' '담뱃불 조심' '가스폭발 조심'…… 갱 안팎에다 그런 표어 나부랭이나 몇 장씩 붙여놓는 것이 고작이었다. 그리고 사람이 상해 나오면, 의료반 의사에게 청진기나 짚어보게 하고 위자료 문제나 적당히 치러 넘기면 그만이었다.

하지만 그것도 아직은 그렇게 절망스런 일은 아니었다. 앞서도 말했듯이 보다 더 한심스럽고 절망적인 사실은 그런 열악한 작업환경과 사고의 위험성에 대한 광원들의 무감각과 무관심 상태였다. 도대체 너나 할 것 없이 사람의 목숨값을 아낄 줄들을 몰랐다. 그럭저럭 살아가다 사고를 만나게 되면 그뿐, 그도 어쩔 수 없는 운명이라는 식의 체념기 속에 사고나 죽음을 두려워할 줄을 몰랐다. 갱 속을 드나드는 광원들이나 바깥일을 돌보는 사무소 사람들이나, 심지어 그 광원들의 식솔들까지도 거개가 마찬가지였다. 그런 데에 별스레 신경을 써봐야 이로울 것이 없는 탓이기도 했을 터였다. 그러다간 외려 부질없이 겁만 늘게 마련이었다. 안전사고 따위에 겁을 먹게 되면 초장부터 일을 나서기가 어려웠다. 그길로 손을 씻고 일자리를 떠야 했다. 사람이 죽고 사는 일엔 대범하게 지내는 것이 차라리 상책이었다.

성과급으로 지급되는 노임제도 역시도 그렇게 되어 있었다. 이곳 탄광은 다른 국영사업소에 비해 본 사업소가 직접 작업을 관리하는 갱구는 많지 않았고, 대부분의 갱구를 하청업자들이 따로 나눠 맡아 일을 하고 있었다. 임금의 지불도 자연 각 하청업체별로 그날그날의 채탄량을 기준하여 지불해가고 있었다. 광원들은 당연히 작업 성과를 올리는 데에 열을 올리게 마련이었다. 웬만한 위험 따위엔 작업을 중단하거나 소홀히 할 수가 없었다. 사고의 위험을 눈앞에 두고서도 그것을 무시한 채 그냥 작업을 계속해나갈 때가 많았다. 그리고 바깥의 사무실 사람들이나 생활에 찌들려온 식솔들도 그것을 한사코 만류하고 나설 수가 없었다……

정완규는 그런 모든 사정들을 환히 이해하고 있었다. 하지만 그렇더라도 그걸 그냥 버려두고 넘어갈 수는 없었다. 전쟁터도 아닌 터에 사람의 값을 그토록 저락시켜갈 수는 없었다. 사고와 죽음에 대한 그 같은 둔감성이야말로 그 광원들 자신뿐 아니라 모든 인간의 생명과 삶에 대한 참을 수 없는 모독이요, 그 창조주에 대한 죄악이 아닐 수 없었다.

따지고 보면 물론 그 모든 비리와 부조리의 책임은 일차적으로 사업소 쪽에 있었다. 광원들의 작업환경과 안전대책, 노임제도들에 사업소 쪽은 아무것도 손을 쓴 바가 없는 때문이었다. 아직은 그럴 만한 여유가 없는 탓도 있었겠지만, 사업소 쪽에선 무엇보다도 광원들의 복지문제엔 완전히 장님이었다. 게다가 이 무렵엔 광원들의 노조활동 같은 것도 시작되기 전이었다. 노동조합 조직이 전혀 없는 것은 아니었지만, 그것은 까마득히 먼 상부 사무소나 규모가 제법 큰 광업소들까지뿐이었고, 하청업체가 대부분인 이곳 사업장들에선 지부 간판 하나도 구경할 수 없는 실정이었다. 게다가 사업소나 하청회사들에선 무엇보다 그 노조 일을 금기시해오는 터였다. 그에 대해 관심을 갖는 광원도 없었지만, 누구 하나 섣불리 그런 소리를 입에 담았다간 그 당장 일자리를 쫓겨나야 할 실정이었다.

정완규로서도 물론 그건 불가능한 일이었다. 하지만 광원들에 대한 사업소 쪽의 관리방식이나 태도가 그런 식이고 보면, 그 부조리와 사고의 책임은 차라리 광원들 자신의 것이어야 하였다. 하지만 광원들은 애초부터 그런 데엔 오불관언 식이었다.

정완규는 그래 그 열악스런 작업환경의 개선책으로 우선에 그 사고와 죽음의 위험에 대한 동료 광원들의 고질적인 둔감성부터 일깨워나가기 시작했다. 조합이라도 만들면 일이 썩 쉬울 것 같았지만 언감생심 그런 건 꿈도 꿀 수 없는 마당이라 우선은 그 혼자 일을 계속해나가는 수밖에 없었다.

그는 맨 처음 사갱 막장의 굴진 후산부로부터 채탄 막장과 수갱 막장의 선산부 일들을 차례차례 거치면서 틈나는 대로 주변의 작업환경을 점검하고 사고의 요인들을 낱낱이 들춰냈다. 그리고 혼자서든 동료들과 힘을 합해서든, 위험한 곳들을 자진해 손보고 단속해나갔다. 기회가 닿으면 소속회사 사무소를 찾아가 사고예방 대책을 구하기도 하였고, 불연이면 지역사업소의 상부 부서들에까지 연명 청원서를 만들어 보내기도 하였다.

다른 한편으론 사무부서에 건의하여 광원들의 '정직한 신상명세서 쓰기 운동'을 주도해가기도 하였다. 새로 광산촌을 들어오는 신참들은 물론 기왕부터 일을 해온 고참 광원들에게도 자신의 출신 경력과 가족관계를 비롯한 모든 신상사들을 자세하고 정직하게 써내게 하는 일이었다. 그것은 일차적으로 사고 발생시에 빚어지기 예사인 위자료 연고 소동을 방지할 목적도 있었지만, 그보다는 오히려 자신의 처지와 버리고 잊혀져온 가족들을 한 번씩 되돌아보게 함으로써 혼자서 망연히 떠돌고 있는 삶들에 그 나름의 소속감과 책임감을 심어주려는 의도에서였다.

그리고 그 모든 일은 물론 동료 광원들에게 사고와 죽음에 대한 공포를 되살려주고, 그를 통하여 자신들의 생명과 삶의 값에 대한 소중스런 자기 각성에 이르게 하려는 목적에서였다.

정완규는 거의 4, 5년 동안이나 지침 없이 그 일들을 계속해나
갔다.

　하지만 이번에도 기대한 만큼의 결과를 얻을 수가 없었다. 동
료 광원들의 반응이 크게 달라진 것이 없었다. 동료들은 그에 대
한 공감이나 협력보다 오히려 그 극성을 귀찮아하기 예사였다.
사고의 위험만을 늘상 입에 담고 다니는 그를 헐수할수없는 겁쟁
이쯤으로나 여겨 넘기기 일쑤였다. 자기 생명의 값이나 위험에
대한 각성은커녕 그를 소심하고 귀찮은 겁쟁이로 동정을 금치 못
해하는 사람까지 있었다.

　'정직한 신상명세서 쓰기'도 마찬가지였다. 광원들은 애초에
자기 삶의 내력을 드러내기를 좋아하지 않는 처지들이거나, 정
말로 아무것도 쓸 것이 없을 만큼 세상사에 연분이 태무한 경우
거나, 아니면 아예 과거의 행적을 깡그리 잊다시피 하고 지내는
경우들이 태반이었다. 하고 보니 이들은 정완규가 무슨 연고로
그런 일에 한사코 열을 내고 다니는지조차 그 참뜻을 헤아리지
못하는 형편이었다.

　안전사고는 조금도 빈도가 줄어들지 않았고, 광원들의 작업 태
도나 관행들도 좀처럼 변화의 기미를 안 보였다. 한데다 마침내
는 그 정완규의 신상에 달갑잖은 직책의 이동까지 겹쳐왔다. 사
고의 위험이나 정완규의 주문들을 늘 남의 일 보듯 해오던 지역
사업소에서 그를 아예 작업장 안전관리 요원으로 들어앉혀버린
것이었다. 그건 정완규 같은 현장 작업원으로서는 크나큰 특혜
였다. 하지만 그건 실상 그의 열의나 능력을 사주려는 사업소의

아량에서가 아니었다. 그동안 그에 대한 소속회사 사무소나 지역 사업소 쪽의 태도는 이만저만 심기가 불편스런 것이 아니었다. 그의 회사나 사업소 쪽으로 말하면, 그는 한마디로 겁이 많고 귀찮은 말썽꾸러기에다 눈 속의 모래알처럼 위험하고 거북살스런 존재가 되어 있었다. 그를 안전관리 부서로 옮겨 앉힌 것은 '미운 놈 떡 하나 더 준다'는 격으로 그로 인한 말썽을 좀 줄여보자는 뜻이었다. 안전사고에 대한 회사나 사업소 측의 관심을 과시하고 그 책임도 함께 줄여보자는 속셈에서였다.

정완규로선 그리 달가운 일일 수가 없었다. 더욱이 그 자리는 동료 광원들과 늘 일터를 함께하고 지내기가 어려운 처지여서 주변의 눈길도 그리 편하게 느껴질 수가 없기 때문이었다.

— 올 자리가 온 거지, 그 자리를 노리고 일구월심 몇 해 동안 정성을 바쳐온 사람인데……

그가 자리를 옮기게 된 일을 두고 동료들이 등 뒤로 흘려댄 소리들이었다. 일을 해나가기가 외려 거북스럽게 된 격이었다.

하지만 정완규로선 그걸 사양하거나 마다할 수도 없었다. 그걸 마다하려면 회사를 아예 떠나야 할 처진 데다, 사업소 쪽의 의중이 어디에 있었든 자신의 마음을 다져먹기에 따라선 일을 더 본격적으로 추진해나갈 기회가 될 수도 있는 때문이었다.

그는 결국 회사와 사업소의 조처에 승복했다. 그리고 사업소의 의도가 무엇이든, 동료들의 눈길이 어떤 식이든 아랑곳하지 않고 주어진 기회를 능력껏 활용해나갔다. 그렇다고 별로 사정이 크게 달라진 것도 없었지만, 이전부터 해오던 일들을 그는 그대로 이어서 자력방재가 가능한 것은 자력으로 해결하고, 그것이 어려우면 사업소뿐 아니라 그 이상의 감독관서들까지 서슴지 않고 찾아다니며 필요한 도움을 얻어냈다. 일의 성과나 주위의 눈길 같은 건 아예 문제를 삼지도 않았다. 주위의 이해나 반응이 어떻든, 눈에 드러나는 성과가 있거나 말거나, 어떤 참담스런 실패라도 각오하고, 그는 애초의 자신의 신념대로 꾸준히 일을 밀고 나갔다. 그가 그곳에서 감당해야 할 몫은 다만 그 신념과 행동뿐, 그에 따른 성취나 실패의 심판은 오직 그 주님의 뜻일 뿐인 때문이었다.

16

하지만 그는 이제 한 가지, 전날과는 방법을 달리한 것이 있었다. 여기저기 바깥세상으로 그 같은 광산골의 실태를 알리고, 그에 대한 이해와 관심을 호소하는 글들을 써 보내기 시작하고 나선 것이다. 위험에 당면해 있는 당사자들이 그 위험에 둔감해져 있다면, 다른 사람들의 참견과 소리를 빌려서라도 그 위험을 일깨워줘야 했기 때문이었다. 정완규 자신이 여태까지 해온 일이 바로 그것이었지만, 혼자서는 너무 역부족임을 깨닫고 이제는 그 힘을 바깥세상에서 구해 들이기로 한 것이었다. 바로 서울의 신문사나 잡지사, 방송국들을 상대로 한 비인간적 생존상의 폭로작전이었다.

그는 틈 있을 때마다 그 한심스럽기 그지없는 사업장의 실태들을 적어 내보내고(그것은 물론 또 하나의 가명이 필요한 일이었지만), 그에 대한 바깥세상의 관심을 호소했다. 그러면서 그는 자신의 글이 직접 활자화되거나, 그것이 계기가 되어 세상의 눈길이 조금씩이라도 이쪽으로 뻗어오기를 기다렸다.

짐작했던 대로 그 역시 처음에는 별 신통한 반응이 없었다. 하지만 끈질기게 계속되는 그의 투서질에 사정이 조금씩 달라지기 시작했다. 그의 글이 때로 잡지나 신문지면의 독자 투고란 같은 데에 활자화되어 나오는 수도 있었고, 좀더 반응이 적극적인 경우로는 기자를 직접 광산마을로 보내어(그곳이 비록 정완규가 겨냥한 사업소는 아니더라도) 그곳의 실태를 취재 보도하는 사례도 이따금 생겨났다.

그러나 그런 정도로는 반응이나 효과가 아직 너무 느리고 미미했다. 무엇보다도 그걸로는 일의 당사자 격인 사업소나 광원들의 관심을 일깨울 수가 없었다. 사업소나 광원들은 그러거나 말거나 무슨 경각심은커녕 남의 동네일처럼 무관심하게들 지나쳤고, 사고의 빈도나 위자료 소동 같은 것도 별로 줄어드는 기미가 없었다.

생각 끝에 정완규는 드디어 마지막 처방을 결심했다. 그의 꿈과 신념이 이제 그만큼 오만스러워진 탓도 있었지만, 그것은 말하자면 이 광산골에서의 자신의 직무와 동료들에 대한 신뢰감, 그리고 그의 사랑과 신앙심들을 모두 함께 걸어버린 일종의 충격요법 같은 것이었다. 어떤 비리나 부조리의 현장을 직접 목격하게 되면, 기자라는 사람들은 대개 이후부터는 그 일에 상당히 다혈질적이고 헌신적인 조력자가 되곤 했다. 정완규는 우선 그 언론사 기자들 가운데서 자신의 묘방을 실현해줄 상대 배역을 물색했다. 그간의 반응과 관심도로 해서는 우선 중앙방송국의 노광해 기자가 가장 적합해 보였다. 하지만 정완규는 그 노 기자를 버리고 ㅅ지의 성준엽 기자 쪽을 택했다. 당사자의 관심도나 매체의 영향력은 노 기자 쪽이 훨씬 유리해 보였으나, 방송매체의 속성상 그쪽엔 광범위한 심층취재나 지속적인 영향력을 기대키 어렵기 때문이었다. 그에 비해 ㅅ지는 사회정의 실현에 깊이 헌신해온 그간의 편집 성향으로 보아서 이런 일에 꽤 깊은 관심과 지속적인 영향력을 기대해볼 수 있었다. 제작진의 의사만 결정된다면 넓은 지면 속에 이곳의 실태와 문제점들을 빠짐없이 생생하게 세상에 알려줄 수 있었다.

정완규는 성 기자로 상대역을 내정하고, 이어 진지하고 간절스런 유인의 편지를 띄워 보내기 시작했다.

……그간의 경험과 정황으로 보아서 저는 선생이 우리 탄광촌과 광원들의 실태에 상당한 관심을 기울여오고 계셨음을 알고 있소. 하여 이곳에 몸담고 살아온 한 남루한 탄부로서 선생의 정의감과 열의에 감사의 말씀을 전하는 동시에, 보다 절박하고 간절한 소망으로 선생의 배전의 관심을 구하고 싶소. 선생의 관심과 인간적 배려가 이곳에 머물러주신다면, 저는 그에 대한 작은 보답으로 제가 이곳에서 직접 겪었거나 조사해 알고 있는 각종 부조리와 광

산촌 실태 일체에 관해 성심껏 선생의 일을 돕겠소……

다행스럽게도 그런 서신을 띄워 보내기 시작한 지 한 달쯤 되었을 때 성 기자로부터 비로소 첫 반응의 답신이 돌아왔다. 성 기자는 편지 속에 간단한 인사말과 함께 정완규에게, 그가 그 광산촌에 대해 알고 있거나 생각해온 일들이 어떤 것이냐고, 첫번부터 기대 이상의 흥미를 보였다. 정완규는 그에 대해 다시 예의 안전사고의 빈도와 규모 그리고 사업소 측의 무성의한 대비책을 중심으로 그가 알고 있는 부조리의 사례들을 낱낱이 열거하고, 그 위에 독자들의 흥미를 끌 만한 광산마을 주변의 희극적 풍속들을 몇 차례에 걸쳐 자세히 적어 보냈다.

정완규의 그 같은 계속된 충동질에 성 기자는 결국 젊은 기자로서의 취재욕에 몸이 달아오르고 만 것 같았다. 그는 마침내 결심을 굳힌 듯 탄광골 취재의 의향을 밝히고, 그에 대해 새삼스레 정완규의 협조를 부탁하는 편지를 보내왔다. 그리고 정완규가 그 편지를 받아본 지 채 사흘이 못 가서 위인이 정말로 사진기 하나를 달랑 메고 사업소를 찾아왔다. 정완규로서도 미처 예상을 못했을 만큼 신속한 결행이었다.

하지만 막상 정완규 앞에 나타난 성준엽 기자는 정완규가 그간에 글로만 접해온 당차고 투지만만한 느낌과는 반대로, 왜소하고 깡마른 체구에다 핏기 없는 얼굴에 유난히 숱이 많은 짙푸른 눈썹들이 어지간히 차갑고 깐깐한 성미의 위인으로 보였다. 아니, 그는 다만 인상만이 아니라 실제 말씨나 행동거지들에서도 그런 차가움과 깐깐한 고집기가 완연하게 드러났다.

　—안녕하세요. 저 ㅅ지의 성 기잡니다만…… 그간 별 일 없으셨지요?

　그저 면회객처럼 사무실 바깥으로 정완규를 불러내어 다짜고짜로 첫인사를 건네왔을 때도 위인은 마치 오래 함께 살아온 이웃사람이라도 대하듯, 오히려 뭔가 이쪽의 입장을 걱정해주기라도 하듯, 표정이나 말씨들이 무심스럴 정도로 메말라 있었다. 위인의 그 체구와 됨됨이들 속에 어디 그런 투지와 결단력이 숨어 있었던지가 의심스러울 지경이었다.

　하지만 정완규는 그 성 기자가 어쨌거나 더없이 반갑고 고마웠다. 더욱이 그는 정완규 자신이 청해 들인 자신의 손님이었다. 개인적 동기에서나 사업소의 직책상으로나 그에 대한 접대는 정완규 자신의 몫이 될 수밖에 없었다. 사업소 쪽으로는 물론 그 성 기자의 취재 방문이 반가운 일일 리가 없었다. 정완규의 속셈이나 그간의 경위들을 알 리 없는 사업소로서는 이 달갑잖은 손님의 응대에도 정완규를 내세우는 수밖에 다른 도리가 없었다. 정완규는 그래 곧 사업소를 대신하여 성 기자의 취재의 안내역에 임해 나서게 되었다.

　—허락해주신다면 우선 작업장의 안전대책부터 살펴보고 싶습니다만……

　사업소에 짐짓 양해를 구해오는 폼이, 뭔가 미리 작정을 하고 찾아들었음에 분명한 그 거북한 말썽꾼을 다루는 데에 정완규보다 그쪽 일을 알고 있는 사람도 없었기 때문이었다. 그래도 사업소에선 정완규의 그간의 행적으로 하여 마음이 잘 놓이지 않는 눈치였지만, 어쨌거나 그의 팔이 안으로 굽어들기를 바랄 수도 있는 일인 때문이었다. 사업소에선 당연히 그 정완규에게 눈가림으로 적당히 일을 끝내 넘기라는 협박조의 당부를 잊지 않았음도 물론이었다.

그러나 정완규는 물론 생각이 전혀 달랐다. 사업소의 주문 따위 괘념하지도 않았고, 쓸데없이 눈치를 보아서도 안 되었다. 성 기자를 이곳으로 불러들일 때부터 그는 이미 모든 것을 각오해온 터이었다. 그리고 성 기자의 의사가 확실해졌을 때부터 그를 맞을 만반의 대비를 갖춰놓고 있는 처지였다. 이제 와서 어떤 신분상의 위협이나 불이익을 두려워할 그가 아니었다⋯⋯

그는 우선 성 기자의 취재에 필요한 사업장의 현황과, 그중에서도 특히 안전사고의 실태 및 그 대비책에 관한 사실적 자료들을 자세히 일러주었다. 그리고 성 기자가 그의 도움으로 사업장의 실태와 광원들의 처지에 어느 정도 분명한 이해의 틀을 지니게 된 것을 보고서야 정완규는 비로소 성 기자를 직접 작업현장으로 안내했다.

—자, 그럼, 이제부터 작업장을 직접 둘러보러 가실까요.

거기서부터는 여사한 사정들을 성 기자 자신이 제 눈으로 직접 보고 확인할 수 있도록 해주기 위해서였다. 아니, 이제부턴 성 기자 자신이 그가 써야 할 사태의 진상을 현장에서 직접 겪게 해주기 위해서였다. 그래서 그의 백 마디 설명보다 훨씬 더 심각하고 실감나는 기삿거리를 자신이 만나고 확인토록 해주기 위해서였다.

— 갑시다.

성 기자는 역시 나약한 외모나 조용하고 뜸뜸한 말씨와는 딴판으로 호기심과 결행력이 대단한 위인이었다. 그는 정완규의 현장 안내 길에서도 아무런 망설임이나 두려움의 기미가 없었다. 예측할 수 없는 갱내 사고의 위험성에 대한 정완규의 계산된 경고에도 불구하고, 위인은 아무 거리낌 없이 정완규를 뒤따라 나섰다. 아쉬운 게 있다면 사무실 사람들의 결연한 반대로 갱내 사진을 전혀 못 찍게 된 일이었지만(사업소에선 애초 입갱 자체를 한사코 반대하고 나섰지만, 성 기자는 그 사진만은 찍지 않는다는 조건으로 간신히 입갱을 허락받은 터였다) 그 밖엔 모든 일이 정완규가 애초부터 계획해온 대로였다. 갱내 사진을 못 찍게 된 것도 정완규나 성 기자에겐 그리 큰 문제가 아니었다. 눈으로 직접 보고 느낄 수 있게 되면 그만, 굳이 사진까지 욕심을 낼 필요는 없었기 때문이었다.

하지만 그게 실은 파국의 길이었다.

정완규는 먼저 그가 예정해온 대로 성 기자를 탈의실과 충전실로 안내해갔다. 거기서 둘이 함께 작업복 차림을 갖추고, 안전모와 허리띠에 작업등을 하나씩 부착한 다음, 본갱 입구에서 인차(人車)를 이용하여 지하로 내려갔다. 갱도 입구에서 지하 1천 3백 미터까지 깊숙이 뻗어 내려간 대규모 수갱이었다. 마찰과 울림이 심한 차 소리 속에서 말이 없는 가운데에 두 사람은 한참 뒤 그 수갱의 가장 아래쪽에 속하는 8편(片) 복선에서 차를 내렸다.

이곳에선 마침 갑방(甲方)과 을방(乙方)의 밤 작업 교대가 이루어지고 있는 참이어서, 고역에서 풀려 나온 갑방 사람들의 해방감과 막장 일을 새로 들어가는 을방 사람들의 무거운 침묵과 긴장감이 난기류처럼 어지럽게 교차하고 있었다.

지하 1천3백 미터의 어두운 지층 밑—— 거기다 매캐한 땀냄새에 답답한 지열과 눅눅한 습기들, 여느 사람 같으면 그쯤만 해도 긴장으로 얼굴색이 변하게 마련이었다.

그러나 성 기자는 이마의 땀을 씻으며 표정이나 거동이 아직 조금도 변하지 않고 있었다. 숨겨진 지하 동굴이라도 탐사하러 온 사람처럼 경이에 찬 눈빛만 분주하게 움직이고 있었다.

—— 역시 카메라를 가지고 들어왔어야 하는 건데……

사업소와 약속대로 밖에다 두고 온 사진기까지 새삼 아쉬워하고 있었다. 정완규는 이제 그 담이 큰 성 기자를 다시 막장으로 들어가는 운반갱도로 안내해 들어갔다. 거기서부턴 폭이나 높이가 훨씬 더 좁아지고 배수로와 천장에서 배어난 물기들로 발밑이 죽탄으로 질척이는 갱도였다. 걸핏하면 미끄러지거나 운반궤도에 발이 걸려 죽탄 속을 나뒹굴기 십상인 곳이었다. 거기서도 다시 몇백 미터씩이나 뻗어 들어간 거리 때문에 광원들이 더러는 운반광차를 이용하다 탈선이나 충돌사고마저 빚곤 하는 막장길—— 그러나 성 기자는 손바닥만 한 작업등의 불빛에 의지하며 그의 발길을 참을성 있게 잘 뒤쫓아오고 있었다.

정완규는 간간이 작업수행 과정과 곳곳에 도사린 사고의 위험들을 귀띔해주면서 끊임없이 계속 앞으로 나아갔다. 운반갱도가 끝나고 가파르게 경사진 노브리 지역(채굴한 괴탄을 굴려서 내려 보내도록 된 경사식 운반 통로)을 통과하여 마침내 '중단'이라는 조그만 휴식 공간에 이를 때까지 쉬지 않고 계속 전진해나갔다. 거기서도 아직 그의 원적 회사의 하청 막장까지(정완규는 역시 자신의 원소속 회사의 작업장 쪽에 발길이 잦아왔던 터라 그곳을 안내의 표적지로 잡아놓고 있었다)는 좁은 갱도들을 만들며 30미터씩이나 더 뻗어 들어가 있었지만, 정완규는 그쯤에서 일단 잠시 발길을 멈춰 섰다. 막장 인부들이 새참도 먹고 담배도 피우며(가스 때문에 매우 주의가 요하여 금지되고 있었지만) 잠깐잠깐씩 휴식을 취하고 가도록 마련된 이 마지막 길목에서 다시 한 번 위인의 의향을 떠보기 위해서였다. 비좁은 경사의 탄길 속을 헤쳐오느라 성 기자는 이제 석탄범벅 꼴이 되어 숨길도 제대로 못 가누는 형색이었다. 게다가 근처엔 앞서 들어온 작업조의 밤일이 시작되어, 비좁은 공간에 휴식은커녕, 몸을 제대로 비켜설 자리조차 모자랐다. 형장으로 제 십자가를 메고 가는 예수님모양 갱목을 등에 지고 쩔쩔매는 사람들, 손수레와 질통으로 노브리 입구까지 탄무더기를 밀며 끌며 낑낑대는 사람들, 시커먼 그림자들이 어둠 속에 말없이 움직이고 있는 모습들만 보아도 성 기자에겐 숨이 컥컥 막혀 오는 연옥경 한가지일 터였다. 한데도 성 기자는 여전히 별 동요의 기미가 없었다.

— 이제 막장이 다 가까워진 거 아닙니까?

얼핏 한마딜 물어오는 소리 속에도 어딘지 아직 태연스런 여유가 느껴졌다. 정완규에겐 그게 오히려 위인이 자기에게 남은 막장길을 재촉해대는 소리처럼 들려왔다.

　정완규는 그 성 기자를 몰아치듯 이내 다시 막장길로 앞장서 들어섰다. 입속에 서걱대는 탄가루를 뱉아내랴, 동발에 부딪힌 이마의 아픔을 참아내랴, 거기에다 불쑥불쑥 짐을 끌고 지나가는 인부들을 비켜서랴, 한발 한발 전진이 더욱 어려운 곳이었다. 성 기자의 두려움과 끈질긴 참을성이 드디어 그 한계를 드러냄직도 한 곳이었다. 정완규는 일테면 성 기자가 그 참을성의 한계를 드러내어 결국은 제물에 발길을 되돌려주기를 자신도 끈질기게 참고 기다려온 셈이었다. 위인이 그래 주면 정완규로서도 굳이 괴로운 길을 끝까지 이끌어갈 필요가 없었다. 하지만 그가 거기에 이르지 못하면 정완규로서는 끝까지 길을 이끌어가야 했다. 그래서 끝내는 그의 두려움과 참을성의 정점에 이르게 해야 하였다. 그 정점을 경험하고 나서야 위인이 비로소 기사를 제대로 쓸 수 있을 터이기 때문이었다. 따라서 그것은 성 기자와 자신 간의 치열한 싸움의 한 도정인 셈이기도 하였다.

　하지만 위인이 원래 그토록 독종이었던가. 그는 그 30여 미터의 힘든 막장길에서도 끝끝내 발길을 멈춰 서지 않았다. 그 역시 정완규와의 보이지 않는 승부에 전혀 양보의 기미가 없었다.

　그것은 두 사람이 막장 작업장까지 도착했을 때에도 역시 마찬가지였다. 비좁고 어두운 막장 끝에선 귀가 멍멍할 정도로 요란한 착암기 소리와 함께, 탄맥을 쫓아 뚫으면서 지주목과 공기 파이프들을 설치해 들어가는 굴진작업과, 곡괭이와 삽질로 짐통과 손수레 따위의 운반기구들에 탄을 퍼 실어내는 채탄작업을 동시에 구경할 수 있었다. 더욱이 나중에는 성 기자를 위하여 암석을 깨부수는 위험한 발파작업까지 한 차례 실시해 보여줬다. 모두가 정완규가 그의 원적 회사의 동료들에게 부탁하여 미리 주문을 해둔 과정이었다. 하지만 성 기자는 여전히 침착하고 태연한 모습이었다. 긴장을 하거나 위태로워하기는커녕 오히려 더 결정적인 위험의 징후를 기다리고 있기라도 하듯 느긋하고 여유 있는 표정이었다. 굳이 막장 일이라고 새삼 더 겁을 먹고 긴장을 해야 할 큰 위험이 따로 있는 것은 아니었다. 탄맥을 쫓아가는 굴진과 발파작업, 그에 뒤따를 수 있는 가스폭발이나 화재사고 이외에, 낙반이나 지층 붕락, 침수 사고 같은 것은 다른 어떤 곳에서도 위험성이 비슷했다. 막장의 긴장과 공포감은 오히려 그 막다른 격리감과 심도(深度) 의식에 있었다. 지표면에서 가장 깊이 들어와 있다는 것, 땅 위의 세상과는 너무 멀리 단절되어 있다는 것, 불의의 사고를 만나면 도피나 구조가 매우 절망적이라는 것, 어쩌면 다시 햇빛 구경을 못하고 어둠 속에 영영 묻혀버리게 될지도 모른다는 것— 그리고 그런 격리감과 공포감은 정작 그 막다른 현장에서보다 거기까지 들어가는 도정에서 더 심했다. 성 기자처럼 그것이 첫걸음인 경우에는 더욱이나 그러기 십상이었다. 하지만 성 기자는 이도저도 아니었다. 길고 긴 어둠 속을 뚫고 온 길에서나 그 연옥경의 막장작업 앞에서나 위인의 표정이나 언동에는 거의 흔들림의 기미가 없었다.

정완규는 그 왜소한 체구의 사내에게서 오히려 어떤 범접하기 어려운 육중한 힘과 무게마저 느껴왔다. 그리고 오히려 위인과의 싸움에서 자신의 무릎이 먼저 꺾이고 있는 듯한 낭패감에 혼자서 은근히 오기가 치밀었다.

그러나 정완규는 물론 그런 내색을 하지 않았다. 싸움이 아직 다 끝나지 않은 때문이었다. 그에겐 아직도 성 기자와의 마지막 결전장이 남아 있었다. 위인에겐 끝내 그 마지막 결전장까지 필요하게 된 셈이었다.

정완규는 혼자 그 막패의 효험을 기대하면서 성 기자를 이끌고 다시 중단 지역으로 돌아왔다. 성 기자는 그저 정완규가 이끄는 대로 그의 뒤만 열심히 쫓아다니고 있었다. 그런데 그 중단 지역에서 잠시 발을 멈추고 숨을 돌리려는 참인데, 위인이 또 모처럼 한마디를 건네왔다.

—이젠 거의 다 돌아본 셈인가요? 더 돌아볼 만한 데는 없어요?

그것은 물론 정완규의 다음 처분을 알고 싶고 그것을 기다린 데서 물어올 수 있는 말이었다. 하지만 정완규는 위인의 태연스런 한마디가 다시 한 번 자신을 도발시켜옴을 느꼈다. 그의 느긋한 여유도 여유려니와, 그런 여유 속엔 위인 쪽에서도 어딘지 이쪽을 의심하고 있는 기미가 느껴진 때문이었다. 위인 쪽에서도 이미 이쪽의 진의— 그를 긴장과 공포감의 마지막 정점까지 이끌어가려는 도전적 시험의 기미를 알아차리고, 그것을 짐짓 그런 식으로 확인해오고 있는 듯한 느낌이 든 때문이었다.

—아니, 마지막으로 한 곳만 더 봅시다.

잠시 망설임 끝에 그는 자신도 모르게 내뱉고 있었다. 그리고 이내 그 겁이 없는 사내를 그의 마지막 시험지로 이끌어갔다. 같은 중단 지역에서 다른 곳을 파들어가다가 탄맥이 끊어져 몇 달 전에 이미 폐갱 처분이 내려진 곳이었다.

　—이곳은 더 이상 파먹을 탄층이 끊어져 지금은 폐갱으로 버려둔 곳입니다. 하지만 이런 곳에도 보이지 않는 사고의 위험이 많습니다. 버려둔 곳이라 위험이 더 많아서 입구를 막아 출입을 엄격히 금지시키고 있지만, 신참들의 실수나 때론 떳떳지 못한 용무로 이런 곳을 들어가는 인부들이 가끔 있거든요. 그런 경우의 위험이 어떤 것인지도 다 봐두셔야지요.

　출입금지 표지와 차단목 뒤에서 입을 벌리고 있는 그 폐갱구 앞에 이르러 위인에게 다시 한 번 그런 우회적인 경고조의 위협을 가했다. 그러면서 위인이 이제라도 겁을 먹고 슬그머니 꽁무니를 빼주기를 바랐다.

　하지만 성 기자는 역시 정완규의 속셈 같은 건 아랑곳이 없었다. 아니 그는 그것을 알고 있으면서도, 그래 더욱 물러설 수가 없었는지도 몰랐다. 그는 다만 한순간 어렴풋한 의혹기 같은 것이 어린 눈길로 정완규를 얼핏 스쳐보았을 뿐이었다. 그리고는 다시 보아야 할 것은 끝까지 보고 말겠다는 듯, 묵묵히 그를 기다리고 있었다.

　정완규는 마침내 ×자로 가로지른 차단목을 별 힘들이지 않고 간단히 뒤로 밀치고(전날에 미리 손을 보아둔 탓인 데다, 때마침 주위에 사람이 없는 것도 다행이었다), 성 기자를 앞장서 갱 안으로 들어섰다. 그리고 그 차단목을 다시 원위치시킨 다음, 서서히 한 발짝씩 어둠의 굴속으로 성 기자를 안내해 들어갔다. 이제부 터 더 이상 말이 필요하지 않았다. 모든 것을 성 기자 자신이 직 접 보고 경험하고 판단할 일이었다. 전날에 미리 점검해둔 바가 있었으므로, 가스나 심한 침수의 위험 같은 것은 없었다. 전날까 진 별다른 가스의 냄새도 없었고, 갱 벽에 이슬이 비치는 곳(침수 의 징조를 보이는 갱 벽의 물기)도 없었기 때문이었다. 다만 습하 고 퀴퀴한 냄새와 곳곳에 흘러 싸인 검은 흙더미들 때문에 발길 이 그다지 쉽지가 않을 뿐이었다.

정완규는 조심조심 작업등 불빛을 앞뒤로 비춰가며 한 발짝 한 발짝씩 장애물들을 헤치며 앞으로 나아갔다. 그러다가 갱 속 10여 미터쯤 된 지점에서 문득 한차례 발길을 멈추고 주변의 갱 목 상태를 살폈다. 심한 지압에 못 이겨 절반 이상이나 찌부러 내려앉은 천장과 갱목들이 언제 붕락이나 낙반 사고 같은 것을 부를지 모르는 심히 위험지경의 형세인 곳이었다. 이 폐갱 안에 서 사고의 위험성이 가장 큰 곳이었다. 그리고 정완규가 성 기자 를 위해 미리 사고유발 적임지로 택해놓은 곳이었다.

하지만 정완규는 지나치듯 이내 다시 전진을 계속해나갔다. 그 쯤 무언의 경고를 보내놓은 것만으로 아직은 선물을 안길 때가 아니었다. 그것은 위인에 대한 마지막 선물로 마련된 것이었다. 보다도 그에게 먼저 보여줄 일이 있었다.

'방이 뛴다'는 말이 있었다. 갱 속의 지반이 약한 곳에서 나무 결이 벌어지듯 균열이 생기면서 내는 소리를 말했다. 더러는 막 대가 부러지는 듯한 작은 것에서부터, 더러는 소총의 발사음처럼 크고 날카로운 것도 있었다. 그것은 미구에 붕락이나 낙반 사고가 생길 수 있는 위험을 예고하는 소리이기도 해서 사람을 깜짝깜짝 놀래키고 넋이 달아나게 하였다. 그런데 근자에 그 방이 튀는 소리가 이곳 폐갱 안에서 자주 들려온댔다. 그 소리가 때로는 갱 밖을 지나가던 사람까지 놀래킬 만큼 유난히 크고 잦았댔다. 정완규는 그로 하여 바로 이곳을 그의 마지막 승부처로 택해 놓은 것이었다. 그리고 전날 자신도 갱 안의 상태를 살피러 들어갔다 그 반시간 남짓한 사이에 대소 두 차례나 그것을 확인한 터였다. 방이 튄다고 언제나 사고가 일어나는 것은 아니었다. 그 소리가 없는 것보다 위험이 덜할 수는 없었지만, 그렇다고 늘상 사고가 뒤따르는 것도 아니었고, 그것도 나름대로 다 점검을 거쳐 둔 터였다.

성 기자에게 그 소리를 들려줘야 하였다. 그것도 될수록 큰소리로 위인의 넋을 빼줘야 하였다. 물론 위인에겐 그걸 미리 말해줄 필요가 없었다. 정완규로서도 그것이 언제가 될지를 알 수 없었지만(재수가 없다면 소리를 아예 못 들을 수도 있었다. 그때는 불가피, 그가 방금 차례를 아껴두고 지나쳐온 마지막 수단을 사용하는 수밖에 없었다), 위인이 아무 대비 없이 불시에 그 소리를 듣게 해주어야 효과가 더 클 것이기 때문이었다.

정완규는 혼자서 소리를 기다리며 계속 어둠 속을 뚫고 앞으로 나아갔다. 어디까지 들어가 무엇을 보여주려는지 정완규의 속셈을 알 수가 없으면서도 성 기자 역시 묵묵히 입을 다문 채 그를 계속 침착하게 뒤따라오고 있었다. 그리고 그런 식으로 두 사람이 다시 한 10여 미터쯤 앞으로 나아갔을 때였다.

— 따앙!

다행히 거기서 고대하던 소리가 캄캄한 허공 속을 꿰뚫고 울려왔다. 그것도 총소리처럼 울림이 매섭고 무거운 굉음이었다. 진원은 한참 전방인데도 그 울림으로 하여 마치 여름 소나기 때의 천둥처럼 바로 머리 위를 때려오는 듯한 소리— , 거기다 어디선지 풀썩 수르르 흙더미가 무너져 흘러내리는 소리까지 뒤따랐다. 정완규는 비로소 발길을 멈추고 서서 혼자서 위인 몰래 회심의 미소를 지었다. 그리고는 위인의 반응을 살피기 위해 여유 있게 천천히 뒤를 돌아보았다.

역시 그의 예상이 적중하고 있었다. 거기 희미한 안전모의 불빛 속에 성 기자의 놀라 질린 눈빛이 미동도 없이 가만히 그를 올려다보고 있었다. 겁을 먹고 떨고 있음이 분명한 표정이었다. 거기다 어떤 원망과 의혹이 깃든 추궁기마저 완연해 보였다. 위인이 비로소 그 참을성의 막판에 이르러 손을 들고 회로(回路)를 청해올 기미였다. 그것이 정완규의 그때 판단이었다. 그리고 그가 그렇게 나와준다면 싸움은 거기서 끝나게 되어 있었다. 그를 더 이상 괴롭히지 않아도 그쯤 놀라움과 위험의 경험만으로 더없이 생생하게 살아 있는 기사를 써낼 수 있을 터이었다. 정완규는 제물에 만족스런 미소 속에 위인의 그 마지막 항복의 신호를 기다렸다.

하지만 그게 그의 과신이었다. 다음 순간 일이 전혀 예기치 못한 방향으로 흘러가고 말았다. 항복과 회로의 신호는커녕, 위인이 전혀 예측불허의 사고를 향해 순식간에 자신을 돌진시켜 가고 만 것이다. 방이 튀는 소리가 그를 그토록 놀라게 한 것이었을까. 아니면 그로 하여 기왕부터의 의구심에 마지막 참을성이 다한 탓이었는지 모른다. 성 기자는 그 정완규의 여유 있는 웃음기에 불쑥 웬 역겨움이라도 치솟은 듯 그를 향해 일순간 심한 추궁과 경멸의 눈빛을 쏘아 보냈다. 그리고 다음 순간 느닷없이 몸을 돌려 무작정 갱구 쪽으로 돌진을 시작했다. 거기 서요! 조심해! 붙잡아 세울 틈이 없었던 것은 물론 폐광 속에서의 그 같은 거친 질주가 얼마나 위험한 것인지를 알 리 없는 위인에겐 그의 저지나 경고의 소리도 전혀 소용이 없었다. 위인은 정말로 그 긴장과 공포감을 견디지 못하고 끝내는 발작이라도 일으킨 사람처럼, 아니면 그 정완규의 끝없는 유인 행각과 여유 있는 미소 속에 새삼 깊이 숨겨진 살의라도 깨달은 사람처럼 그저 무작정 돌진을 계속했다. 그리고 마침내 정완규의 예상대로 그가 아껴둔 마지막 덫에 걸려 제풀에 그 무참스런 사고를 부르고 말았다. 성 기자가 그 덫 부근을 지나쳐 갈 무렵이었다. 어둠 속에 낮게 내려앉은 지주목에 몸이 받혀 그의 몸뚱이가 끝내는 폭삭 통로 바닥으로 고꾸라졌다. 그와 동시에 찌부러든 지주목이 내려앉으면서 동굴벽과 천장의 암벽층이 때를 만난 듯 우르르 무너져 내려 그의 모습을 일시에 깜깜한 암흑 속으로 삼켜버리고 만 것이다.

"성 기자의 그런 돌연한 행동은 정완규로서도 미처 예상을 못한 일이라, 어떻게 손을 써볼 수가 없는 참사였지요. 갱구가 무너져 내리는 소리에 그도 엉겁결에 바닥으로 엎드렸다 일어나 보니, 입구 쪽이 이미 붕락으로 깜깜하게 막혀버리고 말았더라구요. 꽝음이 곧 그친 것이 다행히 붕락의 규모가 큰 것은 아닌 모양이었지만, 그래도 성 기자는 미처 그곳을 피해나가지 못하고 낙반더미 속으로 모습이 파묻혀버리고 만 거지요⋯⋯"

노인은 비로소 회한기가 어린 어조로 이야기를 서서히 끝내가고 있었다.

"생각대로 역시 규모가 크지 않았던 데다, 붕락이 다른 데까지 번지질 않아서, 정완규는 서너 시간 동안 어둠 속에 갇혀 있다 무사히 갱 속을 빠져나올 수가 있었어요. 하지만 그가 갱을 빠져나왔을 땐 성 기자가 먼저 피투성이의 시체로 구조반의 들것에 실려나간 뒤였지요. 일이 하필 그리 되려고 그랬던지 모르지만, 정완규가 미리 생각해두었던 건 그런 것이 아니었는데 말이외다⋯⋯ 하지만 이제 와서 새삼 허물을 따지고 후회를 한들 뭣하겠소. 일은 이미 다 그렇게 그르쳐진 마당에⋯⋯"

17

백상도 노인이 산을 들어오기까지의 경위였다. 정완규는 당연히 그 일로 광산 일을 그만두게 되었고, 그곳 가까운 충주 부근 지역의 도로공사 품일과 남쪽 진주 근처의 댐공사 일로 한 1년을 보내다가 끝내는 이 산속으로 들어오고 만 것이었다. 그가 55년 봄, 요한신학교의 정규 과정을 그만두고 별도 수련길을 들어선 지 11년, 기도를 끝내고 이름을 바꾸어 세상으로 다시 돌아온 지 9년째 되어가던 66년 초가을 녘의 일이었다. 결국은 그 사고가 근본 원인이었고, 그런 만큼 그곳이 그가 사람들과 한데 섞여 살아왔고 끝내는 세상을 등지고 돌아선 사실상의 마지막 선교지인 셈이었다. 이후 충주와 진주 근처에서의 마지막 1년간은 사람들과 영육을 함께한 삶이 아니라, 그 일로 혼자서 자신을 괴롭혀온 절망과 고뇌의 기간인 때문이었다.

하지만 백상도가 탄광을 떠나 자책과 고뇌의 1년을 보낸 끝에 드디어 이 산속까지 숨어 들어오게 된 것은 성 기자의 죽음이나 그 불미스런 사고에 대한 죄책감에서만이 아니었다. 그에 대한 후회나 죄책감이 없었던 것은 물론 아니었다. 그러나 그만 일로 세상을 등지고 돌아서버리기엔 그를 위한 연수와 기도의 세월이 너무도 아까웠고, 그가 세간 사람들의 이웃으로 함께한 9년이란 세월이 너무도 짧았다. 그의 신념이나 소명의식 역시도 잔인스러울 정도로 굳고 철저했다. 그의 후회나 죄책감은 그 성질이 전혀 달랐다. 영섭은 이미 알고 있었다. 그간 노인의 어조로 보아 그 사고부터가 애초 우연의 소산이 아니었다. 성 기자를 탄광까지 유인해 들인 것처럼 그 사고 역시 경위야 어찌 됐든 백상도 자신이 유발한 것 한가지였다.

"이미 거기까지 알아차리고 있으니까 덧붙여두겠소만……"

뒷이야기를 마무리지어나가는 과정에서 노인도 그걸 분명히 시인하고 있었다.

"그 사람이 정말로 탄광엘 오겠다는 소리에 나는 미리 모든 걸 대비해두고 있었지요. 바로 그 사고의 각본까지 말이외다. 이미 말한 대로 방이 튀는 소리로도 성 기자의 반응이 흡족질 못하면 마지막으로 그 폐갱을 돌아나오면서 붕락사고를 일으켜 보일 참이었던 거지요. 주 선생껜 그게 별 필요가 없을 테니 긴 설명을 않겠지만, 말하자면 지주목이 내려앉고 있던 그 입구 쪽 취약지점을 택해서 붕락사고의 유발장치를 은밀히 마련해두었던 거외다. 그간에 내가 경험해온 대로라면 그곳은 십중팔구 사고가 도사리고 있는 곳이었거든. 열에 열까진 장담할 수가 없었지만, 찌부러져 내려앉은 그 동발 하나만 걷어차주면 이내 사고가 뒤따르게 마련이 되어 있었던 거외다."

필요하다면 노인은 그렇게 해서라도, 보다 더 생생한 사고의 위험을 성 기자에게 직접 경험시켜주고 싶었다 하였다. 그리고 그의 생생한 체험을 세상에 증언케 하고 싶었댔다. 그것을 위해선 그만한 모험쯤 두려워해서는 안 되었고, 자신도 마땅히 그에 따른 위험을 즐거이 감수할 각오였다는 것이다.

하지만 그는 그 사고의 규모나 방법들에서는 실제와 상당한 거리가 있었댔다.

"광산사고의 실태를 세상에 알리려면, 그것을 알리려는 사람 자신이 그 사고의 위험을 직접 겪게 해주는 것 이상으로 효과적인 방법이 없을 것 아니겠소? 그래 첨엔 정말로 비밀 발파장치로 갱을 크게 무너뜨려 한나절이나 하루쯤 위인을 갱 안에 잡아둘 생각까지 했었지요. 그래 갱내의 다른 취약 지점들은 물론 공기 유입 상태나 침수의 가능성, 유독가스 유무까지 위험사항들을 미리 다 세심히 점검해두었구요. 불행히 다른 어떤 불의의 사고로 사람이 다치게 될 경우까지도 다 각오하고서 말이외다."

하지만 그는 결국 큰 위험만은 피하기 위해 발파장치를 단념하고 붕락의 규모가 그리 크지 않을 지주목의 괴락(壞落) 쪽을 택했댔다. 붕락의 시기도 성 기자를 먼저 안전하게 앞세워놓은 다음 그 혼자 뒤에서 일을 치르고 재빨리 뒤쫓아 나가게 되어 있었댔다. 그만 정도로도 성 기자를 충분히 놀래줄 수 있으리라 믿은 것이었다. 더욱이 성 기자가 거기까지 이르기 전에 방이 튀는 소리만으로 길을 돌아서고 싶어 할 수도 있었으므로, 실제로 그런 무참스런 사고까지는 거의 상상을 못했었노라고.

"헌데 일이 예상외로 엉뚱하게 커지고 만 거외다……"

노인은 새삼 낭패스런 어조로 그날의 불상사를 괴롭게 회상했다.

"아니, 그 사람의 돌발적인 행동만 아니었다면 갱 속에서의 일은 모든 것이 내가 예정했던 대로 잘 되어나간 셈이었지요. 때마침 방이 튀는 소리도 들을 수 있었고, 위인이 엉겁결에 걷어찬 발길질로 적당히 붕락도 뒤따라줬으니 말이외다. 그러니 허물이라면 그 사람의 그런 돌연스런 행동이 내 예정을 앞서버린 데 있었던 셈인데, 그렇다고 그걸 어찌 그 사람의 허물이라고 할 수가 있겠소. 내가 미처 그런 경우를 염량해두지 못한 것이 실수였지요. 글쎄, 그토록 태연하고 침착해 보이기만 하던 사람이 어찌 그리 심한 두려움에 짓눌려 쫓기고 말았는지, 상상이나 할 수가 있었겠느냔 말이외다."

성 기자의 죽음을 부른 그날의 사고가 자신이 예정한 일이 아니었더라도, 노인은 어쨌든 그 지울 수 없는 자책감에 아직까지 목이 메고 있었다. 그리고 그것은 영섭으로서도, 당연한 사람의 도리로 여겨졌다. 성 기자를 불러들이고, 경위가 어찌 되었든 사고를 유발시킨 장본인은 어차피 노인 자신이었다. 그날의 사고가 백상도의 예정을 빗나간 탓이었음이 사실일 수도 있었다. 그러나 그것이 사실이라 하더라도 성 기자의 죽음을 부르고 만 결과는 어차피 달라질 수가 없었다.

노인에게 그만한 자책의 괴로움이 없을 수 없었다.

하지만 그는 보다 더 강인한 사명감과 신념의 사내였다. 성 기자에게 사고의 위험을 실감시켜주기 위해 갖은 방법을 다해온 그였다. 성 기자를 끝내 굴복시키기 위해선 그 위험한 붕락사고까지도 불사하려던 그였다. 기왕지사 상당한 위험을 각오하고 나선 마당에, 성 기자의 죽음은 어찌 보면 오히려 그의 일을 더욱 크게 성취시켜준 격일 수도 있었다. 광산사고의 위험을 취재하러 나선 기자가 바로 그 광산 사고로 죽음의 변을 당했고 보면, 그보다 더한 논란거리도 없을 것이기 때문이었다. 그의 그런 사명감과 신념에 비하면 자책감 따위는 그리 큰 문제가 될 수 없었다. 죄의식과 괴로움을 외면할 순 없을망정 그로 인해 세상을 등져 서야 할 만큼 회오와 고뇌가 깊었을 위인은 아니었다. 견딜 수 없는 고뇌와 절망감에 쫓겨서 산으로 숨어 들어왔을 노인이 아니었다. 백상도가 산을 들어오게 되기까지의 고뇌와 절망은 성 기자의 죽음이나 사고 때문만이 아니었다. 그것은 다만 그 원인이나 시초에 불과했을 뿐이었다.

"하고 보면 비극은 사고도 사고지만, 그 즉시 내가 회사를 떠나버리지 못한 데에 있었던 거외다. 사고가 난 즉시 회사를 떠났으면 다른 데서 새로 일을 시작해볼 수도 있었을 테니……"

노인이 마침내 거기까지 자신의 절망의 뿌리를 마저 드러내 보이고 있었다.

정완규는 과연 그 무고한 성 기자의 죽음에도 불구하고 아직 한동안 더 회사를 떠나지 않고 있었다. 성 기자를 폐갱까지 안내해 들어간 것 이외에 그의 고의성이나 실수가 분명히 드러난 바도 없었거니와 사업소 측으로서도 일의 뒤처리가 끝날 때까지는 그의 퇴직을 재촉할 수 없었기 때문이었다. 아니, 그보다 정완규 스스로도 회사를 떠나지 않고 눌러 남아 있은 것은, 그가 아직도 자신의 계획을 단념해버릴 수가 없었던 때문이었다. 아닌 게 아니라 그는 영섭의 짐작대로 성 기자의 죽음까질 자신의 계획에 유효한 것으로 판단한 것이었다. 그래 그 죽음이 헛된 희생이 되지 않고 광산촌 사람들과 주님의 역사를 위해 값진 선물이 되게 할 과업이 남아 있었던 것이다. 그 같은 과업의 수행을 위해서 정완규는 계속 회사에 남아 있으면서 사고의 뒤처리에 적극 끼어들고 싶어 한 것이었다.

그러나 일은 처음부터 그의 기대와는 딴판으로 되어갔다. 사업소에선 물론 사고 직후부터 어느 때보다 신속한 수습대책이 논의됐다. 성 기자의 죽음을 포함한 사고의 경위나 내용들에 대해선

가급적 비밀로 덮어둔 채였다. 그리고 이튿날 어두운 새벽길로 서울의 성 기자 가족들이 도착했다.

　일의 뒷수습은 실상 그것으로 그만이었다. 성 기자의 가족과 사업소 사이에 어떤 흥정과 타협이 오갔는지(가족과 동행해 온 성 기자 재직의 잡지사 사람에게까지 위로금 명목의 금품이 건네졌다는 뒷소문이 있었고 보면, 그 흥정의 내용이나 조건을 짐작할 만한 것이었지만) 성 기자의 유해는 그날로 바로 가족들에게 넘겨져 소리 없이 탄광을 떠나가고 만 것이었다. 안전관리 책임자이자 취재안내를 맡았던 정완규에겐 한마디 경위의 설명이나 위령의 기회조차 주어지지 않은 채였다. 해명이나 위령은커녕 유족들 도착 후엔 사무소 쪽 발길조차 일체 금해진 채였다. 그야 물론 피차간에 그럴 이유나 필요성이 없었던 것은 아니었다. 안전사고 책임자의 안내 가운데에 그런 사고를 만났다는 것, 그것도 늘 위험스런 폐갱 안에서 일어난 사고라는 것, 그런저런 정황들이 사업소로선 상당한 금전적 부담을 감수해가면서 일을 그렇게 처리할 수밖에 없었을 터였다. 더욱이 이때쯤엔 정완규에 대한 모종 고의성의 의혹까지 떠돌고 있던 참이었다. 바로 그런 점들 때문에 사업소의 입장이 더 어려웠겠지만, 그럴수록 정완규는 얼굴을 함부로 내놓아선 안 될 처지였다. 하여 정완규는 자신의 숨은 소망과 반대로 사고의 수습 과정에서 그의 역할이 완전히 외면당하고 만 것이다. 그리고 그것으로 성 기자의 죽음 역시도 사실을 말하고 자기 죽음을 알릴 입을 영영 잃고 만 것이었다.

　그것은 성 기자가 재직해온 잡지사의 태도 역시 마찬가지였다.

사업소는 성 기자의 가족을 통하여 혹은 그 엉뚱한 위로금의 효력으로 그의 잡지사 쪽에도 침묵을 주문해둔 모양이었다. (유족들 쪽에서 한 번 죽은 사람 두 번 죽이는 꼴의 말썽을 원치 않는다고쯤 했다면 잡지사로서도 별 할 말이 있을 수 없었을 터였다.) 이후로는 유족이고 잡지사 쪽이고 전혀 아무런 뒷소리가 없었다. 일을 당한 당사자의 주변이 그런 식이니, 늘상 겪어온 갱내 사고인데다가 사업소의 엄중한 함구령까지 있고 보니, 탄광촌 일부들은 더 말을 할 필요도 없었다.

성 기자는 결국 정완규의 은밀하고 끈질긴 소망에도 불구하고 그에게 무참스런 낭패만을 안겨왔고, 그래 백상도는 그 의미 없는 죽음의 침묵 앞에 그의 오랜 기도의 힘을 잃고 보람 없는 고뇌와 절망 속을 헤매다가 끝내는 이 산속까지 찾아 들어온 것이었다.

"따지고 보면 그 성 기자라는 사람의 죽음에까지 소망을 걸고 매달리려던 내 지나친 욕심이 허물이었을 거외다……"

노인이 드디어 기나긴 고해를 끝내고 난 사람처럼 새삼 한숨 섞인 자책의 소리를 토해왔다. 그의 그런 짙은 자책의 말속엔, 필시 그가 그렇게 산을 들어와 살아온 회오와 절망의 세월의 무게도 함께하고 있었을 터였다. 하지만 그는 이 산속에서 지낸 10여 년의 세월에도 아직 그 고뇌와 절망을 미처 다 떨쳐낼 수가 없었던 듯, 거기서도 한참 더 후일담식 고백을 계속해갔다.

"하지만 어쨌거나 일이 일단 그렇게 끝나고 보니 그건 더더욱 못 견딜 노릇이었지요. 그건 일테면 성 기자라는 사람의 큰 입을 빌려 말하려다 내 작은 입까지도 함께 잃고 만 꼴이 되었으니…… 처음엔 세상사가 온통 다 원망스러워지더이다. 저들은 한결같이 이 세상일들이 그저 눈에 보이는 겉 현상의 힘에만 이끌려가고 있는 걸로 믿고 있음이 아니냐. 그 밑강물의 깊은 흐름을 모르고 무지한 헛믿음으로 하여 저들은 한 생명의 죽음마저도 저처럼 태연스럽게 팔고 살 수가 있는 것이 아니냐. 뿐더러 저렇듯 세상사의 참 진실을 알지 못하는 한, 저들은 그 무지 위에 온갖 거짓과 악덕을 쌓아갈 것이 아니냐. 세상이 과연 그래도 될 것인가…… 그건 물론 내가 세간으로 돌아온 이후로 숱하게 겪고 느껴온 일이기는 하지만, 어쨌든 그런 식으로 하다 보니 나는 어느덧 내 처지와 기도의 계율에 의혹과 회의가 일기 시작한 거외다. 보이지 않는 진실, 깨달아지지 않는 진실이란 참 진실일 수가 없는 것이 아니냐. 처음부터 존재하지도 않은 것 한가지 아니냐. 누구든 저들에게 그 밑강물의 깊은 진실을 깨닫게 해주어야 하지 않으냐. 나는 왜 그것을 말할 수가 없는가. 자신의 입으로 그것을 저들 앞에 밝힐 수가 없느냐. 그것이 정말로 주님을 위한 주님에의 옳은 길이냐…… 이 입 저 입이 모두 막히고 보니, 일테면 일종의 자기 증거욕이랄까, 나는 그 오랜 기도의 계율에도 불구하고 사람들 앞에 스스로 사실을 말하고 싶은 충동에 쫓기기 시작한 게지요. 내 기도의 힘이 그만큼 약해진 탓이겠지만, 나는 적어도 그 성 기자의 죽음에 대해서만이라도 나름대로 어떤 속죄를 하고 싶었으니 말이외다. 그것이 무엇보다 그 성 기자의 죽음의 진실을 제대로 밝혀주는 옳은 길처럼 보였고 말이오…… 처음엔 그런 성 기자에 대한 죄책감에서 비롯된 증거욕 같은 것이 나중엔 차츰 그 기도의 계율에 대한 근본적인 회의로까지 번져간 게지요……"

하지만 그는 끝내 그럴 수가 없었다고 했다. 말할 것도 없이 그의 침묵의 계율 때문이었다. 그것을 말하려면 백상도는 물론 먼저 자신의 정체부터 드러내고 나서야 했다. 그의 정체뿐 아니라 궁극에 가서는 자신이 신봉해온 교리나 교회까지를 드러내버리게 될 수도 있었다. 그러나 그는 아직 거기까지는 용기가 없었다. 기도의 힘이 약해졌다곤 하지만, 거꾸로 말하면 그에겐 아직도 그만한 믿음과 믿음의 힘만은 남아 있었던 셈이었다.

"하지만 그 마지막 남은 기도의 힘은 나를 갈수록 더 깊은 회의와 절망의 늪 속으로 빠뜨려 넣을 뿐이었어요."

노인은 다시 불현듯 자신이 짓밟고 만 그 무고한 죽음에 대한 죄책감이 되살아난 듯, 아니면 그 마지막 기도의 힘마저 잃게 된 자기 배반의 고통이라도 되새겨지는 듯 목소리가 새삼스레 가팔라지고 있었다.

"결국 얼마 뒤에 탄광을 쫓겨나와 이곳저곳 막일자리를 떠돌아 다닐 때도, 내겐 이럴 수도 저럴 수도 없는 무력감 속에 회의와 의구심만 자꾸 더 늘어가고 있었지요. 나는 정말로 자신을 증거해서는 안 되는가. 사람의 일을 사람 앞에 말하는 것이 어째서 죄악인가. 사람이 사람의 일을 스스로 증거하지 않고 침묵 속에 오직 주님을 위해서만 기다리고, 당신을 통해서만 증거하는 것이 무슨 의미가 있으며, 그것이 또한 실제로 가능한 일일 것인가…… 한편으로는 또 그만큼 새 힘을 간구하는 기도도 많았지요. 그건 아무래도 내 기도가 모자란 탓이었으니, 주님께서 새 믿음의 힘을 빌려주십사고요. 하지만 그 후 1년여의 헤매임과 간절한 기도에도 전혀 아무 응답을 얻을 수가 없었어요. 기도 속에 힘을 얻어 계율의 길만을 따르려 하면 할수록 자신의 처지만 더 절망스럽게 느껴지고, 자기 증거의 충동만 늘어가고 있었으니…… 그리고 끝내는 더 이상 소리 없는 밑강물로 버텨나갈 힘을 잃고 이런 산속을 택해 들어오고 만 거외다. 그나마 내게 이미 기도의 힘이 다했음을, 그래서 그런 절망과 무모한 충동들이 꿈틀대고 있음을 깨달은 덕이었달지. 말하자면 그런 자신에 대한 두려움과 절망감의 깨달음이 나를 이곳까지 이끌어온 셈이지요. 이곳에서나 행여 그 잃어버린 내 믿음과 기도의 힘을 되찾아낼 수 있을까, 막다른 희망 속에 나의 새 기도를 시작하기 위해 말이외다……"

성준엽 기자의 사고 이후 산을 들어오기까지의 노인의 고뇌와 방황의 사연도 이젠 거기까지로 마저 다 끝이 났다. 진실을 드러내고 싶은 인간적 증거욕과 그것을 잠재우고 견디어내야 하는 신앙의 계율 사이에서 혹심한 갈등과 시달림을 겪은 끝에 종당엔 그의 세간의 삶을 버리고 이 깊은 산속을 택해 들고 만 것이었다.

영섭도 이제는 그 백상도 노인의 처지나 선택을 충분히 이해할 수 있었다. 그는 물론 자신이 산을 찾아 들어온 것이 잃어버린 기도의 힘(그가 잃어버린 것이 어찌 그 기도의 힘뿐이었을까마는, 어쨌거나 우선 그의 말대로 하면)을 회복할 기회를 얻기 위해서라고 했다. 그것은 다름 아닌 그의 신앙심과 기도의 계율을 지켜낼 힘을 잃었음을 말함이었다. '나의 모든 이승의 삶이 익명으로 돌아가 주님의 역사만을 증거하게 할지라. 나의 유일한 인간에의 귀환은 그 주님을 증거하기 위한 익명의 질서와 힘으로 인해서일 뿐일진저. 그 길만이 바로 주님을 향한 하늘에의 길일진저.' 백상도로서도 이제는 더 이상 그 길을 걸을 수가 없게 된 것이었다. 그 길에의 깊은 두려움과 절망감 앞에 이제는 그 무거운 어둠 속에서 밝은 빛 속으로 떠오르고 싶어진 것이었다. 강물 위로 떠올라 환한 빛 속으로 자신의 진실을 증거하고 싶어진 것이었다. 그 지극히 인간적인 욕망 앞에 그의 믿음과 기도의 계율이 무참스런 패배를 겪고 만 것이었다. 그렇듯 세찬 욕망과 충동을 그저 무작정 견뎌 버티려 하는 것은 오히려 그것을 드러낼 기회나 기다리는 것밖에는 다른 뜻이 없었다. 그런 충동으로 인해 그의 정체와 비밀기도 체제가 세상에 드러나게 될 위험을 방지하기 위하여, 그렇게 해서라도 그의 기도의 힘을 다시 회복할 때까지 자신의 입을 막아 그의 하늘의 길을 지키기 위하여 혼자서 이 산으로 피해 들어온 것이었다. 하지만 그건 물론 사람으로서의 노인의 죄악일 수가 없었다. 그것은 차라리 백상도의 인간과 그 운명의 한계였다. 그리고 그런 뜻에서 그의 도피 입산은 오히려 그의 인간에로의 한 정직한 귀환이었다. 자신의 생을 끝끝내 익명으로 살아내고, 그것을 오직 주님 한 분 앞에 증거하려는 것은 차라리 신이 아닌 인간의 한계를 넘어서는 일이었다. 자신들이 의식을 했든 못했든, 최홍진이 최병진으로, 유종혁이라는 이름이 유민혁으로 변조되는 그 자기 익명화의 마지막 과정에서마저 끝내 옛날과의 완전한 결별을 감수하지 못하고 있는 그 지극히도 나약한 인간성들에서 볼 수 있듯, 우리 인간의 자아 증거욕이라는 것은 의외로 뿌리가 깊고 질긴 것이었다. 백상도는 그 이름에서마저도 완벽한 변신을 감행하고 있었지만, 노인에게서라고 그 자기 증거의 욕망이 완전히 뿌리가 뽑혔을 수는 없었다. 완전한 자기 익명화, 그것으로 오직 주님만을 증거함, 그것은 차라리 무모한 등신(登神)에의 꿈과도 같은 것이었다. 인간은 그 섭리자의 완전성을 잠시잠깐 꿈꿔볼 수는 있어도 정말로 그 자리에는 오를 수가 없기 때문이었다. 그것은 오히려 인간들의 자기 주재자에 대한 모독일 뿐이었다. 노인의 입산은 그 오만스런 등신에의 길로부터, 하늘에의 길로부터, 한 나약한 인간의 길로의 겸손한 귀환이었다. 죄악은 오히려 진정한 삶에의 사랑과 믿음을 잃어버린 오연스런 기도체제, 그 형식만의 기도를 끝끝내 고집하려는 쪽이어야 했다.

영섭은 그 백상도의 외롭고 절망스런 도피에의 결단을 일단은 그쯤 동정적인 쪽으로 이해했다.

하지만 그렇게 노인의 입산 행적을 이해하고 나서도 영섭의 심중에선 아직도 석연하게 드러나지 않고 있는 것이 있었다. 노인의 이야기 가운데엔 그 양 기자로부터 두 실종자의 행방이 여전히 오리무중에 있었다. 그것은 물론 노인의 이야기가 산을 들어온 데서 그만 끝이 나고 만 때문이었다.

아니, 노인이 산을 들어온 이후의 이야기는 앞대목에서 꽤 많이 들려준 바가 있었다. 그리고 영섭은 그간에 이미 그에 대한 확연한 추측이 있었다. 굳이 이야기를 더 들을 것도 없이 위인들의 운명은 그것으로 거의 자명해진 격이었다…… 노인의 행색이나 이야기의 정조로 보아 그는 산으로 들어온 이후에도 나름대로 끈질기게 기도를 계속해오고 있었음이 분명했다. 그러나 그것은 참 구세주의 도래를 기다리는 세례 요한이나 하늘의 소명을 갈구한 그리스도의 광야의 기도가 아니었다. 그것은 오직 끝없는 자기 학대와 인고의 도정이었을 터였다. 어차피 나약하고 무명한 인간의 유한성을 절감한 그의 기도에는 전날처럼 확연한 응답을 얻을 수가 없었다. 무엇보다 그는 이미 그 주님과 인간에의 믿음과 사랑을 잃고 만 때문이었다. 그러면서도 그는 그 도저한 수련기의 자기 서약으로 인하여 하늘에의 기도를 그칠 수가 없었다. 이름 모를 백골들에 무덤들을 지어주며 스스로 그 죽음들을 증거하고 싶어 한 데서 볼 수 있듯, 그의 외로움과 갈등과 절망도 그만큼 더 깊고 처절하였을 터였다. 그 뿌리 깊은 증거의 욕망과 믿음의 계율 사이에서, 하늘에의 길과 사람의 길 사이에서, 그 응답이 없는 외로운 기도 속에서. 산중 생활이라 섭생이 그토록 조악했던 탓도 있었겠지만, 그리고 그의 더부룩한 머리숱과 수염 탓도 있었겠지만, 그간의 역정을 종합해보아선 나이가 아직 예순도 안 되었을 처지에 그의 외양이나 언동이 그토록 노쇠해 보인 것도 거기에 큰 원인이 있었을 터였다. 게다가 그는 한때 그 주님의 역사를 위해 성 기자의 죽음까지도 주저하지 않았던 위인이었다. 실종자들은 바로 지금의 영섭 자신처럼 노인을 차례차례 산으로 찾아 나타났을 것이었다. 그리고 그것으로 행적이나 소식이 영 끊어져버린 것이었다.

뿐더러 노인은 그 모든 이야기들에 앞서 이날 아침 예의 그 바위언덕 아래의 비밀 분묘들까지 보여준 바가 있었다. 영섭은 노인의 이야기를 듣는 동안 그 무덤들이 몇 번씩이나 눈앞을 지나갔다. 노인은 그것이 자신의 외로움을 달래고 가련한 죽음들을 증거하기 위해서랬지만, 영섭은 아무래도 어디쯤 실종자들의 비밀이 함께 묻혀 있는 듯만 싶었다. 노인이 부러 그것을 그에게 보여준 것도 자신의 외로움이나 절망의 크기를 보여주려 해서만은 아니었을 것 같았다. 어찌 보면 이제는 영섭 자신이 비슷한 위험 앞에 맞서 있는 것일 수도 있었다.

하지만 노인은 그것을 아직도 자신의 입으로 분명히 확인해준 바가 없었다.

영섭은 노인에게서 거기까지 마저 직접 확인을 하고 싶었다. 그것이 그가 이 산을 찾아들게 된 애초의 동기였고, 그에게서 가장 듣고 싶던 관심사인 때문이었다. 지금까지의 이야기들은 차라리 그 전주에 불과할 수도 있는 때문이었다.

노인도 그것을 모르고 넘겼을 리가 없었다. 그러나 그는 이제 더 이상 할 말이 없는 사람의 표정이었다. 그는 계속 말이 없이, 언제부턴가 서서히 안개와 어둠 속으로 가라앉아 들어가고 있는 골짜기 쪽만 이윽히 지키고 앉아 있었다. 영섭은 이제 자기 쪽에서 그것을 캐고 들어가보는 수밖에 없었다.

"그렇다면 어른께선 이 산으로 들어오신 뒤 그 쇠진한 기도의

힘을 되찾을 수 있으셨던가요? 진실을 드러내버리고 싶은 그 증
거욕을 억누르고 오로지 그 기도만으로 힘을 다시 얻어서 주님의
길을 따를 수가 있으셨느냐는 말씀입니다."

영섭은 마침내 기다리다 못해 우회적 반어법으로 노인을 추궁
하고 들었다. 그러나 노인은 정말 할 말을 다해버린 듯, 그리고
그것으로 영섭이 모든 걸 알아차렸으리라 치부해버린 듯 계속 아
무 대꾸가 없었다. 영섭의 속셈을 미리 다 짐작하고 있었기 때문
일 수도 있었다. 그는 이제 또 무슨 새삼스런 물음이냐는 듯 어둠
에 묻혀가고 있는 골짜기 쪽만 하염없이 내려다보고 있었다.

하지만 영섭은 내친걸음이었다.

"그야 이곳에서 진실을 증거하려도 증거할 상대가 없으셨겠지
요. 하지만 어르신은 그런 처지에서도 이 산에 죽어 흩어진 사자
들을 상대로 수없이 많은 이야기들을 해오고 계셨습니다…… 그
것은 물론 증거다운 증거라곤 할 수가 없겠지요. 사자에겐 실상
말을 할 입도 없고, 증거를 받아들일 귀도 없으니까요. 살아 있는
사람이 살아 있는 사람들에게 행할 진정한 증거라곤 할 수가 없
을 겁니다. 하지만 그로 인하여 어르신은 그 외로움과 증거의 충
동을 달래고 참아나갈 수 있으셨지요. 그러면서도 한편으론 주
님에 대한 어르신의 믿음의 계율을 깨뜨리게 되는 일도 없으셨을
거구요."

영섭은 기어코 노인의 입으로 진실을 말하게 하고 말겠다는 듯
빈틈없이 집요하게 물고 늘어졌다.

"하고 보면 그건 역시 어르신의 마음속에 아직도 그 진실을 증

거하고 싶은 욕망이 남아 있다는 증거가 아니겠습니까. 어르신의 기도가 이곳에서도 끝내 그 진실을 드러내고 싶은 증거의 충동을 잠재울 수가 없었기 때문이 아니었겠느냐는 말씀입니다. 그래 그처럼 긴 세월의 기도에도 불구, 오늘 다시 이같이 제게 모든 걸 털어놓고 계신 것이 아니겠습니까. 그렇지가 않다면 어르신께서 오늘 제게 이같이 긴 이야기를 들려주신 뜻이 무엇이겠습니까……"

영섭의 추궁은 이제 막다른 곳까지 이르러가고 있었다. 그것은 바로 영섭 자신에 대한 어떤 위해의 가능성까지 각오하고 나선, 그 실종자들에 대한 노골적인 추궁이기 때문이었다. 노인도 이제는 그런 영섭의 속셈을 분명히 읽은 모양이었다. 그리고 그의 집요한 다그침에 더 이상 물러앉아만 있을 수가 없어진 모양이었다.

"주 선생은 자신이 이미 다 알고 있는 사실을 굳이 말로써 다시 확인하고 싶어 하는 버릇이 있나 보구려. 내 원래 그 뒷일을 남 앞에 드러내는 일로 하여 처지가 이렇게 된 걸 알면서도 말이외다……"

노인이 마침내 깊은 침묵을 깨뜨리고 뜻밖이랄 만큼 가볍게 응답을 시작했다. 화제의 내용과는 걸맞지가 않아 보이는 엉뚱한 농조 속에, 그러나 그 어딘지 무연스런 시선은 여전히 아래쪽 골짜기만을 향한 채—

"하지만 주 선생이 그걸 그토록 원하고, 나도 어차피 주 선생의 소설에 마지막 마무리를 지어드려야 할 처지가 되었으니 확인해드리겠소만, 주 선생도 알고 있듯 내 이 같은 지난날에 대한 이야기는 물론 오늘이 처음 일이 아니지요. 사자들의 백골을 상대로 한 것이 아니라, 오늘처럼 귀가 살아 있는 사람을 상대로 한 이야기, 그러니까 그게 이번의 주 선생까지 합하면 모두 몇 번째 더라……?"

"양 기자와 구 형사, 그리고 저까지 세번째가 되겠지요!"

노인이 잠시 더듬거리는 사이에 영섭이 참지 못하고 신음 섞인 소리를 대신하고 나섰다. 이미 예상을 하고 있던 일이지만, 정작 노인의 확인이 떨어진 순간엔 자신을 억제할 수가 없어진 탓이었다.

노인도 이젠 새삼스레 말을 아끼려 하지 않았다. 그는 한동안 주의가 흔들리고 있는 영섭을 진정시키듯 짐짓 더 차분하고 담담한 목소리로 설명을 이어갔다.

"그래…… 탄광마을에서 성 기자도 그랬지만 기자라는 사람들은 늘 발길이 빨랐지. 말씀대로 이번에도 그 양 기자라는 사람이 먼저고, 구 형사라는 사람이 나중이었더이다. 첫번쩬 특히 내가 이곳을 들어온 지도 어언 7, 8년이나 되던 때라 그 외로움과 절망감이 극에 달해 있던 참이었구요. 그 무렵엔 사실 기도로 새 힘을 얻어 세상으로 나갈 생각보단, 아예 모든 걸 단념해버리고 내 외로운 마지막의 증인이라도 한 사람 얻어 죽고 싶은 생각에 자주 골몰해 들곤 했을 때였으니 말이오. 그래 마침 목마른 사람이 샘물을 만난 듯 앞뒤 가릴 여유 없이 그 사람을 상대로 그간에 참고 참아온 갈증을 무작정 한꺼번에 풀고 말았지요. 오늘 또 이렇게 주 선생께 모든 걸 털어놓은 것처럼 말이외다…… 헌데 지내다 보니, 그걸로도 그 깊은 갈증의 뿌리가 아예 다 뽑히질 못했던가 봅디다. 그럭저럭 다시 한 1년을 지내다 보니, 내 속에 어느새 그 절망과 갈증이 새록새록 다시 차오르기 시작하고 있는 게 아니겠소. 그리고 그 절망적인 욕망과 갈증이 다시 극에 달해오기 시작했을 때 이번에는 또 마침 그 구 형사라는 사람이 나타나 주었구려. 그리고 이번엔 다시 또 주 선생이 이렇게…… 주 선생의 경우는 좀 뜻밖인 것이…… 그 구 형사의 일이 아직 반년 남짓밖에 안 된 탓에, 이번엔 그리 사람이 기다려진 바가 없었던 터이지만…… 그래 실상은 이야기도 전일처럼 그리 내키질 않았었구 말이외다……"

"……"

"하지만 그거 뭐 별 차이가 있는 일이겠소. 그 입이 없는 사자들 한가지로 예까지 애써 이 위인을 찾아준 사람들로 해서도 끝내 내 마지막의 증인을 얻을 수가 없었던 마당에…… 게다가 이제는 기왕지사 이야기도 다 끝이 난 마당이고……"

노인은 거기까지 말하고 나서 마지막으로 한번 더 영섭의 심중을 짚어보고 싶은 듯 잠시 동안 조용히 뜸을 들이고 있었다. 그러다 이제는 차례를 바꾸어, 여전히 말을 잃고 앉아 있는 그 영섭의 망연스런 표정 앞에 제물에 마지막 설명을 덧붙였다.

"……그러니 이제는 주 선생께 내가 오늘 이런 이야기를 모두 털어놓은 뜻도 다 자명해진 걸 거외다. 아니 그쯤은 주 선생도 이미 다 짐작을 지니고 온 일이겠소만, 그러니까 아까 우리가 저 아

래 골짜기에서 보았던 무덤들······ 거긴 실상 제 이름을 제대로
지니고 묻힌 무덤도 두어 기쯤 섞여 있었던 셈이외다. 내 마지막
길의 증인 대신, 일테면 그쪽에서 거꾸로 나를 증인으로 삼아 간
사람들, 이 늙은이가 이렇게 살아 있는 날까지 제 마지막 길 증인
이라도 지니고 간 셈이니, 그나마 이곳에선 다행스러워해야 할
노릇일지······"

끝마당

실종

18

날이 어두워진 뒤부터는 골짜기가 완전히 짙은 안개 속으로
파묻히고 말았다. 영섭은 노인과 생곡 한 줌씩으로 저녁 끼니를
때운 다음, 굴집까지 서슴없이 스며드는 습기를 안쪽으로 피해
앉아, 아까부터 새삼 그 노인과의 기이한 말씨름을 계속하고 있
었다.

"……일이 여기까지 이르게 된 데는 그러니까 그 최병진이나
유민혁인가 하는 사람들…… 내가 미리 그 사람들의 처지를 알
았거나 몰랐거나 그 위인들이 제 죽음 앞에 남겼다는 소리들이
사단이 된 격인데…… 위인들이 정말로 내 숨은 익명의 형제들
이라면, 게다가 그렇듯 죽음까질 각오한 처지들이었다면, 무엇
때문에 굳이 그런 궁색스런 짓들을 보이려 했는지 그 속을 모르

겠구려."

저녁 뒤부턴 아예 노골적으로 나오기 시작한 영섭의 힐난에 살인의 허물까지 솔직히 다 시인하고 나선 노인의 새삼스런 푸념투. 그리고 그에 대한 영섭의 겹친 추궁—

"아니 제겐 그게 별로 이상해 보이지가 않습니다. 그분들도 그것으로 어르신처럼 마지막 길에 대한 증거를 남기고 싶었을 테니까요. 분명한 상대는 없었더라도, 어른께서 여태까지 그 절망적인 외로움과 죽음의 두려움 앞에 자신의 기도와 죽음의 증인을 끊임없이 간구해오셨듯이 말씀입니다. 그분들도 끝내는 누구에겐가 그 마지막 삶의 자리만은 알리고 싶었던 거겠지요. 그리고 실상 어디선가 그것을 알아봐준 사람이 있었기도 했구요."

우회적인 어투 속에 노인의 가슴을 찌르고 들 사나운 가시가 숨겨진 아픈 몰아침이었다.

그러나 노인은 아까부터 계속 어조가 그래 왔듯 이번에도 전혀 물러서는 기색이 없이 거꾸로 영섭에 대한 음산한 위협기를 띠어 갔다.

"제 삶의 마지막 자리를 알리고 싶어서라…… 그렇다면 지금 그걸 이해하고 있는 주 선생 자신은 어떻소. 이젠 피차간에 서로 처지가 분명해진 터이니 말이오만, 주 선생은 혼자 이곳까지 오시면서 무슨 알림거릴 남겨놓은 것이 있었소? 주 선생이라면 아마 여기로 길을 나설 때부터 족히 그만 예견쯤 있었을 법한데 말이외다."

영섭의 말속에 숨겨진 가시를 짐짓 못 본 척하고 넘겨버린 이상으로 노회한 반격이었다. 영섭은 그의 노회하고 음흉스런 반격에 차라리 어이가 없었다. 노인의 말마따나 이제는 피차간에 그 사정이나 처지들이 너무도 분명해져 있었다. 노인이 산에서 그 절세의 절망과 외로움을 견디게 한 것은, 그 끝없는 채밀행각을 계속해오면서 사자들의 무덤을 지어 그 죽음을 증거하는 일이나 끈질긴 기도의 힘들만이 아니었다. 그의 외로움과 절망의 절정은 그 유인과 살인극이 고비를 넘겨주고 있었다. 사람을 불러들여 자신을 증거하고 그 욕망을 지우고 나선 그의 입을 다시 막아버리는 잔인스런 유인 살인. 그것은 그의 인간적인 충동과 신앙의 계율을 교묘한 방법으로 타협지어주고 있었다. 그건 어쩌면 노인이 이 산에서 행해온 가장 지혜로운 기도의 방법이랄 수도 있었다. 그는 그것을 자기 종말의 기다림과 그에 대한 증거를 구함에서라 했지만, 결과는 어쨌든 두 사람의 죽음뿐이었다. 그리고 그의 더한 외로움과 절망뿐이었다. 그는 그 유인과 살인으로 해서까지 그의 기도를 계속해온 것이었다.

그런데 이제는 노인이 영섭 앞에 그의 유인과 살인극을 모조리 털어놓은 터였다. 노인이 아직은 그의 말처럼 영섭을 기다리지 않고 있었다 하더라도 그에게 그렇듯 모든 것을 털어놓게 한 이상, 그의 고백은 영섭에 대한 자기 처지와 정체의 분명한 천명인 셈이었다. 그리고 불가피하고 위험한 대결의 선언인 셈이었다. 영섭이 그의 삶자리와 죽음의 증인이 되어주거나, 거꾸로 노인을 증인으로 삼아 영원한 침묵의 어둠을 택해가야 하였다. 죽거나 죽이거나 둘 중의 하나였다……

하지만 영섭은 그런 처지 가운데서도 노인이 전혀 두렵거나 위험하게 여겨지지가 않았다. 노인의 언동이 너무도 담담하고 솔직했기 때문이었다. 힘든 고해를 끝내고 난 사람의 태도가 그런 것일는지 모른다. 노인은 그렇듯 자신을 드러내고부터는 이때까지의 자책이나 회오의 빛마저 사라지고 없었다. 오히려 홀가분하고 여유가 어린 표정 속에 언동이 더 태연스럽게 침착해지고 있었다. 영섭은 물론 한동안 그런 노인이 더 사악하고 음흉스럽게 느껴진 것이 사실이었다. 하지만 차츰 시간이 흐르면서 알 수 없는 자신감 같은 것이 차오르기 시작했다. 그 허심탄회하고 태연스런 태도에 경계심이 차츰 마비된 것인지도 몰랐다. 아니면 늙고 깡마른 모습에 은근히 안심을 한 탓인지도 몰랐다. 그는 그 노인이 기분 나쁠망정, 위험하거나 두려운 생각은 거의 없었다. 하여 그 노인의 마지막 결판의 선언에도 아직은 제법 여유를 잃지 않고 사태를 대응해나갔다. 아직은 마지막 승패를 다투기보다 둘이 함께 빛을 얻어나갈 길이 찾아질 수도 있어 보인 때문이었다. 노인도 마지막 피의 결판보다는 그것을 더 바라고 있을 것이기 때문이었다. 노인이 정말로 어떤 행동을 보여오기까지는 그의 심중을 너무 가파르게 단정해서는 안 되었다. 더욱이 노인에 앞서 그쪽에서 먼저 행동을 취해 나설 수는 없는 노릇이었다.

다름 아니라 영섭은 노인이 이제는 그의 긴 미망의 길에서 자신의 모습을 되찾게 하고 싶었다. 그가 탄광 마을에서 성 기자의 죽음으로 절망을 한 것은 그의 기도의 힘을 잃은 때문만이 아니었다. 기도의 힘의 본질이 원래 그것이었겠지만, 그가 그때 잃은 것은 기도의 힘뿐만 아니라 그의 사랑과 믿음도 함께 잃음이었다. 아니, 그 사랑과 믿음의 잃음이야말로 그에겐 무엇보다 더 큰 잃음이었고, 그래 그의 절망도 그토록 컸을 터였다. 노인은 그걸 미처 알아차리지 못하고 있었지만, 그 사랑과 믿음을 잃은 기도야말로 부질없는 계율과 이기적인 자기 탐욕의 길일 뿐인 때문이었다. 영섭은 노인에게 그걸 깨닫게 해주고 싶었다. 그래 이젠 다만 명분의 허울만 남아 있는 그의 '절대선', 오직 하나 그 하늘에의 길이라는 절대선이란 이름의 허황한 교리에서 벗어나 이제나마 진정한 인간에의 길과 그 사랑과 믿음이 충만한 그의 참 주님에의 길로 돌아오게 해주고 싶었다. 하여 그 스스로 부질없는 대결을 단념하고 둘이 함께 산을 내려가게끔 하려는 것이었다.

그러자면 무엇보다 노인이 먼저 자신의 처지를 옳게 헤아려야 하였다. 자신이 이미 그 주님의 믿음과 사랑을 잃고 있음을 깨닫고, 그의 기도의 무의미함과 배덕을 알아차려야 하였다. 헛된 교리와 기도의 계율에 얽매여온 자신의 배신과 범죄를 바로 보아야 하였다.

영섭은 그래 그 노인을 위하여 그간의 행적과 당장의 처지들을 새삼 아프게 되새겨나가게 하려던 것이었다. 영섭으로서도 그만큼 여유 있고 침착한 태도가 될 수밖에 없었다.

그런데 노인은 그것을 오히려 영섭이 사정을 잘못 알고 있거나, 위험을 깨닫지 못한 탓으로 짐작했는지 모른다. 영섭이 그럴수록 노인의 태도는 더욱더 막무가내식이 되어갔다. 심중에 어떤 위해의 음모를 숨긴 채 행동의 기회를 벼르고 있는 사람답지 않게 언동이나 표정이 갈수록 더 여유만만해져갔다(어찌 보면 그런 음흉한 생각 따윈 아예 정말 머리에도 없는 사람 같기도 하였다). 그리고 그 여유가 만만한 어조 속에 아예 터놓듯이 영섭을 태연스레 위협해왔다. 영섭은 도대체 그러는 노인의 숨겨진 속셈이나 이유를 알 수가 없었다. 두 사람의 처지에 반해 공수(攻守)의 입장이 전혀 뒤바뀌고 있는 꼴이었다. 그리고 그것이 실은 생사를 내건 싸움인데도, 영섭에겐 실로 자꾸 어이가 없어지고 때로는 기이하게까지 느껴지게 했다. 영섭은 그럴수록 더 자신을 차분히 가다듬고 노인을 여유 있게 대응해나갔다.

"아니, 저는 굳이 그럴 필요가 없었습니다."

그는 간단히 노인의 겨냥을 비켜버리고 나서 그의 전도된 입장을 일거에 반전시켜놓으려는 듯 차근차근 노인을 공박해나가기 시작했다.

"두 사람의 잠적에 저도 어떤 상서롭지 못한 예감이 들었던 건 사실이지만, 그 사람들이 정말 어떤 변고를 당했으리라곤 미처 상상을 못했으니까요. 제가 사람의 일을 너무 믿었던 탓이랄까요. 하지만 사람이 사람의 일을 믿은 것을 제 허물이랄 수야 있습니까."

"사람이 사람의 일을 믿은 것을 굳이 허물이라고까지 말하긴 어렵겠지만, 지혜가 좀 모자랐던 건 사실이 아니겠소. 유감스럽게도 예감은 사실로 드러났고, 거기다 주 선생은 이런 처지에 있는 사람의 일은 상상조차 못하고 온 형편이었을 테니 말이외다. 그래도 그걸 아직 후회하지 않는단 말이오?"

영섭의 공박에 대한 노인의 역습도 물론 만만치가 않았다. 자연히 둘 사이의 음험한 공박엔 보이지 않는 열기가 어려들 수밖에 없었다. 그런 가운데에 두 사람은 무슨 위험한 폭발물을 주고받듯, 쉬임 없이 방어와 공격을 계속해나갔다. 이번에는 영섭이 공을 받을 차례였다.

"아직까진 후회를 하지 않고 있습니다. 같은 말을 되풀이하고 있는 것 같습니다만, 전 아직도 사람과 사람의 일에 대한 믿음을 버리지 않고 있으니까요."

"사람에 대한 믿음이라면…… 그, 누구에 대한 믿음 말씀이오?"

"그야 물론 어르신과 저 두 사람 사이의 일 아니겠습니까."

"그게 주 선생 자신에 대해서라면 모르되, 나는 내 영혼을 두 번씩이나 더럽히고, 게다가 주 선생께도 이미 모든 걸 털어놓은 마당인데, 설마 어떻게 그런 위험한 이 죄인에 대해서까지?"

"그러니 우선 어른께보다도 제 자신에 대한 믿음이 앞서야겠지요. 그리고 그 자신의 믿음을 통하여 어른께 대한 믿음도 얻어낼 수 있어야지요."

"그걸 어떻게…… 어떤 식으로 말이오?"

"가령 제가 어르신의 처지를 이해하고, 그것이 필요하다면 이대로 산을 내려가더라도 혼자서 깊이 입을 다물어드릴 수 있는 일 아니겠습니까. 전 일테면 저 자신에 대해 그만 믿음쯤은 가지고 있다는 말씀이지요. 그걸 어른께 분명히 확신시켜드릴 수만 있다면, 저는 그러한 자기 믿음을 통하여 저에 대한 어르신의 믿음까지도 얻어낼 수 있게 되는 것이지요."

"헌데 내겐 이미 주 선생에 대한 그러한 믿음의 여지가 없는 형편이라면? 말하자면 주 선생은 내 얘기나 처지, 거기서 비롯된 사악한 일들을 없었던 듯 눈감아 넘겨주시겠다는 말씀인데, 주 선생이 설령 그래 준다 하더라도 내 처진 어차피 달라질 것이 별로 없을 테니 말이외다. 주 선생이 정말로 그래 주신다 한들, 한번 입을 연 내 범계(犯戒)의 죄중(罪重)은 그걸로는 지워질 수가 없는 거 아니겠소. 입을 열어 말을 하든 침묵을 지키든, 주 선생은 내 범계의 어쩔 수 없는 증인으로 남아 있을 수밖에 없을 거란 말이외다…… 허니 주 선생이 자신을 믿는 건 상관없지만, 내게 그런 믿음의 여지가 없는 처지라면 그건 주 선생껜 외려 더 무모하고 위험한 결과를 부를 일이 아니겠소? 주 선생은 과연 그런 모험을 각오하면서까지 이 늙은이를 믿을 수가 있겠소?"

노인은 영섭에게 거꾸로 묻고 나서 제물에 서서히 머리를 가로젓고 있었다.

영섭은 그러나 그만 반격쯤으로 생각이 흔들릴 수가 없었다. 그는 오히려 공방이 점점 본론 쪽으로 가까이 다가들어가고 있는 느낌이었다.

"그야 어쩔 수 없는 일이겠지요."

그는 금세로 노인의 화살을 맞받으며 보다 더 빈틈없는 추궁과 논박으로 노인에 대한 설득을 계속해나갔다.

"저나 세상일에 대한 어르신의 믿음을 되살려드리려면 그만 모험쯤 각오를 해야지요. 전 뭐래도 어르신은 아직도 그만한 지혜의 씨앗만은 지니고 계실 것으로 믿고 있으니까요."

"나한텐 지금 그 지혜가 말라버리고 있다는 소리로구만……"

"그렇지요. 전에 어르신께서 말씀하셨던 대로 사랑의 실천이 뒷받침되지 못한 지혜는 참 지혜가 될 수 없으니까요. 어른께선 지금 이 모든 일이 주님에 대한 지극한 믿음이나 사랑 때문이라고 생각하고 계실지 모르지만, 이제 이렇듯 사람들을 떠나버린 믿음, 사람들에 대한 행함이 없는 사랑이란 참 믿음이나 사랑일 수가 없는 것 아닙니까. 지금 어르신께서는 그 사랑도 지혜도 믿음도 모두가 말라버린 격이지요. 무엇보다도 먼저 그 사랑의 샘물이 말씀입니다. 사랑이야말로 모든 창조의 모태일 뿐 아니라, 참 믿음과 지혜의 절대조건일 터이고 보면, 사랑이 먼저 마르면 믿음도 지혜도 함께 따라 마를 수밖에 없는 일 아니겠습니까. 하지만 그 사랑은 수맥이 아예 말라버린 게 아니라 무엇인가에 가리고 막혀 있을 뿐이지요. 그래 가리고 막힌 것을 걷어내어 사랑의 물줄기가 다시 흐르게 된다면 그에 따라 지혜나 믿음들도 자연히 되살아나겠지요. 외람된 말씀이지만, 그래 저로선 무엇보다 어르신의 그 가려지고 막혀 있는 사랑의 물줄기부터 뚫어드리려는 것입니다."

"그래, 어쩌면 내게 그 사랑의 샘물이 말라버렸다는 건 사실일지도 모르겠소. 하지만 어떻게, 그 막혀 있는 사랑의 물줄기를 어떻게 당신이?"

영섭의 다부진 추궁에 밀려선지, 자신도 오랫동안 괴로워해온 탓에선지, 노인은 그 영섭의 일방적인 진단을 의외로 간단히 수긍하고 나서, 그러나 아직도 네가 무얼 어찌하겠다는 거냐는 식의 여유 있는 표정 속에 영섭의 처방을 짐짓 관심 있게 물었다. 영섭은 그럴수록 더 치밀하고 열정적인 어조로 설득 조의 논박을 계속해갔다.

"그야 그것을 가로막고 있는 장애물이 무엇인가를 알면 되겠지요. 그것만 제대로 알게 된다면, 어르신 스스로 그것을 걷어낼 수 있으실 테니까요."

"주 선생은 그걸 알고 있단 말이오? 주 선생은 대체 그걸 무엇이라 생각하고 계시길래?"

"그야 어르신께서 전에 말씀하셨듯이 어르신의 그 절세의 외로움이겠지요. 그리고 어르신의 그 믿음과 교리와 계율에 대한 미망의 굴레겠구요. 저도 다른 적당한 말이 안 떠올라서 그대로 그냥 어르신을 따르겠습니다만, 어르신을 이 산속으로 들어오시게 하였고, 게다가 이토록 긴 세월의 기도에도 끝내 그 참 지혜로 나가시지 못하게 해온 것은 바로 그 절망적인 외로움 때문이 아니었습니까. 그리고 그 무서운 외로움을 낳고 있는 어르신의 믿음의 계율 때문이 아니겠습니까. 그 절망적인 외로움에 대해서는 어르신께서도 첫날부터 제게 말씀하신 바가 아닙니까. 그런데 좀더 근원을 따져보면 그 외로움이란 다름 아니라 바로 어르신 속에 도사리고 있는 그 미망의 교리와 계율들에 뿌리가 닿아 있는 것 아닙니까."

"내 믿음의 교리와 계율이 내 미망의 굴레라?"

"그렇습니다. 어른께선 언제부턴가 분명 그런 계율의 미망 속으로 빠져들고 계셨습니다…… 제게 하신 말씀을 한번 상기해보십시오. 어르신께선 애초 그 어르신의 신앙적 진실의 실체가 복음서의 말씀을 세상 사람들 가운데서 직접 행해나가는 자기희생의 사랑에 있다 하셨습니다. 그리고 어른께선 주님의 더없이 충직한 종으로서, 그 구원한 사랑의 길을 가기 위해 2년여의 길고도 힘든 기도 속에 자신의 신앙심을 강철처럼 굳게 단련시켰습니다. 그 실천선과 절대선의 절대의 계율로써 말입니다. 말로써만이 아니라 몸으로 직접 함께하는 실천적 사랑, 자신을 내세워 증거하지 않는 사랑—, 아닌 게 아니라 말과 내세움이 많은 세상에 그것은 참으로 넓고도 지고한 사랑의 길이었지요. 그리고 어르신은 한동안 그 사랑의 길을 의연하게 걸어오셨고요…… 그런데, 어려운 사단은 그 강원도 탄광에서의 실패 때부터였습니다. 그 성준엽 기자의 참사…… 바로 그 성 기자의 죽음을 옳게 증거하지 못하게 된 데서부터 어르신의 절망과 배반의 길이 시작되고 있었으니 말씀입니다. 아니 사실상 어르신의 배반은 그 이전부터도 이미 싹이 자라고 있었는지 모르겠군요. 어른께선 그때 성 기자를 탄광으로 불러들이면서부터 이미 상당한 위험을 각오하고 계셨으니까요. 그리고 끝내 그 죽음의 함정으로까지 그를 서슴없이 이끌어가셨구요. 그것은 물론 탄광 사람들의 작업 조건을 개선하고 사고의 대비책을 마련하기 위한 사전 작업의 하나로서였지요. 하지만 그로 하여 성 기자는 결국 목숨을 잃었습니다. 한데도 어른께선 그 죽음의 진실을 밝히기보다 그로 하여 그 높은 주님의 역사가 더 크게 이루어지기만을 소망하고 계셨구요. 그러나 결국은 그것이 어림없는 상황이 되어버리자, 어른께선 이제 그 죽음의 진실조차 증언할 수 없게 된 자신의 처지로 하여 견딜 수 없는 회의와 절망에 빠져들기 시작하신 것 아닙니까. 그 사고를 전후한 어르신의 마음속엔 성 기자라는 한 인간의 삶의 값에 대한 관심은 태부족이셨다는 말씀입니다. 그저 큰 세상과 주님의 역사와 그 주님에의 길만이 관심거리였지요. 그만큼 자기 소명감에만 투철해 계셨던 거구요…… 하지만 어르신은 거기서부터 이 세상과 사람들에 대한 사랑을 잃고 계셨던 겁니다. 우리 삶에 대한 사랑의 방법이 어떤 절대선과 정의의 교리에 바탕을 둔 것이라면, 그 절대선과 정의의 계율은 우리 모든 개개인들에게도 지고한 사랑의 길이 될 수 있어야 하지 않습니까. 그것이 실은 궁극에 있어서 주님의 영광보다도 사람과 그 삶을 위한 실천선과 절대선 계율의 참뜻일 거구요. 그런데 그 선과 정의의 계율이 어떤 개인의 구체적인 삶의 값에 눈이 멀게 된다면, 더욱이 그 목숨마저 희생시키게 된다면, 그것은 이미 사랑의 방법이나 길일 수가 없지요. 어른께선 일테면 그때 그 기도의 힘보다도 사랑을 먼저 잃고 계셨던 거란 말씀입니다. 그때의 절망이나 외로움도 사실은 사랑을 먼저 잃은 때문이었을 거구요. 사랑이야말로 기도의 참 힘이지요. 그 사랑을 잃은 기도란 어떤 힘도 지닐 수 없는 게 당연하니까요. 사람에 대한 사랑, 그 삶에 대한 사랑을 잃은 것은 바로 주님에 대한 사랑도 함께 잃은 것이 되지 않겠습니까. 어르신의 기도엔 그 주님의 사랑의 힘이 함께할 리가 없었지요. 한데도 어르신은 그 성 기자의 죽음에 대해서까지 한

사코 주님에의 길만을 생각하고 거기 매달리려고만 들고 계셨습니다. 이미 사랑을 잃어버린 계율, 그 사랑을 잃어버림으로 하여 이제는 아무런 힘도 얻을 수 없는 그 헛된 계율의 길에만 말씀입니다. 사람과 세상일에 보다 높고 큰 사랑을 심어 펴게 하기 위하여, 주님의 영광과 심판을 내세운 그 사랑의 힘의 방편을 오히려 목적으로 전도시킨 미망 속에……"

갈 데까지 가보라는 듯싶은, 그러나 뭔가 진저리가 쳐질 것 같은 노인의 침묵 속에, 영섭의 준엄한 공박은 혈기왕성한 젊은 검사의 논고처럼 정연하고 도도하게 계속되어나갔다.

"하긴 그건 어쩌면 어르신의 허물이기보다 어르신네 교회의 그 도저한 교리, 계율의 운명 탓인지도 모르겠습니다. 굳이 신앙적인 교리와 상관이 되지 않는 경우라 하더라도 그에 비견할 혹종의 신념체계란 그 속성이 거의 다 그러니까요. 어떤 신념체계든 그의 습득 과정엔 우선 정보의 일방성과 반복성이 절대적이거든요. 어른께서 그 기나긴 기도 속에 세상과 연을 끊고 오로지 실천선과 절대선에의 길, 주님에의 길에만 몰입하셨듯이 말씀입니다. 그 동기가 어떤 개인이나 소수에서 비롯됐든, 하나의 신념체계가 우리의 현실적 삶에의 주장이 되려면 그 신봉자들에 대한 자기 확신과 침투, 일사불란한 집단화에의 과정이 필요하게 되지요. 그에 따라 그의 신봉자들을 위한 집단적 행위의 계율을 마련해나가게 마련이구요. 뿐더러 어른께서도 이미 경험해오셨듯이, 그렇게 일단 사람들 가운데에 명분과 입지를 마련한 신념체계는 서서히 그 같은 자기 체제의 유지·강화를 위해 엄격한 독단성과 교조성을 띠면서, 그 목적을 차츰 추상화시켜나가기 예삽니다. 그리고 때로는 행위의 목적보다 그 행위의 계율이 더 높이 존중되고 강화되어가기도 하구요. 그런데 문제는 그 행위의 계율이 행위의 목적을 완전히 압도하고 나설 경웁니다. 행위의 계율이 목적을 압도하기 시작하면, 그 집단의 신념체계도 이젠 하나의 교조적 계율체계로의 변질이 불가피해지고 마니까요. 목적의 추상화에 따른 일방적 맹목화, 행동의 집단화에 따른 계율의 절대화…… 그런 과정 위에 그 신념체계는 일테면 일종의 집단 이데올로기로서의 특성을 갖추어가게 된다는 말씀입니다. 그런데 그 집단 이데올로기의 가장 큰 특성이 무엇입니까. 오히려 당연한 일일지도 모르지만, 우리 삶에서의 개별성의 부인, 바로 그것 아닙니까. 그리고 우리들 개개인의 삶에 대한 사랑과 그의 독자적 진실성의 부인, 혹은 폄하와 죄악시— 그것 아니겠습니까. 다시 말해 하나의 집단 이데올로기로 변질된 신념의 체계에선 어떤 개인이나 그 개별적 삶에 대한 사랑이 깃들 여지가 없다는 말씀입니다. 집단의식과 신념의 거대한 흐름 앞에, 그 준엄한 행동의 계율 앞에 그것은 한낱 예외적인 사안으로 도외시될 뿐이지요. 한다면 그 예외적인 개인, 아니 우리 삶 전체의 기초로서의 개별성, 구체적 실체로서의 모든 개인에게 그 사랑이 없는 신념의 체계나 계율은 무엇입니까. 그것은 우리 삶에 대한 무서운 폭력일 수도 있는 것이지요……"

"……"

"어르신은 그때 이미 그런 자기 계율의 엄청난 미망 속에 빠져

계셨던 겁니다. 그래 그 절대선과 정의의 명분 밑에 성 기자를 쉽사리 희생시킬 수도 있었구요. 어르신의 기도야말로 바로 어르신 자신의 신념의 체계화를 위한 사랑이란 목적의 추상화, 그에 따른 행동의 계율화 과정에 다름 아니었으니까요. 어쩌면 잘해야 참회라는 이름의 자기 죄의식의 회피나 해소의 노회한 방책에 불과했을 수도 있구요. 어르신은 그래 그 성 기자의 죽음 이후에도 여전히 같은 미망 속을 헤매고 계셨지요. 그리고 그 때문에 종당엔 이 산속까지 찾아 들어오게 되셨구요."

"……"

"하지만 어르신은 이 산에서도 물론 기도의 응답을 얻을 수 없었습니다. 두말할 것도 없이 어르신의 기도는 아직도 계율의 굴레 속에 사랑을 지닐 수가 없었던 때문이지요. 어르신은 여전히 외로우실 수밖에 없었고, 기도 속에 오히려 외로움과 갈등만을 더해오고 계셨습니다. 그 외로움과 갈등 속에 오직 주님의 날만을 기다리시며, 끝내는 그 외로움과 갈등을 한꺼번에 해소할 방법으로 심지어는 자기 죽음의 증인을 구하고 그로 인한 유인과 살인극들까지 연출하면서 말입니다. 하지만 그거야말로 진정 주님을 대신하여 당신의 사랑을 심어나갈 사람들과 세상을, 아니 그 인간에의 사랑의 길뿐만 아니라 주님의 길마저 함께 등져버린 더 큰 배반과 파멸의 길이었지요…… 어르신의 배반과 절망적인 외로움은 결국 어르신의 그 계율의 미망 때문이었습니다."

"……"

"한마디로 어르신은 그때 이 산으로 오실 게 아니라, 그곳에서 성 기자의 죽음과 죽음의 진실을 세상에 옳게 증거하셔야 했습니다. 언젠가 인간의 유한성이라는 걸 말씀하셨듯이, 그 절대선에의 길, 주님과 하늘에의 심판에의 길이란 차라리 무모한 등신에의 길이라고나 할 수 있을 테니까요. 그 절대선의 계율은 우리 인간에겐 애초 가능한 것도 아니려니와, 거꾸로 참 인간에의 길을 위한 숨겨진 방편으로 이해해야 했거든요⋯⋯ 어르신의 길은 오히려 자신의 깊은 진실을 받아들이는 데 있었습니다. 성 기자의 죽음에서 비로소 되살아나기 시작한 괴로운 충동, 그의 죽음의 진실, 바로 어르신 자신의 진실을 드러내버리고 싶은 증거의 충동, 그거야말로 어르신께서 우리 인간과 그 삶에로의 귀환을 갈구하셨던 증거가 아니겠습니까. 어른께선 차라리 그 순정하고 진실한 충동을 좇아 주님의 나라가 아닌 인간의 세상에 성 기자의 죽음의 진실을 증거하셨어야 했습니다. 그리하여 무엇보다 이 땅 위의 사람들에 대한 사랑부터 행해야 하셨습니다. 했더라면 그 땅 위의 삶에 대한 사랑을 통하여 주님의 사랑도 되찾을 수가 있었을 것입니다. 그것이 진정 주님의 사랑을 행해나가는 길이었을 테니까요. 해서 그 계율의 미망이 걷히게 됐더라면, 거기서 잃어버린 사랑의 숨결이나 기도의 힘이 되살아나고, 그에 따라 인간과 삶에 대한 믿음도 저절로 되살아날 수가 있었을 것입니다. 물론 그때는 그 같은 사랑과 믿음 위에 어르신의 그 절망스런 외로움의 공포도 사라져갔을 것이구요. 그게 일테면 언젠가 어르신께서 절망적으로 말씀하신 인간과 신앙인의 참 지혜의 길이었습니다. 그러나 어르신은 그 길을 버리고 거꾸로 이 산으로

들어오고 마셨습니다. 자신 속의 진실을 외면한 채 헛된 계율의
미망을 좇아서 말입니다……"

"……"

"하지만 그도 아직 파국에까진 이르지 않고 있었던 셈이지요.
보다 더 무섭고 참혹스런 비극은 어른께서 이 산을 들어오신 뒤
부터였습니다. 어른께서는 산을 들어오셔서도 그 괴로운 충동을
지울 수가 없으셨으니까요. 그게 오히려 당연한 노릇이었겠지
만, 어르신은 이 산을 들어오신 뒤에도 그 인간적인 충동과 신앙
의 계율 사이에서 괴로운 갈등이 계속되고 있었습니다. 그래 그
것을 이겨나가기 위해 끝없는 기도를 계속하고 계셨습니다. 하
지만 어르신은 그 충동을 스스로 잠재울 수도 없었고, 기도의 힘
을 빌릴 수도 없었습니다. 어른께선 이미 땅 위의 사람들에 대한
사랑을 잃으심으로 하여 주님에 대한 사랑도 함께 잃고 계셨으
니까요. 하지만 어르신은 아직도 그걸 깨닫지 못하고 계셨습니
다. 그래 그 욕망을 잠재우기 위하여 끈질긴 기도 속에 하늘의 계
율을 앞세웠습니다. 그 하늘의 계율의 이름으로 유인과 살인극
까지 연출하고 계셨습니다. 일테면 어르신은 그 어르신의 기도
로써 자기 욕망을 해소하기 위한 무서운 음모를 주님에의 계율
로 위장하신 것이지요. 어찌 보면 그 살인이야말로 어르신의 기
도의 한 방법이었달 수도 있으니까요. 하지만 그건 물론 인간에
의 길도 아니려니와 하늘에의 길도 될 수 없었습니다. 그것은 오
히려 인간과 주님을 함께 잃게 된 더 큰 파국을 초래했을 뿐이지
요. 어르신께 있어서 그 계율은 다만 어쩔 수 없는 욕망과 충동을

끄기 위한 자기 합리화의 구실과 위장거리에 불과했을 뿐이니까
요…… 그 계율 때문에 다만 인간에의 길을 버리게 된 것뿐만이
아니라, 자신의 욕망으로 하여 그 계율의 이름으로 살인까지 행
한 것, 계율을 그 살인의 구실로 삼으신 것—, 그게 그러니까 어
르신의 마지막 비극이었던 셈이지요……"

　노인의 허물을 일사천리식으로 준엄히 단죄하고 나서 영섭은
비로소 마지막 죗값을 선고하려는 법관처럼 노인 쪽을 잠시 무겁
게 건너다보았다.

　하지만 그는 이내 미동도 없이 여전히 침묵만 지키고 앉아 있
는 노인 쪽을 향해서 오히려 달래고 위로하는 듯한 어조로 조용
조용 남은 말을 끝맺어 갔다.

　"그러니 이제 어른껜 무엇보다 그 계율의 미망을 벗어나는 일
이 중요한 일 아니겠습니까. 지금까지 어르신의 인간에의 길, 그
사랑과 깊은 믿음을 실은 그 참 지혜의 길을 막아온 것은 바로 그
계율과 미망의 굴레였음이 분명해졌으니까요. 그래 지금이라도
어르신께서 그 계율의 참뜻을 참 신앙의 마음으로 깊이 새겨보시
고, 그것으로 그 오랜 미망의 장막을 걷어내시기만 한다면, 그 사
랑과 지혜의 길은 아직도 다시 열릴 수 있지 않겠느냔 말씀입니
다……"

19

백상도 노인에 대한 영섭의 성토는 그것으로 마지막 결론이 내려졌다. 영섭으로선 자신과 노인 간에 더 이상 해괴한 맞대결을 피하고, 또 다른 배반극이 빚어지지 않게 하기 위한 최선의 진심과 방책을 내놓은 셈이었다. 그러니 이번에는 그 영섭의 진솔한 방책에 대해 노인 쪽이 답을 보내와야 할 차례였다. 영섭은 이제 조용히 입을 다문 채 한동안 노인의 반응을 기다렸다.

그새 노인은 아닌 게 아니라 적지 않이 깊은 곳을 찔린 낌새였다. 영섭의 집요한 추궁과 성토가 끝나고 나서도 노인은 여전히 말이 없는 채, 안개 속으로 망연히 바깥만 바라보고 있었다. 촉촉한 안개가 굴집 안까지 함부로 밀려들어 이제는 영섭과 노인 사이에서도 모습들이 서로 뿌옇게 멀어지고 있었다. 노인의 그런 모습이 어떻게 보면 영섭의 말을 모두 수긍한 것 같기도 하였고, 아니면 아직도 그에 대항해나갈 힘이나 방책을 조용히 기다리고 있는 것 같기도 하였다. 노인과 영섭은 그렇게 서로 한동안 어둠 속에 묵묵히 입을 다물고 있었다. 이날 밤엔 아예 그 기름불조차도 밝히질 않은 채였다. 하지만 노인은 그 영섭의 침묵의 뜻을 알고 있었다.

"끙……"

그가 이윽고 그 안개의 어둠 너머에서 상처 입은 짐승처럼 낮은 신음 소리를 토해냈다. 그리고 이어 괴로운 독백조가 흘러나왔다.

"……참 지혜를 얻어 내 믿음의 힘을 회복해나가려면 주님을 향한 계율을 거꾸로 버려야 한다는 말씀인데…… 글쎄, 주님께 서약하고, 그 길만을 걸으려 이에 이른 사람에게 그 일이 과연 온당한 노릇일지…… 계율을 버림은 곧 주님과 제 믿음 자체를 버리는 일 한가지일진대…… 노중에서 불의에 목적지의 방향을 잃었다 한들 그 목적지가 쓰인 표지판까지 함부로 버릴 수가 있는 일이냔 말이외다……"

의구심과 망설임기가 여전한 속에서도 영섭에 대한 승복의 기미만은 역력한 소리였다. 영섭은 기회를 놓치지 않고 재빨리 그 틈을 비집고 들어갔다.

"다시 말씀드리지만, 어르신께서 그 계율의 뜻을 다시 헤아려 보시고, 지금까지 여기서 행해오신 일들을 신앙인의 영혼을 걸고 참회를 하신다면, 그것은 절대로 주님이나 자기 믿음을 버리는 일이 될 수가 없으리라 믿습니다."

지금까지도 한동안 그래 왔듯이 믿음을 지닌 사람과 지니지 못한 사람의 자리가 뒤바뀌고 있는 것이 한편 우습고 한편으로 당돌스럽기도 했지만, 영섭은 이제 결판을 짓기 위해 일방적으로 단언하고 나섰다.

노인도 이제는 그 영섭에게 모든 걸 내맡기고 의지하고 싶은 듯 한껏 더 허심탄회한 의논 조가 되어갔다.

"주 선생은 여태 어떤 믿음이나 계율의 길을 걸어온 사람이 아니니 그것이 그처럼 간단한 일로 생각될 수도 있을 거외다. 그러

300

나 한번 믿음의 길을 걸어본 사람은 그 계율을 버리는 일이 자기 믿음뿐만 아니라 그의 삶 전체를 버리는 일이 되는 게요. 믿는 사람에게는 그 계율을 지킴이 바로 믿음의 길이자 그 증거요, 그의 삶과 세상의 법칙인 것이니 말이오. 그것을 어떻게 미망의 길이라 간단히 매도하고 돌아설 수가 있겠소. 더욱이 주 선생은 그 계율의 참값을 보지 못하고 배반의 사단으로만 여기려 함이 분명해 보이는 터에 말이외다."

노인의 말투 속엔 영섭에 대한 자기 방어의 집착기가 아직도 역력했다. 하지만 그건 이제 영섭에 대한 공박이기보다 자신의 의구심과 미망에서 벗어져 나기 위한 자신에의 물음이자 그 힘을 영섭에게 구하고 있는 편에 가까웠다.

"저는 그런 계율 자체를 부인하려는 것이 아니라, 어르신께서 이미 사랑의 힘을 잃고 계신 그 맹목적 계율의 굴레를 벗어져 나야 한다는 것입니다."

"하기야 우리 교회에서 자기 증거라는 것을 금하고 있는 것이 궁극에 있어선 현세적 복음화의 값을 높이려는 데 있음은 더 말할 것이 없을 게요. 그건 일테면 인간의 유한성을 겸손하게 수락하고 매일 매시마다 자기 생애의 마지막을 현재화시켜 살아가는 종말론적 결단의 길이기도 한 터이니까."

영섭의 그 같은 당돌스런 다그침에 노인도 일단은 수긍을 해오는 눈치였다. 그러나 노인은 아직도 석연찮은 의구심을 덧붙이고 있었다.

"하지만 아무리 현세적 삶의 값을 위한 길이라 하더라도, 그

실현은 결국 실제적인 계율을 통해서밖에는 이루어질 수가 없는
것 아니겠소. 주 선생 말씀처럼 그것이 아무리 사랑의 힘까지 잃
고 만 것이라 하더라도, 그 삶이나 믿음의 방편 격인 계율이 부인
되고 보면, 그 목적이라 할 현세적 삶의 구원도 또한 불가능해질
테니 말이외다."

노인은 일테면 계율이 부인되면 그의 믿음이나 삶 자체가 통째
로 허물어질 것을 두려워하고 있었다. 그 긴 세월, 계율에만 젖
어 살아온 노인으로선 어쩌면 당연한 두려움일 수도 있었다. 그
리고 그러한 노인의 의구심은 무엇으로도 쉽사리 씻어질 수 없는
것일 터이었다. 그러나 그것은 노인을 설득해볼 영섭의 마지막
기회였다. 마무리가 지어진 듯 일단 가라앉아 들 기미를 보였던
논전이 마지막으로 한번 더 열기를 띠어갔다.

"아니, 이미 사랑의 힘을 잃은 어떤 믿음의 계율이 부인된다고
해서 우리의 삶이나 세상이 함께 무너지거나 달라지지는 않습
니다."

영섭은 될수록 노인의 의구심을 일반화시키면서 집요하게 다
시 설득을 계속해나갔다.

"굳이 어르신네 교회가 아니더라도 우리의 삶이나 세상을 지
탱하고 그 삶의 값을 높여주는 다른 길들은 얼마든지 많습니다.
다른 종교나 예술 장르들, 법률이나 윤리체계, 심지어는 철학이
나 역사학 같은 학문의 길들도 다 그런 것 아닙니까. 어르신네 교
회의 교리나 계율도 우리 인간들의 지혜가 창조해낸 그런 문화체
제나 장치의 하나일 뿐이지요."

"그렇다면, 일테면 주 선생의 소설이라는 것은 우리 삶이나 세상에 무엇을 어떤 식으로 행해나가는 거외까?"

"그건 한마디로 말씀드리기 어렵지만, 어르신께서 말씀하신 그 눈에 보이지 않는 힘의 질서라는 것과 상관해 말한다면, 소설 일은 오히려 그 눈에 보이지 않는 불감득의 세계를 눈에 보이는 현상의 세계 위로 드러내 증거하고 그 질서 안으로 편입해 들이려는 쪽일 겁니다. 그러니 그건 어찌 보면 지금까지 어르신께서 행해오신 것과는 방법이 반대쪽이라고 할 수 있겠지요. 어른께서는 계율을 위해서 우리 삶에 대한 사랑과 믿음마저 버릴 수 있으시지만, 소설 일은 오히려 그 믿음과 사랑을 위해선 자기 계율까지를 버려야 하니까요."

"소설 일이 그 믿음과 사랑을 위해서 자기 계율을 버린다 함은 무엇을 뜻하오?"

"그것은 소설이 거짓과 참 진실을 증거하기 위해선 사람들의 삶이나 세상일뿐 아니라 소설 자체의 계율에 대한 고백이나 검증도 함께 이루어져나가야 한다는 뜻입니다. 우리 삶을 속이고 굴레를 짓는 것은 세상일뿐 아니라 소설 자체의 계율도 마찬가질 수 있으니까요. 우리 삶을 증거하려는 소설이 오히려 그것을 거짓되게 말하는 굴레가 될 때는 그 묵은 틀을 서슴없이 벗어던질 수 있어야 한다는 말씀입니다."

"결국은…… 증거하고 현상화하는 것이 소설의 일이다. 게다가 참사랑과 진실을 위해선 제 계율마저도 버릴 수가 있어야 한다…… 하지만 그렇게 해서 소설이 세상에 대해 행하고 이룩해

온 바는 또 무엇일꼬. 그야 주 선생의 소설 일이 아니더라도 문화
니 과학이니, 숨어 있는 힘이나 사랑의 질서를 현상화해온 일들
은 얼마든지 흔할 거외다. 하지만 그 문화나 과학의 이름으로 행
해온 일들이 그것을 증거하고 현상화함으로써 자신의 지배력을
끊임없이 강화시켜온 것 이외에 세상일과 우리의 삶에 달리 기
여를 해온 바가 무엇이오. 아니, 그것들이 그로써 우리 앞에 증거
해온 바가 과연 무엇이오? 그 밑강물로 숨어 흐르는 사랑 역시도
그것이 현상계의 질서 위로 떠올라 증거되는 순간에 똑같이 현상
적 지배력에의 길을 가게 마련인 마당에 말이오. 그렇듯 재빠른
지배질서화의 현상, 그밖에 거기 또 무엇이 증거될 수 있겠느냔
말이외다. 더욱이 종당엔 그 증거의 방편 격인 자기 계율마저를
버려가면서…… 그 역시 부질없는 도로이거나, 비극적인 무명과
자기 부인의 길이 되지 않겠소……?"

당연한 일이지만, 두 사람의 논전은 끝내 소설의 본질과 그 기
능에까지 이르고 있었다. 하지만 영섭은 그에 대한 노인의 열띤
관심이 오히려 다행스러웠다. 부드러운 것은 언제나 단단한 것
을 풀어줄 수 있는 법이다. 종교가 하나의 신념의 체계라면, 소
설은 자유로운 정신의 마당이었다. 어떤 절대의 계율에 얽매이
지 않고 유연하고 탄력 있는 정신력 위에 우리 삶을 끊임없이 재
창조해나가는 도정으로서의 문학과 소설에 대한 그의 신뢰감은,
그 단단한 계율에 길들여져온 노인의 아집과 두려움의 껍질을 벗
겨낼 가장 적절한 처방이 될 수가 있었다.

"어떤 진실이 증거되는 순간에 그 본질이 변하여 현상적 지배

질서로 화해버리는 현상, 그리고 그로 하여 그 증거 행위 자체가 일종의 도로나 모순처럼 되어버린 현상, 그것은 사실, 소설에 있어서도 일종의 슬픈 운명 같은 것입니다."

영섭은 다시 여유 있는 목소리로, 그러나 어느 때보다도 단정적인 어조로 노인에 대한 설득을 계속해나갔다.

"그러나 그렇다고 그것이 아무것도 증명할 수 없거나, 더욱이 의미가 없는 일이라고는 할 수 없을 겝니다. 그리고 바로 그런 점 때문에 소설은 끊임없이 자기 계율을 버리거나 바꾸는 일이 필요해지는 것이구요. 우선에 소설은 어떤 절대의 섭리처럼 영속적인 진실을 고집할 수가 없으며, 그것은 다만 인간의 유한성과 그 도덕성에 바탕한 실천적 자유와 사랑을 목표로 하고 있는 것이니까요. 이 점에선 아마 어르신네 교회의 교리나 계율—— 삶의 매 순간마다 자기 생애와 이 세상의 마지막 시간을 살듯 최선의 선택을 행해나가야 한다는 기독교적 종말론에 입각한 삶의 태도로서의 그 실천선이나 절대선의 정신과도 부합되는 것이겠지요. 하지만 어르신은 그것을 영구불변의 절대계율로 지켜나가려는 데 반해 소설의 길은 끊임없는 자기 반성과 변화가 이루어져나간다는 것이지요. 소설은 그 증거 행위 자체의 순간을 향유할 수 있을 뿐, 그것이 이룩해낸 어떤 현상세계의 절대 지배질서, 더욱이 그것이 우리 삶의 자유와 사랑을 부인하는 반인간적 계율화의 길을 갈 때는, 그것을 누리거나 돌아서기보다도, 거기 대해 새로운 증거를 행해나갈 준비를 서둘러야 하거든요. 그래 그것을 일종의 소설의 숙명이라 했습니다만, 소설이란 그렇듯 그의 증거 행위가 한순간에 모두 도로가 되어버린다 하더라도, 그렇기 때문에 오히려 더 그것을 포기함이 없이 증거와 도로를 끝없이 되풀이해가는 과정 속에 그 참값을 드러내는 것이라 할 수 있지요. 거기에 바로 소설의 증거의 본질과 의미도 깃들어 있는 것이구요."

"증거와 도로의 되풀이 과정 속에 소설의 진실이 드러날 수 있다는 것은 그 소설의 운명이라는 것이 원래 그런 것이어서 그렇다 치더라도, 그러면 그 소설이 자기 계율을 버리거나 바꾸는 것으로 해서 세상에 대해선 과연 무엇을 행한단 말이오. 소설이 그 계율을 버리거나 바꾸는 것은 소설이 이제는 소설이 아니거나 다른 무엇이 된다는 것일진대, 그것은 차라리 소설의 파탄이나 멸망이라고밖에 말할 수가 없는 것 아니겠느냔 말이외다."

"그것은 소설의 파탄이 아니라 오히려 재탄생이며, 그로써 아무것도 보여줄 수 없는 것이 아니라 우리의 삶과 정신의 자유, 나아가 그 소설 자체의 자유를 보여주는 것입니다. 어느 때 소설이 그 자신의 계율을 바꾸거나 버리는 것은 그 소설을 버리는 것이 아니라 그 문학 자체의 타성과 상투성이 빚어낸 계율의 절대화로부터 소설 본래의 목적의 자리로 돌아가는 것이니까요. 그 인간과 삶에 대한 실천적 사랑의 자리로 말입니다. 왜냐하면 소설이 그의 기성의 계율을 바꾸거나 버리는 것은, 그것으로써 그 소설 자체가 하나의 변화의 징후, 그 징후의 기호로서 보다 더 직접적인 기능을 수행해나가는 일이거든요. 그리고 그로써 소설은 그 전향적 창조성 속에 계속 다시 태어나는 것이며, 더 나은 삶과 세계의 질서, 바로 자유의 질서를 향해 나아갈 수 있는 것이지요."

"말하자면 소설은 그렇듯 그때그때 당대의 삶에 합당한 판들을 새로 짜나간다는 뜻인가 본데…… 그렇다면 결국 주 선생의 소설과 내 믿음의 길은 끝내 같은 자리에 함께 있을 수도 없고, 같은 길을 갈 수도 없다는 얘기가 되고 만 것 아니오? 한쪽은 자신의 계율을 버리고 바꾸면서 계속 다시 태어날 수 있음에 반해, 다른 한쪽은 그 계율을 버림이 곧 자기 믿음을 버림이 됨으로 하여 끝끝내 한 계율만을 살아가야 하는 처지니 말이외다."

노인은 마침내 영섭을 앞질러 자신의 결론을 내려가고 있었다. 그 지치고 한숨기 어린 목소리가 이제는 더 이상 이야기를 계속해나갈 뜻이 없을뿐더러, 그 같은 결론이 자신에겐 어차피 불가피한 것이라는 독단과 체념기가 역력한 어투였다. 노인으로선 물론 영섭의 말뜻을 속속들이 모두 헤아리고 난 뒤일 터였다. 하지만 노인에겐 그의 계율이 그토록 단단한 굴레였던 것일까. 아니면 그것을 벗어져 나는 일이 그토록 아쉽고 두려워서였을까. 그는 이미 모든 사리를 알면서도, 끝끝내 영섭을 엇나가고 있었다.

영섭은 물론, 그러는 노인을 따를 수가 없었다. 그것은 노인 자신의 결론일 뿐이었고, 그 노인의 성급한 결론에는 아직도 영섭이 비집고 들 만한 비약의 틈이 있었기 때문이었다.

"하긴 어떤 사람들은 문학이 끝나는 곳에서 종교가 시작되는 거라고 말하기도 하지요. 범박하게 말해 문학이 현세의 삶을 통해 내세의 영계까지를 안으려 한다면, 종교란 그 내세의 구원의 약속을 통하여 현세의 삶을 담보 삼으려는 상반된 문화체제로 이해되곤 해왔으니까요."

영섭은 일단 노인의 주장을 수긍하고 나서, 이어 그 이해의 빈틈을 파고들었다.

"하지만 그렇다고 그 소설이나 신앙의 길이 아예 자리를 같이할 수 없으리라는 말씀은 비약이 아닌지 모르겠습니다. 신앙이고 소설이고 궁극적으로는 양자가 다 현세와 내세를 망라한 인간 자체의 구원을 목적으로 하고 있는 인간정신의 발양 수단인 바에 말씀입니다. 결국 그 둘은 한자리에서 출발한 한 목적의 두 갈래 길일 뿐일진대, 그 애초의 출발지인 우리의 삶의 마당으로 되돌아오고 보면, 소설과 신앙은 언제나 그 자리를 같이할 수 있는 것 아니겠습니까. 할 수만 있다면 그 둘은 늘 그래야 하기도 하는 것이겠구요…… 그 둘이 불행히 자리를 함께할 수 없는 것은 아마도 한쪽이 애초의 출발지를 잃어버리고 영영 다시 그 자리로 돌아올 줄을 모르게 되어버린 경우뿐이겠지요. 어쩌면 바로 지금 어르신처럼 말씀입니다. 하지만 어르신께서도 그것을 아예 단념해버릴 수는 없는 일 아니겠습니까. 어르신께서도 언젠가는 결국 그곳을 되찾아 돌아오시게 되어야겠지요."

노인에 대한 반론을 겸하여 영섭은 마지막으로 자신의 결론을 힘있게 토로했다. 하지만 노인은 어둠 속에서 아직도 머리를 가로젓고 있었다. 아니 그저 머리만 가로젓고 있는 것이 아니었다. 그는 언뜻언뜻 안개 속을 지나가고 있는 듯한 얼굴 위에 이상스레 음산한 웃음기까지 짓고 있었다. 내심에 이미 어떤 작정이 내려지고 있음인지, 짙은 피로감에 탄식조와 애원기가 역력해 보이던 아깟번까지의 형세와는 전혀 다른 얼굴, 다른 분위기의 노인이 거기 있었다.

한동안 그처럼 여유가 만만한 침묵 끝에 노인은 과연 그의 내심을 서서히 드러내기 시작했다.

"주 선생의 그 구체적 현세성에 못지않게 우리의 삶에는 순정한 영혼이나 추상화된 정신 혹은 그 조직과 신념의 체계도 똑같이 큰 값을 지닌다는 데 대해서는 새삼스레 긴말 늘어놓지 않겠소. 어쨌거나 이걸로 우리는 이제 두 사람이 서로 얼마나 먼 곳에 자리해 있는가를 확인한 셈이니…… 어떻게 말을 하든 주 선생도 내심으론 실상 그걸 느끼고 있는 것 아니오. 그런데 그보다 주 선생은 지금 그것이 우리에게 무엇을 뜻하고 있는질 아시겠소?"

영섭의 의도는 아예 무시해버린 채 자신의 결론만을 앞질러 고집하고 나서는 그 노인의 어조에는 여태까지와는 또 다른 막무가내식의 독단기까지 더하고 있었다.

노인의 의중을 얼핏 짚어낼 수가 없어 영섭이 잠시 어리둥절한 표정을 하고 있으려니, 이번에는 노인이 차례를 바꾸어 영섭을 계속 다그치고 들었다.

"우리가 지금 이토록 긴 이야기를 해온 게 무엇 때문이었소. 그건 다름 아니라 주 선생의 그 소설 때문이 아니었소. 주 선생께서 써오신 그 소설을 여기서 둘이 함께 지혜를 모아 마무리지어보자고 말이오."

"그렇지요. 제가 여기까지 어르신을 찾아온 것도 그 소설을 좀 제대로 끝내고 싶어서였구요."

"맞았소. 그러니 이젠 그 소설의 결말을 짓자는 거외다. 이제는 거의 그 결말의 방향도 결정이 난 마당이니……"

"결말의 방향이 결정 났다면, 그렇담 어른께선 저와 함께 산을 내려가주시겠다는 말씀입니까? 하긴 둘이 함께 산을 내려가는 것이 어르신의 믿음이나 제 소설의 책임이자 의무이기도 하니까요."

영섭이 거기서 짐짓 그렇게 반색 조로 넘겨짚고 나섰다. 하지만 노인은 그런 영섭을 간단히 짚어 넘으며 자신이 할 말만 계속해나갔다.

"주 선생의 결말이 끝내 그쪽일 거라는 건 내 진작부터 짐작해온 일이었소. 하지만 이젠 내가 거기 따를 수가 없다는 것도 주 선생은 뻔히 다 알고 있을 거외다. 우리는 어차피 둘이서 함께는 이 산을 내려갈 수가 없다는 걸 말이외다."

"그렇다면 어르신께서 생각하고 계신 소설의 결말은……?"

"그렇소. 둘이서는 함께 내려갈 수가 없을 뿐만 아니라, 둘 가운데 한 사람이 내려간다 하더라도 그 사람은 물론 섣부른 증거의 두려움을 아는 사람, 아니 그보다도 그런 증거의 입을 잃어버린 쪽이어야겠지요."

"그게 어르신 쪽이 되셔야 한다는 말씀입니까?"

"굳이 내 쪽이 그래야 한다는 건 아니오. 나는 사실 그럴 생각도 가망도 없는 위인이고…… 그보다 난 여태까지 주 선생이 그런 두려움을 배우길 진심으로 원해왔소. 그리고 그런 내 처지를 헤아려주기를 어느 때보다 깊이 소망해왔소. 하지만 주 선생은

310

그런 내 소망을 끝내 외면해버렸소. 허니 이제는 이 위인도 더 이상 어쩔 수가 없게 된 듯싶구려. 더욱이 주 선생은 그 소설이라는 걸 늘 머릿속 생각으로써만이 아니라 자신의 삶으로 직접 살아 써내시는 분이라니 말이외다."

　노인의 의중은 이제 그것으로 더 이상 의심할 바 없이 분명해진 셈이었다. 영섭 쪽의 생각이 변하지 않는 이상, 그로서는 더 다른 선택이 있을 수 없다는 명백한 선언이었다. 아니, 그것은 선언이라기보다도 영섭에 대한 마지막 다짐이자 자신에 대한 다짐일 수 있었다. 영섭의 처지나 위험도 그만큼 분명해지고 있었다. 두 사람의 처지가 그만큼 서로 막다른 골목까지 다다르고 만 것이었다. 영섭에 대한 그 같은 위협은 어찌 보면 거의 필사적이기까지 하였다. 하지만 영섭은 노인의 그런 막바지 위협에도 불구하고 여전히 어떤 급박함이나 두려움이 실감되지 않았다. 급박한 위해감이나 두려움보다도 어떤 엉뚱한 감동기 비슷한 느낌마저 들고 있었다. 그러다 보니 영섭은 노인에 대해 새삼스런 경계심도 일지 않았다. 노인과 맞서거나 위험을 피해나갈 대비책 같은 것도 애써 마련할 생각이 없었다. 무엇보다 노인 쪽에 어떤 실제적인 위해의 기미를 읽을 수 없었다. 무슨 위해의 위험을 느끼기엔 그 어조나 조용한 자세가 너무 방심스러워 보였다. 위협을 담고 있는 말투와는 다르게 그는 아직 희미한 안개의 장막 속에 손끝 하나 움직이는 기미가 없었다. 그 요지부동의 맹신적 계율주의 이외에 그에게 어떤 위험을 실감하기엔 완력도 지혜도 그리 보잘것이 없는 노인(어쩌면 그런 노쇠한 겉모양새와 방심스런 태도 속에 완력이 숨어 있을지도 모르지만)이었다. 양 기자나 구 형사가 이런 위인에게 어떤 식의 변을 당했다는 사실부터가 믿기지 않을 정도였다. 영섭은 그런 노인으로 하여 자신마저 어떤 방심 상태 속으로 의식이 마비되어가는 듯한 기묘한 느낌이었다.

하지만 그는 그럴수록 더 침착하게 자신을 가다듬고 기다려야 하였다. 그리고 노인의 마지막 본심을 믿어야 했다. 사람에 대한 믿음과 희망을 내세운 자가 먼저 그것을 짓밟고 나설 수는 없었다.

노인은 그런 영섭이 외려 답답해진 모양이었다.

"왜…… 아직 어디가 탐탁지가 못한 데가 있소? 아니면 소설을 그렇게 끝내기가 두려워지고 있는 게요? 하긴 그 현세적 삶의 증거라는 거, 주 선생은 이제까지 그걸 너무 지나치게 믿고 있었던 것 아니오? 게다가 그 자신의 실제의 삶으로 직접 써간다는 소설 일까지 말이외다."

갈수록 깊어져간 안개막 너머에서 무엇인지 결단을 다그치고 드는 듯한, 아니면 영섭의 무언의 기다림을 비웃기라도 하는 듯한 노인의 가라앉은 목소리가 울려왔다.

"두려움이나 후회, 망설임 같은 것이 전혀 없다면 거짓말이 되겠지요……"

영섭은 다시 한 번 자신을 가다듬고 나서 분명하고 힘있는 목소리로 말하기 시작했다.

"하지만 그 때문에 저로서도 새삼 제 식의 결말을 바꿀 생각은 없습니다. 어르신께서 그 계율에 의지하여 그것을 끝끝내 지키고 싶어 하시듯, 저 또한 이제까지 그것을 제 식으로 쓰고 살아온 사람이니까요. 어르신의 믿음이 사실의 증거를 포기하려 하듯이, 사람들 사이의 일에는 오히려 그것이 참 믿음이 될 수 있거든요…… 물론 거기에서 제가 감당해야 할 실제의 위험이 따를 것도 알고 있습니다. 하지만 제 후회나 두려움은 그런 위험 때문이 아닙니다. 제 자신이나 소설에 대해서보다 그것은 오히려 어르신의 믿음과 영혼의 구원에 대해서일 겁니다. 제 소설을 그런 식으로 끝내는 것이 어르신의 믿음과 영혼에 대해 무엇을 뜻함인지, 무엇을 행함인지를 어르신께서도 분명히 알고 계실 테니까요."

그도 이제는 자신의 입장이나 태도를 분명히 하고 나선 것이었다. 그러나 이제는 그걸로 노인을 설득하려거나 위압하려는 뜻에서가 아니었다. 막다른 자충수에 빠져든 격이 된 노인의 무리수를 들어 그의 미망을 마지막으로 한번 더 확인해주자는 것이었다.

그러나 노인은 그에 대해서도 이미 나름대로의 충분한 방벽을 마련해두고 있었다. 이제는 거의 모습이 지워지다시피 한 안개 무리 속에서 여전히 방심스런 노인의 목소리가 조용조용 흘러나왔다.

"내 믿음의 계율은 그렇듯 탓하면서도 주 선생은 역시 자기 소설엔 믿음이 너무 커…… 하지만 어쨌거나 믿음이니 구원이니…… 그런 얘긴 이제 그쯤으로 그만 접어둡시다. 이제는 서로 간에 입장이 썩 분명해진 터이려니와, 더욱이 지금 우리 앞에 놓

인 것은 이쪽 일이 아니라, 주 선생의 소설을 어떻게 마무리 짓느
냐 하는 일일 테니 말이외다."

갈수록 조용하고 차분한 가운데에 한 치의 양보나 의혹의 기미
도 엿보이지 않는 그의 태연스런 말소리는 거기서도 한동안이나
더 계속되어갔다.

"그야 물론 주 선생께는 마음에 들지 않거나 낭패스런 대목이
없을 리가 없으리다. 증거가 생명이라는 그 주 선생의 결말이 이
런 식으로 끝난다는 건 다만 그 소설 자체뿐만 아니라, 주 선생의
삶까지 통째로 무위가 되고 말 테니 말이오. 그래 실은 나로서도
망설임이 썩 많았다오. 헌데 다행히 주 선생 자신이 그 해답을 주
었지요. 그 뭐래던가…… 소설은 무엇을 증거하는 순간에 현실
에 대한 지배성의 질서로 변해버리는 탓에 바로 그 증거의 순간
밖에는 소유하고 누릴 수가 없다고 했던가……? 그리고 소설이
자체의 타성과 상투성 위에 어떤 절대의 우상을 지으려 할 때는
그 절대화의 길로부터 소설 본래의 길로 돌아가기 위해 소설 자
체의 계율마저도 서슴없이 버리고 바꿔가면서 그 자체가 하나의
변화의 기호로 바쳐진다고 말이외다. 바로 거기서 난 깨달았지
요…… 까닭 없는 사라짐…… 그렇소. 한 사람의 소설적 계율의
사라짐, 또는 그 소설가 자신의 돌연스런 사라짐이야말로 주 선
생의 주위나 세상 사람들에겐 무엇보다 의미가 깊은 자기 증거,
주 선생의 소설과 삶 자체를 바쳐 완성해낸 뜻깊은 암시의 기호
가 되지 않겠소."

"……"

"주 선생은 그래 결국 자신이 꿈꿔온 가장 멋진 소설의 결말을 맺을 수가 있게 된 게지요. 주 선생께선 아마 보다 더 명징한 증거가 아쉬울지도 모르겠소만, 언젠가도 내가 말을 했듯이 사람의 일이나 지혜엔 역시 한계가 있을 수밖에 없는 터인 데다, 그 자신이 이 세상을 위한 한 암시의 기호로 바쳐지는 일이야말로 어떤 가시적 삶의 법칙보다도 더욱 높고 큰 지혜, 바로 저 우주적 섭리에의 길이 될 수 있을 테니 말이외다. 덕분에 나도 그 주 선생의 지혜와 역사를 통하여 그 끈질긴 증거욕— 당분간이나마 그것을 일방적으로 큰 빚 지지 않고 잠재워둘 수 있는 나름대로의 지혜와 방책을 얻게 된 셈이구요."

"……"

"어떻게 보면 일이 제법 공평하게 풀린 셈이랄까. 주 선생은 어쨌든 주 선생의 소설을 훌륭하게 완성할 수 있게 됐고, 나는 그 주 선생의 돌연한 실종과 암시의 기호를 사들임으로써 내 스스로는 불가능한 세상에의 증거를 대신해나갈 수가 있게끔 되었으니…… 하고 보면 결국 이 모든 게 다 주 선생의 덕이랄밖에…… 주 선생이 아니었다면 아마 내 생각이 거기까진 쉽게 미치질 못했을 거외다……"

노인은 이제 그가 결정한 소설의 결말을 영섭이 수락하고, 그것을 그의 방식대로 실현해줄 것을 주문하고 있었다. 하지만 아직도 그의 어조에는 영섭에 대한 어떤 위해의 기미도 엿보이지 않고 있었다. 안개 속에 희미하게 갇혀 앉아 있는 모습에도 여전히 아무런 기동의 기미가 없었다.

하고 보니 영섭은 이제 다른 할 일이 없었다. 노인의 다음 처분을 기다리는 일 이외에 그가 특별히 마음을 쓸 일이 없었다. 아니, 기다리거나 마음을 쓰기보다 그도 어느새 노인과 한가지로 그 이상스런 방심 상태 속에 의식이 아득히 멀어져가고 있었다.

노인도 이제는 그쯤 이야기가 다한 모양이었다. 노인은 거기서 잠시 말을 끊고 밤빗새 소리에 망연히 귀를 기울이고 있었다. 하더니 이윽고는 그 묵연한 치매기 속에 응답조차 잃고 있는 영섭의 주의를 일깨우듯 모처럼 몸을 굽혀 영섭 쪽을 들여다보며 어딘지 서슬이 인 한마디를 건네왔다.

"자, 그럼 이젠 일을 마저 마무리 짓기 위해 주 선생이 직접 나서줘야 할 차롄가 보오그려……"

20

안개구름은 연사흘이나 골짜기를 메우고 물러날 줄 몰랐다.

세상은 잠시 그 짙은 안개 속으로 자취를 감추고 사라져버린 것 같았다. 백상도 노인과 주영섭 간의 그 기이한 안개 속 대좌는 이튿날 아침 날이 밝을 때까지 계속되었다. 그리고 영섭은 새벽녘부터 일기 시작한 심한 바람기 속에 아침 날이 밝은 다음 말없이 그 바람기와 안개 속으로 혼자 산길을 내려갔다.

노인은 그 영섭을 말리려는 기색이 없이 그대로 안개 속에 혼자 남아 앉아 있었다. 그리고 안개가 산을 깊이 덮고 있던 그 사흘째 되던 날 저녁 무렵, 몇 참 동안 영섭의 하산길의 뒷일을 살펴고 온 것뿐, 여전히 그 자세 그 모습대로 못 박혀 앉아 주위에서 안개가 걷히기를 기다리고 있었다.

안개구름이 골짜기를 물러가기 시작한 것은 영섭이 혼자 그 굴집을 떠나가고 나서 다시 두번째 아침이 밝았을 때부터였다. 이 날 아침 안개는 산봉우리 쪽으로부터 골짜기 쪽으로 옷을 벗듯 차례차례 벗겨져 내려갔다. 그리고 그 안개가 벗겨져 내림에 따라 산봉우리와 골짜기와 세상 전체가 차례차례 다시 제 모습 제 자리로 돌아오고 있었다.

이윽고 습기에 씻긴 한여름 햇빛이 골짜기 가득히 쏟아져 내렸다. 그런데 거기 그 햇빛에 잠긴 골짜기 쪽 바위 아래에 그새 새 무덤이 하나 생겨나 있었다. 바로 하루 전에 백상도 노인이 안개와 바람 속을 헤치고 내려와 자신을 그 죽음의 증인으로 지어주고 간 무덤이었다. 그리고 그 하루 전에 산을 내려가던 길에 마지막으로 한 번 더 그곳을 들렀다가 불의에 사나운 벌 떼의 습격을 받고 쓰러진 주영섭의 무덤이었다.

백상도 노인은 보지 않고도 그 일의 자초지종을 모두 알고 있었다. 영섭이 하산길에 그곳을 한 번 더 들러보게 되리라는 것도, 그리고 어떤 새 단서거리라도 얻게 될까, 그 무덤들을 하나하나 가까이 살피고 돌아가게 되리라는 것도, 아니 그러다가 그 어느 한 무덤 곁의 바위틈을 잘못 기웃거리다 무서운 말벌 떼의 소굴을 건드리게 되리라는 것까지도 모든 걸 손바닥 들여다보듯 미리 알고 있었다. 그리고 그 같은 노인의 예측은 조금도 어긋남이 없었다. 그의 길 안내나 귀띔이 없었던 데다, 안개 속에 며칠째나 사냥날이를 못 나가고 소굴 속에 복닥이며 신경이 한껏 사나워져 있었을 놈들이었다. 백상도 노인이 이튿날 그 하산길의 뒷일을 살피러 갔을 때, 영섭은 그 안개와 바람 속으로 정신없이 쫓겨 헤매고 있었던 듯, 굴집과는 오히려 반대쪽 골짜기의 한 물웅덩이 속에 몸뚱이가 반쯤 잠겨 떠 있었다. 그새 본색을 알아볼 수 없을 정도로 부어오른 얼굴과 목줄기 곳곳엔 아직도 수많은 독침들이 그대로 남아 꽂힌 채——

말하자면 그것은 그 자신의 말대로 그의 소설을 자신의 삶으로 직접 살고 간 자의 무덤인 셈이었다.

하지만 노인은 아직도 도대체 알 수 없는 것이 있었다. 그는 앞서의 두 젊은이에 대해서와 마찬가지로 이번에도 더할 수 없이 넉넉한 위협을 가했던 셈이었다. 그리고 끊임없이 기회를 열어주고 있었던 셈이었다. 때로는 차라리 애원에 가까운 호소 조로 나선 것도 한두 번이 아니었다. 한데도 위인은 한사코 그의 위협을 곧이들으려질 않았었다. 그리고 끝끝내 그 기회들을 외면한 채 결국은 제 무덤의 길을 가고 만 것이었다.

그것은 아마도 그가 말한 그 사람들끼리의 믿음이나 그에서 비롯한 사랑이라는 것 때문일 터였다. 또는 현세적 증언에 바쳐진 그의 소설이나 삶에 대한 믿음, 그도 아니라면 거꾸로 그에 대한 남모르는 어떤 절망감 때문이었을 수도 있었다. 하지만 어쨌거나 노인은 영섭이 그의 소설과 자신의 죽음을 통해 얻은 삶의 진실이 무엇이었는지를 아직도 확연히 납득할 수가 없었다. 그리고 그가 그토록 고집을 꺾지 못한, 사람에 대한 믿음이나 사랑의 깊이를 계량할 수가 없었다. 그 도저한 현세적 삶의 증거주의자의 죽음 앞에 그 죽음의 뜻을 도대체 이해할 수가 없었다.

하지만 그런 건 이제 어차피 상관이 없는 일이었다. 패자의 승리라고나 말할 수 있을까. 주영섭은 어쨌든 이제 그것으로 자신의 삶을 바쳐서 어떤 진실의 기호로서의 한 편의 소설을 쓰고 간 셈이었다.

그리고 그의 죽음은 아직 한 사람 살아 있는 증인을 가지고 있는 셈이었다. 노인으로선 더 이상 어쩔 수가 없는 그 자신의 길을 간 것이었다——

노인은 그쯤에서 그만 주영섭의 일을 잊어두고 싶었다. 그리고 그간 며칠씩 중단했던 벌꿀집 수색 산행이나 다시 시작하고 싶었다.

하지만 노인은 이번에는 왠지 쉬 그리 되지가 않았다. 산행을 나서려던 발길이 자꾸만 골짜기 쪽으로 휘어들곤 하였다. 그리고 그 새로 생긴 무덤가를 한나절씩 부질없이 맴돌면서 애석한 듯 혼잣소리를 중얼거리곤 하였다.

"그거 참 도대체 알 수 없는 일이로다. 세상일은 그토록 밝히고 증거하길 좋아하던 사람들이 정작에 자신을 증거할 길은 그리들 택할 줄을 몰랐으니…… 글쎄, 그쪽을 원하기만 했다면 이번에도 얼마든지 처지를 바꾸어 제 쪽에서 세상으로 내려갈 수 있었을 위인이…… 그 사람끼리의 믿음이라는 것이 과연 그럴 수도 있는 것인지. 세상이 과연 그리 되어가고 있는 것인지……"

이번에도 끝내는 싸움에 지고 말았다는, 그 묘하게 뒤집혀진 패배감 때문이었다. 주영섭과의 길고 긴 싸움에서도 그는 결국 그 영섭이 아닌 자신이 다시 위인을 위한 증인으로 괴로운 패자의 자리에 남게 되고 말았다는 외롭고 두려운 절망감 때문이었다.

인간은 어떻게 인간이 될 수 있는가

소영현
(문학평론가)

1. 위태로운 평형 상태

이청준의 『자유의 문』은 울퉁불퉁한 소설이다. 지리산 골짜기에 은둔한 노인과 한 소설가의 만남으로 시작되는 소설 『자유의 문』은 은둔한 노인의 세계와 그 세계를 찾아 노인을 방문했던 두 사람의 실종을 추적하다가 결국 지리산 골짜기에까지 이르게 된 소설가의 세계가 이질적 층을 이루며 공존하는 모습을 보여준다. 이들 양자의 세계가 아니더라도, 소설 전체가 전쟁과 종교, 예술과 문학, 개인과 전체, 신념과 사랑 등 다양한 이념의 쟁투로 채워져 있다. 분류하자면 관념적 성격이 강한 소설이다. 하지만 『자유의 문』에서 이념 자체가 소설의 관심사는 아니다. 따지자면 『자유의 문』은 인간이 만들어낸 이념이 인간에게 미치는 영향에 대한 보고서에 가깝다.

이청준 소설의 특장인 액자 구조 형식과 다중적 관점은 소설적 개성으로 고평되기도 하며 서사적 돌파력 결여라는 한계로서 다루어지곤 하는데, 이런 양가적 판정은『자유의 문』에도 고스란히 적용될 수 있다.『자유의 문』에서 소설 내부의 사건들은 과학 실험실의 결과들처럼 개별적 단서로서만 제공된다. 소설에는 모눈종이 위에 찍힌 수많은 점들처럼 가깝고도 먼 위치에 놓인 사건들이 불규칙적으로 나열되어 있는데, 사건들 자체로는 작가의 의도라고 할 수 있는 어떤 선분이나 도형을 만들어내지 않는다. 가령, 소설 내부를 이루는 두 개의 범죄사건과 그 사건의 배후를 추적하던 양 기자와 구 형사 두 사람의 실종, 그리고 그 배후로 추정되는 이의 행적 사이에서 사건적 연결고리는 뚜렷하지 않다. 사건들 사이에는 거리가 있으며 사건들 내부에는 틈새가 있다.

노인의 세계와 소설가의 세계를 연결시키는 가장 밑바닥에 놓인 사건들 역시 충분히 해명되지 않은 채로 제시된다. 부정축재를 일삼고 부도덕한 사생활을 즐겨오던 구정치인이 피해자인 강도상해사건이 있고, 인천 부두 하역장에서 조합 문제에 얽힌 한 사람의 자살사건이 있다. 강도상해사건의 범인인 최병진의 신상을 조사하고 그의 범행 원인과 배후를 따져보던 양 기자가 있고, 조합 관련 자살사건의 당사자 유민혁의 신상과 행적, 자살 원인을 따져보던 구 형사가 있다. (소설에서 두 사건은 기이한 면모를 보여주는 것으로 다루어지지만, 거리를 두고 바라보면 두 사건에 사회적으로 센세이셔널한 면모는 많지 않다. 유례없는 폭력성을 담지한 사건도 거대 조직의 비리를 폭로하는 사건도 아니다. 사회적 여파가 그리 크지 않은 사건인 것이다.) 소설은 노인의 세계와 소설가의 세계가 만나게 되는 시작점이 된 사건들을 기점으로 모눈종이 위에 찍힌 점과 같은 단서들이 그 사이를 연결해보려는 이들의 등장으로 다른 그림을 펼쳐 보이게 되는 과정을 도해하듯 보여준다. 서사는 그들의 존재와 행위가 자체로 또 하나의 단서가 되는 과정 속에서 진전된다. 각기 다른 시공간에서 일어난 사건들과 그 사건을 구성하는 인물들의 관계망이 가시화되는 과정 자체가 소설의 내용이자 내적 형식을 이루게 된다. 소설이 담지하고자 하는 의미를 그 얼개 혹은 얼개가 구축되는 과정을 통해 구현하고자 하는 흥미로운 시도가 아닐 수 없다.

그런데 바로 이런 소설작법으로 인해, 『자유의 문』에서 단서들에 대한 사후적 의미화 작업의 해석적 타당성은 여타의 소설에서보다 더 엄중하게 요구된다. 그것 없이는 소설 속에서 모눈종이 위에 흩뿌려진 점과 같은 사건들 사이의 상관성이 설득력을 얻기 어려운 것이다. 이런 점을 염두에 두고 보자면 『자유의 문』이 그 해석적 설득력을 충분히 확보했다고 말하기는 쉽지 않다. 소설에서 각기 다른 두 사건의 중심인물인 최병진과 유민혁 사이에는 꽤 많은 유사성이 있었던 것으로 '사후적으로' 해석된다. 그러나 신분을 밝혀줄 분명한 원적지가 없다거나 두 사람 다 별다른 이유 없이 독신으로 살아왔다는 사실 혹은 범죄자임에도 '공의'의 성격을 엿보인다거나 죽음에 대한 두려움이 없다는 사실 등으로 미루어 "아무래도 두 사람은 어떤 보이지 않는 그물망에 연결되어 있었던 인물들임에 분명해 보"(p. 106)인다고 독자가 판정하기는 쉽지 않다. 연관성이 희미한 두 사건을 묶어서 생각하게 된 것은 우선 소설 내 인물인 구 형사의 우연한 상상에 가깝다. 두 사건과 각기 다른 사건을 추적한 두 인물 사이의 상관성은 최종적으로 주영섭이라는 인물에 의해 '발견'되고 '설명'된다(실종된 양 기자를 쫓던 구 형사마저 돌연 실종된 후, 그들의 흔적을 찾아 나선 주영훈이 새로운 실마리를 발견하는 것은 어느 날 우연히 만난 중학교 동창 조효준에 의해서다. 유민혁의 신상을 파악할 수 있는 실마리는 유민혁 사건 관련 스크랩을 검토하던 주영훈이 그때 마침 그를 방문한 동창 조효준을 통해 얻게 된다. 그러고도 풀리지 않던 양 기자와 구 형사의 실종에 관한 실마리는 구 형사의 점퍼 주머니에서 나왔다는 명함을 부인한테 건네받고 나서야 풀려나가기 시작한다).

인간의 삶을 구원하려는 노력이 그 자체로 제어할 수 없는 폭력이 될 수 있음을 말하면서도, 사후적 의미화 작업의 폭력성을 소설작법을 통해서도 성찰하고자 한 작가의 시도는 흥미로운 소설적 몸피를 만들어냈다. 하지만 삶의 층위에 흩어져 있는 수많은 사건들, 파편적으로만 존재하는 에피소드들은 소설가—인물(주영섭)의 사후적 의미화이자 소설적 상상을 통해서나 간신히 하나의 이야기가 될 수 있었다. 더구나 사후적 의미화 작업은 인과적 연쇄를 이루면서 안정화되지 않으며 우연적이고 일시적으로만 존재한 후 환영처럼 곧 사라져버린다. 독단적이고 일방적이며 폭압적인 의미화 작업을 피하는 과정이 어떻게 가능한가에 대한 모색의 길, 사후적으로 의미가 만들어지는 그 과정을 따르는 일이 『자유의 문』 독서의 주된 즐거움이긴 하지만, 작가의 고심에도 불구하고 일시적일 뿐인 환영-의미가 사라지고 나면『자유의 문』은 흩뿌려진 단서들과 사건들이 만들어낸 울퉁불퉁함으로만 남게 된다. 말하자면『자유의 문』은 치명적 매혹과 소설적 실패의 기로에 놓인 위태로운 평형 상태인 것이다.

2. 인간 탐구, 전쟁에서 종교까지

『자유의 문』을 채운 이야기는 어디로부터 발원했는가. 백상도의 과거 회상 속에서 언급되었듯이, 이 모든 이야기의 시작점은 전쟁, 좀더 정확하게는 한국전쟁이다. 직접적인 소재로 다루든 전쟁 경험의 여파를 다루든, 이청준 소설에서 전쟁은 한국 사회에서 이후의 삶의 자리를 재편한 전환적 계기다. 전쟁이 야기한 실질적이고 직접적인 공포, 가령 '전짓불' 트라우마(「소문의 벽」)와 같은 공포에 대한 포착은 말할 것도 없이, 이데올로기에 대한 회의와 조직이나 기관을 포함한 집단적인 것에 대한 불신, 집단에 맞서는 개인과 개인의 자유에 대한 신뢰의 태도를 통해 이청준은 전쟁이 한국 사회에 미친 직간접적 영향을 포착해왔다.『자유의 문』에서도 그 기조는 그대로 유지된다. 셋째 마당에 가서야 그것도 20장 가운데 한 챕터에 해당하는 분량일 뿐임에도, 짧은 이야기 속에서 백상도라는 한 인간의 삶을 전면적으로 바꿔놓은 것이 다름 아닌 한국전쟁임을 분명하게 확인할 수 있다.

종종 전쟁을 소재로 한 소설을 전쟁소설로, 한국전쟁의 참화와 전쟁 경험이 이후의 삶에 미친 영향을 반복적으로 검토해온 작가를 전쟁작가로 명명하기도 하지만, 전쟁은 특정 소설이나 특정 작가의 소재로 환원될 수 없는 공적 사건이자 매번 새롭게 해석되어야 할 역사적 국면이다. 한국전쟁은 해방 이후 새롭게 형성되던 한국 사회의 성격을 틀 지우는 중요한 계기이며, 매번 새롭게 의미화된 사건이다. 이후 수많은 작가들이 직간접적으로 한국전쟁 경험을 복원하고 재현하며 반추했으며, 그 과정에서 한국전쟁의 의미가 좀더 두터워졌고 한국 사회의 성격에 대한 이해의 가능성도 폭넓게 열렸다. 특히 1970년대를 거치면서 많은 작가들이 한국 사회가 보여주는 급변하는 면모들을 전쟁 경험의 여파 속에서 살펴보았다. 이청준의 소설은 세계의 세속화에 전면적으로 등 돌리지도, 그렇다고 그것을 견뎌내지도 못하는 존재들, 온전한 의미의 개인의 영역을 마련하려고 부단히 노력하면서도 전체/집단과의 관계 아니 전체/집단을 억압적 힘이나 저항해야 할 부정성으로 인식하면서 대결의식을 견지해야 했던 존재들을 통해 전쟁 경험의 여파를 추적해왔다.

전쟁은 너무도 많은 젊은 목숨들을 죽음의 나락으로 떠밀어붙였다. 자의에서든 타의에서든 한번 그 죽음의 길목으로 들어선 젊은이들은 자기 죽음의 값이나 이유 한번 조용히 가려볼 틈이 없이, 또는 억울한 불평의 소리 한마디 남길 틈이 없이 줄줄이 사신(死神)의 어두운 아가리 속으로 떠밀려 들어갔다. 어떤 지휘관들은 그것을 자랑스런 구국과 정의의 싸움이라고 했지만, 그리고 더러는 불가치한 사상 간의 싸움이라고도 했지만, 전투를 치르는 전장의 사병들에겐 애초에 그런 데데한 명분 따위는 없었다. 병사들에겐 무슨 애국심이나 사상성보다도 맹목적인 복수심과 자기 죽음의 차례가 있을 뿐이었다. (p. 177)

그 모두가 사람들이 제정신을 잃고 만 무지와 무명의 탓이니라. 제정신을 잃고 나니 숨어 있던 탐욕과 질투심·증오심만 미쳐 날뛰게 된 세상, 남에 대한 이해나 우애 대신에 까닭 없는 시샘과 미움과 잔학성만이 판을 치게 된 세상…… 누구들은 이번 싸움을 빈자로 억눌려온 사람들을 위한 싸움이요, 그래서 사람의 유혈이 불가피한 사상의 싸움이라고 하더라만, 그렇듯 많이 배우고 크게 아는 사람들의 생각까지는 잘 알 수가 없다만, [……] 이 싸움에도 무슨 사상이 있다면 그건 아마 그 눈이 먼 시샘과 미움과 잔학성들이 제멋대로 놀아난 굿잔치판을 꾸며준 그 무지와 맹목의 멍석깔이 사상이라고나 해야 할는지…… (pp. 185~86)

『자유의 문』에서도 전쟁 경험의 여파는 소설 전체에 드리워져 있다. 국군으로 복무했던 백상도에게 전쟁은 이름만 남은 죽음들(p. 171)이나 죽음의 자리를 몰랐던 젊은이들, 가짜 유골함으로 돌아온 이들로 상징되는 "뜻 없는 줄죽음"(p. 177)의 비극이었다. 전쟁을 순서도 의미도 없는 죽음의 행렬로 보는 인식은 인간의 삶에 대한 피할 수 없는 허무감을 불러오는데, 이후 백상도의 삶 전체를 채우는 무드가 된 그 허무감은 백상도의 삶에 대한 태도를 결정하는 결정적 동력이 된다.

공동체 내에서 백상도의 가족이 몰살에 가까운 참화를 겪게 되는 상황을 전하면서 작가는 '사람들이 제정신을 잃고 마는 사태', 무지와 맹목, 증오심과 질투심만 판을 치게 되는 상황, '눈이 먼 시대의 억울한 희생'이 넘치는, 인간을 더 이상 인간이라 부르기 어려운 상황이 어떻게 극복될 수 있는가, 그러한 상황에서의 탈출은 가능한가를 묻는다. 그 답안 찾기와 관련해서 전쟁이라는 미친 소용돌이 속에서 자신의 가족이 몰살되었음을 알게된 백상도가 귀대 후 신의 세계로 진입하는 장면은 주목을 요한다. 전쟁의 참상이 미처 수습되기 전인 1953년에 신학교에 들어가 목사를 지망하게 된다는 것은 무엇을 의미하는가.

현실 세계에서 겪는 전쟁의 참상 자체와는 차원을 달리하는 지점, 관념으로서의 전쟁에 보다 관심을 기울이는 작가는 신과 종교의 문제에 대해서도 작가 식의 이해법을 분명히 한다.『자유의 문』에서 신이나 종교는 신에 대한 믿음 혹은 서로 다른 신을 두고 형성된 서로 다른 믿음의 길을 뜻하지 않는다. 작가식 이해법에 따르면, 신이나 종교는 인간의 차원을 넘어선 영역을 가리키지만, 그것은 선험적 절대자의 얼굴로 선재하지 않는다.

어찌 보면 그것은 그 주님에의 믿음을 위하여 인간에의 믿음을 버리는 일처럼도 보였다. 자신의 이름으로는 아무것도 증거할 수 없고, 자신에게로 돌아갈 수도 없음은 곧 인간에의 길을 닫아버리는 것뿐 아니라, 바로 그 인간에 대한 믿음과 인간 자체를 부인하는 것과도 같았다. 하지만 이곳에서는 그것이 진정 인간을 위해 행하고 세상을 움직여나가는 정결스런 힘으로, 그 인간의 삶의 마당으로 돌아가는 길이었다. 그것은 누구보다 세례자 요한의 길을 숭상하고 그것을 전도의 교리로 삼고 있는 이들 교회(그것은 차라리 하나의 교단이라 할 수 있었다)의 절대계율이었다.(pp. 207~08)

『자유의 문』에서 전쟁과 종교는 이청준 식의 전쟁과 종교이며, 그것은 인간과 인간 너머의 차원에 대한 대결로서 파악되어야 한다. 『자유의 문』에서 전쟁 경험의 여파에 대한 탐색이 신념체계로서의 종교에 대한 것으로 대체될 수 있는 것은 이청준의 소설 세계 속에서 전쟁과 종교가 욕망하는 인간의 다층적 면모에 대한 명명으로서 이해되고 있기 때문이다. 관념적 이해법이 보다 주목되기도 하지만, 전쟁이든 종교든 그것들은 『자유의 문』에서 인간에 대한 이해로부터 발원되는 것이자 인간에 대한 이해가 가닿아야 할 것으로 상정된다. 이렇게 보면 주영훈의 이야기와 백상도의 이야기의 대결은 그들의 인간에 대한 이해의 대결이자 충돌인 것이다.

3. 구원과 실천 — 개인의 이름으로, 익명의 개별자로

『자유의 문』에서 이루어지는 인간 탐구는 인물의 전쟁 경험에서 시작되며 무엇보다 인간에 대한 관념적 이해에서 시작된다. 그렇다고 그 인간 탐구가 전적으로 관념적 차원에서만 전개된 것은 아니다. 흥미롭게도 백상도의 삶으로 구현된 인간 탐구는 사회의 가장 낮은 곳에서 이루어지는 구원과 실천의 형태를 띠었다. 사회의 불의가 개인의 이해타산을 넘어선 자리에서 정의의 이름으로 응징되며, 무엇보다 부두 하역장, 간척사업장, 도로공사나 댐공사 현장, 탄광촌처럼 더 이상 밀릴 수 없는 데까지 밀린 이들이 모여드는 사회의 가장 낮은 곳이 들추어졌다.

『자유의 문』은 백상도를 통해 (정완규의 이름으로) 인간임을 망각한 사람들의 삶 깊숙이 개입하고 구원을 위한 실천의 의지를 보여주었다. 갖은 속임수와 책략에 의한 악랄한 착취가 지속되는 간척사업장과 "사고와 노름질과 술판과 계집질, 거기에 부랑자들의 주먹질, 노략질, 사기행각들이 곁들여"(p. 233)지는 탄광촌에서 실천적 인간 탐구를 실현하고자 했다. 『자유의 문』은 백상도/정완규를 통해 "한마디로 죄악과 절망이 난무하는 무도장"(p. 233)의 면모, 특히 사람의 목숨값을 판돈으로 노름과 내기를 일삼는 비-인간의 면모와 인간의 가치에 무심하게 만드는 그와 같은 중독적 삶의 비극적 풍경을 상세하게 다루었다.

구원자로서의 삶이 실패했음을 증명하는 사례로 환기되고 있음에도, 고발적 성격이 강하게 드러나는 탄광촌 사람들에 대한 보고에 집중해보자면, 얼핏 『자유의 문』에서는 익명의 구원자로 산 이들의 삶과 그 삶으로 구현된 구원 행위에서 1970~80년대 진보신학의 이름으로 이루어졌던 인권운동이나 산업선교 혹은 위장취업을 통해 노동현장에 뛰어들었던 학출들의 실천적 삶까지 연상하게 되는 게 사실이다. 그럼에도 엄밀하게 말하자면 『자유의 문』이 환기하는 탄광촌의 면모는 산업선교나 노동운동에서의 그것과는 좀 다른 결을 지닌다고 해야 한다. 어쩌면 이 미묘한 질감의 차이에 『자유의 문』이 제시한 구원자의 삶이 끝내 실패로 귀결한 근본 원인이 놓여 있는지 모른다.

『자유의 문』에서 사회의 가장 낮은 곳의 일상은 전쟁이 불러온 참혹한 현실과 그리 다르지 않은 것으로 다루어진다. 인간임을 망각한 삶이란 제정신을 잃고 이기심이나 증오심, 끝나지 않을 복수심의 소용돌이에서 헤어나지 못하는 삶이며, 이런 삶은 전쟁이 끝난 후에도 인면수심의 상태를 사는 지금 이곳에서 지속되거나 반복되고 있다는 것이 작가의 판단이다. 『자유의 문』에 의하면 간척장이나 탄광촌의 풍경은 전쟁이 야기한 인간 상실의 풍경의 재현이자 반복인 셈이다.

이러한 이해법은 현실에 대한 관념화된 인식의 결과로 오해되기 쉽다. 하지만 이러한 이해법은 역사적 조건과 상황적 맥락을 최소치로 소거하고 그 내부의 인간에 대한 관심을 최대치로 확장할 때 좀더 뚜렷한 정당성을 확보하게 된다. 말하자면 현실을 인간과 그를 둘러싼 조건/환경 즉 인간-자연의 구도 속에서 이해하고 그 중심에 인간을 놓게 되면 전쟁의 참혹상과 인면수심의 탄광촌 풍경은 흡사해지거나 동일해질 수 있는 것이다. 여기에 작가의 현실이해의 핵심이 놓여 있다고 해야 하는데, 작가의 현실관을 둘러싼 이러한 이해법에 의거해 보면, 『자유의 문』에서 세계의 구원이 개인의 이름으로, 익명의 개별자의 형태로 이루어지는 사정에 대한 이해가 가능해진다.

『자유의 문』에서 사회의 가장 낮은 곳에 대한 구원적 실천이나 소설적 개입은 철저한 개별자의 이름으로 이루어진다. 이청준은 이데올로기의 광풍에 휘둘리지 않고 인간으로서의 자존감을 포기하지 않으며 거대 권력에 쉽게 굴복하지 않는 존재와 그가 행하는 두려움 없는 행위에 찬사를 보내왔다. "종종, 함께 싸우고 함께 이루어내는 일이 역사의 이름으로 행함인 데 비하여, 혼자 싸우고 이루어나가는 일은 작고 외로운 대로, 그의 인간의 이름으로 해서인 때문"에 자유인의 초상에 찬사를 보내며 『자유의 문』이 그런 이를 위한 소설임을 밝힌 바 있기도 하다.[1] 이러한 이청준의 작업의 의미는 여전히 유효하다. 그러나 짚어보았듯, 그 의의는 역사적 조건과 상황적 맥락 속에서 다소간 조정될 필요가 있기도 하다.

신학교 출신인 최홍진과 유종혁은 왜 자신의 이름과 그 이름으로 스스로의 존재를 입증할 수 있는 세계를 버리고 최병진과 유민혁으로 살아갔는가. 백상도가 자신의 이름을 버리고 정완규로 살면서 간척사업장, 차부의 검표원, 탄광촌을 전전한 이유는 무

---

1) 이청준, 「자유인(自由人)을 위한 메모」, 『자유의 문』, 나남, 1989, p. 8.

엇인가. 왜 그들은 이름을 지운 채 세계의 구원자가 되어 흔적 없이 사라지는 길을 자처했는가. 세속의 삶을 살면서 정의를 구현하고 세계를 구원하고자 한 그들의 자발적 헌신의 동기는 무엇인가. 『자유의 문』에서 신학생 가운데 어떤 이들이 왜 불의와 비참으로 채워진 세상에서 익명의 구원자가 되고자 했는가는 뚜렷하게 밝혀지지 않는다. 그런데 따지자면 그런 삶이 선택한 이들에게 쉽게 허여되는 것도 아니었다. 최병진의 외로움을 위로하며 자살 직전에 남긴 유민혁의 유언성 쪽지 — 쪽지의 내용은 다음과 같다. "형제여! 외로워하지 말라. 그대의 무죄함을 내가 먼저가 주님께 고하리라. 그대가 자임한 큰 죄의 참 죄인을 내가 일찍부터 알고 있은즉."(p. 101) — 가 입증하듯, 그들이 존재증명에의 내밀한 욕망까지 비워내기는 쉽지 않았다. 백상도의 사례는 자발적 선택에도 불구하고 그들의 삶이 '끼인' 삶으로, 즉 익명의 삶을 살지도 구원자로서의 삶을 완수하지도 못한 채 끝나게 될 것임을 암시하기도 한다.

『자유의 문』은 그들의 선택 동기를 다루지 않는다. 자발적 헌신의 동기는 소설적 관심사가 아니다. 백상도를 통해 소설은 선한 목적이 교조적 이념이 되어버린 장면에 주목한다. 이런 점에서 『자유의 문』은 선한 이념은 없다는 인식과 그런 이념에 의거한 선한 행위의 필연적 실패를 전면적으로 다루는 소설이기도 하다. 그러나 관점을 달리하자면 그들의 구원 행위의 실패보다 중요한 것은 그들에게 자발적 헌신을 선택하게 한 역사적 맥락과 상황적 조건이 아닐 수 없다. 맥락과 조건, 즉 환경과의 영향 관계에 비교적 무심한 『자유의 문』이 그들의 현실에 대한 교정과 구원에의 열망에서 실패만을 예견하게 되는 것은 어쩌면 당연하다고 해야 하는데, 작가 이청준이 조형한 구원자들과 그들의 실천적 행위의 실패는 철저하게 그 시대와의 상관성 속에서 되짚어져야 한다.

4. 인간중심주의의 시대적 소임

그러니 이제 되물어져야 한다. 최병진 사건을 추적하던 양 기자, 유민혁 사건을 조사하던 구 형사, 탄광촌의 현실을 고발하려던 성 기자는 왜 백상도/정완규에게 살해되어야 했는가. 백상도의 연쇄적 살인 행위는 어떻게 이해되고 판정되어야 하는가. 왜 신의 뜻은 범죄의 형식으로 구현되어야 했는가.

"하긴 그건 어쩌면 어르신의 허물이기보다 어른신네 교회의 그 도저한 교리, 계율의 운명 탓인지도 모르겠습니다. 굳이 신앙적인 교리와 상관이 되지 않는 경우라 하더라도 그에 비견할 혹종의 신념체계란 그 속성이 거의 다 그러니까요. 어떤 신념체계든 그의 습득 과정엔 우선 정보의 일방성과 반복성이 절대적이거든요. 어른께서 그 기나긴 기도 속에 세상과 연을 끊고 오로지 실천선과 절대선에의 길, 주님에의 길에만 몰입하셨듯이 말씀입니다. 그 동기가 어떤 개인이나 소수에서 비롯됐든, 하나의 신념체계가 우리의 현실적 삶에의 주장이 되려면 그 신봉자들에 대한 자기 확신과 침투, 일사불란한 집단화에의 과정이 필요하게 되지요. 그에 따라 그의 신봉자들을 위한 집단적 행위의 계율을 마련해나가게 마련이구요. 뿐더러 어른께서도 이미 경험해오셨듯이, 그렇게 일단 사람들 가운데에 명분과 입지를 마련한 신념체계는 서서히 그 같은 자기 체제의 유지·강화를 위한 엄격한 독단성과 교조성을 띠면서, 그 목적을 차츰 추상화시켜나가기 예삽니다. 그리고 때로는 행위의 목적보다 그 행위의 계율이 더 높이 존중되고 강화되어가기도 하구요. 그런데 문제는 그 행위의 계율이 행위의 목적을 완전히 압도하고 나설 경웁니다. 행위의 계율이 목적을 압도하기 시작하면, 그 집단의 신념체계도 이젠 하나의 교조적 계율체계로의 변질이 불가피해지고 마니까요. 목적의 추상화에 따른 일방적 맹목화, 행동의 집단화에 따른 계율의 절대화…… 그런 과정 위에 그 신념체계는 일테면 일종의 집단 이데올로기로서의 특성을 갖추어가게 된다는 말씀입니다. 그런데 그 집단 이데올로기의 가장 큰 특성이 무엇입니까. 오히려 당연한 일일지도 모르지만, 우리 삶에서의 개별성의 부인, 바로 그것 아닙니까. 그리고 우리들 개개인의 삶에 대한 사랑과 그의 독자적 진실성의 부인, 혹은 폄하와 죄악시— 그것 아니겠습니까. 다시 말해 하나의 집단 이데올로기로 변질된 신념의 체계에선 어떤 개인이나 그 개별적 삶에 대한 사랑이 깃들 여지가 없다는 말씀입니다. 집단의식과 신념의 거대한 흐름 앞에, 그 준엄한 행동의 계율 앞에 그것은 한낱 예외적인 사안으로 도외시될 뿐이지요. 한다면 그 예외적인 개인, 아니

우리 삶 전체의 기초로서의 개별성, 구체적 실체로서의 모든 개인에게 그 사랑이 없는 신념의 체계나 계율은 무엇입니까. 그것은 우리 삶에 대한 무서운 폭력일 수도 있는 것이지요……"(pp. 293~94)[2]

어쩌면 작가 이청준이 작중 작가인 주영섭의 입을 빌려 『자유의 문』을 통해 전하고자 한 메시지의 거의 전부라고 할 수 있을 이 발언에 의하면, 백상도의 범죄 행위에 대한 판정은 분명해진다. 작가 이청준이 백상도를 통해 환기하고자 한 것은 이념의 독

---

2) 이는 소설 내 작가의 입을 빌려 전하는 이청준 자신의 입장이기도 하다. "우리의 삶 가운데에 일정한 신념의 체계가 얼마나 값지고 소망스러운 것인지는 새삼스레 이를 바가 없을 것이다. 한마디로 그것은 우리 체험과 지식의 이성적 결정체로서 우리 삶을 모양새 있게 떠받들어주는 정신의 자유요, 이 사회를 이끌어가는 가치관의 근거이자 실현력의 연료봉과도 같은 것이다. 그것이 없는 삶이나 사회는 어떤 지향의 목적이 있을 수 없는 동물적 본능계의 혼동상을 빚게 될 것이다./하나의 신념체계에는 그러므로 그만한 정신의 넓이와, 이 세계와 삶에 대한 탄력적이고 광범위한 이해를 요구한다. 이는 보편적 삶과 보편적 세계에 대한 우리의 보편적인 이해와 가치관 위에서라야 비로소 신념다운 신념의 생산적인 체계가 창출될 수 있으며, 그 삶과 세계에 대한 이해의 범위에는 앞서 두 예화들에서 볼 수 있는 바 우리 인간의 비극적 생존조건과 정신의 한계에 대한 뼈아픈 성찰, 그로부터의 연민·사랑의 자각 단계까지도 넓게 포함되어야 한다는 이야기다./그렇지 못할 경우, 어떤 검증 과정도 거치지 않은 짧은 지식과 피상적이고 단순한 인간의 이해 위에 함부로 급조된 신념체계, 더욱이 어느 개인적인 삶의 실현 방편이나 특정 집단의 목적 성취의 수단으로 날조된 독선적·배타적·맹목적 신념체계〔그 실은 온전한 신념의 체계라기보다 허황스런 아집의 자기주장과 방어의 궤계(詭計)에 불과할 터이지만〕들은 그 개인과 집단 밖의 대다수 사람들의 삶이나 이 사회에 대해 어떤 기여는커녕 위험하기 그지없는 모험주의를 전파·전염시키거나 혐오스럽고 파괴적인 집단성 폭력만을 횡행시킬 뿐일 것이다." 이청준, 작가후기 「죽음 앞에 부르는 만세소리」, 『자유의 문』, 열림원, 1998, pp. 281~82.

단성과 교조성이다. 세계 구원이라는 선한 목적과 대의에 헌신적인 실천 행위에도 불구하고, 끝내 이념이 되어버린 구원의 뜻은 인간의 개별적 삶을 억압하거나 심지어 폭력적으로 소거하는 끔찍한 결과를 낳게 된다. 작가는 인간이 인간을 위해 만들어낸 이념이 결과적으로 인간에게 미치는 영향이 얼마나 참혹한가에 대해 비판한다.

이념의 독단성에 대한 작가의 비판은 전적으로 타당하다. 그러한 비판을 인간에 대한 사유의 진전을 통해 사건들과 단서들에 대한 해석을 통해 이야기 형식으로 만들어내려는 시도는 고평되어야 한다. 어떤 면에서 『자유의 문』은 백상도의 '끼인' 삶이 불러온 질문의 연쇄, 어떻게 인간이 될 수 있는가를 반복하고 반추한 과정의 기록이기도 하다. 그러나 이런 질문과 반추, 이념적 독단성에 대한 비판의 타당성에 불구하고, 앞서 지적했듯, 이야기 전개와 논리적 판정의 근저에 세계의 중심에 철저한 개별자인 인간이 놓여 있으며 인간에 대한 논의가 모든 것의 판정 기준이 된다는 인식이 전제되어 있다.

이러한 인식은 작가 혹은 인물의 전쟁 경험이라는 상황적 맥락을 환기하지 않는다면 정당화되기 어렵다. 바꿔 말하자면 오늘날에는 근본에서 반추되고 성찰되어야 할 인식이라고도 할 수 있다. 인간과 인간 아닌 것의 대립 구도로 세계를 이해하는 방식으로는 『자유의 문』에서 주영섭의 발언을 통해 강조되던 그 '불가시의 영역'에 대한 포착에 이르기 쉽지 않다. 백상도의 인간-되기 혹은 인간 탐구가 결국 실패로 귀결하게 되는 것은 주영섭의 판단과는 달리 (백상도에 의해) 도그마가 된 계율이 성찰적으로 검토되지 못해서가 아니라 『자유의 문』이 그런 인식의 밑바닥에 깔려 있는 인간중심주의에 대한 성찰까지를 담아내지 못한 때문이다.

물론 이 실패를 작가적 인식의 한계로 치부할 필요는 없다. 『자유의 문』은 인간의 이기심과 탐욕, 증오심과 폭력성을 넘어선 인간-되기의 실패를 보여줌으로써, 바로 이 지점에서 역설적으로 인간이 온전히 개별자인 채로만 존재할 수는 없다는 엄연한 사실을 입증하게 되기 때문이다. 의도와 무관하게 『자유의 문』은 공의와 정의에 대한 논의가 개별자의 차원에서만 이루어질 수 없으며 공동체에 대한 논의로 나아갈 수밖에 없음을 환기한다. 『자유의 문』에서 백상도를 통해 시도되었던 인간 탐구의 결과적 실패는, 작가 이청준을 틀 지우고 『자유의 문』으로 구현된 하나의 시대인식이 그 소임을 다하고 시대적 한계에 봉착했음을 보여주는 명백한 증거라고 해야 하는 것이다.

〔2016〕

텍스트의 변모와 상호 관계

이윤옥
(문학평론가)

『자유의 문』

| **발표** 「신동아」 1989년 7월호~1989년 11월호.

| **최초의 단행본 수록** 「자유의 문」, 나남, 1989.

1. 실증적 정보

1) 초고: 작가의 육필 초고가 남아 있다. 초고는 발표작과 크게 다르지 않지만 몇몇 인물들의 이름이 바뀌었다. 발표작의 최병진(본명 최홍진)은 초고에서 오말용(본명 오기용)이고, 유민혁(유종혁)은 최민혁(최준혁), 구 형사는 조 형사, 조 목사는 진 목사이다. 초고에는 '말=존재증거=존재'라는 메모가 들어 있다.

2) 수필 「자유인을 위한 메모」: 1989년 단행본에 작가 서문으로 실린 「자유인을 위한 메모」에는 외종형과 집안 어른, 고향 어른에 대한 이야기가 들어 있다. 세 사람의 이야기는 「혼자 견디기」 「백정 시대」 등 다른

---

* 텍스트의 변모 과정을 밝히면서는 원전의 띄어쓰기 및 맞춤법을 그대로 살렸다.

수필에도 나온다. 이청준은 『자유의 문』을 이들에게 바치고 싶다고 고백한다. 그가 '그분들의 초상 앞에 이 이야기를 바치기 위한 작업의 기간은 10년이 넘어 걸렸다.' 1978년에 첫 원고를 쓴 뒤 1980년~1983년 사이에 두 번 고쳐 썼고, 1988년 11월~1989년 4월 뒷부분을 다시 수정했다.

　－「자유인을 위한 메모」: 〈門〉의 이야기는 그분들의 생애 앞에 바치고 싶다. 들끓는 증오와 복수심을 넘어선 외종형의 자기해방, 죽음 앞에서도 더 낮아질 수가 없었던 그 집안어른의 의연스런 자존심, 쉽지 않은 힘과 공명심에 앞서 자신 속의 〈인간〉을 지킨 그 마을어른의 순정한 삶의 선택……, 그것이 비록 외롭고 힘들었더라도 그분들은 내게 있어 귀하고 소중스런 자유인의 초상인 때문이다. / 사람들 사이에서 함께 싸우고 함께 이루었더라면, 그것들은 값이 더욱 크고 빛났을지도 모른다. 하지만 외종형의 당부가 아직 내게 힘을 스민 탓인가―, 내겐 이만한 자유인의 초상들만이라도 우선 고맙고 소중하기 그지없는 것이다. 무엇보다 혼자 이루어나감도 함께 이루어나감의 시작이며, 한 가지 일에 진실로 자유로워질 수 있음은 다른 일에도 함께 자유로워질 수 있음인 때문이다. 나아가 종종, 함께 싸우고 함께 이루어내는 일이 역사의 이름으로 행함인 데 비하여, 혼자 싸우고 이루어나가는 일은 작고 외로운 대로, 그의 인간의 이름으로 해서인 때문이다.

3) 수필「죽음 앞에서 부르는 만세 소리」: 1994년 간행된 수필집 『사라진 밀실을 찾아서』에 수록된 수필로, 1998년 『자유의 문』 단행본에 「자유인을 위한 메모」에 이어 새로운 작가 후기로 실린다. 이 글에 나오는 여자의 일화가, 백상도 노인의 형에게 일어나는 비극적 사건의 원화라 할 수 있다. 이청준은 이 글에서, 하나의 신념체계에는 '우리 인간의 비극적 생존조건과 정신의 한계에 대한 뼈아픈 성찰, 그로부터의 연민, 사랑의 자각 단계까지도 넓게 포함'되어야 한다고 강조한다.

　－「죽음 앞에서 부르는 만세 소리」: 그렇지 못할 경우, 어떤 검증 과정도 거치지 않은 짧은 지식과 피상적이고 단순한 인간의 이해 위에 함부로 급조된

신념체계, 더욱이 어느 개인적인 삶의 실현방편이나 특정집단의 목적성취의 수단으로 날조된 독선적, 배타적, 맹목적 신념체계〔그 실은 온전한 신념의 체계라기보다 허황스런 아집의 자기주장과 방어위 궤계(詭計)에 불과할 터이지만〕들은 그 개인과 집단 밖의 대다수 사람들의 삶이나 이 사회에 대해 어떤 기여는커녕 위험하기 그지없는 모험주의를 전파, 전염시키거나 혐오스럽고 파괴적인 집단성 폭력만을 횡행시킬 뿐일 것이다.

2. 텍스트의 변모

1) 『신동아』(1989년 7월호~1989년 11월호)에서 『자유의 문』(나남, 1989)으로

– 45쪽 19행: 한데 이야기가 거기까지 갔을 때였다. 노인은 이제 그것으로 이날의 이야기는 일단 끝을 내고 싶어진 것 같았다. 그리고 여태까지의 채밀 행정도 바로 그 이야기를 위해서였던 듯 거기서 그만 발길을 되돌려 세웠다. → 〔삽입〕

– 74쪽 7행: 오히려 그 변호인의 대리진술 쪽을 신빙성있게 평가한 것이다. 그리고 → 〔삽입〕

– 98쪽 23행: 것이었다. → 것이 그가 동료들을 상대로 입버릇처럼 늘상 하고 다닌 소리였다. 말썽이 커지면 일거리에 매달려야 할 이쪽의 피해만 늘게 마련이라는 것이었다.

– 106쪽 9행: 관계망 → 그물망

– 139쪽 2행: 지금까진 그저 영섭의 이야기에 조용히 귀를 기울이고만 앉아 있던 → 〔삽입〕

2) 『자유의 문』(나남, 1989)에서 『자유의 문』(열림원, 1998)으로

– 27쪽 12행: 하더니 노인은 이때 갑자기 → 그러다 노인은 문득

– 29쪽 19행: 일이나 생각의 진실 → 일에나 그 일의 시말

– 52쪽 17행: 오래잖아서 내게 무언가 → 산꿀 따위보다 오래잖아 내게 다른

- 66쪽 20행: 강도 사건 → 강도살인사건

- 66쪽 21행: 연속 강도 사건 → 유사사건

- 67쪽 1행: 남한강변의 별장지대 → 한강변의 교외 별장지대

- 67쪽 13행: 한데 그 사건도 아직 채 해결을 못본 상태로→〔삭제〕

- 70쪽 6행: 다른 배후나 → 다른 배후가 없고, 이자에게는 2차에 걸친 연속 범행 이외에

- 70쪽 8행: 여죄가 없는 단순강도치사상 사건 → 혐의점이 없는 단순강도살인, 강도상해사건

- 70쪽 13행: 사후의 변이었다. → 어정쩡하면서도 단호한 사후의 변이었다.

- 70쪽 15행: 공소장에 적시된 사건의 경위나 범행내용이란 것이 그새 자신들이 접하고 예상해온 것보다도 훨씬 더 축소되고 단순화되어 버린 데다 →〔삽입〕

- 71쪽 6행: 사건의 성격에 → 사건이 보여준 몇 가지 특이한 점 때문에

- 71쪽 19행: 전범(前犯)을 → 전날의 그 끔찍스런 강도살인사건까지

- 73쪽 19행: 그는 자신이 직접 신문에 응하는 일마저 삼갔다. 자신의 전임 변호사로 하여금 피해진술을 포함한 모든 필요한 일들을 대행케 하였다. 그런 식으로 시종 사건을 한껏 조용히 얼버무려 넘기려 하였다. 그날 밤의 여자에 대해서나 범인이 강탈해간 금품의 금액 그리고 이마의 상처 따위를 가능한 한 대수롭지 않은 걸로 숨기고 축소시키려 하였다. → 그는 한껏 일을 조용하게 얼버무려 넘기고 싶어 한 것이었다. 그는 자신이 직접 신문에 응하는 일마저 극력 삼갔다. 그는 사건 피해자로서의 피해진술조차도 수사관서 대신 자신의 집에서 피해 금품 액수나 상처의 부위·정도 등에 대한 형식적인 진술로 간단히 소정의 절차를 치르고 넘어갔다. 그리고 여타의 난처한 일들은 자신의 전임 변호사로 하여금 일체의 과정을 대행하게 하였다. 더하여 그날 밤의 색연비(色宴費)나 범인이 강탈해 간 금품액수, 이마의 상처 따위들을 시종 대수롭지 않은 것으로 숨기고 축소시켜 나가게끔 하고 있었다.

- 74쪽 7행: 그 변호인의 대리진술 쪽 → 피해를 줄이고 사건을 한사코 단순화시켜 가고 있는 피해자 쪽의 진술

- 75쪽 15행: 이때까지는 수사가 진행중이라는 이유로 접견이 전혀 불가능한 상태였지만, 최병진은 이제 공판과정 중의 미결수였으므로 그것이 비로소 가능해진 때문이었다. → 이때까지는 검찰이 증거인멸을 방지한다는 이유로 접견금지조치를 취했기 때문에 그와의 면대가 불가능한 상태였지만, 기소가 되고부턴 그것이 풀리게 되어 이제는 접견이 가능해진 때문이었다.

- 80쪽 9행: 최병진은 고법에의 항소를 포기하고 나선 것이었다. 무기징역이라는 그의 1심 형량은 당사자의 의사 여부에 상관없이 2심 재판 절차를 거치게 되어 있었다. 한데도 최병진은 어떤 이유에선지 그 공소심 과정을 단념하겠노라 막무가내 식으로 버티고 나선 것이다. → 최병진은 그렇듯 무기징역형을 선고받고도 그것을 억울해 하는 기미는 고사하고 오히려 당연한 결과이기라도 하듯이 차일피일 무관심하게 소정의 항소기간까지 넘겨버리고 말았는데, 변호인이 독자적으로 항소를 대신하여 그나마 2심 절차를 거치게 되어 있었던 것. 하지만 최병진은 이번에도 역시 어떤 이유에선지 그 항소심 재판정에의 출정을 거부하고 나섰다.

- 81쪽 18행: 공소심 심리를 며칠 안 남기고 있던 어느 날 양진호는 끝내 그 기사를 쓰지 못한 채 홀연히 종적이 사라져 버린 것이다. → 조일천 변호사의 노력도 보람 없이 1심 형량을 그대로 받아들인 2심 재판 선고를 마지막으로, 최병진이 끝내 대법원 상고를 거부한 채 무기징역수로서 기나긴 형기를 치르기 위해 서울구치소로부터 수감지가 안양교도소로 옮겨진 며칠 뒤의 어느 날이었다. 양진호는 끝내 그가 별러 오던 기사를 쓰지 못한 채 홀연히 종적이 사라져버린 것이다.

- 85쪽 15행: 영섭은 먼저 전제를 하고 나서 두 번째 사건의 이야기를 시작했다. → 〔삭제〕

- 86쪽 6행: 항만부두 노조 지부의 사무실 → 이 지역 항만노조지부 임시사

무실

- 109쪽 6행: 최병진은 그후 그럭저럭 2심과 3심공판의 과정을 거쳤으나, 대법원의 확정 판결도 무기징역형 그대로였다. 그리고 그는 이미 그 1심에서 무기형을 선고받았을 당시부터 안양으로 수형지가 변경되어 자신의 기나긴 형량을 치르고 있었다. / 그런데 무기수 최병진은 그 복역 태도부터가 역시 남달랐다. → 최병진의 수형지는 안양교도소가 틀림없었지만, 위인은 그 복역태도부터가 매우 유별났다.

- 117쪽 11행: 그런 사실 자체를 몰랐으니 경찰로선 구형사와(혹은 이전의 양진호 기자와의) → [삭제]

- 147쪽 13행: 누구로부터 어떻게 물건이 전해졌는지 상세한 경위까지는 알지 못했지만, → [삽입]

- 147쪽 15행: 그것은 물론 양기자 자신이 마련해온 선물이 아니었다. → 물건을 전한 것은 물론 양 기자였을 테지만, 애초에 그것을 마련해 보낸 사람은 그가 아닌 제3의 인물이었을 터였다.

- 147쪽 21행: 일심 → 2심

- 181쪽 1행: 그위에 그에게서 주님의 남은 뜻이 마저 이루어지게 하라는 것이었다. → [삭제]

- 260쪽 5행: 심한 역겨움을 느낀 듯 그를 향한 어떤 강렬한 증오와 경멸의 빛이 스쳐가고 있었다. → 불쑥 웬 역겨움이라도 치솟은 듯 그를 향해 일순간 심한 추궁과 경멸의 눈빛을 쏘아 보냈다.

- 285쪽 14행: 악덕 → 배덕

- 296쪽 17행: 그리고 그 허망스런 계율의 미망을 벗어날 참인간에의 기도의 길이었을 테니까요. → [삭제]

- 309쪽 12행: 논지 → 의도

- 313쪽 17행: 안개더미 → 안개무리

- 317쪽 22행: 불을 보듯 → 손바닥 들여다보듯

3. 인물형

1) 주영훈: '영훈'이라는 이름은 이청준의 작품에서 종종 청준의 변형으로 읽히는데, 주영훈은 「가수」의 주인물이기도 하다. 『자유의 문』에는 백상도와 정완규, 주영훈과 주영섭, 최병진과 최홍진, 유민혁과 유종혁처럼 한 인물이 두 이름을 가진 경우가 많다. 반면 「가수」에는 한 이름을 쓰는 두 인물이 나오는데, 대필 작가인 주영훈과 그의 호적을 가로챈 초등학교 교사 주영훈이 그들이다. 한 이름을 두 사람이 쓰거나, 두 이름을 한 사람이 쓰거나 이들은 모두 분신의 개념과 연결된다. 이청준은 분신 모티프를 「치자꽃 향기」 등 여러 작품에서 지속적으로 다루었다.

2) 백상도: 이청준은 수필 「씌이지 않은 인물들의 종주먹질」에서, 『자유의 문』을 포함해 "유난히 마음속 인물에게 들볶이다 마침내 항복하듯이 써내게 된 이야기"가 몇 편 있다고 말한다. "자기 신앙에 대한 절대적 신념과 소명감 때문에 살인도 불사하는" 백상도는 이청준을 들볶았던 인물 중 하나다.

3) 장순: 「이 여자를 찾습니다」와 「이상한 선물」에도 나오는 이름이다.

4. 소재 및 주제

1) 거인의 풍모: 유민혁은 놀라운 완력과 함께 거인의 풍모를 보여주는 사람이다. 이청준의 소설에는 『흰옷』의 황 노인, 『신화의 시대』의 장굴 등 다양한 거인들이 있다.

2) 소설 소재: 추리소설가 주영훈은 구서룡 형사에게 작품 소재를 얻어가곤 한다. 이청준의 소설에는 「매잡이」의 민태준, 「문턱」의 구정빈처럼 소설가에게 소설 소재를 제공해주는 사람들이 종종 나온다(119쪽 20행).

  - 「매잡이」: 사실 나는 작품의 소재에 빈곤을 느낄 때 그것이 무진장히 쌓여 있을 민 형의 취재 노트를 그려본 일이 여러 번 있었다. [……] 그리고 그

는 그 소재를 꼭 나에게 한번 다루어보게 하고 싶다면서 아마도 내가 거기에 대해 조금만 조사를 해보면 가만히 둬도 쓰지 않고는 배겨나지 못하리라는 지레 장담을 덧붙여 보이기까지 하였다.

ー「문턱」: 한마디로 당선작 소설의 모델이 된 친구 구정빈(고인에 대한 예의상 소설 속 인물의 이름을 대신한다) 씨가 반 씨에게 계속 그럴듯한 소재를 취재해 전했다는 이야기의 내용이나 조력의 과정이 어쩌면 구정빈 자신의 삶의 궤적에 다름 아닐 수 있어 보였기 때문이다.

3) 밑강물: 밑강물은 가시적인 세계의 뒤에 숨어 흐르는 힘을 뜻한다. 「비화밀교」는 침묵의 계율화, 특수집단화와 함께 이 힘이 무엇인지 보여주는 소설이다(210쪽~211쪽).

ー「비화밀교」: i) "이곳은 산 아래서 이루어지는 모든 세속의 질서가 사라지고 그저 한 가지 이 산 위에서만의 간절한 소망으로…… 나도 그것이 무엇인지는 확실히 말할 수가 없지만…… 하여튼 오직 한 가지 소망에로 자신을 귀의시켜, 그 소망으로 하여 모든 사람들이 한데 뭉쳐서 어떤 보이지 않는 힘을 탄생시키고, 그것을 지켜가는 숨은 근거지가 되고 있는 셈이지……"

ii) "눈에 보이는 세상사의 뒤엔 가시적 현상 세계의 질서로서는 한번도 떠올려본 적이 없는 어떤 숨은 힘, 어쩌면 전혀 질서나 의미가 없는 혼돈의 상태처럼 보이면서도, 그1러나 나름대로의 엄연한 질서를 지니고 그것을 행사해나가고 있는 힘의 지하 세계가 따로 있다는 말일세……"

4) 소설가: 밑강물 같은 불감득의 세계는 소설가에 의해 현상계로 떠올라 증거되는 순간 재빨리 지배질서화한다. 그래서 소설가는 증거의 순간만 누린 뒤 자신이 구축한 세계를 매번 떠난다. '소매치기, 글쟁이, 다시 소매치기' 연작은 이처럼 숙명적 이상주의자일 수밖에 없는 소설가의 속성을 잘 보여준다(303쪽).

5) 사명감과 신념: 『자유의 문』은 종교나 집단 이데올로기 같은 신념과 계율, 집단과 개인의 관계에 대한 이청준의 오랜 숙고를 보여준다. 하

나의 신념체계인 종교의 세계, 하늘의 길이 밑강물을 드러내 보이지 않고 따르는 것이라면, 인간의 길을 따르는 소설은 밑강물을 눈에 보이는 현상 세계로 드러내 증거하는 자유로운 정신의 마당이다. 이청준이 『자유의 문』 초고에 남긴, 말이 곧 존재증거이고 존재라는 문구도 이런 의미로 이해될 수 있다. 그런 점에서 『자유의 문』은 「뺑소니 사고」 「비화밀교」 같은 작품들과 함께 볼 필요가 있다. 특히 「비화밀교」는 양지와 음지의 세계, 현상적 지배질서, 세상에 대한 자기증거욕 등, 여러 면에서 『자유의 문』과 같은 문제를 다루고 있다(304쪽~306쪽).

– 「비화밀교」: 소설질이 무엇인가. 그것은 분명 조 선생과는 반대로 그 보이지 않는 어둠 속의 세계와 삶의 현상들에 대해 인간 정신의 밝은 빛을 쏘아 비춰 그것을 가시적 삶의 질서로 끌어들이려는 노릇이 아니던가. 그 어둠 속의 것을 알리고 증거하여 보편적 삶의 덕목으로 일반화시켜나가는 일이 아니던가.

6) 구원의 약속: 종교와 문학의 관계는 구원을 중심으로 하는 내세와 현세의 관계로 나타날 수 있다. 종교가 내세의 구원을 위해 현세의 삶을 희생시킨다면, 문학은 어떤 경우에도 현세의 삶을 담보로 한 구원을 용납하지 않는다. 이청준의 이런 생각은 『당신들의 천국』에서 『신화를 삼킨 섬』에 이르기까지 변하지 않는다(307쪽 20행).

– 『당신들의 천국』: 이 섬은 지금까지 문둥이들의 후손을 팔아 다스려지고 있었다는 겁니다. 후손의 이름을 빌린 미래를 구실로 하여 현재가 다스려지고 있다는 생각, 그러나 섬의 현실은 실패할 수밖에 없다는 생각, 현실이 미래로 인해 속고 있다는 생각, 그러나 사실 이 섬에선 미래보다도 현실이 더욱 중요하다는 생각, 그런 생각들 때문에 그런 반발이 생기고 있는 것 같아요. 현실을 위한 미래 부정이라기보다, 근본적으론 현실의 실패 때문에 섬의 현실이 더 이상 속아넘어가지 않도록 하자는 생각이 그런 식의 반발로 연결되어 나온달까.

- 『신화를 삼킨 섬』: 한 국가나 역사의 이념은, 실은 그 권력과 이념의 상술은 항상 내일에의 꿈을 내세워 오늘의 땀과 희생을 요구하고, 그 꿈과 희생의 노래 목록 속에 오늘 자신의 성취를 이뤄가지만, 오늘의 자리가 없는 인민의 꿈은 언제까지나 그 성취가 내일로 내일로 다시 연기되어가는 불가항력 같은 마술을 느끼지 못할 사람은 없지요.

7) 안개: 안개는 옷 같아서, 안개가 걷히는 모습은 옷을 벗는 것과 같다. 「과녁」에도 안개를 옷에 비유한 장면이 나온다(317쪽 7행).

- 「과녁」: 초여름의 새벽안개가 읍 공원을 덮고 있다. 안개는 서서히 위로 움직이면서 여자가 흰 치맛자락을 걷어 올리듯 공원을 벗겨 올라가고 있다. 나무가 없는 공원 풀언덕이 아랫도리부터 드러났다.